长篇小说

原名《太阳黑子》
THE DEAD END

须一瓜 著

重庆出版集团
重庆出版社

目　录

第一章　三个男人和一个小女孩 / 1

　　　　黄裙女孩极漂亮，服务生都伺机过来逗她。餐厅里回荡起生日快乐歌。几个女服务生不时偷看三个男人。三个男人沉默的表情和小女孩活泼欢快的表情不太协调。但是，她们看得出，三个男人很疼小女孩。

第二章　你为什么不结婚？ / 28

　　　　你难道和小丰一样是白痴吗？你为什么不结婚？

　　　　你又为什么不结婚？你为什么不结婚，就是我为什么不结婚！也就是小丰为什么不结婚！说这屁话干什么！

　　　　那好，算你还有理智。你听清楚了，你知道不结婚知道不要留尾巴害人，那么，这条尾巴我们能保护多久？陪多久？！

第三章　尾巴手术 / 55

　　　　你看到了什么？你能看到我看不到的，你看到我们楼下的蘑菇了吗？我跟你说过，他们一来我就闻到了他们邪恶的气息。他们到底是什么人？那个像天使一样的小女孩，真的有爸爸吗？真的有病吗？

第四章　天谴座 / 78

　　杨自道穿着黑背心，但是，尾巴还是看到了他胸口隐约的一块刺青。那是一把剑，刺穿一个盾牌。很粗糙匪气的图案，颜色青蓝。
　　尾巴说，这是什么星座？
　　杨自道和辛小丰都傻了眼。
　　比觉过来把杨自道的背心全部提起，说，唔，这是天谴座。

第五章　除夕夜里的秘密 / 102

　　他的脑子有点无序，的哥、辛小丰，还有一个在渔排生活的男人，不结婚、非亲非故的心脏病女孩、都不回老家、辛小丰阴霾速逝的眼神……一想到这组信息中的一种，他脑子里总是纷乱芜杂。一种直觉的不信任笼罩着，这种怪异的感觉始终挥之不去。

第六章　满意的监听效果 / 140

　　为了认真研究窃听成果，卓生发专门购置了一个硬皮黑本子，放在窃听装置旁边，以便随手记录。那个时候卓生发没事就翻开本子，玩味钻研这些记录，这些大浪淘沙的难忘句子，虽然卓生发不明就里，但他坚信，它们是值得琢磨的"密码"。

第七章　时间到了？／168
　　　　做我们这一行的，熟悉一个词叫"天谴"。就是说，冥冥之中，老天突然会给你一个机会，一切都水落石出了。这也是老百姓常说的，天网恢恢疏而不漏，不是不报，时候未到。

第八章　一个磨损的指纹／206
　　　　那是一个磨损比较严重的指纹，识别起来确实有点困难。宿安水库凶杀现场留下的唯一指纹，就是左手指纹。伊谷春独自比对琢磨了很久，清晰度是比较糟。但更专业的痕迹高手，应该能够比对复原出它的历史。

第九章　谜底即将揭开／248
　　　　屋子里很安静，包括辛小丰自己，三双眼睛都看着辛小丰的左手，辛小丰低声说，现场那个唯一遗留的指纹，看来已经被采集提取了。

第十章　老猎人出现／277
　　　　十多年来，他们一直以为只有辛小丰留下了后患的痕迹，到现在才知道，猎人掌握的、可以循线追踪的东西，是他们三个人人有份。

第十一章　最后的追问／306
　　　　我会宽恕他们的，你也会。可是，法律不会。伊谷春说，生命无价，五条命啊，你拿什么偿还？

尾声　宽宥／323

　　　　记得吧，有一天，我俩在那上面，伊谷夏指着石屋天台，你说，你会得到神的宽宥。那时，我也相信你。我觉得你孤单而善良。但是现在，和他们三个相比，我认为你得不到神的宽恕。

第一章 三个男人和一个小女孩

一

月光灰蒙蒙地照在黑色海滩上，最明亮的那一阵子，也不如一些夜泳的女孩的身体皎洁闪耀。今天的退潮时间是21：00，所以，环岛路沿路海滩，夜泳的人很多。因为夜色掩护了天空的变脸，等游泳的人们感到海水、天水忽然密集交混，才惝惶地扑爬上岸。海滩上响起一片被雨打烂似的此起彼伏的呼应声。

高高的海岸线上，环岛路蜿蜒。三个男人闯过红胶质的人行道，拉开刚停在黑色车道上的一辆蓝白色的士。的士司机本是为披着浴巾的两男一女停的，女孩挥动她的蓝黄泳圈招车。但是，三个男人抢步而入。大雨中，看不清楚他们之间有没有争辩，但从车里可以看出，三个男人的动作是不由分说的，透着一股暴戾之气。坐在的哥旁边的人，光着膀子，戴着一副近视眼镜。大而短的肉鼻子下，三角形的鼻孔非常大。后面的两人，分别穿着一白一黑的背心。三个人肯定不是从海里上来的，一进空调车里，一股浓重的汗酸气扑鼻。

北站货场。赤膊眼镜说。

的哥伸向空车牌的手，迟疑了一下。那个地方偏僻，有经验的夜班司机都不愿意跑。仿佛要打消的哥的顾虑，赤膊眼镜说，取个货，还坐你的车回来。

的哥翻下了空车牌。一听就是闽北乡音，但的哥并没有心情去套近乎。

车里交通电台还在播报新闻：

……一周以来，全省交巡警部门，加强卡口盘查堵控，使"猎鹰"的追逃行动，取得显著成效。11月7日上午，闽东交巡警德林中队民警在高峰卡口设卡检查时，通过对一辆过境大客车上的乘员信息比对，当场抓获闽西籍爆炸杀人的在逃人员杨建国。11月8日下午……

赤膊眼镜伸手把广播关了。
后座一个声音说，关什么，我爱听。

……专项行动开展以来，追逃热线不断，警方每天都能接到数十条群众提供的线索，根据这些线索已抓捕逃犯二十二人。目前警方已向提供有价值线索的信息员兑现了奖金近两万元……

的士在夜雨中行驶。车内没有人说话。

……截至7月25日，全省警方在"猎鹰"追逃的三十天里，共抓获在逃人员一千多名，其中抓获公安部A级、B级通缉在逃人员各一名、省督在逃人员四名、命案在逃人员六十一名……

后面有人很突兀地笑了一声。

的哥瞄了一眼后视镜，看不出是谁在笑。他心里阴沉起来。车外雨雾茫茫，大雨丝毫没有减弱，雨刮器在疯狂地扫，弄得人更加心绪不宁。车子在骤然积水的低洼路面上行驶，天地间只有跌宕起伏的惨白车灯。早就过了环岛路的延伸地段，路面越来越颠簸，越来越窄，再往前就没有路灯了。的哥后悔自己一念之差来这里，这个地段，就是青天白日，也最好不要来，好几次抢劫的士的案件都发生在这一带，有个司机死了，车也被抢走了。

北站货场已经开过，赤膊眼镜却一直说，就在前面！再前面一点就是！

已经没有路灯了。大雨迷蒙中，车外是采石材工地、杂树林，要再开过一大片木麻黄林，才有个小渔村。那里正在兴建跨海大桥。如果要去那个地方，根本不必走北站货场这条路。的哥知道自己是凶多吉少了。

后面那个声音说，慢点，我有点认不出那个路口了——慢一点！——喂！听到没有！叫你慢一点！那个家伙突然吼了起来，的哥的车速已经减到十五公里。的哥已经肯定这三个人都来自闽北，只有那里的人，才有这样平直舌头的地瓜普通话。他感到后面有人动他右肩，与此同时，一根软钢筋一样的细绳子，猛地勒住了他的脖子。还好他手快，左手插在脖子与绳子之间，能感到后面的家伙非常有力气。失控的车子，在雨中扭动，几乎打横在路半中。赤膊眼镜把手杆推向停车挡，并狠狠拉起手刹，然后，对的哥上下搜身。的哥喘息挣扎地说，松手！我配合啊……

没有人回答。赤膊眼镜用匕首打他的小腿，示意的哥脱鞋。那人把的哥的鞋脱下来，一只一只地搜看，随后掀起了驾驶座的踩脚垫子，果然，靠变速箱这边，脚垫子下藏着一叠钱和一本存折。赤膊眼镜把钱和存折往后面递。身后的人说，密码。

的哥指着勒绳，艰难地出声：让我……想想……太紧了。后

3

排的人稍微松了点。的哥大口喘气，身子也直了一些，咳，的哥咳嗽着，不是说了，都拿去嘛，咳咳，妈的手这么重，密码是……88……08……

赤膊眼镜的一把匕首，一下扎在他右小臂上。的哥也没有觉得痛，但是血出来了，在流淌。这时，前方白团团的，似乎有车灯在大雨中驶近，后座一只手，一下把的哥头上的棒球帽推盖在他的脸上。显然是不想让的哥借交会时的灯光看清他们的脸。的哥也配合地不转动脑袋，这表示他们未必想杀他。然而，两辆交会而过的三菱吉普，开过七八米后，竟然顿了顿，快速后退。出租车还来不及启动，两辆三菱吉普已经别住了他们的车。三个乘客目瞪口呆，还算反应快，他们立刻松绳收刀，帮的哥把帽子复位。的哥一睁眼就看到，四名穿雨衣的人跳下吉普，他们手上的强光手电在黑浑的雨雾中雪亮得像白棒子。

有人开了车门，一声大喝：警察！怎么回事？！

的哥把棒球帽捂在流血的小臂上，对警察微笑：没事，找不开钱呢。

车前的两名雨衣人，都狐疑地转着脑袋，看看左右身后地界，显然，这怎么也不像是个下车的地方。的哥说，算啦算啦，你们都下吧，钱我不要了！快下！

三个人立刻拉开车门，的哥后座那个人，慌忙之中，竟然去拉封死的左车门。的哥说，对不起，只能右边下客啊！那家伙又赶紧从右边蹿下。三个人中有个人说了声谢谢，声音在风雨中听起来抖抖索索。一出车门，他们躲雨似的拔足狂奔。

两名雨衣人的手电照着车，又追照那三个极速飞去的身影。

的哥笑着，谢谢警官费心！那几个其实是我没出息的老乡，本来就不太想付我钱的。总是能蹭就蹭，吵也没用。

的哥微笑着，发动汽车。一名雨衣人用脚替他把车门使劲踹上。大雨中，那辆蓝白色的士疾驰而去。四名雨衣人走向自己的三菱吉普，忽然，两人收足站住，互相看着。

不对劲！那个司机脖子上有血痕！

那个压在手臂上的帽子，好像也是……

车里有个人喊，查到了什么？怎么有人在这里下车？！

两车的警员都反应过来了，很显然，他们刚刚错过了一个疑窦丛生的瞬间。

两辆吉普立刻掉头追赶的士，但是，茫茫大雨中，早就没有那辆的士的影踪了。没有一个人记住那个车牌号，也不怪他们，他们今天的主要目标是追逃，现在是在"猎鹰"行动中设卡盘查回来的路上。既然是乡巴佬们愿打愿挨，人家不报警你也毫无办法。

最后，一名警员说，说不定把他们的身份证号上网一验，全是逃犯！

一车人大笑。

二

晨雾渐散，五老峰的两山之间，天界寺的琉璃瓦上，镀了一层浅金色的阳光。但山阴中的树丛和巨石间，还笼罩着淡淡的山岚雾气。寺庙后山，一条狭小的石阶，在绿色的植被下，向山下曲折延伸，连接着半山腰的一栋青石小楼，石屋旁的岩石下，披拂着密匝匝的三角梅，紫红色、香槟色、火红色、白色的花，在竞相开放。

石屋外，是一个五十来米见方的青砖小院。院门口两扇腰高的木栅门半开着，对着下山的石阶。两个男人和一个四五岁的黄绸裙女孩站在院门口，小女孩企图把她的小皮鞋头塞进木栅门的栅栏缝里，要身边的灰衣男子推送。灰衣男子弯腰帮助小女孩，旁边的高个儿男人一把拽住了她的手，一指门柱上锈蚀的蝴蝶片说，摔下去你就滚下山了！

小女孩生气地甩开他的手，我不要老陈！

女孩踮脚作势要灰衣男人背。灰衣男人蹲下背起她。他们先下石阶了。

石屋二楼窗边，低垂的窗帘下，露出一副望远镜，它一直对着院门石阶上的两个男人。窗帘后面是一个穿栗色丝薄睡袍的斯文男人，他脚下坐着一只安静的沙滩色狐狸犬。这是房东卓生发。

望远镜镜头里，小女孩扭身冲着石屋大叫：道爸爸——快点呀——

一男人锁门而出。一头扎眼的花白头发，和他看上去肩宽腿直的结实身材形成反差。他脖子上还有一圈暗紫色的勒伤痕迹，右手小臂还包扎着黄纱布。几个人往山下而去。小女孩已经忘了刚才的不快，在灰衣男人肩上不断去抓沿途的鱼尾葵叶、榕树气根。石屋窗边，房东不断调整着望远镜的焦距，直到镜头里三个男人和小女孩彻底消失。

下山的石阶有二三十米长，山底是开阔的、小草丛生的废旧铁轨通过的大坪，拐下一个大长坡弯，就是水泥大道，再往下，就是车水马龙的大街了。高个的男人和头发花白的男人，一直走在背小女孩的灰衣男人后面。

出来一趟太麻烦了，高个儿男人说，如果单是尾巴的生日，我真不想进城。

花白头男人说，你要能心安，你就试试。

高个儿男人说，怎么试？扯淡。

花白头男人：没人强迫你。反正你也这么做了十三年了，你觉得可以心安就行了。

尾巴最近老是喘气，稍微一动就蹲下，要人背——高个儿男人换了话题，你说，她怎么生日就刚好是这一天呢？花白头男人说，问你姐姐去。

生辰就写在包她的小童毯子里，你又不是没看到。高个儿男人不易觉察地叹了口气，说，每年这一天，我都觉得很诡异。昨天又是一夜难眠，渔排底下往上吹的风，特别阴冷，刀似的，根本不是八月的风。

两人无语。一前一后，向山下走去。

三个男人和小女孩下了公共汽车，进了植物公园拐角的一家麦当劳餐厅。玻璃门内，一个戴着戴胜鸟头饰的迎宾女生说，呀！这么漂亮的小朋友啊！

尾巴说，我要放生日歌！像上次一样，让大家都听到陈杨辛小朋友生日快乐！

戴胜鸟笑起来，好的。是预定的对吗？来，这边请！

三个男人，只有花白头男人有轻微的笑意，另外两个都没有表情。被引到座位落座后，高个儿男人蹲下去给小女孩重系了松开的鞋带。戴胜鸟笑吟吟地说，等妈妈来再放生日快乐，是吗？她指着高个儿男人说，这位是爸爸吧？高个儿男人做了个模糊的表情，尾巴站起来说，他是老陈！这个是道爸爸，这是我小爸爸——看！道爸爸给我买的生日礼物！

尾巴把背上的卡通书包使劲转到胸前，说，小猪班比！我妈妈被台风刮走了。要等再有那么大的台风的时候，她才能回来。

戴胜鸟反应不过来，她似乎不知道如何面对一个孩子的玩笑。灰衣男人用指头嘘尾巴，表示她的话太多。高个儿男人说，赶紧点吧，我们还有事。花白头的男人也在看表。

黄裙女孩极漂亮，服务生都伺机过来逗她。餐厅里回荡起生日快乐歌。戴上了小寿星帽的小女孩，被领着和好多个小朋友一起跳圈圈舞。几个女服务生不时偷看三个男人。三个男人沉默的表情和小女孩活泼欢快的表情不太协调。但是，她们看得出，三个男人很疼小女孩。

三个男人低声交谈着，不时拿眼睛看跳舞的黄裙小丫头。

灰衣男人看着花白头男人的伤手说，没事了吧？

花白头男人摇头，表示没事。高个儿男人低声说，其实，当时你跟巡警说，他们抢劫了你，我想也坏不了什么事的，钱和存折还丢不了。

也许吧。可是一趟趟做笔录也未必是好事——花白头男人转向灰衣男人，什么叫A级、B级通缉令？

灰衣男人说，好像是案件的严重程度、通缉速度和悬赏金不同吧，A级一到，十二小时内通缉令将传到各警种、各基层。去年开始实行的。A级悬赏金不低于五万，B级不少于一万吧。

小女孩跳了一小会，便气喘吁吁，还蹲下了两次。离她最近的花白头男人，过去把她抱了回来。一个给小女孩送生日气球的服务生发现，她一走近那一桌，三个男人就会沉默下来。倒是小女孩大声说了谢谢，花白头男人笑了笑。

直到他们带着孩子出门，几个女服务生还在悄悄议论，到底谁是孩子的亲生父亲。

如果是周末或节假日，植物公园会有很多本地和外地的游人，但因为是个平常的日子，加上小雨霏霏，公园里人影稀疏。三个男人牵着拿生日气球的孩子，进了湖边西北角的望鹤亭。亭外，一边是密植的金丝竹，一边是花叶良姜和鲜红如血的美人蕉。花白头男人从随身帆布兜里，拿出了几支香、小香炉，并往小香炉里倒米。高个儿男人从自己的包里，拿出了旅行茶杯，这是之前在餐厅新泡上的，他还掏出了一小瓶酒，倒在一个纸杯里。灰衣男人和小女孩在折纸。这也是餐厅送的生日礼物。

花白头男人点上三支香，对着西北方向垂首静默良久，然后把香插在小香炉上，随即，高个儿男人也点了三支香，对着西北方合掌闭眼，久久不动，香烟在掌上缭绕。亭外扑来的风，一阵阵把霏霏细雨送上他的脸，他一动不动，眼睛也不睁开。花白头男人看着他，深吸一口气，转身抽烟。

湖水一隅，荷花在残枝败叶中嫣然竞放，鹭鸟低空飞翔，在寻找荷叶缝隙里的游鱼。一个像是搞专业摄影的男人，不断变换身姿，在拍摄细雨中的一支深紫色莲花。

高个儿男人把香插进香炉，灰衣男人就起身了。他也点了三支香，鞠躬祈拜后，他膝头一软，跪了下来。他的鼻子，抵着夹着香的合掌，袅袅轻香就像在他额头上腾起。他跪了很久，看不出究竟是细雨潮湿了他浓重的睫毛，还是烟熏得他眼角湿润。另外两个男人并不看他，他们在各自对着湖水抽烟。

拿着折了一半纸鹤的小女孩，站在跪地的男人背后。等得久了，小女孩敲了敲他的背：可以了吗！灰衣男人起身把香插进小香炉中。小香炉里面，有了九支香。

拍摄莲花的男人，把镜头转到了亭子这边，三个男人很自然地都转身，背对着他。

灰衣男人说，上次我说的那个姓伊的，知道那件事。

花白头男人说，哪个？

灰衣男人：去年年底调来的那个警长。我不是告诉过你们，他一来就听出我的闽北西陇口音，马上就跟我说那事，说他当时还是实习生，那是他经历的第一个灭门大案。昨天半夜，我们忙完后一块遛哈修，他又说起那件事。他说他印象太深了。

高个儿男人：他说什么没有？

灰衣男人摇头。他深吸了一口手里的烟，然后把红烟头直接在手指上捻灭了。

九支香，渐渐烧到头了，花白头男人开始收拾香炉等物品，他说，我倒记得有次你说，他待你不错。好像很赏识你是吧？那你也别多心，好好干就是。我得走了，交班时间差不多了——你带钥匙没？他问灰衣男人。

灰衣男人掏出一把钥匙，看高个儿男人，说，比觉你还要不要回石屋？

高个儿男人：算了，我带尾巴去个书店，直接回岛上了。这一天过去了。

9

小女孩有点惆怅,说,我不喜欢住渔排了。我要住石屋,为什么我不能和道爸爸和小丰爸爸住在一起呢?

花白头男人拍了拍她的头说,因为没有人照顾你。我们两个都要上班。

那我上学的时候可不可以来?老陈说再过两年我七岁,就可以上学了。我自己会照顾自己。灰衣男人笑,你这没户口的黑小孩,还想上学啊。

今晚楼下空无一人。我又失眠了小卓,我很佩服你,稍微有一点风吹草动,你就立刻醒来,醒来了你又可以马上入睡,不到十秒钟就发出醇香的呼吸声。昨天我告诉你,前一夜我听到这空山中,你和小鸟交替起伏的梦呓声,也许你们梦中一起追逐游玩。你多么幸福踏实,白天和晚上一样的幸福踏实。我越来越不喜欢夜深人静,这里,静得可以听到高空里高压线芯里电子疯跑的声音,我没有它的形容词,也可能不是,就是时间本身的声音,我不是说滴答、滴答的那种人为设定的时间的声音,而是真正的时间的声音,那声音有点像白天里你把手掌虚窝在耳边听到的那种声音,空渺辽阔,极其飘虚,连接着千万年前,多听了你觉得自己比一缕丝线一缕烟还要细,听了想哭啊。

我还是被那个噪音吵醒,那么多男人女人在烟海深处呼叫,还有孩子的尖叫。有时那个喧腾的片段会重复播放,直到寺院的钟声把它打断。它退却了,消失了。刚才,它又来了。在晨钟暮鼓的黑色间隙,我总是被它吵醒。你真的听不到吗?为什么你总睡得那么安然,你真的什么都听不到吗?你的听觉比我好啊!在我大汗淋漓醒来的时候,你怎么能睡得那么香?难道那些声音,那个孩子的呼叫,你都听不到?

我还以为搬到山上,就可以安眠了。原来不是这样。

那个带着小姑娘的高个子,又来了。他到底从哪里来?为什么每次都来去匆匆?

三

一辆蓝白的出租车在高架桥上行驶。行至桥下,它加进了堵车行列。车内,一前一后两名乘客心急如焚。坐在驾驶座上的花白头男人,拿起手刹边的大矿泉水瓶,慢慢喝水。车流几乎不动。副驾座的乘客指着挡风玻璃前插的"上岗证"说,我记着你的名字,杨自道!今天我赶不上飞机,绝对投诉你!

的哥旋着瓶盖说,之前我就告诉过你,这个时段这里很堵啊。

前排乘客:你那么轻描淡写,我们哪里知道会这么严重!你难道不知道我们是赶飞机?你看这计价器,一直在跳,跳的都是你的钱!你以为我不知道你肚子里的小算盘!

的哥一笑,说,你误会了。现在是下班高峰期,我随便拉一个,都比耗在这里堵着赚得多。当时我要强求你听我的,不看到这里的实际情况,你一定会认为我骗你绕路。

前排乘客:你还一路打手机,自然开得慢,不然我们早错过这个堵车点了!的士司机怎么可以边开车边打电话?

对不起,的哥没有了笑容。他说,我们家小丫头忽然晕倒了。今天她生日呢,我很担心。后排乘客:好啦老四,别把火气撒师傅头上。让他专心开车吧——师傅你女儿现在怎么样了?的哥说,她爸带她先回家。应该没事吧。前排乘客说,搞了半天是别人家的小孩!真他妈该急不急!

的哥没有再说话,他专心看着车外,注视着窗外华灯渐起中的不太流动的车流和奔忙的交警。阻滞的车流终于松动起来。看得出,的哥杨自道的车技相当好,轻巧地起步提速,灵敏地左闪右避,一瞬间工夫,已是轻舟已过万重山的优越领跑。

这车开得好。师傅，开多少年了？后排乘客说。十多年了吧。的哥说。

你有多大年纪了？

奔四啦。

这头发都白了！辛苦啊。师傅一个月能挣多少？

还好了。夜班多一点，节假日也好赚一点。

到底一个月能挣多少？前排的客人说。

三千多，有时四千吧。

我以为起码四五千呢！

哪能呢，你算算，一个班跑三百上下，四五百也偶尔有，一个班要给车主缴一百四五租金，当天缴，再扣掉油钱一百多，还有饭钱，你看还剩多少？有时我们连两百五的本钱都赚不回，跑一夜只有六七十元也正常啊。

老四，留个电话给他吧。年底我们公司可能还得买个大商务车，师傅你有兴趣吗？

呵，谢谢。看缘分了。

副驾座的人掏出一张名片，并不给的哥，而是直接插在前排杨自道的"上岗证"边。他说，我看你很无所谓呢。告诉你，我们公司不是随便什么人想去就去的地方！

后排乘客制止说，老四！

副驾座乘客：要告诉这种人实话，不然有些人野惯了，还他妈不知好歹……今天要不是年检，谁还打肮脏的的士！

后排乘客：老四！

的哥笑着，谢谢谢谢。很感谢两位啊。

前排乘客乜斜着他。到机场等着计价器打票的时候，后排乘客已先下车。前排乘客狠狠地说，你这假模假式的笑，真他妈令人讨厌！

的哥更加笑容可掬，我不假，能挣到你这种人的钱吗？

从机场出发层下了坡，的哥杨自道又顺道带了两个被排队候客的的哥扔掉的短途客人。一路开过紫金大道，拐进客人所在紫金小区的时候，他看到公交站点有个女人蹲猫在站点旁的绿篱边。送客出来，他又看到那个女人似乎躺到地上了，有几个人站她面前。公交车一来，那些人就丢下她追车去了。

杨自道已经开了过去，但想想，折了一个圈又开了回来。那个女人还躺在那里。杨自道把车停边探看。几个路人便纷乱地说，昏倒啦！肯定是有急病啦！女人的长发汗黏黏的乱粘在脸上，嘴边黄黄白白的一块像是呕吐物的恶心挂痕，但一身干净的休闲短裤T恤，倒也不像是流浪人。杨自道犹豫着，旁边人说，你有车啊，送她去医院！

杨自道出车张望，希望附近有医院，免得耽误自己太久。立刻就有候车的人热情指点说，那边！那边！拐弯那边，那个白房子，就是个社区医疗服务站！杨自道只好将女子抱进汽车。当他把女人抱起来的时候，忽然有点生自己的气，既然这么近，这些人为什么非得让他干这事呢？他恨自己真他妈的多管闲事。

到了服务站，他才真正后悔了。小小的服务站，灯光灰暗，几个医务人员态度恶劣。杨自道替女子挂了急诊号要走人，被一个护士模样的人一把揪住，说，先交押金！杨自道赶紧说明自己不认识这个女人，只是路过帮助她一把。护士高声嚷，你以为这是政府救助站吗？就不让他走。这时，杨自道才发现，昏迷的女子没有包，也许没带，也许已经被人趁乱偷走了。

杨自道沮丧地替女子缴了三百元预付款。护士说要五百，杨自道说，他刚交班，没有那么多钱。护士更不让他走了，说，你必须等她醒来。要么你联系她家人来。杨自道只好干坐在简陋的观察室里，盼望输液的女子快点醒来。在服务站灰暗的灯光里，杨自道发现这个一头臭汗、脸色死白的恶心女人，其实很年轻漂亮，眉眼间有点像辛小丰。辛小丰是个线条清晰的俊朗男人，这个女人就像是他妹妹。这么想着，杨自道就给辛小丰打电话，想告诉他尾巴昏倒的事，但辛小丰没有接电话。无聊中，再打，还是不接。杨自道又给比觉打电话，是尾巴接的，尾巴说，老陈去岸上买淡水了。她说好了，在吃花菜。

年轻女人终于醒来。杨自道舒了一口气，觉得至少可以把自己垫付的钱要回来。那女人看到自己的处境并不惊异，她转动着头，嘟嘟囔囔地说，包呢……是痛经啦……每个月都这样……谢谢送我来……我的包呢？

年轻女人的声音非常虚弱含混，但大家都听清了。杨自道一听这话，头就大了。果然大家都看着他，好像他该对那个包负责。那个护士指着他说，这人送你来的！一来就想走，被我揪住了。你快联系家人吧！

年轻的女人有气无力地看着杨自道，眼睛里充满期望，好像她的包是他管着的。杨自道走过去，有点气恼地说，我是开的士的，你昏倒在紫金站那里。我没看到你的包，不信你可以到我车上搜。如果你不相信，我也没什么可说的，大不了押金送你。算我倒霉！我已经耽误一个多小时了。我走了！

哎……等我，师傅……我要坐你的车回家，回家我才有钱……

女人突然哭了起来，不知是肚子还疼还是心疼自己的包，她莫名其妙地哀哀哭着，有点耍赖，杨自道不知所措。表情威武的女医生命令说，喂，你好事做到底，等等病人，我问问病情开点药就好了。杨自道简直烦躁到极点，但也只好站一边。他面对窗外，背对着医患两人，也听到了大致内容。年轻女人对自己的病情熟悉到厌倦，她告诉医生，所以痛得厉害，是医生说她子宫内膜有道"秦岭"，所以，每次来月经都痛得要上房揭瓦撞墙，经常靠打杜冷丁过关。全家人都怕她的月经，经期临近从来不敢让她单独一个人，没想到，这次提早太多来了。

医生建议女孩尽快结婚。她说，结了婚生了孩子，保证你什么都好了！你要实在不想结婚，你就找我艾灸推拿，我们是祖传的，持之以恒也会改善很多。可以试试。

年轻女人以一种奇怪的姿势，蜷在后排座位上，车子颠簸厉害点，她就哼哼唧唧。杨自道从后视镜里看着她，一路觉得自己倒霉。他说，还疼是吗？

好点了。女人有气无力，本来我包里很多钱的师傅。

我没有拿你的包。杨自道说。

我又没有翻你的后行李厢。

杨自道差点跳起来，不由猛踩刹车。女人扑哧笑了，笑声也是奄奄一息的，她说，逗你，老头。傻瓜才会偷了我的包再送我去医院。你没那么傻吧？

杨自道暗暗叹了一口气，他觉得自己的确是傻瓜。今晚的黄金时间基本报废了。

女孩子家在筼筜湖畔富人区筼筜丽景小区。通过小区门岗时，她伸出手招招，电动栅门就滑开了。绕过草木茂盛、阔大气派的中庭，再绕过两个羽毛球练习场，的士一直开到她家的楼前。

女孩在后座说，你要是不信任我会拿钱下来，你就扶我上楼。

杨自道扭头看了看女孩，还是熄火出了驾驶室，为女孩拉开车门。在电梯里，女孩蔫蔫地背靠着电梯角落，似乎随时要瘫滑下地。杨自道看到护士并没有把她嘴角那块呕吐痕迹擦干净。他把眼睛转开。女孩说，你是怕我上去后赖你的钱才送我上楼的，是吧？

杨自道不明白，她的声音已经虚弱得细如飘线，还能这么饶舌。

是不是？

杨自道点头。

没错，看得出，你是个小气鬼。女孩奄奄一息地说，嗳，你老婆很凶吗？功夫王？

　　杨自道不明白地看着她。女孩指他的脖子血痕，又指他小臂上的纱布包扎处，说，床头打架床尾和，床尾也打架你就没地方和了。

　　杨自道没有理她，专注地看着电梯楼层指示灯。21层，电梯门开了。一梯两户，电梯门外，等着一对六旬夫妇和一个保姆模样的人，一看到女孩，大家就大呼小叫起来：急死人了！打电话你关机！到底怎么回事啊！心细的母亲贴近看着孩子，又拉她进屋细看。女孩仿佛委屈到极点，立刻有了哭腔：嗳，我差点死了……

　　她们一呼隆拥进屋，做父亲的不进，用征询审视的眼光看杨自道。

　　杨自道说，我是的士司机，送她来的。她病了，刚从诊所出来。

　　女孩倒在客厅的沙发里挥手，给他五百块，医院是他垫钱的，他送我去医院救了我。

　　做母亲的立刻过来，父亲也换上非常友好的表情，说，谢谢谢谢！好心人啊！立刻掏皮夹递钱。杨自道摇头，不是五百。给我三百二十七块。三百是医院的，二十七块是车费。

　　女孩走了过来，从父亲手里拿过五百，塞给杨自道。还有你送我去医院的路费。就这样了。你给我留个电话，我可能还要去找那医生艾灸呢。

四

　　渔排的夜色，冷清而辽阔。海面上像结痂一样，平铺着一格格的养殖网箱。天上，墨色苍穹无极深远，星月冷峻。这一带都是海上养殖区，小户人家铺有十几二十格网箱，大户人家有七八十甚至上百格。每一户的网箱中间，都钉有一个简易小木屋。看管网箱的养殖人就住在里面。每一户人家的渔排上的小木屋前，都站着个三叶大型风扇，靠风力自主发电，风力不足的时候，渔排上的每一个木屋，都发出偏红的灯光。养殖工人白天辛苦，晚上听听收音机就睡了，所以，小木屋里的灯光，往往持续到八九点也就陆续熄灭了。

比觉原来是跑船的水手，不是远洋的那种，而是本岛上渔家的雇工，除了五、六两个月休渔期，其他时间都是十天半个月甚至一个月地在外海捕鱼。三年前的十四级大台风，把替人看护渔排养殖的姐姐比慧和姐夫打进海里，他们成了永远失踪的人。那天，海上作业的所有船只都提前回港进了避风坞。下船的比觉，便带着姐姐姐夫捡来的弃婴尾巴，进城找杨自道和辛小丰玩，不料年年都说狼来了的台风，这次真的来了，准确的正面袭击，将整座城市撕扯得破破烂烂：飞机撞墙、广告牌横飞、树木折毁、危房倒塌，损失惨重。姐姐比慧和姐夫被台风永远带走了。

渔排林老板感到内疚，因为他没有强制比觉的姐姐姐夫上岸，甚至谈不上语气严重地通知。很多渔排主都有这个私心，因为台风天，更担心风狂浪大养殖渔排无人看护带来损失。而往往政府喊"狼来了，狼来了"，狼却总是不来或者不成气候地来，所以，大家也都有了侥幸心理。结果，这次强台风，致使好多渔排雇工死亡或失踪。除了鲸鱼岛避过风头的渔排区，整个金元湾的渔排全部被摧毁。被掀翻冲毁的渔排网格里，奔向自由的大鱼小鱼，堆满了金元湾海岸线。林老板在金元湾损失了六十个网箱，但是，鲸鱼岛那里的五十个网箱几乎没有损失，因此卖了高价。两相持平，还略有余赢。他给了在老家的比慧父母一个比较满意的补偿。陈比觉也接受林老板邀请，接替比慧夫妇的岗位，带着尾巴留在了金元湾重建的林家渔排上。不过，现在林老板只有四十个网箱了。

郊外渔排的夜空，天风清畅，漫天是金属白的清秀的星光。在金元湾，和藏墨色星空呼应的，就是海面林老板的渔排小木屋里孤

17

独的灯光。尾巴躺在小木屋前台的席子上看星星，身边是个望远镜。比觉在右侧竹竿挑起的灯泡下，清理粉碎机，他刚刚用粉碎机粉碎了两方盘鱼食。网箱里有八箱，鱼就像婴儿一样，不断要吃。

该睡了，尾巴。我差不多了。

等你好了，我要关灯再看一会。尾巴说，你的灯光害我认不出长蛇座。

长蛇是春季星座，现在是九月底，它已经到地平线以下了。

小爸爸说，今天他们抓坏人，那个坏人放出了很多蛇。有的有毒，有的没有毒。长蛇座是毒蛇吗？春天的时候，你忘记教我认了。

长蛇座不好认，虽然它是天上八十八个星座中最大的星座，在前几个月，它都几乎横过整个南部天空。可是，它没有耀眼的亮星。就是蛇心脏那里一颗发红的二等星，其他星就更暗了。等春天来了，你再自己看。刷牙睡觉。

说一下长蛇座的故事好不好？说完我就睡。

说话算数。比觉说，长蛇座就是一条大水蛇，它是水蛇精许德拉的化身。它有九个头，每个头的嘴都会吐出毒气害人。而且，你砍掉一个头，马上又生出两个头，更凶。后来，英雄海格力斯来了，就是你认识的那个杀死狮子精的海格力斯，他带着他的侄儿伊俄拉俄斯，找到水蛇精。海格力斯一剑砍掉水蛇精的一个头，伊俄拉俄斯就立刻用火烧它的伤口，它的新头就没办法长出来，这样，他们合力杀死了许德拉。天神宙斯就把水蛇精提到天上，成了长蛇座。

——这么短？不算！太短了不算！

那再加一个乌鸦座和巨爵座。以后，你在看长蛇座的时候，会看到它的背上有个像我们家汤锅那样的东西，那就是巨爵座，长蛇尾巴上还有只乌鸦，在啄那个汤锅。乌鸦座和巨爵座的故事说的是，太阳神阿波罗养了一只乌鸦，又懒又笨又爱撒谎，有一天，阿波罗给它个大银杯叫它去打杯净水，它居然飞到一棵树上打瞌睡，后来树上的果实掉下来，它被吓醒了，把嘴里的杯子掉在了刚好路过的蛇身上。阿波罗看它老半天才迷迷糊糊地飞回来，非常生气。乌鸦撒谎说，都是这条蛇捣鬼。宙斯为了告诫后人，不可以撒谎，就把乌鸦升到天上变成乌鸦座。那个银杯就成了巨爵座。这条倒霉的蛇，就是长蛇座了。

尾巴从草席上爬起来，哼哼唧唧地去船的那一头刷牙。

小屋子的西头，有个一平方米左右的厨房。门口有两个一米二高的蓝塑料桶，是每天用的淡水。尾巴还没有淡水桶高，她的个子在同龄孩子中也偏小。她拖过小凳子，自己站上去舀了水准备刷牙。

老陈！没有水啦。

比觉已经站起来，他怕小家伙栽进桶里。比觉替她把刷牙杯子、脸盆都盛上淡水。尾巴刷着牙说，我问小爸爸，你为什么没有用枪打死蛇，他说他没有枪。小爸爸为什么没有枪，他不是天天抓坏人吗？

比觉说，他没有枪，因为警察才有枪。他是协助警察抓坏人的人，叫协警。

哦，尾巴说，协警没有枪。

一进小木屋的门，是个吃饭兼放杂物的三米见方的小厅，和吃饭的旧茶几相对的是一架硬木双层小床，上层堆着一大束补渔网的暗绿色尼龙线，在杂乱的冬衣、蚊帐、薯片酸奶的杂物间隙，还有乱七八糟的书：《第十大行星之谜》《星空——诸神的花园》《英汉天文学名词》《生死有命的恒星族》《燃烧的太阳》，床脚还有大量天文学杂志。

比觉睡在下铺。尾巴的床在比觉床右前一个延伸部位，好像一个小写的"d"，孩子就睡在竖画的头端。原来比慧夫妇睡在小厅的高低床上，孩子就睡在这里，她从小就睡这里。

渔排养殖港的夜，比都市之夜甚至乡村之夜都入睡得早。熄了灯的渔排，一片一片融进了黑暗之中，海天深远寂寥，吞噬着所有的光和声音。偶尔有远处渔排上的狗，惊梦似的吠上几声，几个渔排的狗都迷糊呼应着，但是，梦吠无非是徒劳地丈量了一下海天辽阔的静谧。虽说风平浪静，但渔排的衔接处，都在发出木头挤压摩擦的咯吱声，格格嘎嘎到处在响。

比觉从小木屋外面走过去，把尾巴床前的小窗关小，回到小厅就把灯熄了。隔着茶几就是蓝玻璃大窗，躺在床上，他能看到窗外不完整的牧夫座。他想起来，刚才跟尾巴说的长蛇座，在古代阿拉伯人的传说里，长蛇实际上是个孤独者的星座。

躺下来最能感受海平面暗藏的喧嚣，哪怕是今天这么风平浪静的日子，你依然能感到海水有劲道的摇晃。它推送着你的背，一直摇晃到你心里去，荡漾，摇晃，不息的荡漾无边无际，一直到睡梦深处。长蛇座那颗孤独的二等星在西方海平面以下，照耀着地球上的其他孤独者，或者让其他孤独者想念。比觉抚摸着自己，尽量不发出响声，事实上，生命的呼啸和这样浩瀚空渺的千年黑寂相碰撞，不过是比狗吠还无奈的挣扎，喘息释放之后，比觉眼里布满空虚而绝望的湿润。

又是一天，过去了。

五

伊谷春站在二警区办公室的窗口抽烟。

从窗口，他可以看到楼下天井里，手铐固定着几个站不直的家伙。这个月以来的"猎鹰"追逃行动，大家都忙得晨昏颠倒。前晚追捕一名群众举报的广东投毒案逃犯，没想到那老头竟然从事供应餐馆贩蛇买卖，伏击人员冲进去的时候，一只装蛇的铁笼不知是那浑蛋故意搞翻了还是自己倒了，满屋子都是蛇。一条眼镜蛇就在一个笼子边，竖起半截身子。所有的人都傻了眼，这些未必害怕刀枪的人，都不由脸色大变。而窗子那边，那逃犯用凳子猛砸玻璃窗，就要跳出。辛小丰扑了过去，穿过满地是蛇的客厅。他的脚步比蛇快。那投毒的老头，被他死死拧按在窗台上。

伊谷春一直在想，这家伙怎么就这么不怕死呢？晚上，兄弟们在一起喝蛇汤时，面对大家的赞叹，辛小丰只是低声说了一句，这么多人，真咬了也没有关系。伊谷春想，这是一个有脑子的人，一个胆量惊人的人。但伊谷春一直拒绝承认对他有好感，说不上为什么，是他的沉默寡言，是他的眼神，还是气场里一丝微妙的排斥力量？说不清，反正，他对他始终有不可捉摸的感觉。

可是，警区里所有的警察和协警都知道，伊警长最欣赏的人，就是辛小丰。

伊谷春是一年前从闽北西陇市调来的。西南政法学院毕业就分在那里了。十多年来，就这一个儿子的父母做了很多努力，想把儿子调回自己身边，直到近年他们的生意做大了，忽然就有了呼风唤雨的能量，调动成功了。按惯例，伊谷春降级调入特区，从西陇市重案队的刑警副大队长，变成了一个派出所二警区的普通警长。而父母最终的心愿，是让儿子下海，子承父业。但是，伊谷春对企业经营毫无兴趣，父母日益雄厚的经济实力，只是为他维护和强化了最纯粹的职业心态，使他超然于一般的权力之上。没有什么东西能收买得了他，也没有多大的法外情的空间。

交接时，语言形象的前警长就告诉他，二警区的十几名协警里，谁是"一把锤子"，谁是"一颗炸弹"，谁是"小弹珠"，谁是"秀才"，谁是"没有绣花的枕头"，介绍到辛小丰，前警长说，这是"一把风吹发断的快刀"。三十出头的辛小丰已经有七八年的协警警龄，他从分局成立协警大队就加入了，严格说，是成立协警大队的半个月后加入的。当时他还是夜夜渔舟大酒店的服务生。在上班途中，两名骑摩托的歹徒抢劫一个女人的包，他骑着破轻骑竟然冲了上去，撞倒了摩托，和有刀的对方扭打。两对一，辛小丰背上被划开了，白衬衫半身血红，吓坏了路人，竟然无人相助。但辛小丰死死扭住一个歹徒不放，危急时刻，一车体能训练的分局警察路过，整个中巴里的警察都冲了下来。车上的副局长，一看到辛小丰就满意了，现场问了几句话，当场打电话问他本来就认识的夜夜渔舟老板，老板得意地说这个员工已经不止一次见义勇为了。副局长就直接开口要人了。老板还不太舍得，说你新部队真缺人，我给你另找。没想到，局长说不要废话了，让他自己选吧。老板以为协警队当时两三百的薄薪，挖不走自己的人，但是，辛小丰竟然宁愿每月少两百多元，还真跟警察走了。

这一干就是七八年。现在，伊谷春来了。

在大家看来，辛小丰的目光澄明清亮，可是，奇怪的是，伊谷春有时在它的忽闪之间，却感到阴霾漫过，他定神看它，阴霾又立刻消散了，快得让人以为是错觉。但伊谷春知道，这不是错觉。

任何案件，无论下手前的预析担忧，还是成功后的亢奋陶醉，或是失败的沮丧或事后诸葛亮漫谈，辛小丰从不混迹其中夸夸其谈。他永远是安静的、沉默的、充满效率的。他总是在一个角落抽着烟，抽过的烟头总被他慢慢捻磨。伊谷春发现，他根本不会让烟头在烟灰缸里揿熄，而总是把发红的烟头，在左手指头上直接捏灭。然后，连着发烫的烟头烟丝，用手指慢慢地捻磨着。直到烟头成为粉末。有些人故意拿他的手当烟灰缸使用，他也来者不拒，接过就捻。似乎，这使他很有快感。伊谷春觉得这个人的内心绝不像他的外表那么清俊。

伊谷春来报到的那天，在派出所门口暂住证宣传栏下，捡了一只因为皮肤病被弃的发抖小黄狗。他收养了它，叫它哈修。哈修发现，所里的人，只有伊谷春、辛小丰，还有食堂做饭的阿姨对它最好。所以，没事它总是跟着伊谷春或者辛小丰。伊谷春这边处理警务，旁边坐着狗，成为警所独特的风景。为此，来所里开会的局座，一惊之下，臭骂过伊谷春不像话，破坏警容警貌。伊谷春笑而不改。但是后来，上面一有人来，所长就会指令说，那狗！让辛小丰看着点，别惹老板生气！半年后，随着皮肤病的根治和长大，哈修成了一只精神的拉布拉多，而且自学成才，会闻吸毒者的味道，比尿检还准。只要哈修围着嗅嗅转个不停并起跳的家伙，基本都是吸毒者。十拿十稳。这样，哈修就获得了半个协警队员的地位。

忙碌了一天，但只要住协警宿舍，再辛苦，夜再深，辛小丰也会领着哈修到所旁边的木棉公园里奔跑。所以，半夜两点、三点，辛小丰和狗在公园散步或奔跑追逐，十分常见。有时，辛小丰不住协警宿舍，那么伊谷春也带着哈修这么干。这一点，他们两个很像。后来，辛小丰的活动规律被偷自行车的团伙掌握——之前有个月，他们被疯狂的辛小丰一人抓进去十九个人——那天半夜，五个家伙守候在槟榔林深处，一个人忽然撒网，网住哈修，其他一拥而上，暴揍辛小丰。幸好，值班的伊谷春随后溜达过来，辛小丰才没有被打死。但是，两个人和后来挣扎出网而加入战斗的哈修，都受了伤，伊谷春还伤得颇重。之后，辛小丰依然半夜遛狗，只是身上带了刀。但从此，只要伊谷春在，他都会和辛小丰一起出去。

两人单独相处的时候固然多，但两个人都不是太爱说话的人，有时说说狗，说说足球，说说台海局势，并不像他人以为的那样深谈。有一次，酒后，伊谷春问辛小丰，为什么还不结婚？辛小丰说，缘分不到吧。你呢？伊谷春说，错位了，我喜欢她，她爱别人，别人爱别人。而那个别人，却非我不嫁。这样大家都做不成。

两人都笑。私人话题的谈话，一般也就是这么几句就结束了。伊谷春并没有兴致说，那个让他一见钟情、至今难忘的姑娘，就是师傅的小女儿。也许因为她，师傅的一切，都让伊谷春难以忘怀，有着特别的光晕。

六

　　如果杨自道一直干到拂晓的5：40交班时间，他就把车加满油直接开到康乐新村，和白班司机你下我上地交接。康乐几乎就是个的士村，很多的士司机租住在那里，河南的、安徽的、东北的、江西的，大部分是两家人三家人合租一户两房或三房的一套，甚至有五六个的哥带着家眷分租楼中楼的，当然，都是毛坯房的那种。如果杨自道太累了，想凌晨两三点下班，他也要把车先开到康乐新村，停在白班司机的楼道附近，再走回家睡觉。缴车主的钱，只好等下午和白班交接的时候再付。

　　车主问杨自道为什么不住在康乐，交接班多方便。杨自道说，他从小路跑步到天界山也不过十几二十分钟，和自己兄弟合住惯了，又可以锻炼身体，再说那个房东也不错。实际上，杨自道撒谎了。他并不喜欢那个姓卓的房东。他和辛小丰住在这里的时候，还没有这个房东。原房东是个有海外关系的本地前阔佬，解放前和天界寺庙有过特别的历史渊源，才盖了这个两层的小石屋，是给他们家的女眷修行用的。解放后，这里一度荒草丛生。也许是要养房子吧，房东登报招租。由于偏僻，像是个修身练功的地方，没有什么赶路奔命的打工族看中，因此价格挺低。杨自道和辛小丰一看，却非常满意，立刻承租了下来。房东只愿给他们楼下一间朝南大主卧，一个简易老厨房兼卫生间。其他房间不开放。两人有点不满，但也没什么可说的。大半年前，卓生发也是以租客的身份进来的，他带着一条小狗，租住了二楼朝南的大主卧。就在杨自道和辛小丰屋子的正上方。两个月后，不知他和房东是怎么商量的，房东竟然把房子卖给了他。于是，卓生发成了他们的新房东。

　　在杨自道和辛小丰看来，除了那只叫小卓的狐狸狗，没有人喜欢这个男人，虽然他戴着眼镜，斯文整洁。那男人看人总是眼帘下垂，用眼角的余光打量你、跟你说话。用比觉的话说，视线低下为元气不足、缺乏自信、性格软弱的表现；男人雌视，定是心怀奸诈之辈。杨自道不时在半夜听到隐约低泣声，他猜是楼上卧室传来的，因为在这样的山上，不可能还有其他人。但辛小丰将信将疑。那还有谁在哭呢？

虽然讨厌这个东家，但他们都满意这个清净的环境。因为小卓，辛小丰对卓生发还比较客气，休息的时候，曾接受他的邀请，在院子里下过几次棋。但是，最激烈的冲突，也是在辛小丰和房东之间爆发的，那天辛小丰差点揍卓生发一顿。

之前，辛小丰和杨自道已经吵了一架。辛小丰回来住宿没有规律，但他的个人生活用品全部在天界山这里。本来，这个大卧房里，就只有两张老式小铁床，窗下是一张花梨木书案，但已经被他们拿来放置电视机。两张小床前面各有一个花梨木柜子，放置着两人的个人用品，也都没有上锁。辛小丰是发现自己的东西被人移动过，对杨自道发火的。

告诉过你！别老翻我东西！！

杨自道感到奇耻大辱：我再说一遍，我从不动你的东西！我也警告你！别他妈当了几天二腿子，就用这个口气跟我说话，我和你一样清楚——你他妈的是谁！

辛小丰怔了怔，哐地把一座台灯狠狠砸向窗外，灯泡在岩石上的三角梅丛中砰地四裂飞溅。房东卓生发闻声赶下楼，但越靠近他俩的门，他的脚步越轻。最后，他悄立在他们门前，不料，门突然大开，辛小丰冲了出来。辛小丰扭头看了一眼。卓生发大吃一惊。

屋里，杨自道大吼，没你的事！上去！

卓生发说，我要看看我家东西是不是被损坏了，这些，都快变成文物了，到时候，一条桌腿，比你们一条命都值钱，知道吗？以后你们兄弟打架，最好到院子里打。

杨自道吼，打坏了我赔！

辛小丰最终以职业的敏感和经验，判断是房东卓生发进了他们的屋子，偷看偷翻了他们的个人物品。兄弟俩很快释然。也正是那一次，杨自道才发现辛小丰有个奇怪得简直好笑的秘密本子。名片大小，像女孩子的通讯录一样。他非常在乎它。

当时，辛小丰是把一个旧传呼机压在这个小本子上，精确到边缘线，后来发现传呼机已经偏移原位很多了。而这个时间，杨自道在跑班。

杨自道到辛小丰床头看现场。一开始他也不明白辛小丰的剧烈反应是为什么。当时他顺手拿起小本子，辛小丰劈手夺过。杨自道发愣，从小一起长大的兄弟，从来没有这么小家子气过。辛小丰忽然放弃了，把本子扔下，走开。他知道他是放弃保护的意思。本来出于自尊杨自道想不看，但后来好奇心战胜了他，他还是把它拿起。里面却没有一个电话号码，8191988，这个也不是号码。其他也并没有什么古怪稀奇的东西，一页写满了"正"字，六七个，再翻一页，还是六七个"正"字。总共就是五六页的东西，最后一个"正"字才写了一半。他脱口而出，是你抓的人吗？

辛小丰站在窗口，看着外面。听到杨自道问话，他转过身来，直眼看着杨自道。杨自道看到他眼眸里深渊一样的东西，简直让时光倒流。"8191988"像黑夜里的闪电一样，击中了杨自道。杨自道顿然明白了八分，他心头一阵发紧。

如果说有秘密，这大约就是一个秘密的通道口。房东是不可能明白的。

杨自道把本子放回去，里面还有一张塑封的照片，是他们三个人在厦门大学大门前的合影。三个人还都是少年郎，都没有笑，表情僵硬，站的姿态很随意，只有杨自道的眼睛像被风迷了。照片右下角的时间是1988.8.25。多年的老照片了，三个人每人都有一张。

杨自道把床头柜的小抽屉收拾好，关好。他走到辛小丰身边，说，要不，明天出车，我给你带个小锁回来。我会帮你装好。辛小丰不置可否。

没想到，隔天上午，杨自道在屋子里装锁的时候，卓生发冲进来厉声制止。我说什么东西砰砰响！他说，租房协议写得清清楚楚！未经房东允许，房客不可以擅自改变室内物品状态！杨自道气得不知所措。卓生发说，一个小锁没有什么，可是，这些花梨木柜子，都是半个多世纪的宝贝了，让你们用就不错了，怎么可以不打招呼就野蛮破坏文物？

好，我现在跟你招呼一下，我们需要一个锁。

你住宾馆可不可以自己钻洞打锁？简直莫名其妙！有贵重物品，到银行保管箱存去！这里丢失，概不负责！卓生发猫腰察看被杨自道已经钻了一半的锁洞，气咻咻地说，这个月房租扣你一百。按规矩办！

辛小丰知道这事后，没有说什么，他看着杨自道钻了一半的锁眼，指骨捏得啪啪响。

大约之后的半个月，辛小丰有一次突然回到天界石屋，正好堵截了在他们屋子里摸索的卓生发。辛小丰劈手一掌过去，打得卓生发一直跌滑到杨自道床边，腰又因此被床沿撞了一下，卓生发疼得龇牙咧嘴，气都喘不上来。小卓暴跳如雷，要撕咬辛小丰的咽喉。辛小丰偏头冷冷地看小卓，小卓似乎想起来他们的友谊，眼神有点乱，身子也顿住了。

临出门，卓生发说，我不要你道歉，但是，到出租屋里了解安全情况，是房东的责任。看清楚了，这就是前房东移交我的钥匙。那时，他也一样有我楼上房间的钥匙——这是租房规矩！

第二章　你为什么不结婚？

一

的哥杨自道是在家里看电视相声节目的时候，接到电话的。

明天带我去艾灸推拿好吗杨师傅？声音小心翼翼的，语速极慢，又格外发嗲，但马上你就感觉她是故意这么逗你的。一时想不起哪位顾客这么说话，杨自道愣了一下，随即，电话里传来hi—— hihi—— hi——的笑声，非常古怪，有点阴险又有点傻憨，无疑还是滑稽逗趣。但这个也是陌生的。你救了我就忘记了吗？我可记着你。

杨自道知道了，就是那个痛经吓人的小姑娘。如果还是去紫金服务站，那可是二三十块的不错生意。他说，明天几点？

9：00，你到我家楼下。杨自道说，能不能定两个时间，怕车上有客人，一时过不去。

女孩说，跟医生说好了。如果来不及，你提前告诉我。好吗？

杨自道说好的。他当然无法预知，一段煎熬心灵、噬咬灵魂的历史就这样露出端倪，也许，严格说起来，夜班那一个夜晚，他就不该救那个女孩。如果一切都是命运，杨自道后来觉得，命运再次对他露出了过分残忍的脸。

直到生命的最后终结，杨自道脑海里都会不时播放那个美好的序幕。走进这个磨难，是在一个风和日丽的美丽上午，洒水车像铺地毯一样，在前面除尘开道，引他驶入干净湿润的筼筜大道。沿湖的大道两边的白色铸铁栅栏里，各色三角梅，像招呼人一样，拼命把一枝枝花条伸出护栏，香槟色的、蓝紫色的、玫瑰红的、雪白的，湖边的风一过，每一条枝条都在摇动：喂嘿，来啊！过来啊！

他刚驶近筼筜丽景门口，一个眉眼醒目的女孩，就像个滑过天空的调色板一样，向他的车飞翔而来。杨自道还没有伸头招呼，副驾座的门就被拉开，一条浅灰色的牛仔铅笔裤，连着一只灰粉相拼的球鞋，就踏了进来。她和半个月前判若两人，黄背心、蓝毛衣、灰色的手袋、浅橙色的太阳镜。一张绚丽朝气的脸，充满神佑的光辉。杨自道几乎不能直视。那个夜晚是黑白色的，而今天才看见彩色生动的真相。

是紫金医疗服务中心吗？杨自道开始掉头。

对呀。女孩看着杨自道——咦，你变啦！

开着车，杨自道能感到她在夸张地端详他，随即，一声叹息：那天晚上，我觉得你简直帅呆了，很非凡的老头。那个冷淡的表情、白色的头发，简直太酷了！怎么太阳底下，你就变得这么平凡普通啊！要不是你和你老婆打架的血痕还在，我都认不出是同一个人呐！

的哥杨自道被她批得有点不自在。但是，毕竟是萍水相逢，在见多识广的的哥眼里，太阳底下本来就没有多少值得动真气的事。所以，杨自道笑笑，真对不起，是我的错。

女孩hihi——hi——hi——故作阴险地长笑着，笑得很夸张，看来她以发出这样奇怪的笑声为乐。杨自道猜她十六七岁，后来才知道，她二十岁了。和一般女人不同，她言行表情夸张，而且不在乎你发现她的夸张，她要的就是与你同乐。她似乎把夸张演绎成了一种独特的表达方式。她一字一句地念着的哥"上岗证"上的名字，并把那个简单过塑的证抽下来。杨自道做好准备，要挨骂，果然，女孩再次叹息，没想到啊，你的照片比你的人还要糟糕！怎么拍的呢，又丑又老，唔，看看，你看看这双假笑的眼睛，女孩把他的上岗证反面插在插台座上，还是转过身去吧，要不别人都不乐意上你的车——

杨自道开始渐渐习惯她的漫画风格，他笑着，是，是，你批评得对，回去我就换照片。

女孩哈哈大笑，随后又换上 hi —— hihi —— 憨傻的滑稽笑声。杨自道也听明白了，前面是自然真笑，后面是捣鼓的自娱自乐。

一路驶去，两个人的语言风格，渐趋默契。没想到，刚进紫金大道，一只流浪狗从斜刺里狂奔出来，杨自道紧急刹车，他刹住了，但是后面一辆黑色蓝鸟却咚地撞了上来。杨自道扭头就看见：后车的仪表台上面，扔着一个醒目的警帽。麻烦大了。

女孩也反应很快：追尾，是他的错！全责！

杨自道边摸手机边对女孩说，要扯上老半天，你换车走吧，不收你车费了。女孩还没有开口，已经被冲过来的蓝鸟司机吓住，只见那怒发冲冠的人，咣地拉开杨自道的车门，一大脚就踹了进来。女孩尖叫。杨自道手机被踹掉，他发蒙着跳了出来。事实上，对方也正要把他拖出来。所以，他一出车子，蓝鸟司机和另一个同伴，就劈头盖脸地踢打过来：操你妈！你开！开什么烂车你开！碰瓷碰到老子头上！你他妈的坑新手坑惯了！

围观人一下就多了起来。

的哥被踹得出手抵挡。蓝鸟司机突然就嗷地摔在车上。谁也没有看清他们是怎么打的。蓝鸟司机说，你再来！的哥杨自道再次被踹得跪跌在地。

年轻的女乘客怯生生的，迟迟疑疑地站到了他们中间。

的哥杨自道有点吃惊，因为她满脸严重的惊疑和害羞，和刚才一路的顽劣饶舌以及冷静的事故判断，完全判若两人，就像戴了个古怪面具，怎么看都透着滑稽和无助。她站到了他们正中间，很难为情地张开手臂，又把胳膊无助地放下……嗳，别打了吧……她一只手捂搓着耳朵，像是来背诵检讨的初中女生……嗳……那个，叔叔，这个师傅是躲避一条流浪狗，你才追尾了，要是保持安全距离就不会碰到了……嗳，我还要赶着看病呢……算了吧，叔叔，好不好……

　　杨自道忽然想笑，这样大打出手的时刻，她怎么能生出这样的游戏心情。女孩越是庄重严肃，杨自道越是觉得滑稽搞笑。围观的人自然看不出来，一下就被她天真羞怯又认真的陈述迷住，大家嚷起来，喂，自己追尾，你们还打什么人哪？！有人说，已经报警了，真是，违章还敢欺负人。警察马上就到啦！

　　我就是警察！蓝鸟司机大吼一声，一指汽车。杨自道知道他是指警帽，但围观人不明就里，有人也明知故问，说，什么呀，警车在哪里呀？证件呢？警号多少？咦，警车违章也是违章啊，知法犯法罪加一等——

　　蓝鸟说，我操！虽不是正式警察，协警就不是警察了？耽误公务唯你们是问！

　　围观人哄堂大笑起来。蓝鸟司机的同伴居然也阵线不清地发笑，他克制地捅捅蓝鸟司机。的哥杨自道抱臂蹲着。

　　女孩眨巴着天真的眼睛，叔叔，算了吧……好不好嘛？我哥也是警察，我知道警察过来一趟也挺麻烦的。要不然，那个……嗳嗳……你们赔师傅两百五补漆就算了吧？交警来了，肯定不止啦，还要扣分，是吧？

　　众人说，两百五？太少！调个漆都不止两百！

　　众人说，绝对要扣分！

　　杨自道退开去，又看了两车相撞的位置。一个碗大的凹陷，漆脱落面积更大些，两百确实不够，但人家来头大，出租车贱，一些固定的小维修店便宜价便宜修，再说，只要没有大碍，没有一个的哥会一磕碰就去修的，等多了伤疤一起去更省些。

在看热闹人的谴责和起哄中，那个同伴从皮夹里抽出三百元，扔向杨自道，拉起蓝鸟司机走了。女孩帮杨自道捡起钱，大喜，说，喂，一起去医院啊！

两人进了的士，杨自道发动汽车。你怎么这么怕警察？女孩子语气正常地问。

开的士的谁爱招惹他们。

那是交警！其他警察又不管的士呀。再说，刚才那两个人，肯定是警察单位的后勤司机。绝不是正规军，你还那么怕。看上去真窝囊啊！

杨自道没有说话。

他们踹你那几脚，很重呢。

还好吧。谢谢你。你哥真是警察啊？

当然，一个很棒的警察！眼睛特毒，好人坏人，一看一个准！不过，他和他那帮神探同学，都很低调的，绝不是刚才那两个白痴的张狂样子。我哥很儒雅，真的。

的哥杨自道笑道，谢谢你。快到了。今天耽误你的事了，车费就免了。

嗬哼——乖哦！好吧，完了接我，一起算，我还要坐你的车回家！

二

尾巴拿着补网的小梭子，站在渔排的朝阳中。

她要帮老陈补一个她昨天看到的渔网破洞，因为今天是星期天，不用去海星幼儿园。老师布置的作业是，小朋友周末要帮大人做一件事。

多云的天，却异常的明亮，没有风，每家渔排上的发电风叶都不怎么转动。海平面像菠萝块一样一方方地轻轻晃动,二三十只白鹭整齐地站在阿鼎家的渔排网箱那里,站着,站着,有个别站累想飞的,就展翅飞了,但它们只在阿鼎家和比觉这边的上空潦草地转了转,就又落下来站到队伍里去了。圭母家渔排上有两只大狗,很卖力地撵白鹭。

比觉在小厨房切地瓜,煮地瓜稀饭。这是尾巴爱吃的。渔排的生活是艰苦的,每一天吃什么,完全看老板带过来什么菜,林老板最喜欢带包菜、土豆,一带带三五天的量,外加一条五花肉。也就是说,这样的食谱,要一吃好几天。大人吃多了都腻,尾巴从小胃口不振,所以,她不挑食,但是,你不叫她吃饭,她可以餐餐不饿,最多喝点酸奶吃点膨化食品。杨自道和辛小丰总是给她买很多。好在地瓜稀饭,再加点比觉自己腌制的萝卜皮,她还能多吃一点。

几个墨镜老外乘着白色小快艇,像一把拐弯的剪刀,远远地从海面上飞剪过来,溅起一路白色的弧形浪花。尾巴看着开心,向小游艇欢呼雀跃,挥舞鱼梭。老外看到了她,掉头减速向比觉的渔排而来,老远,一个银色长发的妇女向尾巴挥动棒球帽。尾巴高兴得跳脚,招手大呼,过来!过来!

游艇上的三个老外一起向尾巴挥着手,那个妇女生硬地说,你好——

尾巴人来疯,大声喊,你好——老陈!老陈!——我喜欢你的船——老陈快来——

几个老外拿着相机对着尾巴拍个不停,尾巴做鬼脸,开心得又是踢腿又是叉腰,老外笑着对她一直跷大拇指,尾巴更是得意,最后气喘吁吁地做起了幼儿园体操动作。两条狗,黑黑和黑黄,看这边热闹,也冲过来,冲到最靠近小游艇的网箱木架子边,使劲跳着身子叫。比觉一出来,有点瞠目。他原来还以为是海上派出所的巡逻艇,所以,也和老外挥了挥手。几个老外笑着加速离去。尾巴目

33

送他们远去，十分失落，一下子蹲了下来，有点想哭的样子。

人家有事啊，比觉拍拍她的头，我们吃饭吧。

为什么他们不让我上船玩一下呢？靠紧过来，拉我一下，我就能爬上去了。

你听不懂他们讲话，外国人也听不懂你的话。

懂啊，那个阿姨说你好呀。

还有呢？

还有等我上去再说呀。

比觉笑。小家伙拒绝吃饭。比觉哗哗几口吃了稀饭，就准备忙活去了。今天外海渔船要回来，要赶去买鱼食。那种一大方盘的冻鱼，普通水果刀大小的灰色的小鱼，一盘三十多元，一下子要买十多盘。多的送到岛上寄冻起来。不然鱼要挨饿。这些鱼食，不是天天有，所以，每一次渔船到，渔排的雇工都是你争我夺的一场战斗。

小家伙拿着鱼梭走到一堆没有清理的渔网面前，忽然，咚地，她把比觉忘记收起来的一大罐鱼药"呋喃西林"踢进网箱水中，紧跟着哗地，三个盛鱼食的塑料大方盘，也被尾巴故意踢下水。比觉吓得从屋内奔出，他以为小家伙发生了意外。一看这样，比觉大为恼火，过去就给了尾巴的屁股一巴掌。尾巴哇地哭了，边哭边喘。

比觉不理睬她。每个渔排人家都有一个叫"小机"的机帆小船。那是海上交通工具，就像陆地上的自行车。比觉刚发动小机，林老板的妻子海珠在别人的小机上，大呼小叫地开过来了，手里提着送来的菜。比觉熄了火，跃回渔排。小家伙还在那里胡乱踢着要补的渔网。海珠上来跟她打招呼，她噘着嘴巴不说话，又开始踢。

林老板每到周末，都会和自己的朋友一起到市里去喝茶打牌，有事就是海珠在海上跑。海珠送来的菜，明显比林老板花样多，像今天，塑料袋里就是油豆腐、肉丸、油麦菜、花蛤，还有一些带刺的青瓜、四季豆。

海珠问明尾巴生气的理由，拉过比觉到屋内，悄声说，上次我跟你说的那个收废品的，还想领养尾巴，他老婆去幼儿园看过她了，喜欢得不得了。你现在再不给，孩子再大点，人家也不乐意要了。

你怎么老操心这事？比觉说，我没考虑过。

嗨呀，明显的，你一个大男人，带她不合适！船上也苦，夏天晒死、冬天冷死！她还这么小，又没有户口，以后上学都是问题，你怎么办？你还要结婚的，拖个黑孩子，谁敢嫁给你？他们家来养，你要上岛看她也方便，孩子也舒服。赶紧下决心吧！一天天拖下去，你麻烦大了！

我没准备结婚啊。

屁话！你们男人我见多了！

尾巴不会去的。她从小在这里。我带她也越来越习惯了，再说，她市里还有两个爸爸，根本不同意。

他们管得着吗！都什么人啊！大傻瓜！你要糊涂过我也没办法！海珠在比觉腰上狠狠掐了一把，很重，比觉没敢叫，因为小家伙在外面。因为他没有反应，海珠又气得推了他一把，真是猪一样的东西！我这是为你好懂不懂！

海珠是一个比觉说不上来的女人，三十多岁。她对比慧夫妇还不错，还为他们的失踪掉了眼泪。爱哭泣，但很剽悍。林老板和她不仅吵架，有时还打架，打架时她敢动刀，林老板说，怕了怕了。说是这么说，林老板也确实是挨千刀的货，没那么安分老实，尤其这些年，生意越做越大，人也日益财大气粗，在外面应酬喝花酒，一夜不归也是常事。海珠怀疑他有人，可是毫无办法。因为有船有车的林老板的活动区域，早就远在岛外，甚至比市区更远。海珠和她的一家却祖辈都在岛上。实在寂寞了，海珠找比觉诉苦。海珠喜欢动手动脚。比觉觉得，这个过分寂寞的女人，有一天一定会对他动真的。对此，比觉从不期待也从不反感，虽然海珠动手动脚的力气里，总带着一种狠劲，这种狠，让比觉感到不安，但听天由命吧。海珠一直怂恿他把尾巴送掉，有时候，比觉觉得她不一定真是心疼孩子，也许她就是觉得尾巴妨碍了她。这样想的时候，比觉就很不舒服。

在比慧夫妇失踪、比觉接管渔排和尾巴之后不久，有一次他和杨自道、辛小丰三个人在外面，比觉说到有人想领养尾巴的事。阿道没有说话，他的眼神却很诧异；辛小丰的眼睛像刀子般凌厉，嘴里却笑着，他说，我一直说你是个自私的家伙，还不承认吗？

比觉火了，我不是为自己！船上太苦，你看不到吗？！再说，这事轮不到你评价！

辛小丰冷笑。杨自道说，要不，等她上完幼儿园，把她接到我们这儿来？

谁带？辛小丰站了起来，一二年级的小孩上下学还要接送的！谁有时间？全他妈是白痴说话！

雇人！我出钱！比觉火冒三丈，他觉得辛小丰更自私。

你出钱？辛小丰哼了一声，你四五百块钱还不够你抽烟！你出钱！

比觉开着小机想，又是一年过去了，平心而论，阿道和小丰确实很疼爱尾巴，完全像一个尽心的父亲。尾巴上幼儿园的大名陈杨辛，是三个人一起起的，就是宣示他们都是孩子的父亲。这两年，大人孩子的感情一天天加深，无论是尾巴对他们，还是他们对尾巴。这一点，外人海珠是想不明白的。比觉扪心自问，一开始，他是害怕接养一个孩子的，他毫无思想准备。比慧夫妇一走，尾巴对他寸步不离，他的心里稍有一点不耐烦，尾巴就能从他的眼睛里看出来。孩子会站在他面前，很小心地问他，你是不是不想要我了？比觉受不了孩子的眼光。两年多过去了，现在，他舍不得别人把尾巴牵走，一想到那个画面，他就受不了。以后肯定有麻烦，但是算了，比觉想，走一步算一步，看老天安排吧。

出事的时候,比觉正好运了八大盘鱼食料回来。小机还没有靠近,就看到阿鼎家的雇工在比觉的渔排屋子前,猛烈挥手,神态惊惶严肃。黑黑和黑黄狂吠。

比觉赶紧靠上自家渔排,还没固定好小机,那雇工已经把用毯子包着的头发湿拉拉的尾巴抱了出来。赶紧去医院!掉海里去啦!不醒!那雇工本来就是大嗓门,比觉耳朵被震得丝丝耳鸣,感觉情况更加危急。不料,尾巴却在毯子里醒了过来,湿头湿脸的,看着比觉笑。比觉心里一松,顿时生气,吼道:怎么又不小心!

我小心了,尾巴说,突然太阳到眼睛里了,我才跌倒的……

阿鼎家雇工指着圭母渔排上的狗,还好!它们马上跳下去救,但拖不上来,一只上一只下,大喊大叫,我才发现……不然你还有命?

烧两大壶水,抱着尾巴洗了头又快速洗了澡,比觉还是有点生气,但又隐隐有点担心,尾巴今年已经掉下去三次了,两个月前和年初,她都是滑进网箱里,这次居然掉进网箱外的海水里。太危险了。她总说她不是故意的,是头晕。为什么老说晕呢?还有喘,今年下半年以来,孩子动辄喘气,有时上岛去幼儿园她都央求比觉背她。一开始比觉不理她,甚至训斥她,她就只好自己走,走着走着,她就蹲了下来。

阿道和小丰认为是渔排上吃得太糟糕,孩子严重营养不良贫血所致,所以,他们每次来,不是带土鸡就是带活鳖、鹌鹑之类,但尾巴并不怎么爱吃,结果,还是三个爸爸自己大吃大喝。吃饱喝足他们又责怪比觉厨艺太差,尾巴也附和说所以我才不吃饭。比觉感到累,真是站着说话不腰疼,不知当爹又当妈的辛苦,指手画脚隔一两个月送孩子一堆礼物讨小孩欢心当然简单。现在,比觉越来越怀疑尾巴可能有其他毛病。

三

　　秋末冬初，天界山的夜，黑沉静谧，几声流星般的鸟鸣，给人以空虚无底的深渊感。整座山没有灯，山腰靠下，只有一座孤立的小石屋。山顶上，寺庙里的灯光，似乎总是在晚钟过后不久就熄灭，出家人都隐身在一片不可捉摸的深渊之中。

　　站在卧室窗前，透过层层叠叠的树梢，卓生发努力眺望废旧铁轨延伸的全部远方，那是一带红黄紫不清的浑浊天光，那里就是车来人往的繁华市区了。每次从这里看过去，总觉得像一堆财宝在山坳里光怪陆离地发光，多少人在那里不夜奔忙啊。这个时候，卓生发就会感悟，红尘还真是红的呢，这样说起来，他就觉得自己很清净拔俗，小石屋也算是红尘的边缘地带了，再退一步就是空了。

　　石屋二楼卧室，一盏六片的宫灯型吊灯发出温润的暖光。屋子中间是一张棕白格子布铺的餐桌，卓生发和小卓面对面坐在餐桌旁。卓生发自己面前是一碗面；小卓的不锈钢盘子里有两块鸡蛋大的猪肚片，因为烫，小卓有点无从下口。卓生发想替小卓吹一下，刚伸手，小卓勃然低吼，一头戳在盘子上，赶紧下嘴。它自己咬咬吐吐，龇牙咧嘴地还是吃了，几乎没有怎么深咬，就囫囵地吞下了肚。

　　卓生发一声叹息：你怎么能理解生活呢？你的生活太潦草了。

　　卓生发把自己的面慢慢吃完了，小卓还在自己的位置上看着他，不时舔舔嘴巴。卓生发说，你又不是不知道，我吃素了。他把空碗给小卓看，小卓马上用舌头把碗舔了个遍。卓生发替它侧转着碗，方便它舔。是不是，素的吧？从搬到这里，我就吃素了不是吗？我做到了。

　　卓生发伸了个懒腰，离开餐桌。突然他想起什么，走到床前的位置，像做俯卧撑一样，轻轻趴在地板上，他把耳朵贴着地板，贴了好一会。

一只发情的野猫，在石屋外面的什么地方，像英语老师教音标那样——o—e—o—e——一个音一个音不歇嘴地教。这样天地为教室的玄远声音，叫得人心里很空。卓生发一动不动地趴着。楼下的租客，今晚在屋子里，楼下有灯光。可能两个都在。年轻的那个，经常夜不归宿，而花白头的那个，如果是开白班车，傍晚起都在屋子。卓生发探听过，他总是没完没了地看电视、租看片子。如果是夜班，那么，傍晚起他就出门了。

从卓生发搬到这里租住的第一天，他就对这两个房客有异样的感觉。

好几次，卓生发从窗缝、门缝看到他的两个房客，在屋内面对面地抽烟，一支接一支，一抽半天，却一点人声都没有，屋内烟雾缭绕，不止沉闷，有时房客还会奇怪地受伤回来。他们从来不谈论自己。白头发的那个，照面的时候，会浮起非常礼貌的笑容，但是，你根本看不出他在想什么；年轻的那个，即使面对面下棋，他也几乎不会和你有什么眼神交流。在和他们对视的眼神里，他接收到了熟悉和排斥力的微妙信息，尽管双方眼神的交接是非常短暂的。他惦记着那个眼神。而当对方知道卓生发买下这个房子时，两个租客都不约而同地再次出现了成色复杂的目光。那是很难隐藏的一瞬间。谁会喜爱这样的房子呢？半个世纪前，那个领着丫头在这里独居的有钱人家的女居士，和他们今天的心情肯定不相同。那么，现在，楼上楼下，选择这样的房子居住的人，会有什么样的共同点呢？

卓生发克制不住自己对楼下租客的好奇。

今天只有那个花白头在家，听得出，他在接电话。他把电视声音关掉了，可见电话很重要。卓生发听不到打电话那一方的话，但是，花白头的回答在他看来是很特别的。他把它列为质量不错的一次窃听。

楼下，杨自道斜躺在床上接着电话。电话是比觉打来的。

趁小丰不在，我和你商量一下。比觉说，昨天小家伙又跌进海里了——没事，一点事也没有——我是说，孩子身体真的太弱，也许上岸居住对她是合适的。冬天马上要来了，渔排上是非常寒冷的，板条屋里到处都是冷风，那种无处可藏的干冷，针一样往骨头里钻，岸上人是想象不到的。

你什么意思，直说好了！

老板娘说岛上那户人家，还是很想领养尾巴……

我看她居心不良。

别胡扯好吗，她也是可怜尾巴。

你想抛弃小丫头！

不！不是抛弃！你别像小丰那样不理性……

他怎么不理性？他已经把尾巴看成那个姑娘投胎转世，你看不出吗？

不就是正好生在那一天吗？所以我说他不理智。我不跟他谈就是因为这个。

你把尾巴给那个收破烂的，你问过小丫头没有？

还没问。她真上岛住了，我也会常去看她，给她讲故事带她玩，我们三个还是她实质上的父亲。

放屁！人家让你去骚扰吗？给了，就是没有她了！

两人都拿着电话，沉默着。

……这么多年，我们三个总是在吵，总在互相伤害。比觉的声音像在风里轻轻晃动，阿道，大家都在受煎熬，为什么不能多一点耐心？

就是你他妈最容易发火……好，你说吧，我不说了你说。

我……真的很担心她是不是有病……

所以，你想抛弃她，真他妈自私！浑蛋！

阿道！

40

什么都别说了！孩子愿意去哪儿就去哪儿，强扭的瓜不甜，你讨厌她她心里肯定知道！那么聪明的小丫头，我告诉你，她要是不愿离开你，才说明你是个好爸爸。

我不是她父亲！

是！说穿了，你他妈的任何时候都怕承担责任！

你难道和小丰一样是白痴吗？你为什么不结婚？

你又为什么不结婚？你为什么不结婚，就是我为什么不结婚！也就是小丰为什么不结婚！说这屁话干什么！

那好，算你还有理智。你听清楚了，你知道不结婚知道不要留尾巴害人，那么，这条尾巴我们能保护多久？陪多久？！

杨自道语塞。

卓生发的半个脸在地板上贴得冰凉，他换了另外一只耳朵贴地，却发现楼下静默无声，他以为是不是他换耳朵的时候，电话挂了，可是，电视的声音也没有恢复。小卓突然大叫一声，它终于看得不耐烦了。

卓生发连忙竖起食指嘘小卓，小卓拿前爪拨他脑袋，就在卓生发准备结束偷听爬起来时，楼下的声音又响起来了，声音平稳，不再像刚才那么咆哮。

也许我们离开的时候，她就能够自立了。

我去孤儿院看过那里的孩子，比觉说，很可怜的……

卓生发使劲把耳朵贴紧地板，花白头的声音太低沉了，除了有些字眼，很多话听得越来越模糊。

这样吧，哪天你带她出来，我送你们先去大医院检查一下。给不给别人领养，还是再商量一下吧。你说得是有道理，但我舍不得，而小丰那人你知道，他肯定是不管不顾这些的，他认准的东西，没有人能够阻拦。

电话结束了。再也没有声音了。卓生发从地板上爬了起来。

——一个小孩的问题。看来，楼下那个经常夜不归宿的家伙，跟这孩子也有关系。今天晚上，楼下的好像相当不高兴。到底说的是谁呢？什么人要被抛弃？——曾经死了个什么姑娘，又投胎转世回来了？——小孩？到底谁的小孩？——不结婚？都不结婚？楼下到底在说什么？

卓生发的脑子乱成了一锅粥。整个夜晚，楼下的电视机没有再响起来。房东很寂寞地摩擦着自己的耳朵，说，天冷了，唔，地板太冰，我们需要一个监听器，是不是小卓？你知道的，楼下的家伙肯定有见不得人的心事。作为房东，我当然有权了解。你又歪头了，想不通是吗？唔，别担心，好啦，提醒我，明天我们就去找最好的窃听器！

四

辛小丰和两个协警队员在小区干道上修剪行道树枝。

二警区所有的行道树，一人以下高度的枝蔓，都被剪光。伊谷春要的就是视野能见度清晰度最大化，所以，他的辖区，一人高以下的树木是不允许有枝枝叶叶的，往上，统统往上，在夜里，警方用强光手电一照，六七十米的路上，人和鬼一目了然。

二警区是个治安形势复杂的大警区，有密集的住宅片区，有繁华的商业步行街，有中小学，有榕树公园的别墅区、领事馆区，还有东部最高的海峡双子楼、厦门大厦、金门大厦，不少台湾人住在那里，还有闻达大厦、嘉庚大厦，还有酒吧一条街、电子城，以及多家在建工地，居住人口近十万。

辛小丰手持小钢锯在树上爬上爬下。一个队员过来喊，快下来！伊警长的车马上到，要你跟他走。辛小丰跳下树来，顺手把手里的烟头捏磨碎了。树下，接过他手里的小钢锯的队员说，去去去，没有你警长没法干活呢。

说话间，伊谷春的一贯私车公用的私家车，已经从路口出现，那是一辆黑色不起眼的高尔夫。伊谷春开车，后排有一名队员，还有一个戴着眼镜的、神态有点畏缩的中年男人。那个男人对进来的辛小丰干巴巴地笑了笑，辛小丰马上想起他是谁。这个大学教授，半个月前来报案，因为被一个同性恋男人诈走了一万块，而那教授所以报警，是对方又要求他给五万，否则叫他身败名裂。教授害怕了，只好求助警方对付这个无底洞。

这个案子，使辛小丰第一次近距离地接触了同性恋者。那天，笔录做完，他带这个人去洗手间，见四下无人，辛小丰低声问了笔录不可能问的问题，你们是怎么回事？教授说，我真是认真的。

我是说，你们怎么……做？

教授怔了怔，尴尬地笑，吞口水，到底没有说出口。但是，那天临出派出所的门，他悄声对辛小丰说，你要是真好奇，可以去世纪末酒吧玩。

车上，伊谷春穿着便衣，队员也是。伊谷春让辛小丰把灰蓝色的协警制服脱了，没想到，他里面只有一件无领短袖黑T恤。伊谷春叫后排队员把车后窗台上他的黑色薄棉背心给辛小丰。辛小丰也不推辞，就穿上了。

目的地是老市区建行的一个网点。教授按照对方的指示，提了款，出来立刻给对方打电话，不料，教授电话还没有拨通，一个剽悍的方脸青年，已经站在教授面前。教授说，先给你七千……那个……

那青年声音很大：你想让你老婆、学生都知道你的丑事是吗！他劈手去夺教授手里的夹包：存折给我！

他身后，辛小丰在他膝盖后窝里，猛力踹了一脚。那人果然强壮，趔趄着，居然站稳了还狠狠回扑过来，伊谷春架住他的手，另一名队员和辛小丰一人一腿，把他踢倒。那青年又惊又气：妈的！还有种叫人！辛小丰在他脖子上又踹了一脚，这一脚，让对方抱着脖颈，半天说不出话。

伊谷春平淡地说，警察。

另一名队员已经用手铐把他铐上。那人一愣之下，歇斯底里地赖在地上说，我什么也没有干，我们两相情愿啊，恋人之间……伊谷春啐了他一口，连嘴里的口香糖一起啐在他脸上说，真他妈恶心！

伊谷春走向汽车。辛小丰和队员把那个似乎要哭的家伙，死狗一样拖进汽车。

世纪末酒吧，辛小丰知道，那是靠苗圃那边的一个酒吧，有一次追捕一个摇头丸贩子路过那里。它位于他们所和另一个派出所的交界地带，历史上一直是墓地群，那时候，城区很小。后来随着新区的不断开发，这些地带都不再有郊外的偏僻，到处都是人，到处都是居民楼房，不过，这一块，媒体叫它本地的肺，是植被保留最好的地方，再过去还有一块湿地公园，很多鸟。世纪末酒吧就在那里。当时，辛小丰还觉得奇怪，这个酒吧为什么不在湖畔，也不在酒吧一条街上，这里总感觉有点冷清。酒吧设计得就好像是森林里刚开出来的一列火车，或者说，永远停在森林里等候交会的列车。

这列火车，从某种意义上说，推迟了辛小丰噩运到来的时间，至少是在噩运脸上加盖了一层迷离的面纱。换句话说，好像是森林里以追捕猎物为生、训练有素的猎人，站在它面前，他也可能钝化了直觉，迷失了方向。

他大约是一个月后到了那里，连最要好的协警伙伴小丁都没有叫，他自己就过去了。不是自己的辖区，缺少理直气壮的执业理由，穿着便服，更使他充满普通人的心虚，可是，他又努力以职业精神镇定自己，他就是想看看这里。

世纪末酒吧从外面看，是一列火车厢，走进去才发现，它完全是个溶洞，是利用废弃的防空洞装修成天然溶洞的，里面漫泛着粉紫色的光，在洞壁一些人造的熔岩石后面，东一盏西一盏置有小射灯，泛着蓝紫色的光，宽敞的中部有个演艺台，有个长发男人，垂着头，在有气无力地拨拉电吉他。吧台是洞穴里比较亮的地方，偏橘红色的光，不知从服务生后面的哪里漫射出来，照得每个人都是两条白色的嘴唇。有两个小而瘦的戴着黑框眼镜和单边夸张耳环的服务生，表情严肃地在为几个客人倒酒。他们转身取酒的时候，每人脑后都拖一条假大辫子。辛小丰心里发笑。耳边突然响起一个粗哑的，但嗲声嗲气的声音：人家就要腰果不行吗？讨厌——小丰吓了一跳。再细看吧台前转椅上坐着的几个男女客人，原来，女的全是男扮的，但是眼神很媚。

侧面洞壁上，有幅黑白色的广告画，小射灯自下而上往画上打光，两个上身赤裸的只穿牛仔裤的肌肉型男一正一反地扭头对视，面对镜头的型男裤子裤扣解开，拉链拉开小一半，背对镜头的那个型男，也是松了裤头，背后则露出了一丁点有力量感的股沟。辛小丰看得心里猛地一跳。画面性感极了。

辛小丰要了一杯酒。还没喝，后背就突然被人熊抱住了，酒洒了出去。哦，我的天！我以为你再也不来了。我们和解吧……辛小丰一挣猛地转身，对面是个长得在魁梧和肥胖之间的大鼻子五旬男人，个子也挺高。男人也明白自己认错人了，可是，他看清辛小丰，马上殷勤地微笑起来，对不起对不起，我赔你的酒。

他叫服务生拿来酒。辛小丰没有说话。

你背影太像我弟了，不过，转过来你比他还帅！真是老天垂怜。辛小丰喝着酒，看他的手，那双手倒是不胖，很修长灵气。他说，我虽然很少来，但是，我猜你是外地来的吧？辛小丰不知他怎么看出来的。那人说，午夜那个防病专家来讲课，你也是专门来听他的课吗？音乐响起来了，是音响。辛小丰转过身，溶洞里很多角落都有溶石形的石头凳子，如丝的水晶垂帘后面，散放着一些看不清颜色的双人沙发。这样的光线下，人影人形都有点虚幻。那个梦生醉死的电吉他手，不知去了哪里。人一直不多。中年男人似乎看出辛小丰在想什么，看着手表说，现在才十点多，起码要十二点这里才会燃烧起来。至少十一点半。你有要等的人吗？

辛小丰含糊地点头。那人又要了现烤鱿鱼、孜然羊肉串，他很殷勤礼貌，每一次都给辛小丰先拿。看你这样，不会是 MB 吧？辛小丰弄不清楚，也不想贸然回答。他没有回答，但对那个家伙举杯，那人兴奋地一口干了。

那人介绍自己是个室内装修设计师，从台湾来。他说，我们下去坐沙发上聊聊，还是我先带你出去转转？辛小丰琢磨着身旁的这个大鼻子男人，这男人和那个窝囊教授之间到底有什么一样的呢？看不出来。他和教授一样，没有戴耳环。举止目光和正常人好像一样，但又似乎不太一样。大鼻子目光里有一种从容的东西，和教授的畏缩不一样。

辛小丰感到这里有奇怪的吸引力，但是，他也隐约失望，觉得这些人看上去有点脏，有的太普通有的太造作。突然，有人像哈修那样，从后面把脸伸到他的颈窝里，与此同时，他的下身被人摸了一把。辛小丰跳起来。一个女装男人，高得不成比例的假女人，娇滴滴地看着小丰说，光顾自己喝，不请请我吗？辛小丰看到他穿了一双银色还是金色的高跟鞋，完全像一双发光巨轮。见小丰反应慢，她的假长睫毛夸张地开合眨巴，做放电状，下面又屈起膝盖顶小丰。辛小丰一把抓住她的假乳峰，把手里剩下的酒，倒进那高耸的乳峰间，头也不回地出去了。女巨人尖叫：非礼耶——

大鼻子男人追了出去。

一辆的士车过来，停在世纪末门口，杨自道在等候客人拿钱的时候，看到很像辛小丰的峻拔背影的人站在树林边，一个老男人在对他急切地谈着什么，还给他写了个字条样的东西，辛小丰接过在看。杨自道知道这个地方，他送了多少戴着单边耳环的古怪男人到这里下车，车厢后视镜里也目击过一些令人瞠目的同性举动，他难以相信辛小丰会出现在这里。客人下去后，他把车子拐到辛小丰附近，确认真是辛小丰。他准备下车问他，手都拉松了车门，想想还是作罢，也许是他们所的抓捕行动，别坏了他们的好事。

站在树林边的辛小丰也是犹豫的。世纪末的排斥力和吸引力一样大。那个人急切地央求和他一起聊聊，硬塞给他自己的电话字条，并鼓励他马上拨打他的电话时，辛小丰都是犹豫不决的。但是，在树林边，他最终还是拨打了那个人的电话，那人看着辛小丰留在他手机里的电话号码，喜出望外。

还有一个人看到了辛小丰。伊谷春去喝大学同学的双胞胎满月酒。同学就在湿地公园边的绿色家园小区居住。散席后，同学要伊谷春去看看他最近很不正常的家用电脑。路过世纪末，他们正看到辛小丰走进火车厢。同学指着辛小丰的背影说，看！这些变态垃圾！

伊谷春太熟悉辛小丰的身影了，同性恋像蘑菇云一样在他脑袋里轰地炸开，他觉得简直不真实。第二天，在警区办公室，他问辛小丰，你昨晚去了哪里？辛小丰说，有人说了个线索，我去转了转，因为不确切，所以没有报告你。

在哪里转？什么地方？

辛小丰说，就那个，那个叫世纪末的地方。不算太远。

你一个人？

辛小丰点头，同时，他低头给自己点烟。

撒谎。伊谷春没有说出口。如果说昨天晚上他还不能确定辛小丰到底怎么回事，他现在就能肯定，辛小丰有问题。他在使用谎言，那么，被谎言掩饰的，只能是真相。

什么线索啊？

辛小丰有点难堪，他看出了伊谷春的疑虑。以伊谷春的职业本能来说，他的问话次序肯定是先问线索，再问其他。现在，倒过来了，只能说，他根本不相信辛小丰的所谓线索。和伊谷春这样的狐狸对话，最好的办法就是说实话，并在实话中维护自己。其次就是沉默。用一个谎言补救另一个谎言，再用更多更大的谎言去建立一个谎言体系，那是非常愚蠢的。伊谷春浮在唇边的一个很小的微笑，就会让你全面坍塌。

辛小丰说，我去找人。

常去那里吗？

辛小丰说，不，第一次。

伊谷春抬头看了辛小丰一眼，辛小丰以为他会再问什么，但是，伊谷春不再说话了，随后，他说起了辖区一里居民技防门全面老化损坏的事。

这样的对话，次日晚上，在天界山小石屋也进行着。

说来也怪，其实，杨自道自己已经完全相信，辛小丰是在办案过程中出现在世纪末的，可是，辛小丰回家，他无意中问起的时候，提问却变得含糊不明了。他说，喂，前天晚上你有行动吗？

辛小丰想都没有想，说，没有啊，哈修有点不舒服，老吐，我在宿舍陪它。

你一个晚上都待在所里？

是。怎么了？

前天十一点半多吧，我送客人到世纪末，看到一个人，特别像你。

你看错了。

辛小丰在老式穿衣镜面前使劲擦着湿头发。镜底的水银锈迹，像一截枯涩的老梅花树桩，以至看不清辛小丰的脸色。杨自道很吃惊，但他还是接着自己原来的思路说，你知道那是什么地方吗？

辛小丰转身看了他一眼，表示询问。杨自道说，全是变态肮脏的男人。杨自道盯着辛小丰，辛小丰又转向镜子，擦头发。我们开的士的都知道那儿。有天半夜，我接送过那里的客人，俩男人在我车上就忙开了，把我车都搞脏了，好像我不存在。他们下车后，我直接开车去洗了。

辛小丰笑。

杨自道说，我想你也不会在那个肮脏的地方。

辛小丰在镜子里，定神看杨自道，说，那自然。

杨自道心里翻腾着复杂的滋味，明明就是他，他为什么不承认呢？肯定不是案情需要，小丰虽然平时话少，但对杨自道也从来没有什么保密的事，他知道杨自道个性沉稳。再说，他一个小喽啰，本来也就没有什么了不起的案情需要保密。十几年前的辛小丰，难道和现在是两个人？杨自道心里很不痛快，他不再说什么。

这些对话，楼上房东卓生发通过贴地听到了一些。应该说，他通常听不出什么大问题，但是，又似乎每一次都经不起琢磨推敲，那些云遮雾盖的背后，似乎有许多不正常的东西。而楼下的说话声一贯不多，所以，卓生发像捡贝壳一样很稀贵地捡，他还是把"行动""世纪末""肮脏变态"等字眼记住了。

卓生发知道，花白头发是的哥，那个年轻阴沉、不爱说话的家伙从来不说在哪里上班，有次他似乎被人打了，康复后在院子里洗球鞋，卓生发借他刷子时，随口问他在哪上班，他回答很含糊。平时卓生发看到他，基本都是穿便服，而且，进出也毫无规律。卓生发猜来猜去，把他理解成一个单位的门卫保安之类，比如酒家、商场收停车费的那些家伙。但是，卓生发偶然发现他身上有刀时，尤其是在他们房间又发现过不同款式的刀时，卓生发的感觉太糟糕了。说来也同住这么久了，两个租客好像也从来不问卓生发的来历，这让卓生发喜欢，所以，他也不太敢过分打破这个平衡对他们刨根问底，免得被他们追问。

可是，卓生发越是不喜欢别人刨问自己，就越认为别人值得刨问。

伊谷春也认定辛小丰是个值得刨问的人。

从小就享受自己洞察力乐趣的伊谷春，是个天生的刑警。记得调过来不久，有一次在天井边，他和辛小丰一起给哈修上药。听着辛小丰的口音，伊谷春聊起了西陇。西陇是闽北强市，人口仅次于省城。伊谷春无意中说到一起震惊全省的西陇水库的强奸灭门大案时，辛小丰涂药的棉签掉了。辛小丰换了一根，说，好像有听说。伊谷春描绘了案情，辛小丰听了很惊奇，这些惊奇反应是正常的，但是，伊谷春事后感到一丝丝不对劲，那就是，辛小丰一直在哈修皮毛里找病灶上药，根本没有抬头看他一眼，再惊奇也没有抬头。按标准反应，受众接受这个爆炸信息时，会不自觉地看发布人，这是无意识的，但是会构成自然的目光交流。辛小丰与众不同，当然，也可以说，作为半个警察，他身经百战已经习惯了血腥，或者，作为情感特别深沉的人，手里又有活儿，没有普通人的活跃表现，也许也是正常的。

现在，他又忽然出现在世纪末，而且明显不愿意让别人知道。这事之后的半个月后的一天，他俩和哈修走在寂静无人的夜公园里。伊谷春突然说，你有过女人吗？——我是说和女人……做过吗？

辛小丰的脸，在当时的感受和事后的伊谷春记忆里，涨红了，甚至有点轻微变形。但是，平心而论，公园里的地灯实在太暗了，你无法借着它辨析准确的脸色神态。但那一瞬，那种与年龄、阅历不相称的尴尬，在伊谷春的记忆里挥之不去。可是，他又担心是自己对辛小丰有预设的感受。

真相到底是什么呢？

当时，在公园地灯灰青色的灯光里，辛小丰说，唔，算是……做过吧，怎么了？

伊谷春说，他们那几个（指队员）和辖区里的女人，总是嘴里轻浮，拍拍扯扯，你好像从来没有。我看不少女人喜欢没事找你呢。

辛小丰轻微地笑起来，说，可能我喜欢安静的女人。

西陇水库灭门强奸大案，是伊谷春大学毕业后第一个震撼他心灵的案子，是他师傅心头永远的痛。之后，伊谷春经历了很多案件，它们都没有像西陇水库强奸灭门案这样在他心底生根似的难以忘怀。鬼使神差地，辛小丰轻微的西陇口音，一下子就让他回到西陇岁月，回到师傅身边，回到那个案子的案发现场。

以伊谷春深得师傅真传的职业犀利、以他与众不同的大胆想象力，他总是很容易把握一个事件的要害和关节点，这是他师傅最欣赏他的地方，他的思维力就像激光一样，总能不偏不倚地切进案件内核。十多年来的历程也证明了这一点。但是，伊谷春这一次，走上了弯道。

五

陈杨辛的病来得很急很凶，杨自道还没有机会跟辛小丰商量，是不是要让孩子去岛上愿意收养她的人家那里，病魔就爆发了。

小朋友分点心的时候，尾巴突然抽筋倒地小便失禁，惊厥了。海星幼儿园的老师们吓坏了，七手八脚地把陈杨辛抱到隔壁的卫生院。

比觉接到电话，扔下鱼食料，驾驶小机就冲向岛那边。船未停稳，比觉就跳上岸，因为船的移动，比觉落脚重心不稳，撞倒了一个从另一艘客船刚上岸的、背着红白条纹大邮袋的邮差。比觉把恼火的邮差一把扶起，在连连道歉中飞跑而去。赶到岛卫生所，尾巴还在昏迷中，在打点滴。比觉看到她嘴唇有点发紫，那小手，握在比觉通红的手心里，苍白而且每一个小指甲盖都微微发蓝。

医生说，赶紧送市里医院，我们这里不行。我看她呼吸系统有问题。

杨自道最讨厌冬天这样阴冷的绵绵雨天，一周半个月看不到太阳，从早到晚都是阴冷铅重，早晨和傍晚的天色都一样，分不出早晚。这样的天气，的士生意虽然好一点，可是，上来的乘客也大都阴冷着脸，有的脸皮上还泛着发青的冻皮疙瘩，动辄就发火。在麦德龙超市，一个乘客还没有下车，在他索要发票的时候，另一个女人已经拉开后门坐了进来。十八块五，杨自道收了乘客二十元，回找他一元。乘客说，还有五毛就不想找了？！每个人不找零，你一天要黑掉多少啊！

杨自道在方向盘下面一个小格子里拨拉着说，没有五毛啊。

乘客说，那凭什么你不收十八块，要收我十九块呢！凭什么？

杨自道知道碰上难缠的主了，赶紧退出一块钱给他。乘客说，发票！杨自道立刻按打印发票键说，好的，马上。后面的女乘客说，马上马上！找钱的时候就可以同时按下打发票！我要赶路呢！

对不起！不好意思。

前排乘客指着计价器，说，真是不像话！你们就是省一张发票是一张！听说买这一卷发票要二十多块是不是？你省，我告诉你，乘客指上岗证底座上的提醒句子：不给发票，可以拒付车资！你认不认字？

杨自道笑，说，我不正在给您打发票吗？好了。给。

前排乘客愤愤下车，门摔得很重。

后排女客鄙夷地骂：神经病！现在五毛钱，给乞丐都不要！还是讨发票能报销的人！我呸！杨自道笑，说，其实客人没有零钱，我们也常有不要零头的时候啊——您去哪儿？

后排女客：油画村。

那个方向啊！对不起！我走不了。杨自道说，我马上要去码头接个急病的孩子，船快到了，到那个地方我来不及。真对不起。

女客的眼睛简直要飞出标枪：来不及你不早说啊！你们两个浑蛋五毛钱斤斤计较老半天！耽误了我这么久，你拿我不当回事啊！

对不起！是我不对，没早问问你。但是，那个小孩病情严重，现在我实在没有办法送你，要不这么长的路，谁往外推钱啊！

我不下！这偏远地方，大家都是开车来购物，你自己说打辆的士容易吗？

唔……是是，要不，那个，我送你到机场路口，不收你钱。那里换车，车就多了。

天气阴沉，天中还有点浅灰亮，而天边，凝滞的暗云，铅重得要压倒远方的树。那女人一路骂骂咧咧，杨自道忍着没有接那女人的话，他不断看表。果然，等那女人下车后他一路飞驰，赶到旅游码头时，那艘船早就到了，比觉已经抱着尾巴坐在报夹边的候车椅上。一看杨自道奔进来，比觉就火了，说，马上个屁！迟了二十分！

杨自道把尾巴接过，比觉去上厕所。杨自道抱着尾巴出去。鲜黄色的滑雪衫帽子里，尾巴小脸惨白，睡着似的闭着眼，但是，杨自道一接手，她就伸手摸了摸杨自道的脸。

冷不冷？

尾巴轻微摇头，今天杜老师说我的新衣服好看。

杨自道说，嗯，好看。你好点了吗？

好点了。我不打针。要是老陈要我打针，你要反对。

好的。不过，医生说打，我就不能反对。

杨自道的汽车奔驰进旅游码头的时候，卓生发就看到了他的车。卓生发推着自行车，车是公司配的，前面有个篮子，里面装着瓶瓶罐罐，分别是黄、白、灰色的油漆和油漆稀释剂、清洁剂等，车后座上夹着一瓶水，那是他自己喝的，因为这一出门，要到中午才能回来。有时候，前面筐子里放小卓，小卓很乖地坐着，那些瓶瓶罐罐就挂在后架两边。卓生发的工作很简单，就是一路刮擦清理马路"牛皮癣"，主要是办假证、看性病、招男女公关的广告。如果公交车站台上或什么地方贴有小广告片，他就拿铲子把它铲掉；如果看到墙上或地上喷涂有办假证的电话号码，他就用油漆覆盖掉。油漆的颜色要匹配。比如，喷在黄色交通标线上的号码他要用黄色油漆，水泥路面上的他就用灰漆对付。

这工作一月两百八。钱少，但卓生发喜欢这么散漫地接触社会。现在，他盯着杨自道的蓝白色出租车，对自己的房客充满好奇。他以为杨自道车里会有乘客下来，不料却是他自己下来，而且脚步匆匆。卓生发又以为他要尿尿，他又不进公厕。卓生发推着车子，跟了过去，他看着他大步流星追人似的奔进候船室，随即却抱了个孩子出来。卓生发感到奇怪。周围依然没有女人。

杨自道的车刚更新半年，还十分洁净，从外面都能看到蓝色的座位上还有雪白的椅套。

卓生发看着他的房客抱着孩子进了汽车，却没有马上开走；一会儿，一个脸色阴沉如铁的高个子走向汽车，卓生发觉得眼熟，他想起来了，这高个子和楼下那两个，是一伙的。这个孩子就是谁投胎转世的人吗？这孩子今天怎么了？

杨自道看比觉拉开车门进来，脸色比刚才略微缓和了一点。他叮嘱尾巴坐好，便启动汽车。两个大人一时无话。杨自道从后视镜里看着比觉把小丫头抱上自己的膝盖，一只手还帮孩子整理额前的乱发。

比觉的电话响了。比觉接听，声音像咆哮：结果？还在路上呢！谁知道他一路又捡了几个客人！还要五六分钟才到吧。你忙你的，等医生诊断了，有情况打你电话！

尾巴伸手拿下电话，里面辛小丰已经挂了。尾巴噘了下嘴，我有话要跟小爸爸说嘛。比觉听出她呼吸的沉重，他抚摸着她的额头，说，小丰做完事情会来看你的。

到了医院，杨自道挂了专家号，比觉以为没什么大事了，让杨自道先去上班，等看完病再来接他们一起去吃饭，杨自道就先走了。然而，医生的诊断，严重得大大超出比觉的想象。这个结果，对普通家庭来说就是重磅炸弹，而对他们三个光棍来说，简直有灭顶之灾的感觉。医生说得很干脆，如果放任不救，陈杨辛最多再活一到两年，她的心，像一只糟糕的"小靴子"。

第三章 尾巴手术

一

尾巴得的病，被确诊为法洛四联症。一种紫绀型、复杂型先天性心脏病。那颗小小的心，竟然已经破损不堪：室间隔缺损、肺动脉狭窄、主动脉骑跨、右心室肥大。这种病人的死亡年龄与百分率为：1岁以内，25%；3岁以内，40%；10岁以内，70%。死亡原因为缺氧发作，随着年龄增长加重。其他致死的并发症为，血栓性肺小动脉梗阻、脑血栓、脑脓肿及感染性心膜炎。

当时在医院，普通外科专家让比觉转诊心外科，他心里就咯噔了一下；心外科专家助手听诊完，起身给心外科专家乔教授轻声说了什么，教授立刻过来看尾巴，比觉心里又咯噔了一下。他看着乔教授和蔼地听诊尾巴的胸部，和蔼地跟她说话。比觉心里发虚。随后乔教授开了血液、心电图、超声心动图、X线等一系列检查单子。还好比觉把船上的几千块钱都塞在小包里，一大堆检查费用还够抵挡。只是，跑上跑下，排这个队那个队，抱着小丫头，最后累得他的两腿都酥软了。尾巴说，自己走。比觉把她放下来，其实，走几步，她就蹲下来了。比觉只好又背着她、抱着她上下跑。

那天，尾巴成了专家门诊的最后一个病人。乔教授把尾巴所有的检测报告单一份一份仔细看完，趁助手把尾巴带去卫生间时，他直截了当地对比觉说，很糟，必须马上手术。否则她随时会死，如果不手术硬拖，最多陪你两年！

比觉呆了一会，听门外有脚步声，赶紧抢问了一句，是我们耽误了她吗？

也说不上耽误，先天性的。不过，你是可以更早发现的，他们和正常孩子不太一样，比如，这孩子的嘴唇手指越来越紫、不爱动、容易气喘、比同龄孩子个子小。

比觉点头，尾巴进来了，笑眯眯的。教授摸了摸她的头。比觉把她抱在膝上，说，原来还一直以为她懒得动，走路走不了几步就要背，不然就蹲在地上。幼儿园老师看她漂亮可爱，总要她跳舞，但跳两下她就不干了。老师说她太好静。

健康的孩子不会这样好静。这种不爱动，走路蹲下来的症状，叫"蹲踞"，就是法洛四联症孩子的特征性姿态。"蹲踞"使含氧较低的血流暂缓向上回流入右心，同时，股动脉因"蹲踞"而弯曲，流向下肢动脉血阻力增高，流向躯干上部的血流量相对增加，使孩子的中枢神经系统的缺氧状态改善，加大肺循环血流量。这样孩子会舒服一点，他们小，不会说，这样舒服，她就这样做了。

这一夜，在小石屋，杨自道、比觉、辛小丰，几乎都无眠。

等尾巴睡着后，陈比觉把乔医生介绍的全部情况都对杨自道和辛小丰说了。看完病，在小店里一起吃饭的时候，因为小丫头在，比觉没说，但是，杨自道从他的脸色感觉情况不妙，所以，连发短信把辛小丰叫了回来。

辛小丰请假的时候，伊谷春脸色很臭。

伊谷春刚刚因追逃不力被领导"问责"。二警区辖内竟然一周之内，连续被别的派出所兄弟挖走了潜伏多年的两名命案逃犯。所领导在分局大会上被批得脸上挂不住，回来自然狠抽伊谷春。不仅如此，二警区辖区北面的政府重点工程的工地，最近建材频频失窃，惹毛了前去调研的分管市长。市局局长又因此被剋了一顿。这些棒子，最终当然落在伊谷春头上。岁末年关，每年都是歹徒大捞一把的时候，他们要钱回家过年，所以，到处都案件高发。今天是二警区一个专项伏击计划实施的第二天，辛小丰就要请假，伊谷春的脸色比大粪还臭，但是，他黑臭着脸最终还是让辛小丰走了，因为辛小丰平时几乎不请假。

辛小丰回来为尾巴带了个雪花仙子脑袋上的白雪绒毛圈环，还有一支细长的仙女棒，一头有红星飘带。尾巴喜欢得很，在床上和小丰玩仙女游戏，她的魔棒一点，说变，辛小丰就变成她设定的东西。辛小丰变成猪、向日葵、小鹿、小狗。但没有多久，她就疲倦了。很快，孩子就入睡了。

三个人这才开始讨论今天的重要话题。第一个问题，做不做手术。

说话之前，比觉又走到床边，确认尾巴睡熟才开始说。他的声音很低极轻，他介绍了看病经过和手术紧迫的全部情况。杨自道说，是不是手术就能根治？辛小丰关心的是手术本身的风险程度。比觉说，医生承认有风险，有一些孩子上了手术台，就再也没有下来。可是，不做，两年，绝对死。

辛小丰站起来，到床边看睡熟的尾巴。孩子仰面睡着，头顶上还戴着白色的仙子环。两只拳头，还像婴儿期一样，习惯放在脑袋两边。

睡着的孩子，脸色还隐约有些健康的红润，饱满开阔的额头下，眼睛似乎没有闭紧，辛小丰能看到她的眼球在慢慢移动。玫瑰红的嘴巴肥嘟嘟的，看起来非常有趣。想到这样一个孩子，在手术台上变成一具冰凉的尸体，辛小丰就感到五脏六腑在发颤。

比觉从桌边看过来说，医生说，很奇怪，得这类病的孩子都特别漂亮，也许老天知道他们虚弱，特别做了记号，就是要世人特别呵护他们吧。但即使如此，不手术，他们一般也都活不过二三十岁。

三人一致选择手术。第二个问题比较棘手。钱。手术前后差不多要准备十来万。

这个数字有点震撼杨自道和辛小丰。他们已经猜到要不少的费用，但是十来万，他们还是有些吃惊。

辛小丰和比觉都没有存款，辛小丰收入最低，一贯月月光；比觉也不高，虽然在渔排上开销不算大，可是他要养小丫头，爱买书，抽烟，幼儿园七七八八的费用也不少，杨自道不时要增援他。平时三人在一起，也都习惯吃杨自道的。他们俩以为杨自道收入高，应该有些存款，杨自道把存单摊开给大家看，上面竟然也只有一万六。杨自道母亲去世，父亲在养老院，唯一的哥哥有点弱智，总是被老婆及其家人欺负，每年三四次，杨自道都把钱寄给父亲和哥哥。夏天在车里被抢劫的抢去的活期款有三四千元。

辛小丰说，现在想想，那天遇劫，你真是应该把钱留下啊。

杨自道叹了一口气，对于我们，我一直没有想到，钱有那么重要……所以，也从来没有想到要留什么钱……

其实，本来就是，比觉说，我们和别人不一样，所以那家人要接收她，我想放手，就是从长远考虑的。如果半年前他们接了，现在治疗费用就根本不是问题。海珠说，那家人一年二三十万很轻松。

杨自道说，这什么话，人家也不是傻瓜，接个重病人回来花钱啊！一有病就退给你了。想什么想！

接了就不能退！孩子又不是东西。讲不讲诚信？比觉说。

诚信个屁！辛小丰说，诚信！骨肉都可以抛弃，你有什么资格说诚信！

比觉把手上的杂志用力摔向辛小丰，脸被摔的辛小丰蹬了一脚比觉的椅子，比觉连人带椅子摔倒，他爬起来要踢辛小丰。杨自道手臂像提拉手刹一样，一边竖起指头嘘他们，一边看床上的尾巴是否被惊醒。

两人顿时静音，但互相瞪视的眼睛都在喷火。这时，辛小丰的电话响了，他拿起一看，按掉。但电话又响了，他皱起眉头，接起就低吼，别再打了！正忙着！

比觉因为克制或是极度恼怒，嗓子轻而发飘，我告诉你，王八蛋，你别跟我装圣人！没有你这下流坯，我和阿道绝不会到今天这个地步！

你他妈放屁！辛小丰咬牙切齿：不是你非要下山，今天我们什么事也没有！

两人又要打，杨自道站他们中间。他咬着腮帮一字一句：又发作了对不对？今天又想打是不是？好，去院子里打！——打我！是我叫你们去的，是我想去看那辆车的！——打我啊！没有我，你们今天什么事也没有！你，陈比觉已经是天文专家了，你，辛小丰，他妈的可能也混成化学博士了。都是我害的！是我毁了你们！——打我！往死里打！我他妈活该罪有应得！

杨自道说着就往门外走。门外响起慌乱远去的窸窣声和木楼梯的声音。但是，愤怒中的三个男人，都忽视了。比觉冲过来，从后面用力拽住了拉开门的杨自道。桌边，辛小丰闭起眼睛，泪水悄然闪出眼角，他扭头对窗外睁大了眼睛，使劲深呼吸，眼泪消失了。

门边的两个男人走回桌边。

杨自道沙哑着嗓子，说，好，比觉，就算他诚信不退，现在孩子急需救命，你认为他会去救吗？他会选择手术去花十多万块钱吗？你凭什么相信他会这样做？如果，他就让我们小丫头自生自灭，你又能怎么样？——人家的孩子！

三人静默了。

天界寺的晚钟敲响了，声音沉远：

咚……

咚……

咚……

钟声穿透了整个屋子,震荡着每一颗沉默而复杂的心。

钟声里,尾巴翻了个身,她发出一声喘息,又像是一声轻微的叹息,这个叹息也淹没在钟声里了。还是比觉打破了静默,他说,我问过了,我们分两次手术,一方面把握性更高,一方面经济压力也可以小一些。第一次手术我们先做那个静体动脉、肺动脉分流术,这是让尾巴的肺动脉发育起来,可以改善紫绀。费用三万多。我现在还剩三千多,看看能不能跟我父母再借一点,当时,林老板因为比慧,给了他们三四万块钱……

杨自道打断他的话,老人家的钱就别动了,女儿没了,你也……还是给他们留点钱。这里的一万六先用,明天我去取。马上就手术吗?

比觉说,还不行,要先住院,因为有很多例行的检查,还有其他手术前要做的事。项目太多了,医生说得快,我没有记住。手术具体时间要排。

是不是要塞红包?辛小丰说。

应该不是……我看那教授很喜欢尾巴。尾巴情况又那么紧急,应该不会拖我们吧。

那护理陪床要人吧?辛小丰说。

是啊,都在上班。杨自道说,不知道雇个医院的护工要多少钱?

还雇什么护工?比觉说,我来陪她。我跟林老板说说。这是大手术。

门敲响了,卓生发和小卓站在门口。木楼梯的灯光洒在他的头和肩上。卓生发穿着丝质棉睡袍,小卓也穿着薄羽绒金色唐装。辛小丰开了门,但堵在门口,没有让房东进去的意思。卓生发眼睛往里面睃,说,我提醒一下,不留客是租房的规矩!

辛小丰说，我经常不在这里睡，你是不是要退我房租？

杨自道过来笑着招呼卓生发进屋。他的笑卓生发很意外，刚才这人恶狠狠的嘶吼还犹在耳畔。孩子病了，他指着床上的尾巴轻声说，这是她爸爸，明天一早要去心脏中心，要手术。所以，今晚要请你关照了！

卓生发趁机走到床边细看睡着的尾巴，也细看比觉。他对自己有权利这样考察很享受。小卓也很认真地闻闻比觉的裤腿，又嗅着尾巴的鞋子，前爪还趴上床沿，要嗅尾巴。辛小丰怕它惊扰尾巴，过去把小卓挡住。小卓对辛小丰摇尾巴。

心脏中心？卓生发说。

是，姓杨的指指自己的心脏。是，心脏病。

卓生发很疑惑。他指着比觉，你是她爸爸？

比觉点头。

一点都不像。这么漂亮的孩子！卓生发刻薄地指出。这孩子比望远镜里看到的更加真切，柔软的头发，饱满的额头，天使一样的脸蛋。我看她也不像什么心脏病……好，就算是吧，我也是一向慈悲宽厚，不过，下不为例！——今晚你们怎么睡？

姓杨的连忙说，没事，就当挤火车吧。我五点半就走了。

辛小丰把抽了一半的烟递给小卓，小卓试着想咬，被卓生发狠狠拍开。

辛小丰把烟在手指上慢慢捻磨着，然后一点点捻到地上，小卓很好奇，赶着上前去嗅咬。卓生发作势要踢小卓说，呔！我们上楼！小卓听得懂，立马抢先跨出门，飞奔着蹿上了楼梯。

辛小丰开始穿外套。杨自道说，去哪？

回单位。

你不是请假了吗？

还是过去吧，姓伊的待我不错，今晚如果搞进来的人多，大家会忙得半死，通宵也有可能。反正明天尾巴也动不了手术，我就不一定过来了。比觉明天你什么情况,打我电话。

　　昨晚你又看到了什么,小卓?为什么你在屋子里一直追赶着我看不见的目标?我什么也看不见。我看到你目光紧张恐惧,但是你很勇敢,你从屋子里的这个角落,追击到另一个角落。从你的目光里,我感到对方上了窗帘,又到电视机后面。你在低声吼叫,你在后退,你的胡子都奓了起来,对手很强悍是吗?我蹲到你身边,顺着你低矮的眼光看出去,前面什么也没有……我帮不了你,说真的,我后背发凉,我很害怕,比你还害怕。这个世界,你看什么都是自然的,而我,不理解的东西,远远超过我理解的。

　　它们也许是来找我的,该接受审判的人是我。是你妨害它们公务了。

　　总有一种秘密的力量,知道世界的一切。所有的罪恶、所有的善。在这个力量面前,所有的邪恶念头,都像蘑菇一样长在人的头上,谁也隐藏不了。所有的善念,都使人发出如水的光芒,不管你知道不知道,它都在亮着。

　　你看到了什么?你能看到我看不到的,你看到我们楼下的蘑菇了吗?我跟你说过,他们一来我就闻到了他们邪恶的气息。他们到底是什么人?那个像天使一样的小女孩,真的有爸爸吗?真的有病吗?夜深沉啊,睡吧,钟声每天都会敲响的。可惜你不吃素,要知道,吃素的人,才能听到最清澈、最好的钟声。

二

　　派出所每一个房间都灯火通明,统一行动抓捕了两辆中巴车的男男女女,连天井、食堂、楼梯都站满了人。大厅墙上的大钟,已经指向0：40。经过网上比对核查已经查出了一个江西逃犯。

辛小丰刚进派出所大门，一个喝着可乐提神的警察就看见了他，啊，好手来了！让他去做指纹！老豆太慢了！伊谷春从审讯室朝窗外看了一眼，心里顿然有点舒畅。

严格地说，协警队员是不允许染指档案材料制作等警务工作的，但是，在警力不足的实际工作中，资深的、有灵气的协警队员，甚至比一般警察还要精锐能干，更别提新警察。登记、拍照、取指纹、讯问记录，半夜三更的派出所，比白天的大菜市还热闹，到处都是人。来加班煮面线糊的食堂阿姨，忙碌进出中，对满屋子蹲着站着的渣滓们，十分不屑，动辄疾言厉色。哈修像卫兵一样跟护着她。一听门外响起辛小丰的脚步声，哈修竖转了耳朵，立刻奔了出去。

它跳起来就扑舔辛小丰。

一个女警员路过，说，忒！又久别重逢啊！下午才分手不是！

辛小丰进去。伊谷春让他给一个一看就一肚子坏水的姓毛的家伙取指纹。那家伙笑眯眯地对辛小丰说，嗨，我又没有干什么，要指纹有什么用呢，白辛苦么。旁边，老豆突然大喊一声，使劲打了一下他正在取指纹的家伙的头，叫你别动别动！你他妈心虚什么！再动老子剁了你的指头！

辛小丰这边姓毛的家伙笑着说，哎呀，兄弟，你就配合人家一下嘛，不做亏心事不怕鬼敲门么。君子坦荡荡……辛小丰抬手甩了他一耳光。

老豆瞪着牛眼，老子踢死你！谁他妈是鬼！——浑蛋，自行车坐垫底下藏一大串钥匙，还硬说不是你的，说不准就是大惯偷！

老豆他们已经磨好了采集指纹的油墨。把油墨在玻璃上涂上均匀的薄薄的一层，再把嫌疑人的指纹轻轻滚压过去，然后，再把沾上油墨的手指头，轻轻地均匀地压滚在指纹卡上。这个活儿非常麻烦，一遍取不清晰，还要再来一遍，再不清晰，再来，有时甚至做几十遍都取不好。运气不好的时候，取一套指纹可能要半个小时。这个活儿不仅要心思细致，而且要有技巧，比如，如何控制好对方的手指，若控制不好，他暗中使劲，指纹就模糊报废了。还有些家伙的指头，可能是在工地搬砖弄水泥干粗活，或者自己抠抠磨磨，指纹磨损不清，取起来相当不容易。要帮他彻底清洗，甚至要等它们重新恢复长好。

　　姓毛的指头就是这样模糊不清，辛小丰现在就在给他洗手，每个指头第一节指肚他都洗得很彻底。姓毛的右手的大拇指、食指、中指都有点干硬发黄，像塑料一样；左手的几个指头都有点毛拉拉的，发霉似的，看着恶心。辛小丰看着他的手，又盯着他的眼睛。那个家伙闭上眼睛，不看辛小丰，嘴上还是笑眯眯的。辛小丰把那个毛拉拉的左手指头，狠狠反折了一下，那家伙杀猪一样呀——呀——地叫唤起来。

　　辛小丰指他的手，说，怎么回事？

　　做工的人么，哎哟……开这个玩笑……我运海沙么……

　　辛小丰又在看他干黄如塑料一般的右手指肚。那人怕辛小丰突然又拗折他的手，连忙说，那是我帮我老婆拿电熨斗不小心烫了……

　　姓毛的两只手洗净擦干，辛小丰开始取指纹。他拿起那人的食指，一手捏住他的指尖，一手控制他的第三指肚，这个力道要又准又好，捏掐准了，那根手指想挪动也挪动不了，乖乖地听凭取指纹人把指端滚过薄薄油墨，再滚过识指纹卡。

　　左右手十个指头取完，A4纸大的识指纹卡上，左手毛拉拉的指纹，还基本清晰，右手如蜡皮的指纹却非常浅，基本无法识别。辛小丰又重新给他洗右手，又做了一遍。还是没什么改善。那家伙看出名堂了，说，做工的人么，印不印手印还不是都一样……我早就跟你说了，浪费时间——哎哟……

　　辛小丰出手极快，一巴掌已经甩了过去。

伊谷春不知什么时候站到了辛小丰后面。

姓毛的叫起来,哎警官啊,现在警察都文明执法不打人了,这些雇来的狗腿子,怎么……怎么打了我两巴掌呢……我什么都没有干……

伊谷春没有表情,谁打你了?

辛小丰也毫无表情。

姓毛的看看伊谷春,再看看辛小丰,又看看伊谷春。他很快就感到心虚。这两个人很相像,眼光冷厉,面部肌肉却和平柔顺,像是极其专心认真地听你说话,却散发出冷森森的、强悍的默契力量。

好好好,没有打,是我自己脸皮痛……

伊谷春直接提审了姓毛的。姓毛的坚持不改口,死活说不知道车屁股里藏有钥匙,这是他上个月才买的二手车,三十块钱,其他一概不知。他说他哪里想得到这里面还能藏这么多钥匙,他好好坐着骑,又没有硌屁股。他说,你要抓抓前车主,抓我是冤案。

次日下午,受制于羁押期限,姓毛的被放出去了。一个小时后,分局指纹比对结果通知下来,尽管姓毛的右手指纹不清,但警方掌握的至少四个入室被盗现场,留有姓毛的左手指纹。可惜,姓毛的已经消失在人海中。伊谷春和辛小丰扼腕。

最后证明,侥幸脱逃的姓毛的,不是一般的小偷小摸,而是一个服过消防兵役的江洋大盗。他擅长徒手攀爬高楼排水管,精通门锁。他的作案频次、效率令人惊叹,几次被警察围堵,都成功脱逃了。但最终,他还是落到了辛小丰手中,只是捕获他的关头,辛小丰自己的命运也走到了致命的转折点。这是后话。

三

比觉领着尾巴在医院办理住院手续的时候,杨自道在大街上奔忙拉客。在银行中心门口,客人下车时,很意外地,痛经女孩背着一个大手袋，奔跑过来。她 hi —— hi —— hi ——笑着拉开车门，说，太好啦！老天有眼！我爸有事走了，我还要去领新的身份证，你就从天上掉下来啦！走，送我去高桥派出所。

杨自道笑着说，傻妞，的士车到处都是。

我就是喜欢碰到你呀，女孩说，包整个丢了，所有的证件、手机卡都要一一重办，麻烦死了。本来让我哥代劳，他一天拖一天，天天都是今天没时间。今天我老爸陪我，才取了银行卡，他们厂里就来电话说有事，又把我丢下了。

爸爸有车是吗？

我哥也有。

那你为什么不自己开呢？不会开是吗？

会。他们不让我开，说我赔人家的钱，比打的更多。

杨自道笑。我哥说我脑神经和手脚运动神经还没有连接利索，所以，我想打方向二十度，我的手会打五度或者五十度；我想刹车也不一定能刹准，最后那次撞车，是前面的车突然刹车，我也赶紧刹，但是我的脚去踩了油门。

杨自道笑得咳嗽起来。

我觉得你的技术不错，心眼也还行，所以，你当我司机我还是比较满意的，我哥我爸妈也同意。

杨自道说，其实，开车这东西，不过是熟能生巧罢了。

算啦，他们两个自私的家伙，也不喜欢我抢他们的车开，我家又没钱再买车。我的买车份额，已经预算为打的费了。我妈说安全比什么都重要。

你昏倒那天，为什么不打的呢？

打不到！高峰期！我爸在岛外开会，求我哥，他正忙着，让我自己打的。本来有一辆空的，可是我肚子痛得直不起腰，根本抢不过别人。

不明白你这样的人，怎么能通过驾考？

hi——hi——hi——女孩缩着脑袋笑，不想回答。

野培出来的吧，肯定不正规。

是正规的！不过我哥那时候不知道我学得这么糟糕，以为我太紧张才老考不过。是他让同学帮忙让我通过考试的。那是我第六次路考，我一上车，交警考官就板着脸跳上来，我心惊胆战地开过了单边桥。板着脸的考官说，你是伊谷夏吗。我说是呀。他说，好，下车！我还以为我名声坏到他都不想考我了，我发着呆。他说，以后上路小心点。考试结束。天哪！你不知道，当时我狂喜得想狠狠亲他一口！半坡起步、打八字、定位停车，还有那么多恐怖项目，我统统不要考啦！我的天啊，我过啦——咦，你后面座位有个小包——

车流湍急，杨自道从后视镜看了一眼，看不到。那个叫伊谷夏的女孩，把自己的大手袋扔脚下，竟然爬起身，从前座翻扑到了后座，又爬跨回来。这时候，车子也快到了高桥派出所。

女孩手里是个男士黑色夹包，一本书大小，里面有个蓝色磨砂皮的法院系统通讯录，一个充电器、一串钥匙、一个红包。拉链内侧袋里，竟然还有一叠钱，看女孩拿在手里的厚度，杨自道估计在六七千元的样子。伊谷夏又高兴地掏出了红包，里面有两百元。红包外面写着白头偕老，常胜贺仪。

伊谷夏说，嘿，拾金不昧，你平时昧不昧？

杨自道的脸一下子涨热了。

啊哈，心里有鬼！你想黑了这个钱？

杨自道不知如何开口。从业这么多年，他已经不知道捡了多少客人的遗忘物，各色物品，钱包、手机，手机越来越多。只要他发现，一律上缴公司，为此他成为公司对外宣传自己队伍素质高的典型。有次捡到 IBM 笔记本电脑，他因为知道客人的去向，就把笔记本送回了客人所在的酒店。喜出望外的客人，掏出了好几张美元使劲塞给他。那位不知哪个国籍的客人，通过翻译说，如果没有这个电脑，他根本无法参加一个重要会议，等于白来了。

67

杨自道谢绝了那钱，笑笑走了，不料那位客人自己追到车边，把钱塞进汽车就挥手大步走开了。那是四百多美元。那一次，还是水手的比觉正好跑船回来，三个人逛大街，一人挑了一双好皮鞋，然后到海鲜楼大吃了一顿，因为喝多了，比觉和小丰在沙滩上打架，杨自道后来也加入。一场混战的结果是有人报警，三个人用残余的一点清醒，都逃跑了。损失了三双新皮鞋，后来只好又买了三双中档的鞋子，把钱用光拉倒。

杨自道、陈比觉、辛小丰比普通人更清醒地知道，钱财乃身外物。

但今天，当伊谷夏说后面有包时，杨自道希望它里面有钱；女孩没有找到夹层那叠钱时，杨自道还感觉失望；当那叠钱被女孩抽出来时，他顿时心底飞出彩虹。职业经验告诉他，副驾座的遗忘物在司机的视野里，司机应该负全责。但是，后排遗忘物随时可能被其他上下的客人悄悄带走，也就是说，后排遗忘物的士司机无法负责是说得过去的。

女孩狡诈地笑着，说，等着，我先进去拿证。等我回来分赃喔！不许逃跑！

女孩进了派出所大门，杨自道把那个包再次打开研究。他估计失主是个法官，不过，刚才既没有法官制服的人上车，也没有到法院下车的客人。单身的客人都是坐副驾座。究竟哪一个人像是失主？

杨自道懒得想了，有一点很明确，他今天很想把这钱昧了，先不说借吧，因为现在和可以预料的未来，还钱之说有点自欺欺人不切实际。

杨自道翻着通讯录，封二居然夹着一张小纸条：兄弟两人一般高，一天三餐练摔跤，吃得再好也没用，从来不见它长膘——打一个餐具。是个谜语，一个孩子出的谜语。尖尖的铅笔写的字，十分孩子气。杨自道一看到它，就想到尾巴，因此他断定，是个小女孩写的。也许就是这个叫常胜的人的女儿写给爸爸猜的，这个叫常胜的人,应该就是个法官。

伊谷夏出来了,手里的新身份证一路晃着阳光。她进来并不看包,把手里的新证放回自己的钱包,说,喂,思想斗争老半天了,想好了吗?——hihi——hihi——怎么分?你不会想独吞吧?

杨自道点头。我想要这个钱。真的。

你真要?——还——想独吞?

杨自道点头。

伊谷夏跳起来,你——

我现在非常需要,如果我以后有能力,我会还这个叫常胜的人,但是,我估计我没有。

喂!老头!你什么人哪!停车停车!你真这么坏啊?

杨自道继续开。

——你疯啦!这么多钱你也敢黑!我不要分赃!我是逗你的!我要这破钱干屁!女孩急赤白脸目如铃铛,第一次露出真面目——你搞清楚啊,我是开玩笑的开玩笑!这是人家的钱!

杨自道突然想笑,但他忍住了。他要郑重表达自己的真实想法。

伊谷夏一下子沉默下来,杨自道用眼角看她,似乎要哭的样子,也许是极度气愤的表情。两人一直无话。开到筼筜丽景,穿过中庭绿地小路,拐到伊谷夏家楼前。女孩在掏包递钱的时候,说,你知道我在想什么吗?老头,我告诉你,一,我再也不要坐你的车了!二,你可能真的也偷了我的包!三,你等着,我上楼就举报你!我背得出你的车号!

杨自道正低头找零,女孩的一二三惊雷一样,一个比一个震耳,杨自道跳起来,伊谷夏已经狠狠摔门而出。他连忙熄火,追了出去。在电梯口,他一把拽过正要进电梯的女孩。

我告诉你!我女儿马上要做心脏手术,急需钱!你要举报我,就是杀了她!第二,你不坐我的车拉倒,但是,我没有拿你的包——如果换到现在是说不准!第三……

69

杨自道把回找的二十多元竖给她看，要不要？不要也拉倒！

杨自道转身就走。伊谷夏愣怔着，老半天才呀的一声追了出去。杨自道已经绝尘而去。

伊谷夏暴跳如雷。

这个时刻，辛小丰接到大鼻子的电话，他邀请他去打网球。辛小丰说，我不会。就把电话挂了，对方又打过来，说，我可以教你。辛小丰说，不必，正忙着。

四

心脏中心大楼三楼，电梯门一开，正对着一个有四五排金属连排座椅的小厅。辛小丰走出电梯，把手里的快餐盒递给座椅上的杨自道、比觉。辛小丰说，怎么样？进去多久了？

有一个小时了。比觉指指旁边一个乳黄色的门，我们第二床做。辛小丰到门那去探看。门没有锁，他一转就开了。和家属等候厅的灰调子不同，里面是个淡奶色的明亮大厅，没有人。大厅两面都是房间门，医生和护士办公室、休息间、器械间等等。厅前方，正对辛小丰的是一扇乳白色双开磨砂玻璃大门，它后面连接着一个长廊，长廊深处，才是真正的手术天地。

一间手术室里柔和的绿光弥散出来，四五个穿戴着绿色衣帽的医生护士围在陈杨辛的手术床边，还有两个分别监守着体外循环机和心电血压监控仪。远看，就像一伙邮差在分猪肉。乔教授的助手，突然叫了一声，众人看他，一注血已经喷在他的脸上，帽子口罩上顿时都是血。乔教授不满地看了他一眼。几个邮差都在笑，是体外循环机插管插得不密实。几个邮差一面在口罩后面笑，一面不停地忙手上的活儿。

手术之前，乔教授就告诉比觉，手术时间在两小时左右。但是，孩子已经进去快两个半小时了。杨自道、陈比觉和辛小丰一直看手机时间。辛小丰说，我们真的不给他们红包？

杨自道看着比觉，说，我心里也是有点不踏实。辛小丰说，本来嘛。

比觉说，现在我们必须规划用钱。我们的钱就这么多，为此，我们还一直请求乔教授准许分期付，如果，他知道我们这么穷还搞这个，会不会……

什么会不会？那些钱都是进公家的账，红包是进医生私人的口袋。你说他们喜欢哪种进账？辛小丰说。

杨自道站起来说，我下去给医生买点饮料点心吧，早上前面那床家属搬了一箱八宝粥上来，好像也没有被退出来。中午了，一早上就开始手术，他们也饿了。

辛小丰说，那我下去。辛小丰转身就到了电梯前按电梯。比觉赶上前，说，别再买八宝粥，就买箱花生牛奶好了。他们里面有微波炉可以加热。我看到的。

辛小丰点头。电梯门关上。杨自道和比觉继续把快餐盒里的饭吃完。

你能陪她几天？杨自道说。

临近春节，帮工不好找。海珠说叫她侄儿的一个朋友替我，反正我的工资给他。我是请一个月的假。

她答应借我们多少钱？

说得很含糊了，说做生意的人钱滚钱，一下子要大数目的现金，还真不好拿。

那到底借不借？

比觉长出一口气。会借吧，她说大不了拿她的私房钱。

杨自道笑，这个女人太那个，不好弄。

比觉没有再说什么。杨自道起身把快餐盒丢进垃圾桶，说，小丰昨天拿来个电炖锅，我们可以给尾巴弄点营养品，不过，要跟房东说一下。

71

那家伙阴阳怪气的，更不好弄。比觉说，对了，我那天看到他在建行公交站清理广告牛皮癣，带着他那个狗腿子。

好像有这个职业。成片包干的。

你们不是说他很有钱吗？

没有钱，谁买得了那个石屋子？他还有辆二手车。我看他是无聊吧。

有钱就好。你们跟他关系处理好点，也许关键时候能解我们燃眉之急。

指望他借钱？做梦去吧。他现在水电都不肯去装分表，死活要我和小丰跟他平摊，我们两个这样的生活状态，你说能用多少水电？那个一周来一次的钟点保姆，他也非要我们承担一次钱，说是因为清洁了公共部分。

比觉笑出声了，有道理呢，你们也算是养保姆了。

电梯门开了，小丰扛了一箱花生牛奶进来。腋下还夹了两盒东西，两人过去帮他接下，原来是猴头菇鳖精之类的营养品。

杨自道说，尾巴能吃这个吗？要问问……

给主刀医生的。

你有毛病啊！比觉很生气，声音不小，乱花什么钱！医生哪里要你这个破东西，不值几个钱，还让全医院都看见了，有闲钱不如……

辛小丰火冒三丈，这是我刚领的夜班补贴，我凑不了红包，买这个表示心意怎么不行了？比觉挖苦地说，行，行行！但你也买太少了，你只知道主刀医生重要，知不知道麻醉师也很重要？他让你什么时候醒就什么时候醒，他也可以让你永远醒不过来。你不能厚此薄彼给这个不给那个。

不擅辞令的辛小丰，简直要揍比觉。

杨自道嘘声制止，说，你为什么不和我们商量一下呢……

通往手术室的门开了，三个人顿时紧张地看着。一个护士匆匆出来，说，陈杨辛家属在吗？三个人都站起来点头。辛小丰听到自己的心脏爆裂了一声，脸色顿时煞白，他以为尾巴不行了。

要AB型血！护士说，血站告急，手术现在急需。辛小丰用力按着自己的心脏，吁出了一口气，三个人明显松弛的感觉，护士也感觉到了，哦，别那么紧张，只是输点血。谁是AB？

我是。比觉说。护士说，跟我来。快点！

杨自道说，我说不定也是，我验验看！他跟了出去。辛小丰站着没动。伊谷春调来后，辖区医院的院长不知怎么的和他很投缘，他就趁机让自己手下的兄弟统统体检了一次，胸透啊，两对半啊，顺便也都查验了血型。辛小丰记住了，自己是B型。

人都消失了，家属等候厅就他一个人。他走向门边，轻轻旋开门，他往大厅深处泛出绿光的手术室大门探看。里面，奶黄色的手术大门前静谧无人，像是通往神秘的天堂的前一站。为什么我不是AB型呢？

辛小丰不知不觉走了进去，通过静谧无人的内大厅，他一直走向深处的磨砂玻璃大门。尾巴会躺在大门里面的哪一间手术室？一个穿着老豆腐色旧款手术衣的小个子男人，突然从什么地方冒了出来，手里拿着水桶和拖把，这是个手术室专用清洁工。一看到辛小丰，他就用力指着他的鞋子，又指着辛小丰进来门边的柜子说，套上鞋套！辛小丰反应不过来，清洁工说，教授在手术！现在也没有人看病！

辛小丰退了出来，回到外间的家属等候厅。

杨自道是O型，那天，比觉给尾巴输入了400CC的血。

五

没有想到，在杨自道和辛小丰离开医院，路过停车场的时候，碰到了伊谷春伊谷夏兄妹。伊谷春正搀扶着伊谷夏进汽车。杨自道和辛小丰不约而同都停下了脚步。辛小丰低声说，那就是姓伊的。

穿便服的伊谷春替妹妹关上门回到驾座。汽车还没启动，副驾座车窗就摇下来了，一只女孩的手臂随着不大的呼声在挥动。伊谷夏在深色的玻璃窗后面对着杨自道叫。

杨自道和辛小丰互相看了一眼，只好走了过去。

可能是有哥哥和外人在侧，也可能是病弱中，伊谷夏没有使用她招牌一样的夸张表达，但是轻细的声音中，怨气还是听得出的，你干吗呢老头？打电话都不接了，还好我哥回家救我。你看，我骗你了吗？

照面的工夫，辛小丰对伊谷春点了个头。伊谷春在打量着杨自道，又看妹妹。

杨自道也看了伊谷春一眼，虽然时间极短，但不知怎的就心中一凛。杨自道笑着对伊谷夏说，我女儿刚刚手术，跟你说我和白班师傅换班了，没法送你。我也没有骗你——这我弟弟。

你好。伊谷夏说，以后我的电话，你不能不接。我都是有急事才找你的。你要有职业道德——走吧哥，我冷。

杨自道笑，对不起。

伊谷春对杨自道笑笑道别，那我们先走一步。

车子离去，但几米之后，又停了，伊谷春探头招呼辛小丰，你上来，跟我一起走。

辛小丰看了一眼杨自道，迟疑着，但还是跑步上前，上了汽车。

杨自道独自往菜市方向走，准备给尾巴买点营养品煮。没想到，那女孩还真没有胡扯，那个就是她的警察哥哥了，虽然是一身便衣，气质也文雅，但一股森冷煞气，明显是不好惹的主儿。杨自道每天在车上见人，还要相处一会，形形色色算是接触了不少人。辛小丰怎么会和他一起呢？

伊谷春的车里，伊谷夏说，哥，你看那老头像不像老点的基努里维斯？

不像。伊谷春摇头，你叫人家老头太不礼貌了，人家就是真老了，也别这么叫。

辛小丰说，没关系，他度量大。

对呀，我高兴就这样叫，他从来没有生过气。我觉得他简直就是基努里维斯翻版，尤其是风吹乱他白头发的时候，还有看人的眼神……哎。

伊谷春懒得再理睬妹妹。他对辛小丰说，外口公寓黄楼那边有个家伙跳楼自杀了，因为有遗书，所以我就没过去，直接送我妹来医院了，没想到刚才那边来电话，说自杀者的一个朋友去看死者，居然也跳下去了。

也死了？辛小丰和伊谷夏同时惊问。

死了。所以，我准备过去看看。你的防区，你也去吧——刚那个人是你的表哥还是堂哥？伊谷春说。

辛小丰摇头，说，不，我们从小一起长大。

他孩子心脏怎么了？

先天性的，叫什么法洛四联症。不手术活不过两年。

真的啊！伊谷夏说。我的天！几岁了？

五岁。

伊谷春问，他妻子也在这里工作吗？

辛小丰沉默了一下。伊谷春说，怎么？离了？

不，他还没结婚，辛小丰说，其实，那是个弃婴，收养她的夫妇，是我另一个兄弟的姐姐姐夫，两年前，他们夫妇出了意外，孩子就是由那个兄弟在照顾。我们也帮点忙，所以平时小丫头管我们都叫父亲。

辛小丰电话又响了，他看了看号码，再次按掉。

伊谷春说，怎么会这样？

他知道伊谷春是说孩子的情况，但按掉电话的那个时刻，马上听到他这样的问题，辛小丰还是有点轻微的不自在。他说，没有选择的余地了，很严重，不做就是死。

现在养孩子的那个兄弟有家吗？

辛小丰略微迟疑了一下，算有吧。

这个手术费用恐怕不低吧，伊谷春说，你那兄弟和他妻子收入还好吗？

伊谷夏睁大眼睛，一直扭头目不转睛地看着辛小丰。辛小丰看着车外，含混地回答，我不太清楚。他一直看着车外。这时候，面对这样的对话，他才明确意识到，病中尾巴的世界，已经涉及他并不愿意外人知道的私人生活了。幸好，筼筜丽景就要到了。

伊谷夏慢慢下车，但站在车门前呆立着，并没有马上走。自杀、弃婴、心脏病、两年生存期、单身爸爸，短时间里这些高密度高强度的信息，让她有点消化不了。伊谷春看看妹妹，以为她不想自己走，便熄了火说，我送你上去好了。

伊谷夏摇头，她看着辛小丰说，那个，你哥多大年纪了？从没结婚？

辛小丰含糊点头，三十……五六吧。

老头自己……

好了好了，伊谷春说，快上去吧，外面冷，我也没时间了。

外口公寓靠近开发区，是区政府和镇政府合资盖的一栋七层公寓，专门提供给外来打工者租住。死者住在五楼，男性，二十多岁，大概是天亮前跳下去的。桌上的醒目位置留有遗书，遗书很简单，说自己累极了，说对不起老家的爸爸妈妈。

死者是从顶层天台，也就是相当于八楼跳下去的。人们在可能是他起跳的最后位置，看到了许多烟头和还剩四分之一的一瓶白酒。死者的朋友大约是十点多出现的，人们开始没有注意到他，大家都聚焦和关心着撕心裂肺哭天抢地的死者的姐姐。后来，一行人上了顶层天台，人们在给死者的姐姐指看死者最后的位置，突然，死者的朋友拿起了那瓶喝剩的白酒，随行公寓保安还想制止他，但他一仰脖子已经把剩下的酒全部倒进了嘴里，在大家目瞪口呆之际，他已经跃上天台护栏，在没有一个人来得及眨眼间，他就消失了，随即地面传来嘭的一声巨响，天台上所有的人都呆若木鸡，包括死者披头散发的姐姐。

几乎就在死者同样的位置，死者的朋友颅骨爆裂地躺在那里。他的脑浆和前一位的脑浆已经分不出你我了。

死者的姐姐不再哭泣，但半天回不过神，她嘟囔地说不认识他，又说好像去年春节弟弟带他去过他们老家，但说也许不是这个人，因为刚才没有注意看，现在头脸已经面目全非，辨认不出来了。楼下，尸体边，伊谷春在看那位后跳下来的人身上的物品，在他的钱夹子里找到了身份证，上面的照片是个圆脸人，呆板但微笑。

蹲在死者身边，伊谷春像捏皮球一样，捏了捏他的身份证，嘴边浮起一丝不易觉察的笑意，他把证件扔给辛小丰。辛小丰懂他的意思，也把证件卡在虎口，捏了捏，果然手感不对，很薄，边缘粗糙，假的。

大千世界……伊谷春很深地呼吸一口，站了起来。生死相随啊……

辛小丰知道他的意思，大千世界无奇不有，同性的关系居然能这样不可思议。

辛小丰的短信提示音响了，但他没有看。忽然他又想到有可能是关于尾巴的，于是赶紧打开。发件人是"树林里"，一行字出来：你拒绝了我七个电话。明天我回台湾。

辛小丰看着一地脑浆，怔了怔，转身给发短信的人回打了电话。

第四章 天谴座

一

天界山小石屋厨房。

杨自道的排骨汤刚炖出香气，比觉就来电话说，尾巴醒了，但在 ICU 病房监护。医生说还不能吃东西，先别乱张罗。可是，杨自道已经张罗了。因为以前都是吃快餐，从来没有进厨房烧过什么，房东也不在，杨自道在他的厨房转悠，才发现自己什么调料品都没有买，也缺少器皿。他也不愿意再下山，所以擅自拿了卓生发的盐、味精之类，都投放进去，再把卓生发电磁灶的插座用上，就把排骨汤炖下了。

杨自道用开水泡了两包泡面，热乎乎地吃了，打算睡一下去接开夜班车。他刚躺下，忽然想起比觉抽了400CC血，应该回来休息休息，便给辛小丰打电话，让他晚上去替比觉看护尾巴，辛小丰迟疑着，说好吧。杨自道听出了他的犹豫，便问是不是姓伊的不同意。辛小丰说，不是，有个朋友明天去台湾，约好送他。可能略微晚一点到医院，我去陪夜。

比觉回到石屋，已经是晚上十点。没想到，辛小丰给的钥匙他还没有掏出来,就听到了狗叫声,正奇怪阿道怎么把房东家的狗关在屋里,门却自己开了,房东站在里面。狗冲出来对他狂吠,比觉手一挡,小卓蹿起就是一口。比觉厉声呵斥,抬手看,无名指侧已经出血了。

卓生发也是被小卓误导。他是这样推理的,姓杨的明确上班走了,收工最早也在半夜两点;姓辛的虽然行踪没有规律,如果回来,小卓肯定会很早就安静地摇尾巴。他完全有时间撤离。这些天,他对楼下的好奇达到顶点。他已经分外急切地要考察一个好的位置,安全有效地放置窃听装置。

没想到那个高个子回来了。这三个人,卓生发最不喜欢的就是这个人,虽然他似乎透着书卷气,但看人的眼睛傲慢而粗野,比如现在,两人一照面,他的眼睛就射出警觉审视的光,他说,阿道在里面?

卓生发说,不在,所以我进来关窗。

关什么窗?来者捏着被小卓咬出血的手,语气里是不动声色的冷酷。

卓生发感到他的敌意,立刻大光其火,大声说,你有什么资格问我?我是房东!我对我的房客的安全有责任!你来这里干什么?

又困又乏的比觉,被他问住了。他掏出手机打了杨自道的电话,然后把电话调到扬声状态,对他说,我刚到,你房东锁在你房间里,他质问我来干什么!比觉把电话给卓生发,卓生发接过,严厉吼,跟你们说过多少次,山里风大,潮湿,注意出门关窗,关窗!就是不当回事!我说文物是夸张,爱惜别人的东西,总是应该的吧?要不我收了你们自己重新添置去!

扬声装置能听到杨自道的笑声,他说,谢谢谢谢,请多关照。对了,我兄弟那丫头今天做心脏手术了,他给孩子抽了很多血救急,所以,他今晚在我屋子里休息,请多关照啊!

再说!卓生发依然很不高兴,怎么还随随便便在我厨房煮东

79

西？以前不是说好你们不会使用厨房？姓杨的还是笑，对不起啊，特殊时期有点困难。再说，反正我们楼上楼下水电不是都平摊吗？你的电磁灶、空调功率多大啊，我们从来都不计较。

卓生发说，所以房租才低嘛，你去中介打听打听，全市哪里能找到比这儿更低的房租？

好吧，卓老板，我在开车，杨自道说，我们回去慢慢聊。我兄弟姓陈，请你多多指教，请告诉他，厨房里那个汤是给他补身子的。

比觉夺过电话，冲着电话也冲着卓生发说，那小疯狗把我的手咬得出血了。

咬出血了？杨自道说，明天赶紧去防疫站打针。24小时内有效。

卓生发尖叫起来，我的狗是打过预防针的安全狗！根本没必要打！浪费钱！

比觉对着电话说，好了，你开车吧，我自己和他谈谈。

比觉把电话收了，直截了当地对卓生发说，你听着，要浪费也是浪费你的钱，养狗不教伤人赔偿天经地义。我们那里养狗的人多了，大家都懂这个道理。狂犬疫苗和破伤风针合打，要四五百，这钱你要付！

卓生发气急败坏，跟你说没事就没事！你还想不想住我这儿？

住。不管你同意不同意，我今晚都住这儿。

要住你就别想讹钱！

小卓都没反应过来，比觉已经把卓生发的脖子狠狠掐提起来。卓生发顿时觉得气管和眼珠子都要爆裂。小卓扑咬救主的时候，比觉已经放下了他。小卓拼命吼叫，比觉作势要踢它。你听仔细了，比觉说，我和别人不一样，我喜欢讲道理的人。我不喜欢你私闯他人房间还先声夺人；也不喜欢你这么抠门刻薄、不近人情。我是得了绝症的人，随时会死，弄死你，我眼睛都不眨，你信不信？

卓生发的冷汗一下就出来了，他不是从这个人的话感到了恐惧，而是这个人的眼神，他完全相信，这个人什么都做得出来。卓生发一时说不出话来。

比觉把流血的手指，在卓生发肩上摩擦，你赔我的预防针钱，我不会去打，像我这种随时要死的人，不会浪费这个钱，但是，我绝对要你赔！拿出来吧。厨房在右手边是吗？

卓生发点头，几乎是连续点头。他下意识地摸着自己的脖子说，厨房在那边，我带你去。呃，小陈，我不是不讲理的人，你误会了。安全的狗真的没有必要打，那些人被医院忽悠了，他们要赚钱。当然，我是有责任——这边走，你小心脚下。我赔你五百元，就算我请你压惊补补身体吧。

在厨房，卓生发拿出了自己的精致线面，要为比觉烫面。比觉拒绝了。卓生发又送上了葱花、绍兴红酒，说香。线面开水一过就熟了，再把排骨高汤加入。比觉吃得很快，卓生发看着他的手，暗暗诧异，和这个人书生气质完全不相称的是，那双手简直是两块粗粝的礁石，或者说蟹螯。难怪刚才被他一卡住脖子会那么难受。卓生发又看了小卓一眼，也暗暗佩服小卓的利齿，这样的手也能咬出血，可见小卓平时的肉也不是白吃的。

卓生发把五百块钱给了比觉，比觉数了数收起来。

他把最后一点面汤喝掉，说，谢谢。对了，你刚才说，我哥我弟他们按规定不能使用你的厨房是吗？这样好吧，这个月，肯定要打扰你，小孩子需要些营养，偶尔我也会在这里休息。所以，我们加你钱，好吗？

比觉把刚刚收进皮夹的钱，拿出一张递给卓生发。

卓生发接也不是，不接也不是。他觉得这个人有点无耻，但似乎你又无话可说。姓陈的把钱不容置疑地塞进他的口袋，还替他按紧口袋说，这是你该收的，刚才那是你该赔的。我们都不要不好意思。讲规矩我喜欢，这样大家谁也不欠谁。如果下个月还打扰，我们会再加钱。好吗？

卓生发说，别这么客气，远亲不如近邻。我也不是小气的东家，只是，我是吃素的，你们的油荤我不舒服，所以，你们今后要用我的厨房、调味品我可以让你们用，但注意器皿别乱放。万一要用锅，只能用小卓的锅——干净的，狗比人干净。你理解我的心吗？

理解。姓陈的笑起来，露出一口烟牙，但就像久阴初阳，他的笑让卓生发感动而亢奋。卓生发甚至觉得这个男人才是最好相处的人。锋利但敞亮，既不像姓杨的那么阴险，也不像姓辛的那么阴冷。但是，卓生发回到楼上，那种冰雪消融的轻盈感觉立刻消失了。

沉重的夜色，从飞起的窗帘一角突围进来，卓生发过去把窗户紧紧关死。小卓在脚边反复舔着卓生发的手。卓生发抚摸小卓的头，渐渐泪水满眶。他感到了窝囊和屈辱，刚才怎么会那么兴奋呢？明明是被楼下的浑蛋欺负了，还拿钱拿得那么欢快。他对自己的善良很绝望。这个世界，这个世界啊，卓生发紧紧抱着小卓呜咽：善良早就失去了保护神。

二

辛小丰坐在尾巴的监护床前。尾巴看到他来，咧嘴笑了笑，看口型是叫了声爸爸，但没有声音。辛小丰合掌在脸侧，对尾巴打了个睡觉的手势，说，爸爸陪你，睡吧。

那个护士盯着辛小丰看。她不明白，怎么又来了一个自称爸爸的人。辛小丰没有发现，他出神地看着尾巴，沉浸在自己的想法中。

尾巴五周岁了，已经五年过去了，五年间，辛小丰暗暗感激上帝，因为他相信，尾巴就是来人世陪伴他的。她代表了宽宥，代表了救赎的方向。当年，他和比觉两个人，以令老师大跌眼镜的分数，高考双双败落。高他们三届的阿道，本来考入一个汽车职业中专读书，他希望早点为家里赚钱；而比觉家里经济条件更差，他根本不听老师的劝说，拒绝复读，第一个到特区，投奔了姐姐比慧，成为跑船水手；半年后，辛小丰也放弃复读，去厦门找比觉。为此，学校老师很痛心，各科老师都认为这两个优秀的学生高考失利是因为高三学年压力太大，一时不适应。只要他们把心态调整好，依然是学校冲刺名校的最好种子。没有想到，两人都不可理喻地放弃了。

一年后，杨自道职业学校毕业，也到厦门来了。五年后，尾巴从天上来了，带着美丽和欢乐。比慧在岛上海蛎壳的山堆边看到她时，她没有像普通弃婴那样用哭泣引人瞩目，她在一个白色的天使飞翔的蓝底小童毯里面微笑。比慧说，她冲着我笑，一打开童毯我就感到心里暖洋洋的。这就是天上来的孩子啊，地上来的孩子哪有不哭的？她在里面笑得那么好，她在等我呀，这是老天送给我的孩子。

辛小丰为比慧的描述着迷。那个时候，尾巴一头浓密的头发，柔软得在额前打圈，脸上有点横肉，鼻子也扁，眼睛倒是很大，嘴角向上弯曲，花蔓一样。不哭的时候，那个表情确实像在微笑。当看到童毯里的孩子8月19号的生日，三个男人都很吃惊，辛小丰简直可以用呆若木鸡来形容。

只要比觉跑船回来，时间又刚好，杨自道和辛小丰都会去比慧夫妇的渔排玩，大包小袋地提不少酒菜过去。在清净的渔排上，打打牌、钓钓鱼；夏天的时候，他们就躺在渔排上数着星星过夜。那个时候，辛小丰就特别黏尾巴，她一哭一闹，他总是第一时间赶过去看望，笨手笨脚地给她塞奶瓶、喂水、换尿布。后来，连比慧都夸奖他抱孩子抱得最像样，说他以后会是个好父亲。每一次来岛上，杨自道都会有一包东西是专门带给尾巴的，有比慧交代买的，也有他自己认为有用的，小鞋子呀、奶粉呀、果汁呀、小手鼓呀。只要比觉在，他就会给尾巴讲故事，从小到大，尾巴都是在比觉的故事中入睡的。从两岁开始，比觉就教她认星星，四岁的时候，尾巴认识的星座已经比普通人多十倍。快两岁时，尾巴的脸长开了，横肉消失了，小鼻梁也出来了，大眼睛，睫毛浓密外翘，一张玫瑰花嘟嘟嘴，喜悦而天真，不仅人见人爱，连周围所有渔排上的狗，都喜欢这个小人。

尾巴快三岁的一个初夏，三个人又聚在渔排上，比慧夫妇回了老家，休渔期的比觉替她看管渔排。因为太热，比觉和辛小丰都光着上身，杨自道穿着黑背心，但是，尾巴还是看到了他胸口隐约的一块刺青。孩子是突然过去的，她把杨自道的背心胸口处扯低，踮脚仔细辨认：那是一把剑，刺穿一个盾牌。很粗糙匪气的图案，颜色青蓝，像是摩擦过但没有清干净的混沌图案，一手掌大小。

尾巴说，这是什么星座？

杨自道和辛小丰都傻了眼。

比觉过来把杨自道的背心全部提起，说，唔，这是天谴座，他指着刺青图案三点比较重的位置，三个二等星，旁边还有很多小星星，很暗。

杨自道尴尬地站着。

那故事呢？

故事晚上再说。

现在说。晚上道爸爸就走啦。

这个故事不怎么好听，算了。

要听。我要听！

故事说，有三只小羊，淘气，不听妈妈的话，不读书跑到很远的地方去玩，后来，一不小心它们出了差错……它们把树咬断了，一棵很重要的树，树倒下了，把别的大羊小羊都压死了。三只小羊很难过，哭呀哭呀，它们再也不能回家了。宙斯看到它们真的很后悔，就把它们提到天上，提醒下面所有的羊，不要出差错，不要把树咬断。

三只小羊的星座，为什么我都没有看到过。它是冬天才有的吗？

不是。它不是冬天的星座，也不是夏天的、春天的和秋天的，你也等不来，它是地球上的人看不到的星座，受地球自转夹角的影响，比觉用拳头和巴掌比画着，有一些星星，我们永远也看不到，它叫潜星。

那你怎么知道的呢？尾巴问。

书上看到的呀。你认字了，就能自己看了。

尾巴安静了，她眼光犀利地打量着比觉和辛小丰赤裸的上身，又看看杨自道的胸口。辛小丰的胸背都有刀疤，但没有引起尾巴的注意。三个男人看着孩子什么话也没有再说。看尾巴走开，辛小丰低声问，真有这个星座啊？比觉说，白痴。

后来不久，尾巴三岁生日，三个人都在渔排过夜。那天醉后，辛小丰说，没错，是她，肯定就是她！我要照顾她一辈子。杨自道笑了笑，比觉也笑了笑。辛小丰勃然大怒，因为他认为他们不相信。我一直梦见她！我总梦见她！她从小到大的样子我都看见了，就像不同时期的照片！小时候，她就是这样的！连发梢的发圈都是一个方向的！

杨自道点头，比觉也点头。一张脸红着，一张脸发青，但表情其实都肃穆下来。

说起来，杨自道、辛小丰工作忙碌，并不能常到比慧夫妇的渔排去玩，但比慧夫妇在台风里失踪后的这两年，比觉接管渔排后，他们到那里的次数多了起来，休假都在那里。尾巴，就在他们的共同照料下，一点点长大。

夜深了，很多病人家属把病床四周的帷幔拉起来。护士过来强调了辛小丰要注意推助泵和监视仪等一些指标的看法，就到值班室内关了门。辛小丰在一睁眼就看到监护仪的位置，拉开尼龙躺椅躺下，却睡不着。

大鼻子的工作室在一个废弃的大厂房里，其实就是其中的一个车间。里面的三面墙，都是大鼻子的室内设计作品展示，但不是平贴在墙上，而是一扇一扇的玻璃格墙，像斜着翻开的书页，每一页的两面，都可以供人欣赏。车间中间是一艘古船，船侧另一面的地面，竟然挖了一个斜下的敞口地下室，里面有二十几个座位，光线柔和，布局装置时尚持重。大鼻子说，这里经常搞装修设计顶级讲座。船的尾部，有一个旋转的大玻璃钢梯，上面是敞开的夹层，就是七八间不大的工作间，都凌空在车间半腰。他聘用的设计助手们都下班了，几台电脑没有关，四处无人。夹层的再一侧，就是大鼻子的办公室和卧室。

大鼻子的台湾普通话，特别绵软谦和，辛小丰在工作中也知道台湾男女都这么讲普通话，但是，他心里还是觉得大鼻子殷勤得令他尴尬和不屑。参观中，大鼻子说，我从来没有带世纪末那里的朋友到我的私人空间里来，但是，我对你敞开了。你和别人不一样，非常特别，简直就是百慕大。这很奇怪。我相信你不管怎样，都不会伤害我，对吗？

辛小丰看了他一眼，他知道自己不可能去伤害他，但是，他懒得接这种承诺。所以，他还是沉默着。大鼻子说，你的沉默也是吸引我的沉默。我喜欢说话，北京人说我话痨，呵呵，没有关系的。

他们在地下室看了电影《水手奎莱尔》。大鼻子因为看过，不时出来为辛小丰斟酒，拿精制的台湾凤梨酥之类的糕点，看辛小丰直接在手指上捻灭烟头，他又立刻出去找烟灰缸。当银幕上同性恋人最激情的时候，站后排的大鼻子把手圈搭在辛小丰的后颈部，他感觉到辛小丰身子动了一下，又觉得可能是自己的错觉，辛小丰也许根本没有动。他总处在若无其事或深不可测之间。而辛小丰，感到那只内容丰富的手，在他后颈部一日长于百年地放着，渐渐地，一只手变成了两只，在越来越有力地给他作消除疲劳似的颈部按摩。

夜深人静的 ICU 病房，能听到不知名的医疗仪器的滴滴、吱吱的电流声。远处，似乎传来哭天抢地的抽泣，又好像被风吹走了。辛小丰躺在躺椅上，觉得脚没有地方放，而且单位里带来的军大衣也遮不到小腿，随着夜深，还是挺冷的。比觉比他还高，躺在这里更够呛。辛小丰又想到杨自道和伊谷春，尤其是伊谷春连着口香糖一起啐那个同性恋浑蛋的场面。

　　躺了好久，他终于意识沉沦恍惚起来，却忽然听到尾巴发出轻微的呻吟。辛小丰一个激灵跳起来，俯身查看，没事。所有的监护指标都很正常。可能尾巴在做梦。辛小丰还是不放心，怕她已经昏迷，而不是睡觉。他起身去值班室敲门找护士。护士跟他过来看了看，一切正常，便有点恼怒，说，不要没事折腾人好不好！

　　辛小丰便不敢轻易叫护士，但自己格外警觉，稍有风吹草动，他就起身看尾巴，看监护设施，在极度的疲乏迷糊中，好容易睡过去，他又总是梦到尾巴在垂危抢救的片段，冷汗直冒地惊醒过来。这一夜，辛小丰把自己折腾得够呛。

三

　　的哥杨自道成了伊谷夏的兼职司机。

　　伊谷夏伊谷春的父亲是从圣诞蜡烛、圣诞礼物的小作坊起步的，现在，圣诞类的产品只是他整个企业很小的一部分，他更大的部分在出口厨具、餐桌刀具、烧烤用品方面。他们家的春·夏刀厨具，远销南美、欧洲、东南亚。不过，每年圣诞前一阶段，家族里的人还是会为圣诞订单全力打拼。平时在市中心，他们有一个形象店，陈列着各种精美的圣诞蜡烛、圣诞树以及各种餐桌刀厨具。伊谷夏就在那里上班。

　　尾巴手术期间，伊家圣诞大战也差不多结束了。伊谷夏令家人胆战心惊的痛经，又进入四处求医问寻偏方阶段；同时，伊家父母也加紧了寻找女婿的相亲活动。伊谷夏虽然小，但他们越来越巴望女儿赶紧找个可靠的男人，迅速结婚生子，把这个惊天动地的毛病赶紧解决了。母亲自然要找个门当户对的，父亲倒不在乎现阶段的经济实力，更希望找个潜力股，他要托付的不止是女儿，也许还有家族事业，儿子伊谷春基本是指望不上了。家人的这些苦心，伊谷夏都点头说懂，也像赶庙会一样笑嘻嘻地四处积极相亲，但最终没有一个能成。杨自道虽非全职，也起码参与送接了三四次。

那天，接伊谷夏针灸推拿回去，伊谷夏说到了又要相亲的事。杨自道说，你不能这么密集吧，会挑花眼的。好男人都看不清了。

就是嘛，你要找的是唐僧肉，来的都是猪八戒！

呵呵，那人家看你是什么呢？

我也在想啊，伊谷夏挺直胸脯，拍拍心口，使劲清了清嗓子，嗯咳，咳——你看我是什么？

差不多也是……小猪八戒吧。

伊谷夏哇地大叫起来，捶打杨自道的右肩。

不是同类相吸嘛，我看他们对你依依不舍的不是……

说真的，老头，你觉得我在男人眼里算不算漂亮死了的那一类？

也不算吧。怎么——他们都看不上你吗？

是，伊谷夏抽了两下鼻子，都说我丑，傻婆，一根筋，他们对我依依不舍，是同情心博爱哦，她再抽了两下鼻子。

的哥杨自道笑。他想象不出，这个女孩怎么能够完成中规中矩的相亲活动，怎么能和那些陌生男人、媒婆们囫囵说一句郑重的话。杨自道逗她说，每次你被那些猪八戒送出来，上了的士车，我就替你觉得没面子。像你这么丑的人如果自己开私家车，是不是让对方娶你的信心多一点？

那也不行啊，人家会把我家那点薄产骗走，又甩了我。要预防那样的悲剧发生，不如现在就让他们甩进的士，好歹财色两全……

我看都是人家要用车送你，是你不肯哪。

是啊，是啊，我是怕我上了人家的车，情不自禁丢盔弃甲，逼他娶我……

杨自道终于逗不过她呵呵大笑。说话间，到了筼筜丽景，伊谷夏付完车资，忽然说，喂，你认真回答我，你送我去推拿治疗，心情特别好吗？

的哥杨自道一时猜不出她要干什么，便据实点头，说，好啊，很好。

比接别的活都高兴？

那当然。

你再严肃回答一个问题——你送我去相亲，吃不吃醋？

杨自道猝不及防，他第一反应是顺着她的反击习惯，顺水推舟地说是是是，但是，相处这么久了，他能隐约感觉到这个小女孩对他闪烁的情谊。他不敢也不想搅这个浑水。于是，毫不含糊地说，不吃，轮不到我吃。快下车吧，我还要赚钱去。

你个猪八戒！伊谷夏摔门而去。

杨自道看着她远去的背影，又看了车门一眼，心想，这门迟早要被这个丫头摔坏。车子出了小区，有人招手，杨自道没有看见。他一路往前，脑子里萦绕着伊谷夏最后一个问题，吃醋吗？吃不吃醋？有点醋意？他不太愿意回答自己，就像不太愿意费力去爬一座计划外的大山。记得第一次伊谷夏和她妈妈衣冠整齐地进汽车，伊谷夏用轰轰烈烈的神气说，相亲啦，我今天要去相亲啦！她妈妈使劲掐了她一把。她立刻 hi——hi——hi——地贼笑：有喜了当然要告诉杨师傅呀！做妈妈的愠怒了：什么叫有喜！有这么皮厚的女孩啊！你要全世界的人都知道是不是？伊谷夏立刻缩头掩面，羞涩万分：嗐——还不知道人家看得上看不上我呢。

听着母女对话，杨自道礼貌地笑着，心里却奇怪地不舒服了一阵。后来他觉得，男人吧，可能都是这样小心眼，女孩对你稍微亲近一点，就贪心。他不承认、也毫无心理准备要和伊谷夏这点年纪的女孩，有什么吃不吃醋的关系。人家是什么样的姑娘，自己又是什么样的人，想一想都荒唐可笑。

的哥杨自道和伊谷夏一度绝交，因为车上杨自道黑了别人遗落的钱。但是，一周后，伊谷夏的电话又来了，杨自道以为她要车，她却问他女儿的心脏手术怎么样了，杨自道很意外，说，已经排到了，马上就要做了。伊谷夏说，你小孩几岁了？杨自道说，五岁。伊谷夏说，她妈妈在医院陪她吗？

杨自道说，唔，是，要人陪的。

哦。她真的是心脏病啊！

杨自道说，不好意思，在开车呢。你还有事吗？

没有。我不要你的车了！伊谷夏说着电话就挂了。

尾巴手术那天，在医院突然遇上伊谷春伊谷夏兄妹，大家都很意外。当天晚上，杨自道就接到伊谷夏的电话。电话响时，一个乘客要下车，杨自道忙着找钱打票，电话接慢了。伊谷夏说，我差点挂啦！生意好得都不接我的电话了？

杨自道说，还好。你身体好点了吗？这个天点滴很冷吧？

伊谷夏说，你根本没有结婚，没有老婆，你吹什么牛啊老头！

肯定是辛小丰告诉他们兄妹了。但辛小丰一贯话少，他们也不可能知道更多，所以，杨自道笑着，说，虚荣心吧。

那小孩也不是你的！

没有差别。她从小就叫我爸爸。

你真的把别人的钱，黑回去给了那个病小孩？

是。她需要。

我查过你了，我打你们公司电话了。

你干什么！杨自道咆哮。在公司，如果发生这样的情况，被人举报属实，公司绝对要索赔、罚款、开人。

伊谷夏在里面笑了，那个拖了长音的、半是痴呆半是阴险的 hi——hi——hi——的笑声传过来，她说，我打电话去表扬你，说你捡了我的手机，追了十几公里归还我——hi——hi——hihi——

杨自道厌恶地说，这也用不着。

伊谷夏说，结果，他们高高兴兴地记录下来，说，杨师傅今年已经有十三个乘客表扬啦。我就是第十三个。我前面是个八十岁的老阿嫲，说你送她去女儿家，没有收车费，还下车扶她上车下车；还有一对打工夫妇，妻子临盆出血，在路口拦车没有一辆车愿意停下来载他们，怕他们血污脏了汽车，是你停了下来，一路飞奔，后来孩子生在车上，但抢救及时母子平安；还有一次……

拜托，谢谢了！

别高兴太早！你很可疑，从不接受记者采访，从来拒绝曝光。我的疑问是，你是不是一边做好事，一边做坏事，喜欢的就昧进腰包，不中意的就上缴。你害怕曝光，就是怕失主认出你，你这白头发，太容易辨认了，对不对？

杨自道还是愣了一小会才恢复过来，说，对，对，你真是太聪明啦。我干的坏事你都知道了。你一举报我这辈子就毁了。

你不是个正常男人！

是，是。

知道我哥怎么说你吗？他叫我离你远一点！

唔……杨自道更加吃惊，他说，也许你哥说的是对的。你听话就是了。

不过，我正式有了好奇心。老头，我想去看你的女儿。

你哥什么意思呢？杨自道忍不住嘀咕，我们本来就没有扎堆，我也没有伤害过你。

hihi——hi——hi——费琢磨了吧？不自在了吧？什么叫警察精英，现在你明白了吧？我告诉你，他们就是喜欢这样让人不自在。别怕，老头，你是好人。我喜欢跟你玩！

四

天界山下，卓生发推着自行车，在陈厝豆腐店前批评他们。他又买到了馊豆腐。他认为他们论理该赔他十块豆腐。店家说，豆腐都吃了，赔个屁呀赔！

卓生发说，不吃我怎么知道它是酸的？一尝我就整锅倒掉了，还浪费了我很多红菇！

店家说，拿过来铁证如山啊！不然凭什么说我们豆腐酸了？

卓生发气得要命，真是店大欺客！夏天我买到三次，都是你把前一天的豆腐卖给我，后来我都不买你家的豆腐，你感觉不到吗？没想到，这两天，天气只是反常高温，你家豆腐又坏了，你又卖给我，你们看我好欺负是吗？

一个小伙计指着门楣上的牌匾大声说，喂，你不要在这里放屁了！我们是消委会评选的诚信单位！你有发票吗？没有发票你就是污蔑！

卓生发说，你才真正放屁！卖豆腐你什么时候给过我们发票？

小伙计说，别人不需要，你需要嘛。今天要不要买，要就记得开发票，不要就滚开，不要影响我们做生意！卓生发说，什么态度！我本来也只是路过顺便说说，不然我早就保留豆腐到315告你了！

打呀打呀！去告去告！

店员七嘴八舌地骂，卓生发气得真的去摸电话，说，打就打！还正不压邪哪！但卓生发还没有掏出电话，自行车就被人推倒了，坐在前筐里的小卓，大叫一声，车未倒就逃生跳下，随之又惊又气地汪汪大叫。卓生发的脚指头被车把砸到了，痛得蹲在地上，他忍痛坚决要打电话，但电话就是不通。一桶热乎乎黄白兮兮的煮豆腐水，哗啦从柜台底下白浪一样冲出来。卓生发蹲在地上的屁股，顿时一阵大热，手一抹，全湿了！

你们……简直是流氓豆腐！

店里的三四个男女都笑起来，一齐指看卓生发像尿尿的裤裆。

一个胖子，把湿拉拉的包裹豆腐纱布，凌空甩向小卓。小卓缩头避开，更加气势汹汹地吠。卓生发简直想掀掉一板豆腐，但又害怕事态严重。他抱起小卓，那个甩豆腐纱布的胖子，把纱布抡得像风火轮，他指着卓生发说，滚！马上滚！不许再来买豆腐！

卓生发拼命拨打315的电话，可是，对方不是占线，就是拿起又被人挂机。卓生发感觉自己眼泪要下来了。湿屁股转而发凉，里面的棉毛裤肯定也湿了。这时，一对退休夫妇模样的男女过来，看着卓生发，忽然，那女人凑近一步说，小卓？你是小卓吧？卓生发转脸看，一怔，那男的大声说，你怎么在这里？我是老游！我们造船厂工会的老游呀！

卓生发摇头，漠然地说，你们认错人了。

卓生发扶起车子，在那对退休夫妇纳闷的眼神中，在男女店员的大声驱赶和嘘声中，抄近路回家。小卓看卓生发在苗圃园里存了自行车，嗅了嗅苗圃角落里自己家的银色捷达，看卓生发并没有开车的意思，就掉头跃上石阶，往石屋奔去。卓生发还没有走到院子的青砖小台阶，就听到石屋厨房里当啷一声碗打破的脆响。卓生发闻声大怒，肯定是楼下那几个恶棍又打破了他的碗。他直扑厨房。果然，姓辛的蹲在地上，手忙脚乱地收拾，小卓也忙着四处舔。厨房里，花砖地上、柜子边、椅子脚、煤气瓶边，都是黄兮兮的蛋羹，还有玻璃碗碎片。这个玻璃碗是仿紫水晶的，总共一对，卓生发几乎是把它当工艺品，高高放在碗橱里，基本不用，他们擅自用了，竟然还给打破啦！

卓生发黑着脸，屹立在厨房门口，他不说话，就是要辛小丰看到他感到不安。辛小丰头也不抬，拿着报纸胡乱擦着地，说，太烫了！可惜了阿道两个土鸡蛋！一个七八毛呢。

卓生发咆哮了：这一个水晶碗值多少土鸡蛋你知道吗？你们这些土鳖！恶棍！一点教养也没有！别人的东西想拿就拿想用就用，损坏了别人的贵重物品，你却只可惜自己毫不值钱的破鸡蛋！你们一个个都是什么人啊！

辛小丰一时被他骂傻了，站起来，想想又蹲下去，但他也不想再擦了，扔了报纸又站了起来，说，我赔你，行吗！

赔？这水晶碗你赔得起吗？卓生发指指碗柜，这本来是一对的！你知道不知道！你们这些下流坯！我真是受够了！受够啦！！

辛小丰说，不是加你钱，准许我们暂时使用你的厨房？

加钱？加钱！那也是我的钱！加钱就可以这样胡作非为、你我不分、不尊重主人？加钱！我才不稀罕你们这些流氓、人渣的一百块钱！我——不——稀——罕！不——稀——罕——啊——

你说什么？辛小丰瞪起眼睛。

辛小丰在发现卓生发歇斯底里的同时，也看见了他屁股是一塌糊涂的湿，以为他是摔了一跤，情绪失常。辛小丰说，我想给小孩蒸一碗蛋羹。上次来，她非常喜欢这个碗，所以……

所以，你就有权乱动人家的东西？

辛小丰不自然地笑笑，她胃口不好，大手术……

卓生发说，少跟我提这个来历不明的小孩，别把我当傻瓜！你们一个个都是什么东西！

那你要怎么样？辛小丰的脸彻底放下来了。

卓生发也不知道怎么回答，但是，他心里充满怨愤，一上午的愤懑，如铁堵在胸腔喉管。他恨不得把眼前这个人踢下山去。辛小丰看卓生发直着眼睛、喘着粗气，也没有再刻薄人，便又去拿蛋。他要蒸好蛋羹送到医院去。他还是忍不住觊觎地看了看橱柜上的另一只水晶碗，很懊恼自己的失手。刚才本来是可以用提夹把水晶碗提出高压锅的，卓生发零碎架上，也挂着这个东西，但是，他就是想用左手拿，而且也做好了被烫伤的准备，不料，小卓没有声音地从外面突然蹿进来闻他，他一惊，才失手。

没办法，估计还要赔这个变态房东的碗。所以，辛小丰闷闷地找了个普通瓷碗，开始打蛋。不料，耳边又响起卓生发的尖叫。我的天啊，你把我今天的报纸擦地了！我还没有看！辛小丰也一怔，低头看那些揉成乱团的报纸，椅子上还有残余的几张，还真是今天的日期。辛小丰觉得自己的确糟糕透了，刚才慌忙之际，顺手就抓了椅子上的报纸。

你简直……简直是……

辛小丰干巴巴地笑着，小事小事，等一下我下去再买一份——那个碗，我也会赔你，你在哪里买的？卓生发觉得自己的屁股简直要冰冻掉了，他吼道——这水晶碗，是我以前从东北带回来的！

那好，我赔你钱吧，多少钱？

五百——卓生发像歌剧女高音一样出声，即使这样，他觉得心里还是堵滞得慌，他必须连续大喊大叫，而且不许有回声，可能才能稍微平息心头的难受。五百，就是五百，你们不是讹我吗，那我就讹回来！以牙还牙以血还血！

卓生发用脚去踩门边的雨伞，雨伞却避开了，卓生发把它捡起来，放在地上和椅子之间，拦腰狠狠踩了下去，木伞骨应声而断，几根金属伞架七拱八翘地把伞面撑起，像个挣扎的活物。卓生发有点害怕，怔怔地收住了准备再踩下的脚，发了一会儿呆，转身咚、咚、咚、咚地跑上楼去了。

辛小丰看着倒霉的伞想，房东今天真是火大了。他捡起伞，扔进了外面的垃圾桶。从楼上下来的小卓过来舔辛小丰的手背，辛小丰蹲下来看看小卓。小卓仿佛有表达的愿望，辛小丰摸着它的头，听楼上似乎有低泣声传来，断断续续，也不明显，看小卓的意思，是它的主人正在伤心难过。辛小丰又摸了摸它的头，讥讽地指指楼上，要它上去。小卓立刻转身上楼，上了两阶，回看辛小丰有没有跟上，不料厨房里的辛小丰已经又在忙着蒸蛋，根本没有看它。小卓郁闷地自己上去了。

抱着小卓，卓生发泪流满面地望着窗外无比感伤失望。世风太坏了，到处是缺德的商家，缺德的人。满世界都是侮辱与损害，到处都是势利与贪婪。这是一个多么粗鄙的、多么腐败变质的时代啊。

卓生发再次潸然泪下。

小的时候，我非常讨厌葱、姜、蒜、芫荽、苦瓜、胡椒、韭菜、芹菜，没想到，到这里我决心吃素以后，一样样我都能吃了。不是别人强加给我的，就是在菜场看着它们，突然就有了感觉，我的舌头想了解它，不不，在心里，我已经预先接受了它们，比如，芫荽。多么可怕的味道，可是我的胃忽然就有了准备，要它，就是想要它。葱，这样来了；姜，这样来了，青蒜芹菜也这样来了——冬天里的药芹、青蒜，多么浓郁多么节制，多么丰富悠远的好味道啊。而芫荽，简直就是蔬菜里的拉丁舞啊，真是令人窒息的尖叫啊。我怎么能在吃素的时候，一一爱上了它们？你觉得奇怪吗，小卓？原来我和你一样吃荤的时候，我是多么排斥它们，现在，我一心向素，情况却正好相反了。你告诉我，它们是不是代表浑浊红尘的欲望，是不是证明我下意识里并不清净？

如果我还是浑浊的，那么，这个世界上，还有什么人是清净的呢小卓？

五

前一天的交接班时间，伊谷夏就说要跟杨自道来看看尾巴，杨自道说交接班时间已经吃紧，迟了要罚钱的，十分钟十元，改天吧。伊谷夏说，我来替你出罚款。杨自道说，这罚款根本抵不上人家上下班最好的上客高峰期。晚班司机就是靠这一下子。伊谷夏说，要不，你交了班再带我去。杨自道说，交了班我赶市场买鸡蛋排骨去，没有时间。

第二天中午，杨自道接到伊谷夏的电话，说要车。在她家的展厅门市部门口接她。中午客人一向少，倒霉的时候，跑三十公里都没有一个客人，有的司机干脆到僻静处打盹省油去了。接了电话，杨自道就过去了。伊谷夏拉开车门就说去花鸟市场。杨自道说，忙呢？中午也不休息一下？伊谷夏说，被逼无奈。本来我都要午睡的，今天只好取消了。杨自道说，你看这大街，大半城的人都去睡了，要是夏天，太阳底下开半天，更是一个鬼也没有。我也很困，可是，就像汤里捞面条，没有几根了，你还得一把把捞。

你看我就是大面条吧？

不，杨自道笑，你长得更像一百块。现在，满大街停顿的人，我看上去都特别像钱。是啊，伊谷夏模仿他的口气，突然眼睛一瞪：你眼里就是钱啊面条啊。我就不明白，那小孩又不是你的血肉亲人，你至于吗？

杨自道笑而不答。的士车停在花鸟市场小路边。伊谷夏进去了好一会。杨自道把计价器关了，免得女孩又骂他钱啊面条啊。等了一刻钟，伊谷夏竟然抱着一大捧把脸都遮住的大花束出来，热烈的杂色非洲菊、白色的满天星、橙色的天堂鸟、粉色的香水百合、蓝色的羊蹄甲，真是乱七八糟，杨自道都看得头晕了。

伊谷夏hi——hi——hihi——地自得其乐，走哇！心脏中心！

杨自道很意外，他看着伊谷夏。走啊！我要去看看那个让你牵肠挂肚的奇怪小孩。你推三阻四地不让我看，我偏要看！

杨自道深吸了一口气。和辛小丰的感觉一样，杨自道也越来越明显地感到，尾巴，正在把不相干的人，引入他们不愿为外人关注的私人生活中。

病房中，比觉在尾巴床前的凳子上，佝着身子在看什么书；两个病人家属在低声聊天，一个像是保姆的女孩，倚在窗前吧嗒吧嗒嗑瓜子。他们进来，比觉很意外，阿道这个时候出现，身边竟然还带着捧着一大堆花看不清头脸的女人。

大家都以为尾巴睡着了，杨自道低声简短地介绍完双方，接过伊谷夏手里的花，正要问比觉怎么办，却看见伊谷夏对着床做欢欣蓬勃的鬼脸，再看床上的尾巴，眯缝着笑眼，那只没有打点滴的小手的五个指头，正在对他们抓合着以示招呼。伊谷夏看出她是因为轰然而至的鲜花而喜悦，立刻从杨自道怀里，把花抱到尾巴跟前，眼睛一瞪，说，喜不喜欢？我采的。送你！

尾巴虚弱得很，但蓬勃的鲜花，让她的眼睛睁大了。尾巴轻轻地连续点头，在笑。伊谷夏浑然天成的孩子气的外交方式，立刻赢得尾巴的认同。伊谷夏没有想到尾巴竟然是个这么干净漂亮的小女孩。

比觉把杨自道拉到外边说话。杨自道户头上的钱已经提得只剩十元。比觉说，海珠等一下会送一万过来，缴了医院费用，大概还有两千多，但是，后继的费用很快就出来了，下面怎么办要考虑了。

杨自道说，今天交接班，我跟车主再说说，看能不能借一两万。

那就基本能过关了。比觉点头，这小丫头是你朋友？

杨自道含糊点头，算是吧。

比觉说，也没必要浪费钱，有钱不如买些实用的。

说什么呢？杨自道说，我又不知道她要来看尾巴。我也心疼那个花钱，算了，她家有工厂，爱糟蹋就糟蹋吧。

算什么，这是糟蹋我们的钱！既然要给我们花钱，就要花到点子上。

你有毛病啊！不是说了我不知道她要买花吗。

怎么跟这么小的丫头玩？吃饱撑的。

是她找我玩，没办法。就是这么小，才什么都好奇，傻乎乎的，不过，你说话注意点，他哥是警察，就是小丰的小老板，手术那天我们在医院都碰上了。

比觉目光变得锐利，回看病房了一眼，但什么也没有再说。

伊谷夏和尾巴玩得非常开心。她们给不认识的花起了许多新名字，冰淇淋、飞机尾巴、香豆子。尾巴的手一直在转伊谷夏的头发梢，专注地听伊谷夏在嘀嘀咕咕地说什么神奇的事。渐渐地，尾巴呵欠了，伊谷夏就说睡吧睡吧，姐姐陪你……

伊谷夏想在尾巴脸上找到杨自道的痕迹，可是看来看去却越看越模糊。这时，杨自道、比觉和一个中年女人一起进了病房。

海珠穿得像婚礼上的新人家属，整齐而扎眼。她也许没有意识到尾巴的危险，所以，一进病房表情欢悦、嗓门很亮，也没有发现其他几个病友家属在皱眉头。她提了一兜火红的福橘，边走边责怪比觉不说清楚，害她心脏内科、外科上上下下到处找。

比觉把福橘接下，尾巴被吵醒了，尽管虚弱，但是还是对海珠笑了。海珠问她好不好，尾巴说好。声音小得只能看口型。比觉知道孩子是虚弱，因此让她别说话了。比觉示意海珠小声点，之后轻声问海珠能借多少。

海珠声音小下来，可是很快又大起来，她说，建东一说他没有活钱，我就准备拿私房钱帮助你。我这人你又不是不知道，我一贯说话算数，一贯大手大脚，比男人还看轻钱。建东说没有，我马上回家去拿，没想到，我老爸老妈最近买六合彩，买疯了，一直亏，又偷偷背着我，用了我的钱，一分钱都还不了！气死我了真是气死我了！

比觉说，那你没有带钱来？我刚还和催款的医生说，上午就能再打一万进去……

海珠说，我把家里能拿的现金都拿来了，一万是没有了，只有两千。海珠把包打开，拿出一个旧信封。比觉接过，抽出里面的钱，钱包在一张替他写好的收据里，比觉愣了一下，海珠笑着，怕你这不好写，所以我先替你写好了，你签个名就好，这里——

比觉在口袋里摸笔，同时看了海珠一眼。海珠不好意思地笑起来，算了算了，没有笔就算了，下次我筹到钱，再一起写进去。比觉把名字签了，把字据递给海珠。海珠推辞说，算！算！不然还是算啦，我不要啦，就算我送你们的一点心意吧！

比觉没有表情，但执意要给她字条。海珠越发坚决起来，说我也是看着她长大的，这两千送她又怎样！以后，我筹到数目大的，你再写欠条吧。海珠还真的把收据一把撕了,脸上的表情很豪爽。可是,比觉脸上并没有海珠想看到的喜悦和感激。杨自道也清楚,这个数目,和尾巴目前急需的费用,差距实在太大了。

海珠先走了。电梯门一关,比觉说,妈的,她是怕我还不了!杨自道说,我交班后再过来,运气好的话,我们就有钱了。你跟医院说再缓缓。

那傻丫头家里真是开工厂的?比觉说。

你别动她脑筋。

这都什么时候了!

我不愿意!

你别以为我是铁打的,能赖账、能借钱,还能日夜当护工!

你疯了?

你才疯啦!别忘了我们是她共同的父亲!

我不是说下午跟车老板借吗?

靠谱的事先做!嘴边的肉不吃,偏要去打猎。什么意思!

你、懂、个、屁!杨自道咬着牙齿说。比觉知道,这是阿道极度恼火、濒临失控的表情。比觉不再吭气,两人一起走回病房。

走吧,杨自道对伊谷夏说。我还要去捞面条。

那好吧,我也走。伊谷夏对尾巴招手,我会再来看你的,小尾巴,我太喜欢你啦,我会给你带更多的花来!

别带!比觉说,医生不鼓励花卉进病房。有些花粉会引起心脏不适。

哦,那……

这个我会处理,谢谢你。

那……需不需要钱……

伊谷夏没有说完,已经被杨自道拽了出去,身子失衡之际,她没有看到杨自道和比觉互相狠狠对视的眼睛。这一瞬间很快,伊谷夏看到的是,比觉微笑着说,走好,谢谢你,请走好。杨自道也微笑着，他拉着她边走边说，需要的话，我会找你的，走吧走吧，我耽误太久了。

尾巴的术后并发症，是在杨自道刚筹到一万元，大家刚松一口气的时候爆发的。当时，辛小丰过来，发现尾巴显得昏昏沉沉，小手特别凉，进而摸她的小脚，也是冰凉。辛小丰突然害怕，轻声叫唤尾巴，尾巴也没有反应，辛小丰猛然觉得头大：小丫头死了？他站起来奔去找医生。医生过来一看，神色大变，立刻检查，结果小家伙血压极低，尿液很少。是并发症低心排，十分危险。医生护士过来奔忙着，强心、利尿的药一起上，尾巴又进了重症监护室。这是一天至少四五千元费用的地方。

比觉很恼火，他甚至怀疑伊谷夏的那些鲜花可能是凶手，结果，花期还盛大，他就把它们全扔了。

第五章　除夕夜里的秘密

一

半夜两点多，伊谷春警区并列的海峡双星大厦——厦门大厦和金门大厦的大堂都灯火通明。受周边两家建筑工地的影响，大厦进出通道设施及物业管理尚未全部到位，人员进出混杂，加上金门一期的防盗门不够坚固，溜门盗窃的家伙也频频在这里出现。

四五个衣着整齐的警察和协警，在大堂深处。进出大堂的人都被要求查验身份证明。

一辆出租车开到大堂门口，两个三十多岁的男人下来，一前一后进来，一个还在信报箱里拿了报纸，两人正往电梯走去的时候，伊谷春和辛小丰走了过来。辛小丰请他们出示证件。两个男人互相看了一眼，嘻嘻直笑，可以明显看出他们的脚是酒后虚晃随时要趔趄的，他们似乎努力要稳住自己，舌头却很大，两人先后说，台——胞——我——们是——台——胞。辛小丰说，请出示你们的台胞证或者申报条。一个黑衣男人摸着脑袋，问白衣男人，你带——了吗？白衣男人嘻嘻……笑不停，连连摇手说，喝酒，谁……那个……

黑衣男人打着酒嗝，步履蹒跚地往伊谷春身边靠，伊谷春出手扶住他；辛小丰也感到白衣男人靠向自己，很快，一只手已经塞进他的裤袋，一大卷钱已经在里面了。同样的，伊谷春裤袋里也鼓起了一块。辛小丰假装没有感觉，但看见伊谷春已经在一丝暧昧的微笑中，把自己口袋的钱掏了出来，给黑衣醉汉塞了回去。他抓着黑衣人的领口，猛力摇晃，说，证件不带还想行贿警察？

辛小丰在伊谷春教训黑衣人时候，把口袋里的钱也塞回了白衣男人手里，男人推挡，钱掉在了地上。伊谷春也看见了。辛小丰把钱捡起来，用力塞回白衣人口袋里，白衣人摇摇晃晃的躲闪中，辛小丰发现他的上衣和裤子的每一个口袋里都是钱，根本没用钱包。他忍不住又按了一下那些口袋里的钱，看起来是帮醉汉塞紧，实际，辛小丰是在温习刚才很刺激手指的很瓷实的有钱手感。从业这么多年，他第一次感到，别人的钱和自己的钱，好像也不是天堑。钱啊，这么难又这么容易到手的东西啊。

伊谷春招手叫小丁过来，让辛小丰和小丁把两个台湾人送上楼去。回头，辛小丰和小丁下来，看伊谷春有点发愣，他机械地问，住多少号，小丁说，Ａ座3806。我操，颠三倒四、醉醺醺的找不到台胞证。

伊谷春看着辛小丰，说，你刚才闻到酒味了吗？

辛小丰摇头。

就是说，你也没有闻到酒味？

辛小丰说，没有，贴近的时候，有一点隐隐约约的清甜味。说不定是昨天遗留的酒味。伊谷春眯起眼睛，轻轻点着头，说，妈的，他们竟然醉得走不好路——给我记着这两个家伙！记着房门号。

伊谷春没有再跟辛小丰提钱的事，辛小丰却克制不住想到它，回味着进了自己口袋又出去的惋惜难舍之情。是三千，还是四千呢？辛小丰对这样数目以上的钱，几乎没有过手感，事后他甚至想让人家摆出三四千元，让他折起来摸摸。他又想，至少有两千吧，两千肯定有，那家伙浑身都是钱，出手几千很正常。就算两千，赔房东紫水晶碗五百，还剩下一千五，一千五不少了，可以给尾巴救急，医疗费用如果帮不上大忙，营养品还是可以买一些的。忽然，辛小丰觉得伊谷春很让人生厌。这个人对钱是没有感觉的，因为他是有钱人。当然，在从业多年的经历中，辛小丰也一直没有把这些钱当钱，比如抓赌，比如剿毁毒窝，那些堆起来的钱，就和所有赃物一样，是一个类别的东西，涉案物而已，和自己毫无关系，就像银行职员的职业状态中对钱的休克心态。但是，现在，在神不知鬼不觉的瞬间，尤其是人家把钱已经塞进你的口袋的时候，其实，转换起来真是很简单啊。这个认识界限的突破，辛小丰有点吃惊，也有点躁动。伊谷春的笑是什么意思？是职业猎人的讥讽和骄傲，他一向看不起收买他的人，因为他知道自己收买不了。这条疯狗，这条职业疯狗，他永远不知道急迫需要钱的人的焦灼苦痛。

　　辛小丰以为自己被白衣人塞钱的活络心思伊谷春不知道，因为他自己当时也正被人塞着钱，但事后证明，伊谷春一清二楚，他看到了白衣人的手从辛小丰的口袋里出来，看到了辛小丰反常的迟钝，看到了辛小丰还钱时唯恐人不知的张扬动作。伊谷春实在太聪明了，不久之后的一个抓赌案子，就使辛小丰彻底明白，自己什么也逃不过伊谷春那双有毒的眼睛。但之后的一个工地建材盗窃案后，伊谷春的一个举动，又令辛小丰觉得伊谷春对自己的友情不薄。不过，那天辛小丰的小命差点就没了。

　　当时已经是大年二十六，街上已经能看到提着抱着年货匆忙来去的人们。小偷劫匪陆续踏上回家的路，案发数量日趋平稳下来。那天下午，辛小丰本来要请假的，因为尾巴从重症监护室抢救出来，见到辛小丰的第一句话是我要我的小金鱼。这是辛小丰半年前给她买的，一个有盖子的长方形透明塑料盒子，一本书见方，有提手，里面有三条小金鱼，分别有名字：白雪公主，小巫婆，红蝴蝶。尾巴和比觉一起命名的。确定住院那天，尾巴就说要把小金鱼接来一起住院，比觉说，小金鱼不喜欢医院的味道。在低心排并发症抢救过来后，乔教授和一个漂亮护士都肯定地告诉她，小金鱼不会讨厌医院的味道。

尾巴也知道辛小丰和杨自道一向都比老陈好说话，果然，她一说，辛小丰就说，好的，我去拿。比觉不太赞成，觉得太麻烦了。他说，你怎么去？不上班了？

辛小丰说，我跟姓伊的说一声，雇个载客摩托，一个半小时肯定到金元岛，再等个航班渔船，来回四个多小时应该就够了。比觉说，那你把我的毛背心也带来吧。比慧打的那件驼色羊毛背心，在靠墙角的旅行箱里。晚上医院太冷了。

没想到伊谷春不同意请假。尤其是辛小丰说请假理由是去拿小金鱼之后。伊谷春觉得荒唐。他臭着脸说，过两天再说。这让辛小丰很郁闷，伊谷春也看出来了，但辛小丰也没再说什么。而辛小丰一向不习惯和别人磨蹭哀求耍赖地争取所需，也知道伊谷春根本不吃这一套。他想，等今天的活儿做完，也就是再忍一天，如果姓伊的再不同意，他半夜也要过去，大不了一晚上不睡觉。

当天晚上的巡逻，辛小丰却差点出事。

当时是半夜两点多，一个停工月余的基建工地铁板门外，停着一辆小四轮货车，车门大开，里面却没有人。仔细看车厢底板，都是铁锈泥粉之类。车辆附近都没有人。辛小丰把手里的强光手电伸进铁门，往工地里面照。停工多时的半拉子基建工地全泡在水里。手电的光路里，发现一行脚印从水里出来，一步步伸向建筑的电梯口方向，十几步后，脚印消失了。看水量，只能是他又退回水里了。伊谷春一挥手，几个人都进了工地。两只强光手电如白昼光条，在工地水面扫过，久无人扰的水，清澈见底。小丁扫到靠出入口那边的水上，一颗黑黑的脑袋露在水面上。辛小丰和小丁喝令那脑袋过来。那人从水里哗啦站起来，一步步从水里过来了。水深齐腰，但这是地下车库的位置，下面还有一层，都淹了。

上岸来的是个尖头的小个子，手电筒强光里，他身子发抖。虽然是南方，但二月天的夜里气温也不过七八度，水里自然更低了。伊谷春问，半夜在水里干什么？

那家伙摇头。辛小丰用手电筒在那人脑袋上用力一敲，那人哎哟一声，捂住脑袋说，就是捡点废铜烂铁⋯⋯

其他人呢？伊谷春说。

那家伙的眼睛在水面上四处转。大家的眼睛和手电筒的光束一起跟着他的眼睛在水面上扫，突然，折过去的一个暗角，哗啦一声水响，吓了大家一跳。伊谷春第一个冲向水中，辛小丰也下去了，就看到前面一个人的头猛地矮进水中，没了。估计刚才是憋不住换气呢。留下一名队员看守刚才那个家伙，小丁也下水了。水寒冷得直侵骨头。巨大的基建水坑中，他们三个一字排开，往那个声响处搜过去。

忽然，辛小丰的手电一闪，光源到水里去了，他整个人没了。伊谷春一惊，连忙收脚叫小丁照。水下，一个黑森森的电梯井，辛小丰和电筒都下去了。我的天，伊谷春眼睛发黑，仿佛到处都是黑洞，正要问辛小丰会不会游泳，就看到水下的电筒浮动而起。辛小丰像鱼一样腾浮了上来。

伊谷春一阵松弛。前面逃命的水声，依然哗啦哗啦地狂响。这工地的积水坑布满陷阱，太危险了，不是自己的人要送命，就是这些该死的浑蛋完蛋。伊谷春掏出手枪，大喝：站住！再不停我开枪了！

水声戛然而止。但紧跟着，又开始哗啦哗啦响，那人又开始奔逃，伊谷春开了一枪，怒吼：站住！浑蛋！一听枪响，那家伙到底怕了，站定在水中，束手就擒。另一个浑身湿透不断筛糠地蹲在车库出入口转角的家伙，也在小丁电筒的直射下，乖乖走了出来。

这是个专业工地盗窃团伙，仅最后一个季度，他们就在工地作案十几起，案值三十多万元。这本来是他们年关的最后一仗。三个人大年二十八回贵州的火车票都买好了。

三个家伙的材料做完批完，天已经蒙蒙亮了。队员们都离开所里到协警宿舍睡觉去了。伊谷春也疲乏至极，准备回楼上办公室后面的休息间歇歇，刚踏上台阶，却看到天井里，辛小丰蹲在哈修旁边。他猜辛小丰可能带哈修出去大小便刚回来，可是却听到辛小丰自语似的附在哈修耳边，你要是马，现在我们就可以走……

伊谷春突然想起来辛小丰请假的事。他又走下楼梯，哈修见到他，使劲摇尾巴。转脸看到伊谷春，辛小丰站了起来，准备离去。

你还是要去拿小金鱼吗？

辛小丰点头。伊谷春掏出他的高尔夫车钥匙，你开吧。

辛小丰一愣，摇头，说，不，我雇个黑摩托。天再亮点，摩的就出来了。

你不敢开？

辛小丰有点动心。他没有培训过，只是所里的司机有让他玩过车。伊谷春知道他能开。但是，辛小丰想，即使伊谷春不在乎他是否毁了他的车，可辛小丰自己担心，路不熟，此次出行，他要把小金鱼完好带回来，他不能出任何麻烦，不能出一丝差错。因此，辛小丰不接伊谷春的钥匙。

伊谷春说，那小鱼有那么重要吗？

辛小丰答不上来，他笑笑，低头拍拍哈修的脑袋。伊谷春看了看，把钥匙放回口袋，转身上楼去了。远远地，一只公鸡打鸣的叫声传来，尾音很长。城里是不许养鸡的，但是，总有一些居民会养上几天，比如有家人生病、生孩子什么的。回到楼上休息间，伊谷春一边觉得鸡鸣好听，一边脱外套，但他忽然住了手。他心里有疙瘩，似乎每次拒绝辛小丰他都让自己不舒服，尤其今天晚上，辛小丰刚才差点把小命都搭上了。

伊谷春在床沿上呆坐了一下，又套上外套，蹬上鞋嘭嘭嘭地下楼。辛小丰已经不在天井里。伊谷春到所后院跳上自己的汽车。天色灰蓝蓝的快亮了,楼房、树木、围栏和大道小路都在空气中渐渐清晰起来。辛小丰走得很快,伊谷春追到菜市场口,看到他张望着走,他在找载人摩托。伊谷春开到他身边停下,按了下喇叭。辛小丰回头,看到伊谷春在对他歪点着头邀他上车。辛小丰还是有点反应不过来,他以为伊谷春回家要带他一程,而他不愿意,认为不如自己雇辆黑摩的一路狂驰到底。

伊谷春喊,上来!我送你!

辛小丰上来了。

空旷的街道,路灯刚刚熄灭。空气中像充盈着蓝灰粉末,颜色重一点的,就是街景和人物轮廓了。伊谷春的车像猎豹一样奔驰着。辛小丰看了仪表盘,竟然开到了120。这些繁华的大街,白天的车速不过四五十。按这速度,到金元岛用不了八十分钟。到了金元岛,叫雇工开小机把尾巴的小金鱼和背心直接送过来,那样,他们连渔排都不用上去了,顺利的话,今天上午尾巴就能看到小金鱼了。

两人也不说话,一些清扫街道的工人出现了,走动的路人也慢慢多起来。伊谷春依然保持高速。有一次,差点撞上一个骑着垃圾车突然转道逆行的清洁工。

你累不累?辛小丰说。

还好。伊谷春说,累了,就你开。

辛小丰心里又起了感激,他担心伊谷春通宵未眠开车太累、太危险。他还不明白伊谷春为什么要专程送他,只觉得伊谷春一时冲动,代价真不小。伊谷春仿佛知道他在想什么,说,系上安全带,你想睡就睡吧。

辛小丰系上安全带,闭上眼睛。这么一段时间以来,因为案件高发,因为连续加班熬夜,因为尾巴病危,辛小丰的确累得要散架。几乎是合上眼睛半分钟不到,他就发出轻微的呼噜声。伊谷春看了他两眼,心里也泛起一点温润,手下这些待遇不及正规警察五分之一的兄弟，是拿命在跟他干。

对于辛小丰自己来说，好像是短暂的合眼睁开间，伊谷春的车竟然就到了金元宝湿漉漉的码头。天完全亮透了，是个金红色的好天，海面上都是微红的太阳光。开往金元岛的小码头，不知怎么被人弄得到处都是海水，下脚都不方便。几个嗓门很大的搬着运菜大筐子的人，撞了辛小丰一下。伊谷春没有下车，他在车里休息。辛小丰和七八个乘客，在码头等了好一阵子，金元岛那边的客船才轰轰地过来。看时间差几分才七点，辛小丰不想打比觉的电话向他要那个替他干活的渔排临时雇工的电话。他决定到了那边码头，自己随便搭个小机，直接到林老板渔排上，反正他对那个渔排位置很熟悉。

机帆载客船，轰轰地走了一刻钟左右，到了金元岛。辛小丰跳下船，没有离开码头，就看到圭母家渔排的雇工开着小机过来，他赶紧跳上那艘小机。问明是来替尾巴拿金鱼，那雇工笑得不行，眼神里即判定了辛小丰是个二百五。站在圭母家的小机上，沿路各家渔排上的狗都冲着辛小丰狂吠追逐。他是个生客。

靠上林老板的渔排，辛小丰一跃而上，却发现小木屋还关着门。辛小丰敲门，里面似乎一阵慌乱。好一会，那个替代比觉的矮小的临时工，才披着外衣来开门，却不让辛小丰进去。辛小丰说，来拿鱼。

那人说，都死了，没了。

辛小丰睁大眼睛，前天你怎么不跟比觉说？

那个人说，我又没看。他打电话的时候，我不在屋里。

辛小丰一把推开他，闯了进去。那人想阻挡，不及辛小丰快。辛小丰一进去，只见比觉睡的高低床的下床，一个女人迅速翻身向里。辛小丰感觉像海珠，但他没有兴趣细究。转头他就找盛小金鱼的透明盒子，那本来就放在窗下的小茶几上。盒子还在，里面最后一条红色的死鱼还没有倒掉，肚子胀得大大的浮在水面上。辛小丰心里一阵闷痛，感觉很不吉利，又难以发作。想了想，还是过去，把那个发臭的透明盒子提了出来。走出来，记起比觉要的背心，辛小丰又进了木屋，躺着的女人以为辛小丰走开了，便起来，不料辛小丰又进来，躲避不及，只得低下头来。辛小丰也不想看她，到墙角旅行箱里，拿了比觉的毛背心就走。临时雇工看辛小丰脸色难看，也不再说话。辛小丰命令他开小机，送他回金元岛，他也没有说什么，把外衣穿好就径直跳下泊在渔排东头的小机。

三四十分钟后，辛小丰提着空盒子，上了汽车。伊谷春醒了，说，怎么，空的，都死了？辛小丰点头，说，没有人换水。

那你还提着它干吗？

回去再给尾巴配上。我不想让孩子知道鱼没了。

汽车驶离码头。伊谷春说，早知道这样，你直接在花鸟市场给她再买几条不就好了。这么傻跑一趟，真是一根筋！

辛小丰勉强笑笑，想说对不起，但没有说。一边开，伊谷春一边觉得辛小丰这事真是有点过分。在人群里，辛小丰怎么说也是脑子清醒于普通人的人，这么一根筋的事，竟然把他伊谷春也带进去了，实在很不可思议。开着开着，伊谷春心犹不甘，说，你简直跟黛玉葬花有一比了。

辛小丰没有说话，伊谷春以为他不会回答了，却听到他说，我总觉得，小金鱼好，尾巴就会康复。伊谷春狠狠地骂了一句粗话：傻B。

区际干道上，黑色的高尔夫风驰电掣。两人都补了点觉，精神比天亮前后好多了。辛小丰帮伊谷春点了支烟，自己也点了一支。伊谷春的车速比来时慢了很多，但还是凶猛，一路有惊无险地疾驰，辛小丰漠然地迎送着窗外飞速来去的险象环生的车辆景致。伊谷春觉得辛小丰就是这样的人，泰山崩于前而色不变，再危险，几乎都激不出他的惊呼。一支烟吸完了，他还是用左手指头慢慢捻磨熄灭。伊谷春看着他，辛小丰似乎感到他在看，一开窗，把烂烟头扔了出去。外面是一片连绵的竹山，竹叶特别尖细，毛笔尖似的。远看一株株黄绒绒的，像小动物。

伊谷春说，你们西陇，有一种夏天的笋，叫绿笋，好吃极了。以前我一直以为冬笋是最好吃的，到西陇吃过绿笋才知道，天下还有比冬笋更好吃的笋，绿笋比冬笋更甜更清。

辛小丰说，吃绿笋的时间很短。

伊谷春说，绿笋是白色的，他们说是长在溪水边。我第一次是在师傅家吃到的。他老婆的家乡是个出顶级绿笋的地方，叫宿安，对不对？师傅说家里人带了一编织袋来，不吃马上就老了，绿笋很娇气。师傅就叫我们几个单身汉，那天晚上到他家吃饭，是绿笋宴。一大锅新鲜排骨绿笋块汤、一大盘绿笋丝清炒——这个后来炒了三盘，大家还想要。还有笋片爆腰花、笋丁炒鸭胗。我喝了三碗绿笋汤，还想喝，可是，不好意思再要了。后来，我到厨房看生绿笋的样子，真的是发绿的外壳。师娘说，宿安的水质和沙质特别好，所以，宿安的绿笋颜色淡绿如玉，笋心最清甜。不过，挑选的时候，一定要挑马蹄形的。伊谷春弯着手腕，打着马蹄手势，他说，锥子形、扁长形、其他奇形怪状的都是次品。没想到，第二天宿安水库就发生强奸灭门大案。师傅带我过去。因为天热，发现的时候，现场尸体都臭了，尸水遍地，一屋子蛆虫乱爬，那时，我看的现场非常少，别说看，那个说不出来的极其浓烈恶臭的尸烂味一熏，我当场就吐了。师傅他们在现场洒了三瓶高粱酒，若无其事地勘验。我不断地吐，吐了再进去看，看了又吐。那天晚上，我们在宿安的街头小店吃饭，店家第一盘端上来的就是绿笋片爆腰花，我一看到，哇地就跳一边狂吐去了。

辛小丰笑了笑。伊谷春说，你去过宿安吗？

辛小丰摇头。伊谷春说，都没有去过吗？其实离市区才十多公里。西陇大水库啊！

辛小丰说，也算去过，小时候去春游，老师带着，小朋友们带很多吃的，果冻、酸奶、面包、牛肉干，看了什么我也不记得了，光记着吃了很多东西，回家都吃不下饭。那时，我父母还没有离婚……

辛小丰再次习惯地把烟头在左手指头上慢慢捻磨熄灭，忽然他想起了什么，马上按下窗子，把未捻完的烟头扔了出去。

伊谷春说，为什么？

辛小丰说，什么？

伊谷春没有说话，辛小丰也不再问，他觉得伊谷春的目光有点阴沉。好一会儿，伊谷春说，我不介意，你可以把烟丝弄在里面。

辛小丰说……我这是坏习惯。

伊谷春看不上辛小丰的婆婆妈妈，骂是骂，但回到城里，他问也没有问辛小丰，就直接把车开到老城区的大花鸟市场，而且停了车，他和辛小丰一起到了最大的鱼店。两人蹲在金鱼柜台前的两只一米宽的大木盆里，一人握一柄白尼龙小漏勺，在桶里密匝匝的小金鱼里找鱼。尾巴的白雪公主，是一尾全身白得透明的拇指大的金鱼，尾巴白丝绸一样，特别长。眼睛之间却有块小红斑。大水盆里白金鱼有好几条，在稠密的鱼群里穿梭，可是，眼睛间有小红斑的很难找。尾巴的小巫婆，是个鼓眼睛的胖黑金鱼，有眼泡，没有什么特点，一下就找到了。红蝴蝶看起来也很多，可是辛小丰固执地要找出两边胸鳍上都有豆大褐色斑块的，不然就不是原来的蝴蝶。最后老板把后院所有的鱼都倒进大木盆里，亲自帮着挑，终于找到一尾接近的，但是比较小。辛小丰还是不太想要。

伊谷春蹲得头昏眼花，他站起来狠狠地说，就这条！另外再多买几条，就这样了！

二

杨自道的车主借了一万元给他。杨自道写了字据，车主说无所谓，你老杨的人品我要是不信任就根本不会借给你。杨自道笑笑，还是把字据塞进对方的口袋。车主妻子提了一条新鲜草鱼和一块年糕出来，递给杨自道。杨自道这才发现自己什么礼物也没有带，大年关的，大家走动都是还钱送礼的，哪有借钱还收礼的，因此十分不好意思。车主妻子笑着执意要给，车主说，嗨，你收下吧，老杨，我们家都不爱吃河鱼，你就当帮忙好了。

杨自道把钱送到医院，没想到伊谷夏也在。看起来，尾巴的精神还不错，虽然气息微弱，可是明显活泼爱讲话了。杨自道一进去，就看到尾巴板着小脸说，杨同学，你迟到了。老师问你，你的老家在哪里？

杨自道愣了一下。他们三个最不喜欢外人问老家在哪里。尾巴说，老陈同学说他的老家在太阳黑子里。请问你呢？

杨自道笑，说，哦，我和他是老乡，隔壁村的。

尾巴说，是吗，请问你的老家是什么样的？

杨自道答不上来。伊谷夏 hi —— hihi 大笑。

尾巴说，请老陈同学替他回答。

比觉的全部注意力已经在杨自道是否弄回来钱上，所以，他看着杨自道，潦草敷衍地说，我们老家就是太阳表面的一种炽热气体的巨大漩涡。温度低于周围，所以是太阳的黑斑。嗯，我们老家的中心深度可达一百公里。里面，老乡们的运动速度为2000米／秒，比地球上的十二级台风还要强几十倍。

很好。他回答得很好。尾巴说，奖一朵小红花。伊谷夏同学，最后一个问题，——风到的地方远，还是太阳到的地方远？伊谷夏立刻说，让你的大爸爸先回答。

比觉看着杨自道，杨自道知道他在着急钱的事，但他还是走过去对尾巴说，太阳吧，我觉得太阳比风厉害。

错，尾巴轻轻说，请伊谷夏同学回答。

我要好好想想。伊谷夏冲着杨自道做了个鬼脸。这次，伊谷夏

113

没有带花，床头柜上只有辛小丰拿来的一盒小金鱼，还有一盒进口巧克力，杨自道猜这大概是伊谷夏带来的。

伊谷夏举手，说，是风！没有太阳的地方也有风，比如晚上。对不对？所以风跑得更远。尾巴说，同学们回答得都不对。告诉你们，风和太阳一样远！太阳和地球中间，都是太阳都是风。

伊谷夏说，太阳离地球多远啊，老师？

尾巴转头看比觉，心虚而故作镇定地说，请老陈同学回答这个问题。

比觉说，一亿……五千多公里吧。下课吧老师，我要上厕所。

比觉站起来，打手势示意问杨自道钱的事。杨自道看了他一眼，走出病房。比觉跟了出去，伊谷夏也尾随而来。杨自道说，我们兄弟有事，你进去陪尾巴吧。伊谷夏说，我也有事跟你们说啊。

那你说吧。

明天就是大年三十，你们在哪里吃年夜饭？老陈说他在医院随便吃。

我一样上班。杨自道说。我会到医院和比觉、尾巴一起吃。

伊谷夏说，刚才我跟老陈说了，我叫我们家订年夜饭的酒家，给你们送点菜来，老陈说不要。

杨自道说，是啊，在病房里大吃也不好。心意我们领了。谢谢了。

你想得美啊，最多两个菜，怎么可能让你大吃大喝啊！

杨自道笑起来，谢谢了，真的不用。

又不是我说的，是我哥说的，好像那个叫小丰的，就是尾巴的小爸爸，也会来医院陪尾巴过年，我哥才这么说的。

杨自道和比觉都没有听懂，也有点紧张。

伊谷夏说，小区里很多单位都在邀警区警察和协警队员吃饭，辛苦了一年，抓了不少坏蛋，所以街道啊、单位啊都在排队邀请。尾巴那个小爸爸说一家都不去，他要来医院陪小孩。所以我哥说，要不送两个菜过来。我哥说话，酒家还不屁颠屁颠来送，警民鱼水情啊。

杨自道说，原来是辛小丰的面子。那我们不管了。你先回避一下，我跟比觉说点事，好吗？

伊谷夏一进病房，比觉就说，有就赶紧，我一早上坐立不安。今天再不交，他们让我们走人。真这么说的！

杨自道把一个报纸包给比觉，说，一万，又从另一个口袋里掏出一叠钱，这是这几天赚的。这几天好赚，至少有一千五六吧，你再数数。比觉说，先凑合吧。重症监护室两天，就去了九千多！你今天再不弄到，我绝对向伊谷夏开口。以我的名义借好了。

杨自道皱起眉头，大过年的，你别跟我说这个。否则我一样揍你！

比觉没有表情地看了杨自道一眼，往楼下交费处走去。

满街都是过年的喧腾景象，店家张灯结彩，大街小巷，到处都是年货促销的红条幅，随处可见大喇叭的年货吆喝声，市场里是熙来攘往的溜班淘年货的男人女人。花鸟市场沿街的鲜花店，把一盆盆、一钵钵的礼品鲜花树，都摆到人行道上，福橘树红果累累、黄绿色的五子同堂吸引了很多无所事事的孩子。有个店家竟然在自己门口，一左一右，放置上了北方小苹果树。一个领着小孩的妇女反复问售货小姐，这个是真苹果吗？掉下来能不能吃？对方说，真的呀，我们都吃过呢。说话间，孩子悄悄地把另外一棵苹果树上的网球大的苹果，偷扯了下来。

卓生发驾着车，一路在和小卓谈心……这些人，从出生到死去，从来就不知道什么叫羞耻，什么叫良心不安。你别看他们衣冠楚楚，过年还全家大小一起沐浴更衣，但他们内里脏啊，比腐烂动物更脏更糟糕。你也别看很多人今晚通宵不睡，天不亮就赶到寺庙上第一炷香。他们可不是虔诚礼佛，是赶早对佛行贿甚至诈骗

115

佛——哼哼，这些不知羞耻的垃圾……

小卓的两条前腿趴在车门拉手上。车窗玻璃摇下，狗头上的毛在迎风招展。

卓生发今天开着车，买齐了窃听装置的配件。确认大年三十晚上楼下的租客都在医院吃年夜饭，卓生发和小卓还没顾得上吃年夜饭就潜入楼下房间，急忙把窃听装置安装好了。安装好，卓生发又顺便看了看两房客的个人物品。辛小丰那个企图上锁但被他制止的床头柜，后来已经成为卓生发每次溜进去必看的地方。看了多次，卓生发看出一点门道来，那个女孩子气的通讯录小本子上，"正"字在一笔一画地增加，卓生发是从不同颜色的笔墨看出来的，有时是钢笔，有时是圆珠笔，有时是铅笔覆盖的圆珠笔或钢笔笔迹。卓生发琢磨了很久，认为这是一本账。他推测是暗示得逞或到手了某样邪恶的东西。他也再次顺便拿起了那张塑封的照片，平心而论，照片上的少年的学生气质，还真是让卓生发感到亲切，虽然仔细看，三个人的眼神都有点奇怪的呆滞，但却没有阴鸷和匪气。时间是1988.8.25。十几年前了呢。

小卓的年夜饭是一段多肉龙骨。卓生发的是一大碗鸡蛋芫荽汤面，还有一盆卤笋卤豆干。山里很安静，连发情的猫都没有一只，黄昏的边缘，忽然还有一阵鸟鸣，爆炒玻璃珠似的，好像是旅游团路过，之后就再也没有一只鸟叫了。

石屋在寂静的山中，没有一丝节日的气氛。卓生发拿望远镜在窗前看了看，寺庙那边修石阶的零散民工也早就不见了，废旧的铁路下面，雾霭很厚，看不出多少节日的欢腾，但是偶尔地，雾霭中，零星地爆起一两声政府已经禁止燃放的鞭炮。

又要过年了。日子很快就像新衣服一样变旧。卓生发站在窗前，黯然神伤。

心脏中心，能出院的病人这些天都陆续出院了。连陪床的护工也欢欢喜喜地走了好几个。尾巴眼巴巴地看着病友一个个回家过年，就跟比觉小丰说，她也想回小石屋。可是乔教授和几个医生都反对，她的血流、动力学等指征刚刚稳定，每日还在输入白蛋白和强心利尿的药物。他们冒不起这个险，尾巴三个筋疲力尽的爸爸，也眼巴巴地看着医生，他们倒不敢想出院，但是，如果医院同意尾巴出来，就意味着，尾巴的身体状态已经令人放心了。但是，乔教授没有让他们乐观轻松起来。

到了大年三十，整层住院部比以前的人少多了，一间间病房除了不便移动的病号以及沮丧的家属，再没有其他人。尾巴三人间的病房里，只剩下尾巴和一个七旬吴老太。辛小丰三点多就来了，带来了一种花生，是辖区残疾老人老张夫妇送他的，是他们亲手做的祖传香酥花生。辛小丰还给尾巴带来了一双鲜红的小皮靴子。尾巴喜欢得不行，从被子里伸出脚，执意要穿，辛小丰就给她小心穿上，依然用被子盖好。没过多久，被子里的尾巴就热了，要脱。可是脱了没一会，她又要穿，辛小丰就再帮她穿。两人脱脱穿穿，嘻嘻哈哈，被子掀来盖去，比觉看得都烦了，说，够了，别着凉啦！

伊家所定的酒家，真的送来了年夜饭，比伊谷夏说的两样还多了一样。一锅水煮活鱼，一盆猪颈子腊肉，还有一个两层蒸锅，下面是红菇鸡汤，上面是捞熟的面条和上海青。店小二说，鸡汤泡面，吃了健康长寿，一定要吃的。

比觉问同屋的吴老太要不要来点鸡汤，老太太当然摇手。比觉就开始喂尾巴鸡汤泡面，尾巴还是胃口不好，但还是小口小口地吃了。

杨自道接了辛小丰的电话，就不再接客，把的士车开往医院。比觉征得护士同意，借了三张白方凳拼成桌子，三个人铺上报纸，挤在尾巴床前开始吃年夜饭。看到这些菜，杨自道说，真他妈的想喝两口啊。

辛小丰说，要不我下去买点啤酒？老张说，这花生下酒最好。

不不，杨自道吃着花生说，还要开车呢。——这花生，好吃！

比觉说，除夕夜也没店家开门了。再说，病房里喝酒也不好。

看大家吃花生，尾巴也要吃，辛小丰喂了她两颗，尾巴吃得居然呛咳起来，小脸咳得通红。比觉看得脸都白了，揪心地站在床边搂住尾巴的肩膀，生怕尾巴的心脏咳裂。杨自道和辛小丰也站起来看尾巴。辛小丰嗫嚅，才两颗……

比觉的脸很臭，杨自道对辛小丰使个眼色，让他不要介意。

尾巴平息后，要看伊谷夏送的卡通画册。比觉说，灯光太暗伤眼睛，白天再看。尾巴说，就要看！辛小丰看看天花板上的日光灯，说，看图应该没关系。

比觉瞪了辛小丰一眼，妇人之仁！尾巴听不懂，但感觉是他在骂辛小丰，尾巴说，最讨厌老陈！杨自道拍了拍尾巴的头，笑着说，没有老陈早就没你啦！老陈也快被你弄死了。好吧，乖乖的，让我们吃完饭，我们就给你压岁钱。

尾巴欢叫起来，又咳了几下，杨自道连忙嘘她让她别激动。

三人继续吃饭，鸡汤不烫了，水煮活鱼还很烫。猪颈肉相当美味，辛小丰给尾巴夹了一块，尾巴看着画册，眼睛没有离开书，就张嘴吃了。辛小丰忽然担心比觉反对，不自在地偷看比觉，再看杨自道。比觉和杨自道都不看他。

比觉说，海珠打我电话，说临时工很懒很笨，今年年关鱼也卖得不如别家好，希望我这些天能过去帮她一下，新买的小鱼苗很费心，那个临时工靠不住。我想，我要不要过去帮几天？

那我叫人替一周班吧，我来医院陪。杨自道说，一周行吗？

其实是不够，新鱼苗很难料理，一天要喂很多次，每次都要把鱼食粉碎才行。海珠的意思，当然是希望我去上班，说也不好一直空着位置等我，这样，那个临时工没有长期观念，自然更不上心。

不然就拉倒，谁稀罕那个苦差事。辛小丰说。

比觉说，你不知道我们急需钱吗？

辛小丰说，我是说，她不要你，你还求她什么呀！

比觉说，海珠那人我知道，她很难信任别人的。再说，她给我们这两千块是一时冲动，过后肯定后悔。若不要我干，她这钱就真没了。

咳，辛小丰说，我那天去渔排拿小金鱼，知道吗，她就睡在那里！

比觉很吃惊，但很快就缓过来，说，也自然。

杨自道和辛小丰，互相看一眼，再看比觉，三个人突然轻声笑起来。比觉说，我操，别想歪了，不是那么回事。杨自道和辛小丰嘴边还是笑。

比觉说，说正经的吧。这次尾巴的费用，已经接近四万，到春节后尾巴出院时估计要破四万。肯定还要借钱。更重要的是，出院后她的康复和营养要跟上，这也是一笔开支。乔教授说，康复得好，十个月后，就能进行根治手术，那个手术，顺利的话，也要四万左右。所以，我们也要有所准备。十个月很快的。

杨自道点头，辛小丰电话响了，他看了电话，号码很奇怪，辛小丰一接，听出是台湾设计师的声音，他走出了病房。

杨自道说，对了，尾巴出院，再住你那渔排是不是不妥？你最好问问医生，渔排条件太差，而且万一有什么事，找医生也很不方便。

比觉说，那你说住哪里？你们家一天到晚没有人，谁陪她？那个孤零零的石头屋子，不是更危险？而且，那个鬼鬼祟祟的变态房东，我看尾巴还是少接触为好。

辛小丰在护士台边接电话。台湾设计师说，原来计划春节前回去，和你一起辞旧迎新，结果孩子出国的事耽误了行程。今天中午打瞌睡，忽然梦到你被人枪毙，不，是注射死刑。我看到你被绑在那儿，对我微笑，吓出我一身冷汗——呵呵，我们家的风俗，噩梦说出来就破了。你都好吗？

119

辛小丰说，都好。

辛小丰也被台湾人的话激出冷汗。

真的很挂念你，小弟，你的眼神总让我牵挂。好好的，好吗？我初十前回来请你吃饭。Happy new year！

辛小丰说，新年快乐。也给你一家拜年了！

三

离心脏中心两条街远的天鹅大酒店三楼的一个豪华包间里，伊家十几号人围了一张大桌子。雪白的餐桌中间，鲜花铺放，两只鲜红的红掌像塑料一样。这是伊谷夏和她一个近视眼小表弟打赌出的选题。结果，里面的花有真有假，红掌是假的，非洲菊康乃馨都是真的。伊谷夏的父母，伊谷夏的外婆、舅舅和姨姨两家人，还有伊家保姆惠姐都到了。大家嗑着店家送来的几碟花生瓜子，在等伊谷春。伊谷春要陪手下的单身兄弟和没有回家过年的协警队员一起吃饭，由于邀请单位多，只好分两拨人马赴宴，这样，他两头都要跑动。打电话说过让家人先开动，外婆舅舅姨姨就是不肯，说团圆饭不能少一个，这样，只好等，一等都快等到七点半了。

伊谷夏透过包间哗哗的大玻璃流水墙，看外面影影绰绰的大厅，人气红火，满满当当一桌挨一桌，几十桌都是吃年夜饭的人，猛看上去就好像一起吃喜宴的人，其实，互相谁也不认识，但却坐得几乎背靠背，推杯换盏都方便得不用起身。

穿着黑毛衣T恤、土黄色咔叽布裤子的伊谷春，终于从大厅那头出现了。

伊谷春进来，连声说对不起。伊家赶紧叫店家上菜，其实不止伊父伊母，舅舅舅妈和姨姨姨夫，连外婆都想在八点前赶回家看春晚。伊谷春低声问身边的伊谷夏，医院那个孩子的年夜饭送去了吗？

伊谷夏咬着冬蟹大螯，点头。伊谷夏对伊谷春的耳朵说，哥，我想给尾巴压岁钱。

那就给嘛。我有一百块新钱。

我想多给点。伊谷春看着妹妹，一百块很少吗？

我想给一千。嘘，小声点。伊谷春皱起眉头说，小夏你有点疯。

他们缺钱。

他们说了？

我看出来的。他们当然不会告诉我。伊谷春看着伊谷夏，钱我不管你，但是，我告诉你，你有点不对劲，我早看出来了，你别犯傻。这几个男人，你最好离远点。算是警察给你的忠告。

他们还不好吗？哼，你眼里再好的人，也是可疑的。你这是职业病。老了你会四面楚歌狗不理！伊谷夏在桌子底下狠狠踩了哥哥一脚。

好吧。你记住我的话。

你有几张新钱？伊谷夏开始摸伊谷春的口袋。

伊谷春假装没听到。伊谷夏推了他一把，伊谷春笑，喝酒，一杯一张！

伊谷夏拿起酒杯就喝。喝了自己的，又把近视眼小表弟的喝了，又去拿舅妈的。做妈妈的大叫起来，伊谷春把妹妹拉回来。好了好了，回头给你。

伊谷夏说，现在。

伊谷春把口袋里发的奖金信封拿出来，抽出来还真都是挺括括的粉色新钱。伊谷夏在桌底下，兴高采烈地抽了十张，回头在伊谷春耳边亲了一口。

在酒家吃年夜饭的家庭多了起来，吃完，又都赶着回家看春晚。散席时间，酒家门口、大路边，三五成群，聚集着许多招出租的人。出租车就成了大家追抢的对象。伊谷夏给杨自道打电话要车的时候，杨自道正在送一家人从夜夜渔舟赶回七星小区。接到伊谷

121

夏的电话，他一路狂驰，不打空车灯，直奔七公里外的乾坤大酒店。路上至少四拨客人对他招车，他都飞驰过去了。

伊谷夏在酒店玻璃转门后面，等了十几分钟，大门前每来一辆出租车，就有很多客人出去争抢。门童指挥得又急又气。伊谷夏怕杨自道来了看不到她，决定出去站到路口。路口风疾，伊谷夏把口袋里的方围巾对折成三角巾扎在脑袋上，像个北方大嫂，自己很得意地笑着。果然，杨自道没有认出她来，只见他那辆白蓝色的出租一下就掠过伊谷夏，到了酒店大堂门口。当伊谷夏发现两户人家一前一后地拉开杨自道的车门抢车，她就后悔了。杨自道急得跟门童连说，是客人预约的车！

门童帮忙劝阻，但两家人谁也不放弃车。杨自道哀求：对不住，真是预约的！实在对不住！大过年的，大家都别生气。今天空车很多，后面马上就来了。

伊谷夏奔到车后门，直接把一个小伙子往外拉，嘴里直呼，我来了我来了！前面座位上中年妇女见状，只好恨恨地跨出汽车。两家人悻悻地瞪着都没有坐成车的对方。伊谷夏坐定后说，快开呀！

杨自道很奇怪，说，就你一个？其他人呢？

他们都回去了。

杨自道愣了愣，开动了汽车，他说，那你为什么不一起回家？坐不下？

伊谷夏hi——hi——hi地笑，说，太坐得下啦。我不坐。

那为什么？照顾我生意？杨自道说。

唉，你就是生意生意，知道吗，我想陪你过大年三十哪。

杨自道恼火透了，但他说话还是很客气，我送你回家。杨自道掉头。

到我家我也不下车，我还从来没有在大年三十的晚上逛过大街，太好了，我们就逛逛吧，绝对好玩！

杨自道不说话，车子开得飞快。穿越赟笃桥的时候，伊谷夏大叫，哇哈，多么美丽的夜色！今晚的水面波澜怎么这么炫目啊。喂，你看那灯的倒影！红的，蓝的，黄的，在水里抖得像闪光的绸缎……啊呀，水和光的一见钟情哪哈，哇哇！快看那桥！嘿嘿！天哪，简直是冰片做的桥啊，这灯光怎么打的啊……伊谷夏把头巾扎紧，把车窗按了下来。嘿！你快看那薄冰一样的桥呀，太美啦——

杨自道使劲捏着方向盘，忍着不说话。之前的四拨客人，最起码是一百块，今天晚上最好的赚钱时段就这么给毁了。按过去经验，八点之后到零点之间，基本没有什么客人，零点之后泡吧的人会陆续多起来，但是，杨自道不想要了。他原计划就是早点收工，明天一早到医院陪尾巴的，还要跟车主商量请假一周。比觉初二一大早就要回渔排，这也是已经说好了的。

杨自道心里堵得慌。一路飙车到伊谷夏家的箔筲丽景，两个年轻保安已经迷在电视前，咯咯笑着，半天不开启电动拉门。

伊谷夏说，我不是说我不下车吗？

杨自道说，你下车。

伊谷夏说，我不下车呀。

杨自道说，下车去陪你爸爸妈妈。

伊谷夏说，我还要玩一下。现在他们看电视，不要我陪。

杨自道说，下车。

老头，你怎么啦？我好心好意陪你呀。

杨自道说，拜托你，回家吧。

嘿，老头，我得罪你了吗？我就是想和你再玩一下呀，反正大年三十你也没有什么生意……

杨自道说，刚才最好的生意时段，已经被你糟蹋了。

伊谷夏夸张地转眼珠子，转了好一会。保安也把电动门拉开了。伊谷夏从后面伸手拉住杨自道的衣服，不让他开进去。杨自道不理睬，还是把车开进了小区。到了伊谷夏家楼前，伊谷夏就是不下去。杨自道一仰头头顶在靠背上。

123

伊谷夏把车窗按上,说,干吗叹气啊,我就是顾客呀,我会付你钱的。别生气了,老头,我看出来你生气了。我们再走走吧,好吗?

杨自道知道她在夸张,也没有心情逗趣。他不吭气地掉头,把车开出了小区。坐后排的伊谷夏,目不转睛地瞪着他。杨自道视而不见,也不问她去哪里,一直开。

大街上的车子明显稀少了,有也是疾驰如赛车的的士。平时拥堵不堪、突然空旷出的大马路,让每一个的士司机都有撒野奔驰的欲望。杨自道一下提速,车子在大街上疯狂飞驰,遇有红灯一律右拐,他根本不停。有一次和一辆突然掉头的橙白色的士差点相撞,但两个高手都精确地判断了对方,千钧一发之际,刷的一下都避开了。杨自道从后视镜,看伊谷夏依然围着那个可笑的头巾,似乎也不懂得害怕。杨自道觉得她真是对车太迟钝了。

我跟你说一个你们的哥的故事,听不听?

杨自道等着她说,没有回答她。车速也慢了下来。但伊谷夏感觉不到,她说,你还生气吗?其实,我很好啊。你别生气了好不好,我们讲故事吧。

杨自道说,我没生气。你说吧。

有一天傍晚啊,有个的哥在殡仪馆前面山坡那个草坪上——你知道那地方,对吗?拆迁后,一直没有盖房子的那一大片——长了很多草。那个草地上呢,有个白衣女人拦车。的士就停了,她拉开后车门,说去情人谷什么的。司机就开呀开呀,咦,无意中司机从后视镜中发现,人没有啦,司机赶紧扭头往后看,没人!哎,真没人啦!那女人不是明明上车了吗,怎么没了?刚才也不是幻觉呀,计价器还在跳呀。司机的寒毛都竖起来了,边开边往后觑,忽然!那女人的脑袋又出现了,可是,脸上、鼻子下都是血!司机妈呀怪叫一声,一头撞墙上去啦——

伊谷夏说得绘声绘色,声音忽高忽低,忽尖忽哑,他知道她在添油加醋，但也还是有点紧张，说，到底怎么了？

伊谷夏 hihi——hihi——hi 长笑，说，吓傻了吧，嘿嘿，是真的事！我听我哥昨天说的！不是鬼，开始，是那个女人猫下腰很文明地挖鼻孔去了，的哥就看不见她，后来她挖好了，重新坐直，没想到鼻子挖破了，所以，就血流满面，哇——的哥就以为见鬼啦——

杨自道忍不住哈哈大笑，想想，又呵呵大笑。

伊谷夏把手伸到前排。杨自道说，怎么？

伊谷夏说，握握手，好朋友。杨自道握住她的手。

伊谷夏说，用力握一下。谢谢你不生气了。

杨自道放开她的手，说，开车呢。你看到我生气了吗？

看到了。刚才我很难过。

的士车拐上大路，直奔灯光辉煌的高架桥。杨自道的好心情一点点地被伊谷夏调动出来了。你还想逛哪里？他说。伊谷夏说，逛大街！中山路、思明南北路、禾祥东西路、台湾街、环岛东西路，哪里热闹逛哪里呀！

十车道的艺术中心广场大街，除了偶尔蹿出的疯跑而逝的的士车，橙色的大街果然都看不到什么人，空旷的大街明亮而寂寞，伊谷夏兴奋地指着大街，哇！真难以想象啊！太空荡了！跟人类遗迹一样！噢，火星！对了，我们现在就在火星上，整个宇宙就剩下我们两个人了。我们被遗弃了，孤单啊寂寞呀……欧！欧欧欧欧！

杨自道说，干吗学狗叫？

我们像狗一样孤单啊。

杨自道笑。他们所到之处，没有一家店铺开门，但很多店家的门面都保留了吉祥的灯光，有的是火红的大灯笼，有的是地射灯照耀着自家的"福到"门面或火红对联。

禾祥东西路，平时摩肩接踵的，现在也空无一人。沿街的两排紫薇树，都连绵迤逦着小星星一样的缠树灯，一树连一树的紫梦迷离到天边，冷清而美丽。杨自道说，以前天天晚上跑来跑去，街边树下都是人，从来也没有发现树上的小灯呢。忽然他听到后面一阵动静，伊谷夏竟然从后座，跨爬到了前座。杨自道开车十几年，这是唯一在前后座之间爬来爬去的乘客。

杨自道依然开得快如赛车。在市府大道，这辆车子甚至倒退了几十米，因为伊谷夏要确定云山那个气象塔顶的标志灯有几种颜色；在一个街心大环岛，这辆的士飞速旋转了三圈，伊谷夏呵呵大笑，说，我的鼻涕都要被甩出去啦！

偌大的城市，一辆车技高超的的士，在寂静的大街飞旋纵情着新年舞曲。

在厦大环岛路桥上，杨自道把车速开到了150。这座沿海岸线平行蜿蜒的六七公里长的大桥，水晶般迤逦起伏，远看就像绕着星球的光环。桥面空无一人，灰蓝色的路面，白色的分道线，桥的轮廓是雪青的灯条描边，扶栏上一个个橄榄似的柔和的橙黄色小灯，在夜空里璀璨绚丽，描画了一条从海岸线腾起的天堂之路。杨自道说，不管是太阳下，还是月光下，我每次经过这里，都觉得可以一直开进天堂。

伊谷夏赞许地重重点头。她把车窗按下，狂舞头巾：

新——年——好——啊——大桥——

从环岛路掉头再上桥的时候，伊谷夏说，等下我给大桥大海再拜年的时候，我是说，拜年一句话的时间里，你能不能开过整座桥？

杨自道说，行。

杨自道检查了伊谷夏的安全带。

上桥前，伊谷夏立刻把车窗全部按下，她伸出脑袋竭尽全力地大吼：

大——海——新——年——好——哈——

给——你——拜——年——啦——

大——桥——新——年——好——哈——你——听——到——了——没——有——啊——

车速如箭，伊谷夏的声音，被迎面而来的疾风，激得如飞花四溅，又像夜空里的水晶焰火簌簌飘荡。等她喊得尾音全落，车子也才开了一半，杨自道哈哈大笑。

吹牛啊，老头，我还故意拖长音，说啰唆话了，你还开不了！

这车不行，再快四个轮子都会飞走，我拿什么赔你？

拿命啊！

他们的车再度开过筼筜湖畔的时候，伊谷夏又按下了车窗。杨自道想说，你千万别喊了，市中心哪。伊谷夏已经扯起嗓门大喊了，新年好——喂唔喂——

湖水——新年好——

紫荆花——新年好哇——

所有的灯光——新年好——噢——

三角梅新年好噢——

杨自道一手把她揪进来，说，好了好了，差不多了，快回家吧，去跟你爸爸妈妈说新年好吧。到筼筜丽景，伊谷夏掏出给尾巴的压岁钱。放在计价器旁，说，这是我给尾巴的压岁钱。杨自道看那薄薄的红信封，也没有在意地说，好，我明天给她。他以为是一百元。伊谷夏又掏出一百元，放在杨自道的零钱盒里。杨自道把钱还给她，说车费免了，谢谢你陪我过了大年三十。

伊谷夏说，那好吧。不是车费，是我给你的压岁钱。

胡扯！哪有小的给老的压岁的？杨自道把钱塞给她，快拿走！你别逼我给你压岁钱，因为我不想给你。快拿走！

伊谷夏推门下车，转身又把一百元丢了进来。杨自道没有再把钱扔出去，他一路看着那个女孩，跳跃着转进自家门道里，心头隐隐一阵热。他把尾巴的压岁钱打开，发现竟然是一千时，心头又一阵潮热涌起堵在喉咙。

127

四

　　杨自道已经习惯远在他乡的生活。不论过年、过节，还是黄金长假，这些人间欢乐，他似乎都有隔岸观火的距离感，尤其是他母亲去世之后。离家十三四年来，他和陈比觉、辛小丰都有一种感受和认识，那就是——这都是别人的好日子。

　　今年的除夕夜，怀着一样的淡漠之心在大街上驰骋，心里却好像越来越空荡荡。再看到冷清无人的大街小巷和周遭人间天堂般密集的万家灯火，一种很久没有体验到的寂寞，弥漫上心头，心里空虚却又沉重如铁。他想，也许是伊谷夏下车所致吧。

　　在新安小区，送下了一个从火车站上车的外乡夜归人后，杨自道就犹豫着要不要收工回家，踌躇间，意外发现卓生发的旧皮卡车横过街头。卓生发的白色拖斗皮卡很醒目，副驾座站着小卓，小卓的头伸在半降的车窗上，狗毛威风地迎风招展。杨自道第一闪念是，狗子这么站，这浑蛋怎么看后视镜啊。第二感觉才是，除夕夜啊，他要干什么呢？这么晚了，还带着狗。

　　一半是好奇，一半是无聊，杨自道就右转，跟着旧皮卡开。

　　仁和大街平日有很多夜市摊子，小摊主每晚自拉电线，一个个红帐子里的日光灯白炽灯也搞得挺亮，颇为热闹。现在，回家过年的摊主们一个不剩，空留一些角铁架，街道陡然宽了很多，但黯淡而潮湿。旧皮卡开过发暗的仁和路，又折向东。卓生发开得忽快忽慢，杨自道并不太好跟，以房东多疑敏感的性格，应该很容易发现自己被跟踪，但是，今天晚上，卓生发似乎显得迟钝，也许是他沉浸在什么黏稠的心思里。有一下，小卓路遇一只流浪狗，热情高涨地嚎叫了两声，流浪狗停下来看看它，还是往前赶路去了。

　　杨自道看看手机，已经11:27了。卓生发进入了造船厂宿舍区街。这一带建筑在十几年前很醒目，那时候，贴马赛克外墙的楼房不多。造船厂宿舍楼，一栋栋楼外墙都贴着天青色发亮的马赛克。宿舍外面有一圈围墙，围墙里面种着这地方比较少种的柳树，春夏之间，垂柳绿荫把围墙都披盖起来，远看就是一圈绿柳围绕着造船厂宿舍。如今，冬天的柳树成了一圈枯枝。圈外远近错落着新陈杂乱的住宅楼，还有一大片刚拆迁的老区工地。拆迁区再过去有几棵百年大榕树，转过大树，就能看到一个尖顶白墙的天主教堂。

杨自道跟着皮卡慢慢转过大榕树，才发现铁栅栏里的教堂，竟然灯火明亮如白昼，怪不得远看大树在一团柔和的氤氲光气里。但是教堂内外很安静，不像平安夜里挤得满满当当都是人。

卓生发的车停留了一下，小卓似乎要下车。但很快窗口上不再有它的头。他们似乎有分歧，最终，卓生发还是把车开动了，开得很慢，好像是不敢惊扰教堂里的人。皮卡车沿着柳树墙开过拆迁区，一直开到西头，停在了拆迁区的末端。

杨自道以为卓生发会下车，没想到那车静静地停在那里。杨自道等了十几分钟，不明就里。皮卡车所对的围墙正好没有柳树，起码缺口了六七棵柳树。房东若是要看围墙里万家灯火的景象，视野还是很开阔清晰的。杨自道悄悄下车，找了个僻静地解手。忽然，皮卡车门开了，小卓先冲下来，急急忙忙地找到一根旧电线杆子跷腿尿尿。卓生发随后下来，一人一狗就站在围墙外的一个坡地上，看着围墙里面。这一人一狗要干什么呢？今天可是大年三十啊！杨自道实在猜不出来。那一人一狗，就那么站在围墙外，站在万家灯火之外的黑暗中。

南方的春节虽然不冷，可是，只穿保暖内衣和工作衬衣的杨自道，还是有点发抖。他不愿意回车里穿外套，看看手机，竟然差两分钟十二点了。新年的钟声就要响了。

还没有等到新年的钟声敲响，围墙内外就响起零星的鞭炮声。皮卡车面对的那栋楼，突然有几个孩子冲向阳台，笑闹着。随着新年钟声的敲响，一束束焰火咚咚射了出来。围墙内外一下就蓝蓝绿绿红红黄黄地炫亮开了。整个楼、整个夜空都突然活了起来。

几乎是孩子们尖叫的同时，小卓欧欧欧大叫。杨自道看卓生发动作很快地抱起小卓奔向汽车。汽车很快发动，很快驶离了现场。杨自道也跟着离开了那里。经过那个白墙尖顶大教堂时，杨自道不由又停留了一下，里面灯亮着，似乎依然空无一人。

前一年圣诞前日的下午，比觉突然说想去看看教堂，辛小丰和杨自道不以为然，但还是陪比觉一起去了。他们一进那教堂前院，就被工作人员热情地领着去吃圣餐。杨自道和辛小丰吃了份咸粥，里面有包菜、虾米、干贝、花生什么的；陈比觉吃了份甜的，里面是黑米、桂圆、红豆之类。还有很多人把写好的新年祝愿卡，往院子里的圣诞树上挂。杨自道和比觉看着，时间还早，中文弥撒、亲吻圣婴、联欢，都要6：30进行。后来，他们又溜达着逛过一个教堂，人家又请他们吃圣餐，他们吃不下了。他们这才知道前面那个是天主教堂，后面这个是基督教堂。

那个平安夜，人实在太多了。他们三个都没有待得太晚。杨自道隔天听一个大学生乘客告诉他，圣诞钟声敲响的时候，教堂里灯光全熄灭了，一队穿白袍持蜡烛的队伍在《赞父慈爱歌》和钟声中，慢慢走出一个蜡烛十字，他身边很多人拥抱低泣，场面很动人。

而那天下午，他们三人手拿别人发放的歌词单子，静默地听人们在唱圣歌：

  宁静的圣诞前夕，白雪皑皑映大地。伫立窗前独沉思，夜色何等美丽。忽听钟声响四方，星空灿烂无比。回想童年美好时光，梦境一样诗意……星光导我向前行，不顾山高路长……俯视人间千家万户，灯火点点照尘寰，悲欢离合爱与恨，何处寻找平安……

他们都听不懂闽南话，在那个中老年人居多的嗓子里，有道清脆响亮的童声，像冰一样纯净清脆。当时杨自道扭头看比觉，他也正抬头看他，两人对视了一眼，互相在对方的眼神里看到了陌生而异样的东西。辛小丰使劲后仰着脑袋，在看高高教堂白色的梯阶状穹窿。杨自道看到他眼里隐约的泪光。很新鲜的一切，大家都没有说话。

零点的钟声过去了。有人招车，杨自道不想停，后面一辆的士扑了上去。杨自道把车开往交班地。车子开到康乐停在交接地，杨自道步行回天界山石屋。

小石屋是黑的，卓生发连楼梯灯都没有开。杨自道看不出卓生发是否已经睡了，也听不到小卓的动静。辛小丰在医院和比觉一起陪尾巴过年。所以，楼下他们的屋子也是黑的。杨自道独自睡去。

那一夜，他一直梦到空无一人的教堂，明亮的、雪白的穹窿直上高天，阳光透过高高的一面面玫瑰花窗。下面就是没有人。一排排座椅都是空的，忽然，有冰一样的童声在唱赞美诗，他看到尾巴鲜黄的羽绒服一闪，就消失到教堂后面的天际中。

半夜的时候，杨自道忽然被一种声音弄醒了，是哭声，很压抑的哭声，似乎是外面的深井里传出来的，断断续续地，有时像气管痉挛。听了一会，杨自道在这种饮泣中迷离睡去时，看到四五个人从水井里慢慢爬了出来，他们低垂着头，慢慢地走过院子，推开他的门，然后无声地站在他床前。床前的地面，立刻有了一摊水，再看，却是一大摊血……

杨自道浑身是汗地惊醒，定了定神，四周很安静，有一两声梦幻般的鸟鸣，他再次迷糊过去，耳边好像又是如诉的低泣，又像是风过山谷或老树隙。

早上在阳光中，杨自道的思维回归清晰。肯定是昨天楼上又哭了。过去也是这样，半夜里哭声一来，杨自道就老是梦见有人从井口慢慢出来，慢慢地走过院子，慢慢地无言地走到他床前。

131

大年夜跟踪房东后，杨自道对辛小丰、陈比觉说了。他们也都觉得奇怪。杨自道和比觉猜测那个造船厂宿舍，就是卓生发的家，肯定是他被老婆抛弃了。

辛小丰觉得不太像，他怀疑卓生发是个潜逃的贪污犯，身怀巨款，有家难回。这么一想，杨自道和比觉也觉得有可能。辛小丰动作很快，他通过造船厂所在的辖区派出所朋友查出了一个令人诧异的答案，两年前，一个秋天的夜里，造船厂宿舍发生过一起伤亡多人的大火。靠后围墙的一个宿舍楼五楼，整层几乎都烧毁了。这么一说，杨自道有印象，他在车上电台听过这条新闻，说有个男人，不顾危险，冲进火海救出了自己的妻子，还有户人家的两个儿子冲进去救出了自己父母，但一个儿子没有再出来。

但是，辛小丰查到了报纸上没有披露的消息。说有家人的岳父母、妻子、五岁的儿子都在大火中死去，只有男主人和一只狗幸免于难。当时，那户人家的女方亲眷认为那男人见死不救。而那男人辩解说，他去遛狗，回来已经大火熊熊了，消防员已经控制了火场，无法出入。而据消防部门的笔录调查，那个男人遛狗回来的时候，有后面门卫说，当时的火势并不大，尚未警戒。有些人家还抱着细软宝贝在仓皇的撤离中。

这户人家的情况是，因为岳父母的耳朵不好，电视一贯开得非常大声。邻居作证说，他踢过他们家的大门，里面没人应，就以为他家都撤离了。也就是说，男主人如果勇敢地冲上楼的话，有足够的时间救出一家人。换句话说，他比报纸上登的救人英雄的时间多得多。女方家人因此闹得很厉害，怀疑女婿故意见死不救好取得保险。

警察说，女方家人对那个男人获得了巨额保险赔偿强烈仇恨，害得警察不得不把他保护起来。最糟糕的流言很快四起，说，男的是发现起火后，带着心爱的狗溜之大吉的；还有更恶劣的说法，说那个男人被警察、消防怀疑故意纵火，已经被传讯多次；流言蜚语在造船厂满天飞，无论是故意纵火、懦弱、贪生怕死，还是见死不救顺势侵占保险赔偿，任何一种，那个男人都吃不消了，最后他拿了高额保险，辞职走人了。

而这个人，名字就叫卓生发。

比觉听完这个，第一反应是笑起来。这是他最轻蔑的表情。杨自道也笑了笑，非常意外，太震惊了，楼上的竟然是这么个贪生怕死的窝囊男人。

五

除夕夜，伊谷夏回到家，爸爸妈妈正在看春晚的赵本山卖拐，两人在沙发上笑得像个孩子，妈妈笑得一直拍打沙发靠枕。爸爸笑喘着说，你看你看，一个诈骗得逞，让全国人民这么开心，什么世道哟！

伊谷春是在前一个唱歌节目进门的。看见妹妹没有跟着哥哥进来，保姆惠姐就先发问了，小夏呢？伊家父母也奇怪地看着伊谷春，伊谷春还以为妹妹早就回来了，他掏出电话就打给伊谷夏。伊谷夏说，已经在小区门口啦！伊谷春一句话也没说就放了电话，对家人说，就上来。

伊谷春上楼在自己房间里看电脑。一会儿，楼下门铃响了，伊谷夏嬉皮笑脸地进屋，哎呀哎呀长吁短叹地过去亲亲妈妈。她知道爸爸妈妈好忽悠，就直接上楼去了伊谷春房间。一进门，她就大声惊叹感慨，哥！你逛过大年三十的街景吗，简直就是地球灭绝啊，没有人，所有的人都用飞船接到火星上去啦！到处都是人类活动的遗迹……

我也不是坐飞船回家的。伊谷春的眼睛没有离开屏幕，他说，说吧，去哪儿疯了？

伊谷夏说，去找宇宙飞船了，我们也要离开地球。我满大街

133

找,环岛路、环岛桥、思明大街、宝岛大道、禾祥长安街……

你去医院了是不是?

没去。外婆说的,我害怕。我真的看街景去啦!骗你我不要压岁钱! ——我这辈子都没有看见过这么寂寞伟大的街景,感觉真是特别……

跟谁去逛的?

hihi —— hihi —— 就我一个人,那个老头送我,反正他也没有生意……

他收你钱了吗?

hihi —— hihi ——

他收你钱没?

他是个老财迷啊。

伊谷春转椅扭正,直视伊谷夏眼睛,说,他主动要,还是你主动给的?

哥,怎么啦,还不是一样的吗?

我跟你怎么说的?

嗯……你说,别欺负社会地位比你低的穷苦人……

放屁!他给伊谷夏剥了个橘子,说,那不是我要对你说的,是你想对我说的。你别跟我耍滑头。你是不是很喜欢跟那个的哥玩?

也不是喜欢啦,但是,他很有意思。从来不会色眯眯的,可又奇怪得难以捉摸。我不喜欢他,但我喜欢那种狡猾不安的感觉。

伊谷春看着伊谷夏。有关这一块,他的脑子有点无序,的哥、辛小丰,还有一个在渔排生活的男人,不结婚、非亲非故的心脏病女孩、都不回老家、辛小丰阴霾速逝的眼神……一想到这组信息中的一种,他脑子里总是纷乱芜杂。一种直觉的不信任笼罩着,这种怪异的感觉始终挥之不去,所以,他不愿意深想,也没有更大的动力去追索,只要伊谷夏不要和他们走太近,这是第一要紧的。

电脑屏保出现了海底世界的美丽图案,一条天使鱼在吐着水晶般的气泡。伊谷春默默地看着。伊谷夏觉得自己搞定了哥哥，松弛地大吃杏仁，又往伊谷春嘴里塞了几颗。伊谷春嚼着一颗颗盐焗杏仁，忽然隐约明晰了一个想法，会不会这些人都是同性恋呢？没有可能吗？他们和正常状态是不大一样啊。

伊谷春对自己的职业，还是有自省能力的。他在一本心理学书上看到，心理研究表明，警察在任职头三年内耳闻目睹的丑恶面，比一般人一生中见到的还要多。接触的基本都是社会上和人性中自私、残忍、贪婪、虚假等阴暗的一面。这样的结果是，警察容易用异样的眼光，考察和判断正常人。没当警察的时候，总觉得人心的阴暗离自己的现实生活很远，同性恋也是。而当了警察以后，觉得正常生活里阴暗的东西，简直是八面埋伏。但正是这样自省，使他能尽量超拔于这个职业泥塘，努力调整看人的目光。

哥，你觉得那老头是不是很小气喔。

伊谷春看着伊谷夏。

这个小他八九岁的小丫头，没有当侦探，也许真是天大的遗憾。她有足够的狡诈和天真。在不同的情境下，她总能把天真和狡诈的份额配置出最佳比例。比如现在，她明明就是想要套出伊谷春对那个的哥的印象，但她就这么拿小问题煞有介事地说话，简直和职业审讯里的巧妙诱供有一比。伊谷春也想知道伊谷夏到底对那个家伙怎么想，便说，哦，他收你的钱总不含糊是吧？

其实我觉得他内心善良，嗯……也很稳重，节制，气量大，不惹事，虽然小气，可是，很害羞……质朴，嗯……

伊谷夏还在找词，伊谷春说，算了，你这辈子还没有用过这么多形容词呢。刚才你不是说，他给你狡猾不安的感觉吗？

伊谷夏笑，嗨，那是我喜欢猜谜的感觉。其实，这人真不错。我就是不明白你为什么要我远离他们三个。你这职业病很可怜哪。我认识一个台湾的心理医生……

你为什么说他害羞？

我说了吗？伊谷夏问。

你说了。你说他害羞质朴。

也没什么了，有次我谢谢他跟他握手，他都不敢握。上次，就是送我去针灸推拿被警车司机打那次，我想摸他脸上的伤，他挡开了，好像脸都红了，一大把年纪的人哪，这么怕女人。哪像老哥你——我这辈子就没见过你脸红的样子。

你摸他了？

当然。

当然什么？

当然没摸成啦。伊谷夏过去从后面狠狠伏压在伊谷春的背上，双臂交叉勒着他的脖颈。哎，小气！小气！小气鬼啊！

保姆和妈妈叫唤了一声什么，伊谷夏松开哥哥的脖子。伊谷夏一出房间，伊谷春就在电脑里搜索同性恋。相关条目太多了：名词解释、现象分析，伊谷春随意点开一条：

同性恋的成因：

21世纪初，把同性恋从精神疾病名单中取消，实现了中国同性恋非疾病化，表明了我国精神病学界在同性恋问题上的认识和国际的接轨。这比美国同性恋非病理化的结论晚了整整17年，比世界卫生组织把同性恋从"国际疾病分类"名单上删除晚了9年。此前，我国把同性恋归类为性变态，受到大众的歧视。

它的成因大致有四个方面：

一，生物本能：人类性行为是多元化的，本能的宣泄和外界的刺激所产生的渴求，是人性正常的需求。在缺乏异性的环境中，如军队、监狱等，同性恋爱是一种满足性欲的取代行为；

二，环境影响：在童年时代或青春期，与异性交往受挫，有不愉快的经历。童年和青春期受到同性恋的诱惑，同性之间的互有好感和亲密行为，都可能影响性别取向；

三，遗传因素：携带有同性恋基因的个体细胞，同性恋的性取向有70%是遗传基因所产生的结果；

　　四，性激素影响：胎儿的大脑受何种性激素的影响，决定了个体细胞未来的性取向……

　　……

　　伊谷夏送了一碟保姆切好的释迦果进来，伊谷春立刻把同性恋的窗口关小。绿皮白里的释迦果太新鲜了，也太甜了，甜得强悍而温柔，有一种别的水果没有的独特口感。这种台湾水果很贵，一个小甜瓜大小，就要一二十块。当时，他特意转送给辛小丰一箱，告诉他，切开就能吃，别吃皮，皮上有沙的感觉。辛小丰当时看了看，说，为什么叫释迦？伊谷春说，说它表皮长得像释迦牟尼的头。

　　吃着释迦果，伊谷春不由又琢磨起辛小丰。

　　这么多年来，伊谷春也算是阅人无数，而且都是撕开面具、入骨入髓地透视、逼视。辛小丰别的不说，单单对待那个心脏病孩子的反应，肯定不是一般的情感，亲骨肉也不会比他做得更细腻周到了，分明是不计后果的付出。那天，他和辛小丰蹲在观赏鱼店的大木桶边，一边打捞小金鱼，一边想这个问题。辛小丰非常专注地寻找着。伊谷春琢磨，一个没结婚的男人，说是毫无血缘关系，实在太难以理解，这到底是什么关系呢？

　　那个花白头发的男人，虽然那天只是在医院短暂接触，但那个人眼神的复杂老到让他印象很深，尽管那人力图消除别人这个印象，力图显得简单肤浅。伊谷春知道自己穿的是便装，隔天想起来问伊谷夏，那个杨师傅知不知道他是警察。伊谷夏说，当然啊。伊谷春就没有再问什么了。

　　伊谷春把人用弹性程度来区别优劣。在他看来，有智慧的、综合素质越高的人，弹性程度就越好，他能够理解、接纳很多事物，时时处处游刃有余；综合素质越低，弹性程度就越差，甚至毫无弹性，随便一拉扯，就弦断人亡了。花白头发的男人，应该就是弹性程度很不错的人，他能装，否则他也吸引不了伊谷夏这样的小妖怪。还有一个男人，在医院里面从渔排过来的那个，伊谷春没有见过，听伊谷夏零星说了几句，似乎也不是个简单人物。那人对自己的过去讳莫如深，干最低等的体力活，却又有不相称的学识，用伊谷夏夸张的原话是"渊博"。伊谷春知道妹妹的漫画风格，但是，伊谷夏说过一句话，伊谷春记住了：最粗野的话和最有学问的话，都是从那个"老陈"嘴里出来的。

有些事情想起来很费劲。伊谷春叹了一口气。如果把这三个人弄去做个亲子鉴定，估计就什么都明了了。但是，凭什么要人家这么干呢？没有道理。即使真是同性恋，和别人又有什么关系呢？伊谷春觉得自己太无聊了。出于费解和排斥感，他把同性恋的窗口全关了。但谜底真是同性恋吗？伊谷春心里又不太认同。

除夕夜，手机里一堆短信伊谷春看都不看，自己一条祝福或巴结上司的短信也没有发，他在网上胡乱地溜达着，但时不时还是会跳到那些没有来由的东西上。为什么老琢磨他们呢？一个辛小丰就让他疑虑丛生，现在，三个都出现了，伊谷春感到有一点已经不可否认，这三个人是吸引他的。他们像黑洞一样，非常强烈地吸引着他。

　　前年的除夕夜，儿子，你和造船厂那些孩子一样，在阳台上叫喊着燃放着烟火，多么快乐可爱啊。其实，妈妈不在身边，你对爸爸还是很不错的，可是，妈妈和外婆一在身边，你就自然而然地用嘲笑、教训的口气跟爸爸说话，你太小，你不知道，你所做的不过是向妈妈和外婆邀宠，我也承认，你妈妈比爸爸出色，会挣钱，可是，你真的使爸爸伤心绝望。你不懂，你妈妈是爱爸爸的，她只是习惯了那样说话。
　　今天，天堂里，你和你妈妈外公外婆一起，也过除夕吗？

我知道你们都在骂我，你们恨我。你经常到我的梦里，透过烟海对我呼叫。我知道那是你的声音。儿子，我也一直在想这个问题，我是愧对你们了。如果当时，我真的冲上楼，也许可以把你和妈妈救出来，甚至外婆外公，虽然我很不喜欢他们。但是，你知道，我毫无救援逃生经验，当时，我确实吓蒙了。是的，我承认，我比消防队员早到，我有上去的时间，可是，儿子，原谅我，那个火势在我看来，真的太可怕了，一靠近，皮肤就要炸裂了，我上了几个台阶就退下来了。小卓拼命地叫，如果我硬冲，它一定也会跟着葬身火海。最可能的是，我们一家都死了。这个，你妈妈那么聪明的人，比我更清楚。我想跟你和你妈妈说的是，我只是害怕，我也担心小卓跑丢，但是，我真的丝毫没有想到保险赔偿的事。

我的梦里，每一次你的妈妈和外婆都对我冷眼相对，我知道我愧对他们，我会用余生惩罚自己的。爱你，儿子，爱你妈妈。新年快乐。

第六章　满意的监听效果

一

大年初一9:30,心脏病房的探视时间刚到,花圃那边的小道,一大呼隆粉红、粉蓝、粉紫、粉黄的气球群就过来了,气球底下走着伊谷夏。她牵拽的二十多个篮球大小的气球,在她头顶上拥挤着,她活像个节日里卖氢气球的。住院部把门老汉没见过这阵势,有点迟疑要不要放行,伊谷夏老远就甜蜜蜜地笑,新年好啊!老汉猝然拿出笑脸,也回新年好。伊谷夏已经把气球们拖拽进去了。一进电梯,整个电梯顶就被占满了,电梯里的人都在微笑。伊谷夏说,嘿嘿,新年好喔!送小孩的。大家都纷纷回她新年好。

一进尾巴的病房,尾巴果然高声叫唤起来,从重症监护室出来,尾巴还没有发出过这么大的声音:

哇——哇!

她把两只胳膊张到最辽阔的样子,以示形容和惊叹。辛小丰把气球接过来,把绳子的一头系在尾巴床头上,气球争先恐后地顶撞天花板,尾巴高兴得不行,每一种颜色都拽下,亲一口再放行。她大声说,如果再有这么多气球,我的床就可以飞到天上去!

辛小丰说，是啊！是啊！

对呀，真是喔！伊谷夏转脸看小丰、比觉，说，昨天晚上的菜送过来是不是都凉了？

比觉说，很好很好！谢谢你！非常好吃！我们也给你拜年了——陈杨辛，说新年好没有？辛小丰的手机响了，他出去接。尾巴仰头看着天花板上泡泡海洋一样的气球，像欣赏自己的大好河山。她指着气球说，我要送一个给小旺，送一个……紫色的，我还要送一个给猫哥哥，也是紫色的吧。隔壁那个爱哭的佳佳，我们送不送，老陈？

比觉说，送吧，都送，祝他们新年好。

那你帮我拆出来。给佳佳粉红色的。小爸爸呢，我要他抱我去分气球。

辛小丰进来了，说，你要给每个房间送气球吗？

尾巴吃了一惊，想纠正，伊谷夏说，没关系呀，过年嘛，每个房间都送，护士阿姨也送都行，不够姐姐给你再买呀！买更多来！

尾巴狂喜起来，指挥比觉把气球通通解下来。比觉说，你要不要在气球上写上字，你不是会写"过年好"了吗？尾巴兴奋得脸都红了，连连点头，我还会写人、口、大、小、手、走，还有十以内的加减法……

不不，今天我们不出陈杨辛全集，比觉说，我们是拜年，给各位病友拜年，拜年只要写"过年好"就可以了。

伊谷夏和辛小丰都在笑。尾巴明显沮丧。

就三个字吗？尾巴说。

还有你的名字陈杨辛。比觉说。

那他们怎么知道我会写很多字？

以后我们有办法让大家知道。比觉说。

一个老护士进来了，一看到一屋顶的气球就笑了，说，嘀，每个气球都像有层粉啊，真好看！老护士过来对比觉小声说，你要去楼下结一下账，我们医务科是没有放假休息的。比觉听了，声音倒很大，说，这么快呀，好像才交的两千。老护士从手里的几张单子中，挑出陈杨辛的那张，递给比觉。

比觉看了，说，教授说，我们后天大概能出院，这三千多能不能到那时一起交？全部的费用，最好现在就给我们匡算一下，好有个准备。

这个恐怕不行。老护士说，国庆到现在，已经逃跑了好几个病人，快二十万的费用都没着落了，院长非常生气，缴费管理更加严格规范了，要即时清结。现在，你这孩子的开支也比较稳定了，我估计，到后天最多五千多吧。

比觉的声音不小，伊谷夏全部都听到了。床头，辛小丰和尾巴，还在给气球写过年好，辛小丰拽下一个，扶着，尾巴就小心写一个。写好一放，就飞上去一个。两人笑着，非常投入。伊谷夏走出病房，按了电梯下去了。比觉有一种感觉，但他没有吭气，依然和老护士聊天一样，说着话。

正如比觉所料的，伊谷夏下楼直奔一楼收费台窗口，报了陈杨辛的病床号和名字，把三千八百七十多元缴了。原来听比觉和护士的对话，伊谷夏以为就是三千，她知道自己没有带卡，但口袋里还是有这么多钱的，可是下去她才发现，这三千之外，还要八百七十多，她把零钱兜里的钱全部都倒了出来。幸好，还够。不过，她口袋里就只剩一个一毛硬币了。她在手心里翻转这一小枚硬币，回味着这样的惊险救助，一路得意地笑起来。那老头会怎么想？预想到杨自道的感动，伊谷夏步履翩跹。

伊谷夏上去的时候，病房里只有吴老太和她的儿子。老太太的床前也系了一个粉红的气球，上面有歪歪扭扭的"过年好""陈杨辛"。老太太的儿子见伊谷夏张望，说，都去给各病房送气球了。

伊谷夏出了病房，果真看到护士岛台里面有蓝色和粉色的气球顶在天花板上；走了几步，就看到辛小丰抱着尾巴，尾巴手里拿着一个气球，正兴致勃勃地从一个病房出来。而比觉替尾巴拽着一把未送出的气球。他们又进入一个病房，伊谷夏快步过去，远远就听到尾巴的声音——大家过年好，我来送气球了——

里面顿时有很多回致的问候声嘈杂欢乐地响起来。听得出，尾巴把新年的欢乐和憧憬，天真地送到了一个个沉闷的病房。有个病房一个阿姨——估计是病人家属，快步出来，往尾巴和辛小丰怀里，塞了什么礼物。他们继续去送气球，伊谷夏没有再跟下去。等她转回病房，杨自道正好进来了。伊谷夏因为秘密做了大好事，心里美得不行，笑嘻嘻地看着杨自道。杨自道劈头却说，怎么又来了？他们人呢？

伊谷夏顿时不爽，但心里有美好大秘密支撑着，便雍容大度地说，嗨，都去给大家拜年了。我也要走了。再见吧。

果然，杨自道有点意外地看看，然后说，哦，走好啊。

伊谷夏走出了病房。可是，直到下了电梯，她才想起自己口袋里只有一毛钱。犹豫着，是不是叫哥哥来接，但是怕伊谷春骂。大过年的，爸爸的司机也不好叫。最后想，还是打的回家，到了再上楼拿钱。这以前也是有的，找不开钱的时候。不过，今天要是打的回家，家里人肯定要问，钱呢？也麻烦。

伊谷夏又上楼回到尾巴病房。尾巴他们还没有回来。杨自道抬头一见她，很是奇怪。伊谷夏说，给我二十块钱吧。杨自道以为自己听错了，纳闷地偏着头看她。

我要打的回家。伊谷夏说。

杨自道开始掏钱包，说，那你怎么来的？

我跟的士司机讲故事来着。

杨自道想起她的鬼故事，又有点想发笑，他知道她又开始胡扯了。他把钱给了她。本来想逗她，说，你现在也可以讲故事坐回去呀。但到底忍着没说，怕伊谷夏纠缠。果然，伊谷夏前脚一走，比觉、尾巴、辛小丰就回来了。尾巴一见，就大喊，道爸爸，看！我

143

的礼物!

尾巴怀里抱着一包瑞士巧克力,还有一包四川米花糖、红福橘。杨自道没有想到尾巴今天的脸色这么健康红润,声音这么嘹亮,心里顿然涌起轻松愉快的感觉。辛小丰小心把尾巴放回床上,尾巴又叫,道爸爸!姐姐给我的压岁钱呢?我要看!

辛小丰先走了。他说晚上过来陪床。杨自道和比觉看着他走,都没有问他去值班还是干什么。比觉看着小丰走远的背影,说,好像有人追他哦,手机不离手,一看短信就删。昨晚,我无意中看到一条,"拥抱不是交换孤独,是我想在你忧伤的眼神里堕落",比觉吃吃坏笑,说,小丰哪里吃这一套,这女孩是才女喔我的天。

杨自道没有说话。

二

看到伊谷夏给尾巴的压岁钱是一千元,又知道她为他们结了账,比觉心里乐开了花,这意味着他们出院不再有难关。但是,他看到杨自道对他投来了狐疑的锐利目光。果然,尾巴刚吃过药,杨自道把他叫一边。

谁让那个丫头去交钱的?!

我不知道。比觉说,真不知道。也许她有心帮忙吧。

杨自道说,你暗示她了!

比觉说,没有。你可以问小丰。一上午他都在这里。我觉得你别太恶心,人家不过就是善良,同情尾巴。你以为人家要怎么你吗?

杨自道咬着牙,还真无话可说。比觉总是刻薄犀利的,只要他愿意,任何时候他都能使他的话像毒药一样使人活活窒息。半晌,杨自道说,反正我不舒服。你他妈的不要见利忘义,把我推进火坑,这害的不是我!你知道!

好吧,我说两点,比觉开始收拾自己的零碎,一,你最好别神经过敏，我看那傻丫头和你是两回事，人家不可能招惹你，当然，弱智例外；二，你要是不愿意欠她的情，你去还钱就是，我和小丰都没意见。后天，你再准备个三两千，办理出院手续吧。我明天一早走，剩下的都交给你了。

杨自道没有再说话，他站在尾巴床前看着小丫头。小丫头今天心情很好，脸色到现在都保持着红润。住院这么久了，因为小模样人见人爱，许多医生护士有空都喜欢过来看她，逗她。有些病人家属也过来看她，都说1507病房里有个小天使。尾巴看杨自道在看她，笑眯眯地闭着眼睛，因为使劲闭，她的眼皮直跳。杨自道刮了她鼻子一下，轻声说，好了，不累就再玩玩吧。尾巴就睁开眼睛，说，我想吃巧克力。

比觉把巧克力给她，说，尾巴去你们那儿住，真的没有问题吗？

跟房东说好了。杨自道在帮尾巴拆开精美的包装盒子的薄膜，反正那懦夫总是不阴不阳。小丰已经弄了个旧沙发回来，很好睡。我们也跟他打招呼了。

杨自道打开了盒子，尾巴惊喜地拍手。这盒巧克力用白色和深浅咖啡色，做成了大虾、尖海螺、扁海螺、海蚌、狗熊等各种样子。尾巴给杨自道和比觉一人塞一块，自己选了一块最小的，然后指着最大的狗熊说，这个，谁也不能吃。是小爸爸的！

比觉对尾巴点头，眼睛却看着杨自道，说，不是这个问题。那窝囊废、那狗我都不放心。你们还是留点神。另外，我觉得还是给他补偿点房租吧，这样大家都自在。

住一周怎么算哪？再说吧。杨自道说。

其实，我是想，现在才一月份，渔排还很冷。尾巴春天之后回渔排比较好，所以……

是啊，我也想过。杨自道说，小丰也反对小家伙回渔排。我们那儿反正先住吧，那老房间二三十平方米，房梁又高，倒也不挤。

比觉说，还是要跟那窝囊废说清楚，还有，一周休假之后你要上班,谁来照顾小家伙?这问题肯定要考虑。昨晚我是跟小丰说,要不他辞了算了,反正才几百块钱,姓伊的又疑神疑鬼难相处,不如走开各自安宁。

小丰怎么说?

你知道那傻B!

他发火了?

也不算发火吧。他压根没有思想准备。我告诉他姓伊的是定时炸弹,他说,如果是命中注定,要炸就炸吧——这白痴!经常不可理喻。

别劝他了,我知道他。这个职业给了他安宁。

你的收入是我们的几倍,这没什么可说的。我渔排那边,收入也他妈的低,可是,我觉得我们三个也需要这个僻静的地方呼吸。我自己也习惯那种生活,再苦再累,那是我活该,总比西伯利亚好。至于海珠送的治病钱,我是没有多大压力的。比觉停顿了一会,说,你那个傻丫头,我真没让她掏钱。你也不要有心理压力。

杨自道摇头,声音很轻:我一直感觉不好,这两兄妹……杨自道再次摇头,也许我们是到……

所以,我不是叫小丰别……

杨自道挥手,随他去吧。楼上的另外那只鞋子,早就该扔下来了。

杨自道次日还是给伊谷夏打了电话,假装是刚发现她替他们交了费。连续多声真诚的道谢后,杨自道说,我们兄弟商量好了,只要有能力,我们会先还你的钱。

伊谷夏说,真的啊?那个法官,那个叫常胜的法官的钱呢?

没想到她一直没有忘这件事,她连名字都记得一清二楚。杨自道有点尴尬,说,这个,记在账上呢,都会还的,万一我们还不了,会让尾巴长大自己还的。

伊谷夏说，我问你，尾巴到底是谁的孩子？

我怎么知道？一个弃婴。

我觉得她跟你们有关系。一定有关系！

自然了，我们都是她父亲。这你都看到了。

不对，我是说血缘关系！只有血才浓于水，你们三个男人怎么可能这么倾心疼爱一个别人家的孩子？我不信！

杨自道笑，那你就当她是我们亲生的孩子吧，这已经没有什么区别了。

可是，老头，我有一个想法，你敢不敢听？

你都敢说，我还不敢听？说吧。

伊谷夏声音低微而鬼祟：这孩子，说不定是你们三个轮奸了一个女人生下来的，那女人死了——hihi——hihi——

如果伊谷夏后面没有跟上这个搞怪的笑声，杨自道几乎要崩溃，他只觉得脑子里刷地空白，阵阵发凉。伊谷夏还在细细怪笑。

杨自道说，连这都看出来了，原来我还以为你是个屁也不懂的小毛丫头，原来这么黄啊，好啊，小心啊，离我远一点。

hihi——hihi——缴枪——不杀。

伊谷夏的语调非常顽劣也非常暧昧，就像在杨自道面前铺了地毯引他前行，杨自道假装听不懂，止步了。他承认，这个比他小十几岁的女孩，太有力量了。

——喂，你生气了？杨自道的沉默，让伊谷夏有了点自省，她说，言归正传吧老头，你们三个既然和尾巴没有血亲关系，那么，就和我处于一样的法律地位，所以，我帮她，你也没有资格拒绝我。我问过医生了，第二次根治手术，更要花钱，至少要准备四万，这还是顺利情况的预估；而从现在到手术前的这十个月，要特别保证她的健康，尤其是营养，最好能注射点白蛋白，这些，一个月也要花很多银子的呀。所以，你跟我牛什么，别跟我牛，我是鸡蛋你是石头，你牛了我会粉身碎骨、头破血流的，知道么老头？

147

杨自道到底还是没法忍住笑声。

初二一大早,比觉就走了。尾巴还在睡着。他在她枕头边放了张纸条,折成一艘船。尾巴醒来,开始拆船看信。这工夫,辛小丰把盒装牛奶泡在刚打来的开水中加热。比觉的信也没有几个字,尾巴在磕磕巴巴地念:我走了。你一天要吃一个蛋,不然打针。老陈。

三

按街道那边管理人员的说法,春节期间是不用上街去清除"牛皮癣"的。也就是说,放假了,如果你要去清,也没有加班费的。所以,初一和初二的下午,卓生发牵着小卓下山到花圃,还是选择开车而不是骑车地上了街。到了春天大广场,小卓想下去。卓生发就带它在广场上溜达了一圈,很多大人带着穿新衣的孩子在放风筝。卓生发随后牵小卓去了个二十四小时超市,买了几筒粗麦面条。

回到停车场,卓生发发现,一个六旬农妇,抱着一只鸡跟着他。小卓一路回头咕哝着。卓生发开车门的时候,那个老妪过来了,说,这只鸡给你吧。我找不到儿子了。

卓生发不明白。他以为是乞讨者的新创意。他说,我不吃鸡,我吃素的。

老妪说,那就更好了。你不要杀它。

卓生发说,为什么啊?城里不能养鸡呀!你要多少钱?

老妪迟疑着,没有开口。她低头摸着鸡。鸡是只红脸膛的瘦公鸡,金铜色和金黑色相间的毛,嘴巴和小腿都是黄玉色。腿上还系着有点脏的红布条。这是一只精明强干的漂亮公鸡。卓生发看着老妇人在风中飘飞的白头发,心里有点酸楚:这么老了还抱鸡乞讨。便掏出了十元。谁知老人竟然摇头,只是用脸贴着鸡。卓生发想想又掏出五十元，说，鸡我不要，钱给你吧。你找儿子去吧。

老人抬起头看别处，眼睛里泪水在闪动，她说，你养我的鸡吧……儿子不好找，他搬家了……以前他爸爸看病的时候，我来过……城里太大了，找了几天了……

卓生发说，你是外地……乡下来的？

老人低下头摸鸡，看不出是不是在点头。卓生发拿出一百元，塞进老人口袋里，说，那你快回老家吧，听你口音是华溪的，这一百块买汽车票足够了。回家吧回家吧，鸡我不要，带回家自己养吧。

老人扑的一矮，竟然跪了下来。小卓吓了一大跳，后退着大叫，鸡也吓了一跳。卓生发把老妪拉起。老人把鸡使劲塞给卓生发，说，给你。它吃糠皮菜皮就行了。鸡在卓生发怀里扑棱挣扎，老人泪流满面，竟然踉跄地快步走了。卓生发看老人消失在夹竹桃林子那边，呆了半晌，闷闷地把公鸡放进后车厢。

一路开车，只要刹车，拐弯什么的，都能听到后车厢里公鸡扑腾的动静。卓生发说，小卓，你看看，这都什么世道啊！儿子偷偷搬家，让老母亲抱着鸡到处流浪。养这样的浑蛋儿子，不如养你、养鸡啊。这世上的恶人太多了……

很多天以后，卓生发听车里的本地电台广播新闻说，一个想和儿子一起过年的老太跳海自杀。因为她儿子搬家不告诉老人，老人进城再也找不到儿子了。随身带的钱又丢了。新闻里没有说更多，卓生发一听觉得就是那个公鸡的主人。那个时候，公鸡已经在小院里养了好几天。它很好养，吃点剩饭剩面，自己还找点小虫子吃，有时飞到院门上站着。小卓和它经常互相瞪视几秒，基本相安无事。听了新闻，卓生发就对小卓说，不许欺负它！卓生发揽镜自照：广场里那么多人，老妪为什么偏偏选择我呢？他觉得自己善良。

初三出来的时候，卓生发决定在太阳底下运动一下就回去，所以骑自行车。小卓穿了带帽的牛仔新衣服，小人儿一样坐在自行车前车筐里。卓生发不知不觉就巡视起了自己的包干辖区。他习惯性地看看轮渡天桥、过街地道的不锈钢扶手啦、地面楼梯啦等各种容易被贴被写的"热点位置",习惯地盯视公交站台上路线牌边有没有小广告纸片,也习惯性地扫视站台地面台阶,有没有被写上办证电话之类。

　　他的眼睛就这么习惯性地扫描着这些热点位置,车子慢慢地骑。总的来说,还是比较整洁的。看来,还是过年好啊。好人、坏人、白道、黑道,一年忙到底,过年都歇手了。到底还是有一个规矩管着大家啊。

　　骑了一身薄汗,他把自行车停在轮渡的后山站点。这是个不大的站点,后面是个很大的草坪榕树公园,几棵百年巨榕的后面,是三四层楼高的巨岩,巨岩上面,披拂着三角梅,都是西瓜红的,卓生发不喜欢这个颜色;而这边,和马路人行道相隔的矮矮的竹篱笆上,匍匐在上的炮仗花已经开了,一墙鲜橙色,过几天,会越开越多,整个竹篱笆都会变成橙色瀑布。这个颜色卓生发喜欢,很正气又很活泼。

　　太阳从树叶间斜着洒下来,卓生发看着前面白色的鹭江,再往前看,就能看到鼓浪屿的八卦楼红砖房子了。他经常在这里歇脚。

　　窃听装置已经起作用了,只是,从启用到现在,没有什么让人惊喜的音讯。大年三十到初二,除了发现姓杨的家伙睡觉呼噜声有点古怪外,其他发现都毫无乐趣。那个姓辛的,那天突然在厨房里说,那个小女孩,出院要住在这里歇几天。卓生发第一反应是很不高兴。这三个人明显是得寸进尺,他根本不相信那个来历不明的小女孩只住一个礼拜,他们不就是想混房住吗,没必要这么不老实。一座石屋,未必容不下一个小姑娘。更可疑的是,那个粗野的父亲并不跟来。哪个做父亲的,会把这么小、这么漂亮的小女孩托付给两个大男人?两个一把年纪、没有结婚、总是吃快餐、身边从来没有女人、身上带刀、行踪不定的男人!这是能托付孩子的人吗!卓生发对窃听有了新期待。

坐在榕树下新年的阳光里，卓生发拔了一枝手边的炮仗花，吸吮它的花蒂根部，针尖一样的蜜甜点在舌尖。卓生发又拔了一枝。小卓也想尝尝，卓生发递给它，小卓一嗅，就放弃了。

一个扎马尾巴的中年妇女，站在长椅前面。因为她的衣服陈旧而灰暗，小卓势利地吹胡子瞪眼，嘴里呼呼有声，不许她落座。卓生发抬头发现这妇女面熟，但却想不起来是谁。女人额窄脸长、脸皮、眉毛都发黄。肯定不是造船厂的。他想。

女人说，呔，这死狗！——你还想扫我们的尾呀。不干了，休息！

卓生发一时没有反应过来，眼睛里很茫然。女人见他迟钝，轻蔑地骂，比我们还财迷！呸！过年啦！带你的死狗去找女人去吧！女人拍了大腿，拍灰似的一路走远。卓生发突然想起来了，对手！这就是他的老对手！有一次狭路相逢，他还被那几个女人羞辱了一顿。卓生发突然大声说，嘿，你们什么时候上班？

喊着，他的声音就小了下来，但女人还是听到了，居然笑着又走回来了。她说，我们玩几天，你呢？我们不干，你有什么干头呢！

卓生发说，是啊，哪一天你们都不干了，我连饭都没得吃。

女人在他身边的长椅上坐下，说，那还不是！你把我们贴的都搞掉了，我们的生意黄了，你当然就没有饭吃了。不过，女人看穿世事地说，你放心好啦，这个社会，没有我们是不行的。我刚从老家出来的时候，一听我老乡叫我干这个，我说，这怎么行！这不是伤天害理吗？不干。我老乡说，你真是乡巴佬啊，都什么年代啦，现在这城里，会伤天害理的才是正常人。不缺德的，都是傻瓜！各行各业，黑、假、丑，人人有份！发霉的米、地沟油、化学东西泡菇泡黄花菜泡藕、避孕药喂鱼、百货店和医院的恶心棉花造棉被、到厕所捞卫生巾回收再做卫生巾、做蜜饯要戴防毒面具、猪牛鸡鸭都被活灌很多水再卖，还有头发猪血做酱油——咦咦咦，多啦，独

151

独就剩我们这一行最实诚了，帮人家作假，从来都没有打过虚假广告，公开地写在大马路上，明码实价，一分钱一分货。

卓生发看着这个发黄干巴的女人，一时不知说什么好。

女人说，你也算不缺德的吧，不过，你是傻瓜！你说你一个月挣多少？

卓生发瞧不起这个女人，他很想弄出一句狠狠打击她的话。但他一贯口拙，在造船厂工会也算是写材料的好手，可是，老婆和岳母，甚至五岁的儿子，经常把他骂得狗血喷头，他也回不出两句有力的句子。

女人说，你先告诉我，然后我也告诉你。

卓生发说，你没资格管我钱多钱少，你们这是非法的！是缺德！

哟嗬！刚教过你，这年头缺德的才是正常人。说你傻瓜没错吧！不傻谁干这个？你一个月有五百吗？不敢说就是没有！还戴眼镜装文化人呢，我呸！

卓生发真的很生气。一个月如果是二千八而不是二百八，他就大声吼出来，活活吓死这个丑八怪。可是，他只有二百八，说出来也没力量。真是正不压邪呢！

卓生发气愤地呸了一口。

不敢说了吧？女人说，你就是没本事，傻！有本事，你肯定也是坏人。现在根本没有好人！女人伸了个懒腰，说，哼，穷人还养狗装富！看你的狗，多脏啊！还不去洗洗！——走啦，新年发财！拜拜——

女人油里油气地走了。卓生发把小卓抱过来，细看，真的有点脏，四个爪子都发暗了。妈的。他想，这个丑八怪知道我有多少钱吗？我干这个，就是为民除害，二百八我才不放在眼里！

办好出院手续，杨自道就抱着尾巴回天界山。他一手提着出院的零碎行李，一手抱着尾巴，久了还真是有点沉。到公交站点，他把尾巴放下，找上车硬币。尾巴手里还拽着两个有点泄气的但还能低飞的气球，一黄一蓝。正是气球，让伊谷夏老远就看到了他们，她让的士停靠过去。

嗨，上来！

尾巴眼尖，一看到伊谷夏，抬脚就奔向的士汽车。一个把手里的各种报纸报头展露如扇面卖报纸的男人，一不小心就和尾巴撞上了，尾巴一个趔趄差点摔下台阶，被赶上的杨自道一把抱住。杨自道心里一阵紧缩，仿佛尾巴的手术伤口就要撕开。他蹲下赶紧问尾巴怎样。伊谷夏的士后面的公交车进站被堵，粗暴地长鸣喇叭。伊谷夏大叫，上来上来！快点啊！

尾巴不顾杨自道，又跑向的士。自己试图开后车门。伊谷夏推开车门要接她，杨自道也过来把后车门拉开了。后面的公交车实际已经开始上下客了，但司机还是狂按喇叭泄愤。的士匆忙开走，尾巴的两个气球夹在车门外。尾巴要开门去救，杨自道说，没关系，那样很好看。的士司机说，是啊，不然后面司机要杀人了。

杨自道报了天界山地址，说，你刚好路过啊？

伊谷夏说，嗯哪。尾巴，姐姐专门来接你，高兴吗？

尾巴没有说话，她贴着窗玻璃，一直关心两个夹在车门上的气球会不会被什么东西刮炸了。杨自道懒得搞清楚伊谷夏哪句是真，哪句是假。他笑了笑说，尾巴没有说谢谢姐姐啊。尾巴依然盯着车外的气球，头也不抬地说，谢谢姐姐，我怕它们破了。它们很害怕呀。

司机说，没事！再拐两个弯就到了。

杨自道让司机靠边停下，还是开门帮尾巴把气球收了进来。尾巴轮流亲吻两个气球，好像它们刚刚历险归来。杨自道抚摸着尾巴的头，说，下次我们走路一定要小心，越着急的时候，就越要留心。刚才那样，又是人又是车的，你跌下去多危险啊！

开车师傅说，是啊是啊，公交车很野蛮的，春节前一个小学生在斑马线上就被他们撞飞了十多米。尸体拉走后，一只绿色的小雨鞋，被人放在花圃上。真是可怜。

那还有一只呢？尾巴说。

伊谷夏说，到天上去了。

杨自道说，以后你在我们家，开水壶啊、火啊、电插头啊、打火机啊，都不可以乱动，知道吗？那样很危险，我们上班就都不安心……

就像气球被关在车外面……尾巴揉着眼睛说，大家都很害怕……

说话间，就到了天界山脚下的废旧铁道旁。车子开不上去了，如果绕正门水泥大路，非常远。车子停在上山小道边。杨自道拍拍师傅，说，等等。然后对伊谷夏说，你就别下车了，回去吧。大过年的，太劳驾你了。谢谢！

伊谷夏也没让师傅打票，把计价器上前一个客人的票一把扯下，就出了汽车。还有事呢，师傅你走吧。

的士车离去。杨自道看着。杨自道不太愿意让伊谷夏去小石屋，家里脏乱是一个方面，更主要的是，他不愿意她出现在他最贴身的起居圈里，也并没有什么见不得人的东西，但他心里就是有抵制退缩的感觉，这跟她那个面貌阴沉的哥哥好像也没多大关系。虽然，有这么个哥哥，她有点像伊谷春延伸过来的一个贴身探头，但是杨自道清楚，这种退缩的感觉，还是伊谷夏本身引起的。即使他再抗拒，心里也清楚，这女孩太招人疼爱了。

走吧走吧！伊谷夏要帮杨自道拿行李，杨自道用手势拒绝。

我早就想去你家玩了。拜年嘛。我玩一下就走，中午爸爸请客，家里来客人了，到点了我直接去酒店。我跟他们说好了。

尾巴走了几步就累了。杨自道把她抱起来。伊谷夏说，我觉得她要慢慢锻炼，恢复体力。老抱不行吧？

就行！尾巴说。

伊谷夏说，你们三个老爸都太宠她啦。溺爱的小孩长不大。

什么叫溺爱？尾巴说。

就是淹死你的爱！

尾巴大叫起来，淹死你、淹死你！淹死小夏姐姐！

伊谷夏捶着杨自道的背大笑，哎，你淹死我吧淹死我吧……

杨自道笑了笑，一股苦涩油然而起。三人沿石梯小径而上，转过大榕树，再上几个石阶，再一个小草地，一折，就是通向小石屋的青砖小台阶了。尾巴捕捉了一把榕树的气根说，姐姐！就是这个树爷爷！

已经走过去的伊谷夏，又后退回来，说，就是这棵吗？——喔，真的很大喔！肯定是树仙，那我也要认识它一下。伊谷夏合掌而拜，嘴里叽里咕噜。杨自道说，你们在干什么？尾巴竖起指头嘘他，一脸严肃。

等伊谷夏参拜完大榕树，尾巴问杨自道要不要拜。杨自道说，为什么？尾巴悄声说，上次我偷偷跟树爷爷说，我要来这里住，你帮我好不好？它就帮我了。看，我现在不是来了吗？它能听懂我说话。胡婷惠说，她爷爷家有一棵枇杷树，也能听懂人的话。能听懂人的话的树，就是树神仙。你求它，它就会帮助你。老陈说，就是心想事成。

杨自道大笑，他问伊谷夏，你求树神仙什么？

求树神仙让大爸爸不要淹死尾巴，先淹死我吧！

尾巴神色大变，说，不行的！这样你真的会死掉的！你重说一个！

看到伊谷夏真的重新合掌祈祷，并确认姐姐说的是，明天大吃一顿比萨。尾巴便欢呼雀跃地向石屋奔去。她跑得挺快，杨自道在后面刚说小心，就听到她嗷的一声尖叫，脸色煞白地掉头往下蹿，一只公鸡极速追扑而来。尾巴护头大呼，摔在石阶下。公鸡几乎扑上她的肩头，低头就啄，尾巴掩头哭叫着。杨自道和伊谷夏一开始

155

还想笑，但是，尾巴的惊恐至极和公鸡凌厉的追击，让他们一下明白这不是闹着玩的。杨自道快步冲了过去，踢开公鸡。他抱起孩子才发现，尾巴小便都吓出来了，背带灯芯绒裤子湿了大半。左半边眉毛的后小半段以及鼻尖，都被岩石擦烂了。血珠子一颗一颗往外冒，有的地方还嵌着沙粒。杨自道心疼得闭上眼睛，呼吸都哆嗦起来。尾巴不断地哇哇哭叫。

伊谷夏说，快啊，回去擦药！

三人还没上青砖石阶，已经看到院门柱子上站着那只神气活现的公鸡。尾巴一看又凄厉尖叫。伊谷夏挥手把它轰走，公鸡扑棱棱地且飞且走地回到院子里的石桌边，依然是傲慢地盯视着尾巴。尾巴害怕地把脸转开。卓生发和小卓已经站在大门口。杨自道恨得不行，说，怎么搞的！城里不能养鸡！

卓生发看着伊谷夏，没有在意杨自道的话。等他看到杨自道黑沉的脸色，才在脑子里回放杨自道刚才的话，他慢慢地说，居民区是不行。我们这里不是啊。我问过居委会了。刚才怎么啦？伊谷夏说，你的鸡，吓着小孩了！你看她的脸摔成这样。你家有药吗？

卓生发说，怕鸡？哦，怎么会怕鸡？人怕鸡呀！我有双氧水，可以清洁伤口、杀菌消毒的。杨自道说，痛不痛啊？刚说完，就感到后背被伊谷夏戳了一下，她说，不疼不疼！前一段我还涂过。像小蚂蚁咬一样。很好玩的。要是涂红药水、涂紫药水或者碘酒，都比这疼，还难看。对不对？

尾巴泪眼汪汪，似懂非懂地点头。

卓生发把双氧水拿下来，还拿了棉签。杨自道从伊谷夏刚才悄悄的一戳中，猜测擦这药水一定很痛。伊谷夏说，没关系，多拿一个棉签，多沾点水，把伤口清好，也就完成杀菌了。真的。我来涂吧。尾巴睁大眼睛，一手抱着杨自道的脖子。抱得很紧，可见她还是害怕。杨自道把她平抱，说，没关系没关系，你把眼睛闭起来，别让药水滴到眼睛里。尾巴听话地闭紧眼睛。伊谷夏用双棉签，沾得饱饱的药水,突然袭击尾巴的眉尾。

只是一下,尾巴就啊地尖叫甩头踢腿。幸亏杨自道担心她万一挣扎把药水弄进眼睛,早就把手护在她下巴上了。尾巴一叫,他就一把将她控住,让伊谷夏快涂。双氧水在尾巴的伤口上泛起层层白泡。在涂鼻尖的时候,尾巴使劲摇头,不让涂。杨自道紧紧按住她。伊谷夏说,不疼的不疼的!只是小蚂蚁在搬家,不然细菌在这里住,你的鼻子要烂掉的。好啦,好啦,最后一下,全部干净啦……

尾巴号啕大哭,你骗人……

伊谷夏看到杨自道抱着尾巴慢慢站起来,眼睛闭着一直轻声说,对不起对不起,都是爸爸没有保护好你,别哭了,都好了……对不起……

四

和前一任警长相比,伊谷春的确是个疯子。没事他就在辖区里溜达,辖区里每户人家的姓名、地址、电话、所属单位等基础资料,已经被他指令手下的警察、协警一户户、一栋栋、一片片地陆续搬进了电脑里。随便找一个人,只要一个数据,他们就能提供相关全部基础信息。在警察还不怎么使用个人电脑的时候,伊谷春警区的人口信息,确实很有实战优势。后来,也因为这个,为外地警方挖出了好几个逃犯。

伊谷春喜欢在自己的领地逛。有时穿警服,有时穿便服。事实上,这样无所事事地走东家串西家,往往还是很有回报的。他会发现自己的手下到底受不受居民欢迎;会发现一些有趣的民间故事,当然,更多的是案件线索。比如,那天在老经纬大厦,他不乘电梯,而是从消防通道一层层往下逛,逛到第十层,发现安全通道的门一开,一户人家的门灯就亮了。伊谷春再看看他家地边门缝,没有光，没有一丝光露出来。伊谷春走到垃圾桶边，翻开垃圾盖，里面有十来只快餐盒，十几个饮料瓶。他有数了。果然，等手下兄弟过来，一冲击，里面人好容易开了门，三桌麻将仍在，所有房间人去楼空，只留下一个老阿嬷。问人呢，老阿嬷带着伊谷春到阳台，伊谷春一看，护栏上架着一个小铁梯，搭连到九楼，赌徒们由此全部跑光了。竟然又是何老板聚赌！这是伊谷春第二次和嗜赌的何老板过招。何老板是椰子汁等几个品牌的地区总代理，还有一座娱乐城和几家餐饮店。

和何老板第一次过招，也是伊谷春输。

当时伊谷春、辛小丰他们也是看得准准地冲进去，里面的乌烟瘴气仍在，烟灰缸里烟头还在冒烟，但就是没有一个人。搜了好一会，鬼都没有一个。伊谷春命人拉开大橱，才发现一个一米见方的大洞。事后他才知道，这房子是何老板的。何老板是一买两套，连通的。早就打好了洞。哪边有动静，就从另一边撤离。

伊谷春恨得牙痒，但也毫无办法。平时和何老板路遇，两人也还寒暄几句。何老板都会笑眯眯地给他敬烟，聊聊辖区治安形势，甚至提点安全防范建议。过年过节，何老板还会主动来电话说，哎，弟兄们辛苦了，怎么样，招呼一下，明天晚上到我海上人家坐坐？

所里布置抓赌，伊谷春本来也没有太上心，毕竟大过年的，但活该何老板在劫难逃。这天黄昏，伊谷春开着车在实验小学门口的花圃边，看到残疾人老张夫妇在拖辛小丰，看得出辛小丰在连连摇手。伊谷春估计他们是请辛小丰回家吃饭。在辖区，几个有人缘的协警，过年都有老百姓真心邀请。辛小丰也是其中一个，但他似乎很讨厌去别人家吃饭，队员们说他从来请不动。伊谷春有心帮那对行走不便的残疾夫妇，便把车靠过去，这工夫，他感到那边居民楼，光明里三楼有户人家的抽油烟机出风口里似乎亮了一下。

伊谷春把车开过去。果然，辛小丰说自己有事，老张夫妇就坚持改明天晚上，辛小丰说，也已经有约了。老张夫妇有点难过，互相看着，猜疑辛小丰是不是看不起自己。一看到伊谷春，老张就说，伊警长！我们女儿女婿回来了，女婿是厨师，我们真心诚意请他，说了几天了，他就是推！老张妻子说，新领导你不知道吧，这么多年，我们家换煤气、修马桶、换电灯水龙头，都是小辛做的。就是在路上，看到我们菜重了，他也过来帮。我们一家这样真心实意地感谢他，很过分吗？

辛小丰满脸尴尬，说，大家都是顺便……我真的有事……

老张夫妇眼巴巴地看着伊谷春，伊谷春又感到眼角外一闪，光源不强，肯定来自那个三楼的抽油烟机。伊谷春笑着说，这样吧，有事不勉强。反正初一不行，还有十五啊。没关系，老张，我来督促。我保证让你请他一次！

老张夫妇显然不太高兴，表情闷闷的。老张还想说什么，老张妻子拽了拽他的袖子，说，美丽他们反正要过了十五才走。小辛看得起我们残废，就会来的。辛小丰知道自己脱身了，便对老人既窘迫又讨好地赔笑着。伊谷春看着两个互相搀扶的瘸腿老人慢慢走远，说，他们是真心的。

辛小丰没有说话。伊谷春说，我们小时候，就是春节家里有点好菜，这个时候，能请到喜欢请的客人是全家都很高兴的。

那个……反正，我不自在。

你一直帮助他们，有什么自在不自在的？

怎么说呢，我和他们也没有话讲。平时，看着能帮上就顺便帮了。我心里并不亲近他们。

你亲近谁啊？伊谷春一边说，一边看着旁边居民楼三楼。给我弄个竹梯来，我要琢磨那个抽油烟机。它在闪光。

辛小丰抬头看，没有看到，但他马上去找竹梯了。

天色昏黄下来，但这个时候，开灯又不够亮。辛小丰找来一架不长的木梯。伊谷春先爬上去察看，果然，一个探头，对着小区进楼的小径。谁家需要把探头装在抽油烟机的通风口里？两人把梯子小心撤了。仔细看看，这个楼道的防盗门以及三楼住户的前门上还各有一个探头。两人开始在这栋楼附近转悠，又发现三楼住户后窗下出来一条视频线，借着三角梅匍匐到实验小学门口的芒果树上，再越过电线杆，那探头竟然直接对准了从派出所出来的路，也就是说，警察一有行动，它马上就发现了。

辛小丰看到伊谷春在微笑。这些监控的布局，自然告诉他有一个非常用心的对手。辛小丰心里是很想回一趟天界山石屋的。尾巴告诉他，她被一只鸡追，摔倒了，而且在描绘伤口涂药的过程中，浮起了哭腔，杨自道拿过电话，让他放心，说皮外伤，两天就好了。辛小丰还是惦记着会不会破相。单位里也没有什么大事，毕竟是初三，昨晚处置了两个打交警的醉汉，稍微忙乎了一下；今天一天，除了在辖区一圈圈执勤走路，实在很平淡乏味。伊谷春老是出现在所里，害得兄弟们在办公室连扑克牌也不敢打。好容易熬到下班，偏偏被老张老夫妇缠住，怎么也脱不了身。现在看姓伊的贼贼地微笑，就知道猫闻到腥味了，这猫哪里肯轻易离去？果然，伊谷春说，喂，我们在面馆随便吃点。晚上好好观察一下，这里绝对有好戏！这个时候，伊谷春还不知道里面就是他的老对手何老板。

辛小丰迟疑，说，我回家一趟吧。我叫小丁他们来。

伊谷春说，我刚让他们去看电影了，只留下两个值110。

两人选择在实验小学操场的单双杠处，观察那个层层布控的房间。他们前面有一排鱼尾葵，挡住了小区干道的路灯，而透过鱼尾葵稀疏的叶子，很方便观察那个房间人员的进出。就是无论单杠还是双杠，坐久了屁股都受不了，一个多小时过去了，两人都不断挪大腿换屁股位置。辛小丰一贯衣服单薄，夜风寒冷湿气重，他只好练两把单双杠。正如伊谷春所料，那家进进出出的人真不少，灯光也是比别家辉煌。

两人一人一支烟，伊谷春低声说起了他师傅。那帮看电影的兄弟回来，立刻着便衣过来了。伊谷春已经和二楼姓马的住户谈好，一拨人悄悄从裙楼的大露台，绕过探头，借他家窗子翻进去。要避开前前后后的严密探头，从马姓人家的窗口进去，是唯一通道。

他们又在马家待了一个多小时，果然，0：30，楼下有人送餐来了。楼道的防盗门啪地打开了，送餐的提着一个大篮子进了楼道。才上二楼，候在马家大门口的伊谷春，把送餐提篮接过，直上三楼。他把监控探头转向天花板，把提篮提到猫眼位置，又按了门铃。里面的人说，这么快呀。门就开了。伊谷春一步跨入，手枪顶在开门者的头上，没想到竟然是何老板的太太，一看清是警察，何太太一屁股坐到地上。里面，烟雾浓得刺眼睛，烟雾灯影下，四桌麻将正打得欢，桌子边、柜子上、电视机旁，甚至腿边的包上，都是钱。这真的是一场豪赌盛宴啊，辛小丰冲击赌场无数次，从来都没有看到过这么多的钱，感觉除了缭绕的烟雾，就是钱了。他站立的电视机边，就有两卷钱。起码有五千吧。辛小丰知道，他所经历的赌场，钱是最没有人认账的。人人巴不得说自己一分钱也没有，他们也知道，说了也是白说，赌资一律没收，你也拿不回来，而且说得越多罪越重，不如钱少罪轻，而且为了预防警察，赌徒也会先把"鸡蛋藏在很多篮子里"。清理现场的时候，还能发现这里一小叠、那里一小卷没有人认领的钱。总之，只要警察介入，赌场就成了最不在乎钱的混乱场合，但以前，他从来没有认为这个场合混乱，那是因为他心里有一个秩序。现在，他完全理解了这种混乱。

伊谷春把一提篮快餐放到客厅中间的桌子上，一个家伙还真准备取，另外一个估计有好牌的家伙厉声咒骂起来，要提开篮子，但他看到一支手枪正指着自己，提篮子的手，顿时僵在那里。全场一下子鸦雀无声。

伊谷春声音不大：都别动！等会到我们那里吃！

何太太从玄关走了过来，抚摸着自己的胸口，说，吓死我了！正从洗手间出来的何老板，刚看明白怎么回事，一见老婆，一巴掌就甩了过去：干你姥！叫你看门看门，你给我把警察看进来！

伊谷春微笑，老何，你的防守还是有点漏洞。

何老板嘿嘿笑，说，哪里，我可没有打！我不过是来看看。不信，你问他们。

四桌赌徒鸦雀无声。有本地人有台湾人，都是清一色的生意人，他们没有一个人吭气，蜡像似的，一个家伙因为烟头烧到手，很突兀地跳了一下。

钱统统收捡进两个大纸提袋中，黄胶带封口。辛小丰和小丁用双股编织绳，把十八个人每人一只手腕鱼串绑起。何老板企图反抗，说，我没有赌！明天还要接待厂家重要客人啊！伊谷春说，没事，配合一下，说不定天没亮你就回家睡觉了。

这一夜，辛小丰没有睡。自然也没有回天界山。十八个人的讯问材料做完，已经是初四上午八点多了。辛小丰带哈修在公园里转了个小圈，让哈修放了把屎尿，就带回所里，准备回天界山。在所门口，他和伊谷春打了个照面。伊谷春盯着辛小丰，似乎要说什么，但转身把手里的烟头在墙上狠狠按灭，进去了。

辛小丰一路琢磨伊谷春的眼神。

五

杨自道买菜回来，看见辛小丰和尾巴一起蹲在屋角看一只被辛小丰打死的大蜈蚣。蜂蜜色的大蜈蚣有六七公分长，身体两侧的长脚也快有一厘米长了。很吓人。山里潮湿，旮旯里不时蹿出蜈蚣，杨自道和辛小丰也不太当回事，但是，尾巴在这里，他们不约而同都有点担忧了。这种大蜈蚣是有毒的。

一看到杨自道，尾巴就大叫起来，道爸爸！蜈蚣！蜈蚣！在我鞋子里！

杨自道说，这里和渔排不一样，很潮湿。你千万别找它玩！说话间，杨自道看到辛小丰的脸色青白，眼圈发暗，一看就知道又是一夜没睡。杨自道说，你去睡吧，尾巴跟我。辛小丰跟着杨自道进厨房，劈头就说，还说没事！她脸都摔肿了！眉毛上的疤还这么深！

是啊，一下子没看紧。也不知道她那么怕鸡。

她从小就怕鸡！你怎么不知道？在渔排上，你忘了，连绑住的鸡都敢啄她！孩子吓得大哭，你怎么就忘了，那次！

是，比觉电话说起这事，我才想起来。那时她一岁多吧……我真是忘了，呵呵，也许她上辈子就是蜈蚣，鸡是她前世的克星。

那窝囊废，好好的为什么养鸡？

算了，他也不是故意的。昨天还给我们药水，态度还不错。我在想，这里有鸡，蜈蚣会不会少一点？要不我们也养两只母鸡，可以下土鸡蛋给尾巴吃……

你想吓死她啊！那只鸡，也要关起来养！

你先去睡吧，午饭好了我叫你。吃蘑菇牛肉面。

辛小丰刚想说什么，外面又是尾巴一声尖叫，辛小丰和杨自道奔了出去。院子里，那只公鸡，撇着八字腿站在石桌上，尾巴则小肩头内缩地挨在家门口，畏缩的小人和嚣张的鸡，隔着三米对峙。鸡似乎已经吃定了尾巴。看到辛小丰杨自道出来，鸡立刻飞向旁边的相思树。辛小丰冲过去捕鸡。这只鸡太灵活了，看辛小丰来意不善，立刻跳上更高的树枝。他妈的，辛小丰骂，你还以为你是一只雕啊！辛小丰去拿晒衣服叉子，不料角落里的青砖地上青苔滑腻，竟然摔倒了，一屁股着地，两只脚跷得比头还高。尾巴看了拍手大笑：哈哈，四脚朝天！公鸡赢啦！杨自道忍不住也笑了，说，喂，没事吧？

辛小丰把衣叉像标枪一样狠狠向树投射，树叶一阵哗啦，公鸡扑翅乱挣。空中，卓生发一声怒吼：楼下！你们太过分了！大家都扭头看二楼，卓生发站在窗口说，这是我的家！这鸡我养定了！我答应人家的。它要是有什么三长两短，我跟你们没完！

163

为了认真研究窃听成果，卓生发专门购置了一个硬皮黑本子，放在窃听装置旁边，以便随手记录。那个时候卓生发没事就翻开本子，玩味钻研这些记录，这些大浪淘沙的难忘句子，虽然卓生发不明就里，但他坚信，它们是值得琢磨的"密码"。

比如，关于尾巴的一些对话：

他怎么不理性？他已经把尾巴看成那个姑娘投胎转世，你看不出吗？

现在，当卓生发明白，那个从医院出来的小姑娘就是叫"尾巴"的人时，他对当时补记的东西，有了新的认识。"姑娘投胎转世"，这说明什么？首先，说明有个姑娘，而这死去的姑娘和这个叫"尾巴"的小女孩有神秘关系。死去的姑娘是什么人呢？为什么一旦认为是她投胎转世，他们就要这么疼爱保护呢？奇怪的是，看上去，这三个人里面，最想抛弃这个"尾巴"的，偏偏就是那个自称她父亲的人。他是亲生父亲吗？

关于世纪末：

姓杨的房客，质问那个姓辛的家伙，是否到过那个同性恋酒吧，语气是很谨慎且怀疑的，也可以说是很不满很排斥，姓辛的那小子否认了。姓杨的骂那是个"肮脏、变态的地方"。那个肮脏变态的地方，卓生发事后不久，就找到了那个地方，当时是个下午，那里关着门。他带着小卓在那个火车厢的门口溜达时，问了一个清理落叶的清洁工。那人说，晚上八点才营业！那人以古怪的眼光，斜睨着卓生发。卓生发厚着脸皮再问，这是什么酒吧？那清洁工用受到调戏的愤怒说，呸！都是基佬嘛！

楼下的，一个查问有没有去那个地方，一个坚决否认。这说明，首先，他们本身关系很特别，常年同居，没有家没有女人，其次，他们至少有一个跟同性恋有关系。也许，两个人，甚至三个人都志同道合。这个问题，耗费了卓生发很多想象力，但却没有让他变得更有头绪。他开始担心这些人有什么脏病,后来他悄悄买了个自动洗衣机,放在楼上阳台上用。下面原来房东配置的那个老式双缸半自动洗衣机,他只是把窗帘、小卓的衣服、沙发垫子扔进去洗。

关于结婚:

你又为什么不结婚?你为什么不结婚,就是我为什么不结婚!也就是小丰为什么不结婚!——说这屁话干什么!

他们都没有结过婚,而且,原因都是一样的。那么,什么是他们选择独身的"共同原因"?真是同性恋吗?而没有结婚,就不可能有那个叫"尾巴"的女孩,那么,这个小女孩,和他们三个,到底是什么关系呢?死去的姑娘和这三个不结婚的人,到底又是什么关系呢?

关于打架:

那个孩子的粗鲁父亲在骂:浑蛋,你别跟我装圣人!没有你这下流坯,我和阿道绝不会走到今天这个地步!

姓辛的家伙说:不是你他妈非要下山,今天我们什么事也没有!

姓杨的咆哮起来,又发作了对不对!今天又想打是不是?好,去院子里打! ——打我!是我叫你们去的,是我害了你们——打我!没有我,你们今天什么事也没有!你,陈比觉已经是天文专家了,你,辛小丰,可能也混成化学博士了。都是我害的!是我毁了你们!今天就是心里难受对不对!憋得慌要发作对不对!

楼下肯定发生了一件事,一件严重的大事。这件事性质非同一般,影响他们的未来,专家?博士?听上去可笑,可是他们似乎不止一次为此争吵打架。他们彼此是有怨恨的,那么,这和同性恋有什么关系呢?如果无关,三个大男人不结婚、没有女人、彼此怨恨又相伴相守，就没法理解。

这一切都迷雾重重。

伊谷夏的出现，让卓生发亢奋起来。

女人来了！楼下这个从来没有女人出现的地方，忽然出现了一个如此朝气新鲜的漂亮女孩！——她是谁？

伊谷夏说药水，卓生发简直就是高兴万分地上楼去拿了。他还关切地看望了那个刚出院的、哭泣不已的小女孩。之后，他很着急地回到楼上，很着急地想给楼下一个无人打扰的空间。他很着急地回到了窃听器旁。

小女孩哭得比他预计的要长，在这些哭声里，卓生发听到姓杨的格外温柔的声音，他一度以为姓杨的是对那个年轻姑娘说的，而再听才明白，他对那个姑娘并不温柔：

喂，喂！你别乱翻啊！小丰不喜欢别人动他的东西！

那个姑娘的声音：你的家和我想象的不一样呀，我不是说，被子不叠、桌上也不收拾的脏乱……有一种奇怪的感觉噢，这个屋子里充满……烟垢气味……嗯，就是你不抽烟，这屋子里的空气中、家具缝隙里也到处都散发出来……唔，还有种神秘的感觉……

那个鱼……它真的会跳舞吗？是那个孩子的声音。她不哭了。

哦，是蹦蹦跳跳的跳，卖鱼的没有说它会跳舞——喂！嘿！嘿！拜托！别动那个抽屉！我的天啊，小时候你妈妈没有教育你不能随便翻动别人的物品吗？

有啊，是姑娘的声音，那声音明亮而无辜，可是，我没有把你当别人啊。我就是想看看，你看的片子和我一样不一样。哎哟，这么多啊！哇，哇哇哇！

卓生发不由笑起来。

唉，别玩了，你父母会等你的，还有客人不是。

在我们老家，过年被主人留饭，很正常啊。

走吧走吧！11：40了。我送你下山。尾巴，来，我背你！我们送姐姐下山。

哎哟，痛！下来！是小女孩的声音。

哪里？这里？这里？我看看，是这里吗？……没有什么啊，是不是刚才摔的？

肯定是扭到了，那个姑娘的声音，摔的那个地方有大岩石。手筋扭了吧。嗨，嗨，我走啦，我自己走好啦，灰溜溜的我走啦——

卓生发对初三上午的窃听效果，十分满意。虽然没有什么惊奇的内容，可是，这样自由地探进别人的生活，本身就很令人满足。这一听之后，卓生发对那个叫伊谷夏的大女孩，很有好感。那个姓杨的，倒真他妈像个同性恋，似乎很不在乎这个姑娘。

第七章 时间到了?

一

辛小丰一直睡到鼻子发痒。迷糊中,怎么揉,鼻子还是痒。耳畔传来清泉冒泡般的咯咯笑声,睁开眼睛,尾巴拿着一枝新鲜的狗尾巴草,冲他乐。辛小丰按下狗尾巴草,继续睡。眼睛很涩很沉,他想再睡一会,可是手机闹钟响了。

辛小丰闭着眼睛,把手机铃按掉。尾巴捏住他的鼻子,说,赖皮,你说一点叫你,叫你都不起!手机都响了,还不起!还不起!还不起!

辛小丰在床上使劲伸了个懒腰,还是闭住眼。最后五分钟。他说。

尾巴说,五分钟是多久呢?

你数五百下,慢慢地,1……2……辛小丰又迷糊过去,不一会,又感到鼻子发痒,他把鼻子掩住,脖子也开始痒了,游虫一样痒过,没有地方躲。他闭着眼,一张手臂,把床边躲猫猫的尾巴一把抄起,尾巴啊的大叫一声,辛小丰以为蹭着她脸上的伤了,吓得一睁眼,孩子却缩着肩头抱着自己的左小臂。

这里痛？辛小丰猛地坐起。

尾巴已经泪眼汪汪。辛小丰要把她袖子撸起来看，尾巴缩回手不让。

怎么，这么痛？——阿道！——阿道！辛小丰大喊。在院子里帮尾巴洗衣服的杨自道，两手甩着肥皂泡奔了进来。

辛小丰声音很大：她这手臂是不是有问题？不能碰！

是啊，昨天都不愿洗澡。倒看不出什么，现在肿了吗？

尾巴也不让杨自道看她的手臂。杨自道说，看来要去医院拍个片子。

好，我起来刷个牙。噢！妈的，跳起来的辛小丰拿起手机，不行，吃了饭还得去所里。昨晚搞了一大摊。我晚上一定回来。辛小丰最后这句是对尾巴说的。

得，我下午带她去，你先吃饭吧。杨自道说，唉，你他妈这么干，有加班费吧？国家法律规定的一天补三天。辛小丰说，做梦吧，不过，过年大概有一些小意思吧。我们可以拿正规军的三分之一。

我操，累死。

医院里值班的医生年轻得让杨自道不信任。可是，春节假期间，也没有什么可指望的。倒是年轻的医生很认真。X光出来了，骨头没有什么特别，年轻的医生端着片子研究了老半天，说，有点软组织呈畸形改变，但未见明显骨折现象，我估计，是左肱关节半脱位。

半脱位？你估计？

医生点头。我给她复位吧，会有一点那个。医生看出杨自道的狐疑，说，你要是不信任我，可以换个医生再看。像这样半脱位，X光有时就是拍不出来。另外提醒你，软组织——韧带、肌腱、软骨和骨膜损伤是不能自行愈合恢复的，韧带肌腱拉伤后只会向里伸

169

缩，软骨、骨膜损伤后会病变，伤处感觉骨头有增大。如果不及时治疗，以后就会造成习惯性脱臼，有些小孩就这样，所以就要及时修复。不然，这个漂亮小美眉就惨了。

杨自道犹豫再三，还是同意了。年轻医生对警惕的尾巴说，我先看看，我看看哦，我们先要认真地看一看……他的动作极快，似乎有轻微的骨头响，尾巴啊地张嘴大哭，但旋即停下来，看医生，又看自己的手。

看看，能不能抬起来，这样疼吗？

尾巴迟疑地摇头。

这样呢？

尾巴缩回手臂。

医生说，已经正位了。因为软组织有点伤，还要静养，大概二十天能够恢复，然后弯曲活动就正常了，疼痛也会慢慢消除。不过，三周内，你们不要拉扯孩子的手臂，不要刻意去弯曲或伸直活动关节，以免韧带拉伤、软骨磨损加重。早期做一些轻微的恢复性的运动，避免关节处过大地受力，最好一年内不要从事与该关节有关的剧烈活动！

还在医院，杨自道就接到伊谷夏的电话，说找陈杨辛。杨自道把电话给尾巴，一听要去吃比萨，尾巴立刻破涕为笑，说，姐姐我马上就来！手没有断！

杨自道抱着尾巴出来，发现伊谷夏竟然扶着一辆银色的大别克车，就在门诊大楼前面，不知道跟门前的保安胡诌什么，保安摸着自己的脸，笑呵呵的。尾巴眼尖，大叫姐姐。伊谷夏奔了过来，领着尾巴往车那里去。

杨自道说，谁的车啊。

伊谷夏说，我爸爸的。今天他和客人在我家玩牌，我开。

尾巴急着奔前座开门，杨自道一把拉住，要陪她一起坐后面。但伊谷夏要杨自道坐副驾座，看她开。杨自道想了想，把尾巴哄到后面去才到前座。

汽车一启动，车子就抑扬顿挫地走起来。杨自道一边让尾巴小心受伤的手，一边忧虑重重地观察着伊谷夏。她身子前趴，边开边舔嘴唇。一看就是手忙脚乱的不自在。果然，没开多远，杨自道就感到了她车技之糟糕恶劣，简直令人难以忍受，她的驾驶视线很窄，一直处于顾前不顾尾的状态。只是一会儿工夫，杨自道额头就被激出一层细汗。有两下子，不是杨自道出手一把拧回方向盘，他们一定撞上了其他车子。只有尾巴兴高采烈，在两边车窗边轮流看风景，毫不知道自己的危险。每一阵异常的颠簸，都换来她咯咯大笑。

——小心！杨自道大喝一声，又拉了方向盘一把。与此同时，尾巴哎哟了一声，杨自道赶紧回头问她，碰哪了？手臂吗？尾巴摸摸自己的头，又摸半脱臼的左臂。然后摇头。

——你怎么开来的啊！杨自道很不高兴。

伊谷夏自己也吓了一跳，说，是那的士乱开！我刚才来的时候开得挺好，现在，是你坐我旁边，我就紧张了。我实际水平比这高。

你下来吧。杨自道说。

你就顺便当一回教练不行吗？

不行。你下来。

为什么啊。

我的命可以白送你，尾巴不行。

好吧。伊谷夏说着就靠边停车，一出车门，杨自道又喊，把车门关上！伊谷夏赶紧转身把驾座门关上。杨自道皱起眉头，你师傅是谁啊！在路边，驾驶员出来随手关车门是最起码的安全意识。还有，靠边停车要打转向灯，怎能想转就转，一点信号也不给别人？

唔，师傅都有说过，一急忘了……

杨自道坐进驾驶座，握着方向盘，心这才踏实下来。这辆手动挡的商务别克其实很好开。伊谷夏说，这几天，你正好不上班，教我开车吧。我付钱。

杨自道说，你雇不起我。我很贵。再说，尾巴谁看护呢？

我们带上她，去安全的地方呀。也可以在天界山后山啊，机场西那条八车道的断头路，也没有车。

再说吧。也许你家人不让你开车是对的。有的人天生没有车感，硬学硬开，练成马路杀手，祸国殃民。算了。

你残忍啊。

你还是听我的话吧。

没想到吃完比萨回到天界山，尾巴又说手臂酸痛。杨自道和辛小丰好容易哄得尾巴把左袖小心脱了，两人在台灯下仔细看，竟然发现她的小臂大面积水肿，还有紫青色的瘀血。在医院看时是有点肿，但面积没有这么大，也绝对没有瘀血。难道是被那个年轻敬业的医生给扭坏了？小家伙的手臂不愿伸直，脱了袖子，怕痛就不肯穿上。把辛小丰心疼得要马上去挂急诊重新拍片。但尾巴死活不去，后来跺脚哭叫起来。杨自道也心如乱麻，他不敢说今天下午坐了伊谷夏的车历过险，心里暗暗担心，是不是在车里又给撞了一下。小孩子说不清楚，杨自道蹲下，小心地一寸寸按捏尾巴的骨头，又似乎没有事。他心里松了点，估计还是肌腱、骨膜、韧带等软组织问题。杨自道问尾巴，现在去还是明天去？

尾巴说，明天去。

现在去吧？

不！就明天去！

那好。说话算数。我们明天去。

还要坐小夏姐姐的车去！我给姐姐打电话！

不不不，杨自道说，我们自己去。不要麻烦别人。老陈不是跟你说了，我们不要轻易给别人添麻烦，对不对？

姐姐说她不是别人!

是别人。我们都是你爸爸,她不是。

那……我们让她当妈妈算了。

杨自道和辛小丰都笑起来。杨自道没有想到这一句话,居然让他有点脸发热,不太自在。辛小丰拍了杨自道一掌,对尾巴说,好了,明天去医院,我陪你去。现在,快去冲个澡,睡觉。我有个好故事!

确认尾巴睡着,辛小丰从裤袋里掏出了一卷钱,递给杨自道。杨自道很惊奇,他以为是加班费,拿过一数,四千五。这不可能是加班费。哪来的?杨自道说。辛小丰说,用就是了。

到底什么钱?

你是不是不缺钱了?

缺,今天一趟医院又是两百六十多。

——到底哪来的?

你别管了。我希望能请个保姆,白天来照顾她。尾巴别再回渔排了。

你别一厢情愿。天气好,还是让她跟比觉。她在这,我出车更不放心。

所以要请个人。辛小丰说,你还剩四天假是吗?之后呢?

我肯定要去上班,不然一天至少损失一百多。我们亏不起。

两人沉默了一阵。杨自道说,你这钱……

你别管了。

其实……杨自道斟词酌句地说,比觉说的可能有道理,你干那个玩命的活儿,收入太低了!我干一周,你干一个月不止,几乎搭上小命。所以,如果姓伊的危险,不如,干脆辞了……杨自道以为辛小丰会像以前一样大发脾气,没想到他这次却很安静。只见他出了口长气,没有说话。

两人又是长时间沉默。两人都抽着烟,辛小丰突然觉得空气不

173

好对尾巴不利,起来开了窗。在窗口,他狠狠吸了一口,把烟头在手指上捏磨碎,用力撒出窗外。

阿道,辛小丰看着窗外说,人和人差别真是很大。昨天那一大摊,那些家伙看上去大多数像白痴一样,那种弱智的眼神,看了就想踹,真让人瞧不起,可是,他们所带的钱,我想比我一辈子挣的都要多。真是很奇怪的感觉。凭什么呢?

你不做这一行当,随便干其他,肯定不比他们差。杨自道说。

辛小丰又出了口长气,轻轻把窗户关了。杨自道担心他可能不说了,他总是这样不健谈。比觉能通宵彻夜地说话,小丰不行。但是,今天,辛小丰是想说话的。他说,当时我决定去那里,你们都反对。比觉说,蜡烛底下不一定最黑,因为它身边可能有聪明人。他理解错了,我不是因为黑才过去的,是我喜欢。有点像是啄木鸟,不过我是在啄自己身上的虫子,我喜欢啄的感觉,越啄我越踏实。也许有一天,我会死在那里,可是我想,没有比这个结局更好的了。

辛小丰对职业异乎寻常的投入,杨自道是知道的。这么多年住在天界山,只有两三次休假,还是因为他的肋骨被制造冰毒的人踢断了两根。那次半夜在公园里被人围着暴打,他浑身是伤,也没歇息一天,就伤痕累累去上班了。还有一次,子弹从他的肩胛穿过。清理了伤口打打针,他又没事了。

辛小丰说,今年以来,我多次做一个相同的梦,都是尾巴在寻找我们,在哭,因为我们都不见了。第一次是在一个芦苇地里,大片的芦苇地,风把芦苇吹得一片片低下去,尾巴站在那里,睡袍在飞,她抱着长头发,声嘶力竭地叫我们的名字,没有人答应她……第二次是在一个旧的街道,有点像我们老家的胜利大街,也是没有一个人,尾巴在叫我,眼泪鼻涕把头发都粘在脸颊上……初一那天,我在医院打盹,梦到一个大超市,一排排货架都是东西,偌大的超市,一个人也没有,就听到有小孩很孤单的那种哭声,一个转角，又是尾巴蹲在地上哭，地上有她写得歪歪扭扭的粉笔字：爸爸，快来接我……

是因为她病了，你很担心……

辛小丰摇头，不是，我感觉不好。这是暗示我们，今年，我们可能要离开她了。时间到了。杨自道被辛小丰的梦境描绘得很难过。今年他也有这种奇怪的感觉，也许和伊谷夏有关，所以，辛小丰所说，他没有吭气但感同身受。

辛小丰说，这么想着，我就特别想多陪她，我不愿她回渔排。我要尽我所能，给她幸福的日子。是的，比觉说得没有错，蜡烛旁边是有个眼镜蛇一样的聪明人。离开，当然是最安全的，可是，我问了自己很多遍，这么多年，我一直在问自己，我确定自己不全是为了那点黑。既然不全是，那么，该来的，就让它来吧。

那就是说，你不可能离开那地方了？杨自道说。

辛小丰点头。

我对你那个钱，有不好的感觉。

这你就别管了。多操心尾巴的手术吧。

是啊，渔排的生活对她来说是太艰苦了。我原来真是想过，你也许可以辞职。这对大家都好。杨自道说。

我们还是雇个白天保姆吧。夜班我们俩尽量错开。我想好了，保姆的开支我来承担，你就管筹备根治的手术费。四五万块，不是小数字，另外，怎么也还要给你老父你哥哥寄一些吧。

你哪来的钱？杨自道说。

不是说了，你别管我吗。

两人一时无话。杨自道递了一支烟给辛小丰，并伸手帮他点着。两人开始默默抽烟。烟大约抽了半根，杨自道说，你不会有一念之差吧？我们三人跟他们家是有约在先的。

辛小丰没有说话，他站起来把尾巴的被子掖好后过去把窗户再次打开一条缝，然后走到杨自道旁边。他说：我一直以为，你最了解我。这么多年来，每年8月19号，我都把一年的良心账告诉他们。你就放心吧。明天，我们还是去挑一个好保姆吧。

好吧，也没有别的办法了。杨自道说，楼上那人，本来就让我不放心，现在加上一只疯疯癫癫的鸡，我真是担心。比觉他妈的现在舒服死了，天天晚上躺在船上看星星。

孩子延长暂住，跟楼上的怎么说？

杨自道说，肯定要加钱。加钱也许他都不干。那人阴恻恻的不好捉摸。

不干，我弄死他的鸡！

弄死他的鸡，人家更不干了。

那就让他给他的鸡陪葬吧！

两人大笑。尾巴翻了个身，床上传来嘎咯、嘎咯、嘎咯很遒劲的声音。两人走过去，袖手站在她床前看。我的天，辛小丰说，小孩咬牙齿这么响啊，简直像嚼干豆子啊！会不会把牙咬坏了？

两个人都像欣赏什么绝妙音乐，脸上笑眯眯的。杨自道说，听我母亲说我小时候也老磨牙。看来，她是像我多一点。

不会吧，辛小丰说，带出去，人家都说像我。

这一夜，天界山小石屋里，睡得最不好的是房东卓生发。

二

南方是让人模糊季节的地方。春节才过，不止绿叶不止桃花，连各种喜欢暖和的小生物都蠢蠢欲动了，比如跳蚤。这些天，小卓挠痒的动作明显多起来了。这个和山里的野猫太多有关，还有螨虫。这天晚上，看小卓急剧挠痒，卓生发把小卓放倒在餐桌上，把伸缩灯拉到最低，仔细查找跳蚤。果然，先是发现铅笔尖大的跳蚤屎，后来活逮了两只，第三只在小卓的毛丛里一闪而过，好像有东北米粒那么大，黑红色的，不得了的跳蚤王啊！卓生发奋力追捕，就是没有，卓生发把小卓全身的毛翻了十遍不止，就是没有。等他最终将那只跳蚤缉拿归案时，楼下杨自道和辛小丰已经谈了好一阵子话了。但即使这样，只听了下半节，卓生发还是获得了发现的极大满足，并认定这是有价值的监听。

卓生发随手在黑皮本子上记下时间，然后是重点句子：

"如果姓伊的危险，不如，干脆辞了⋯⋯"

——这句话是在说，有个姓伊的人危险，还是说他们在从事一个危险的行当呢？看上去是那个人，对他们的安全构成了威胁。那么这是什么人呢？楼下又到底在干什么，要逃避危险呢？

"比觉说，蜡烛底下不一定最黑，因为它身边可能有聪明人。"

——这句话很特别。谁都知道这句老话，那是用来形容最安全的躲藏位置。那么，他们要躲藏什么？联系他们的对话，他们肯定是在逃避什么。那个叫比觉的，就是那个最野蛮的家伙提醒说，蜡烛底下不一定黑。这说明什么呢？说明姓辛的躲藏地非常特别，而且，有个姓伊的已经发现了什么，那么，姓伊的是什么人？

"我感觉不好。这是暗示我们，今年，我们可能要离开她了。时间到了。"

——时间到了？这个比较费解。小女孩究竟是什么人？为什么他们这么牵肠挂肚，割舍不下？小女孩身上有什么秘密呢？今年，他们又要去哪里？时间到了？是指什么时间到了？不方便带孩子去吗？

"你不会有一念之差吧？我们三人跟他们家是有约在先的。"

——这肯定说的是钱。他们似乎动不了什么钱，因为跟"他们家"有约定。他们家又是谁呢？

"每一年8月19号，我都把一年的良心账告诉他们。"

——这里又现了一个"他们"，这是一个需要每年向其报账的对方，是两人以上的一个组织？一个上级？监督机构？良心账又是什么说法，不是假账、混账。楼下的，要对谁这样忠诚？他们在服从于后面的什么人呢？谁是他们的老大？

177

"不干，我弄死他的鸡！"

——听到这句话，卓生发气坏了。与狼为邻啊，楼下绝不是友善的东西。让卓生发惊恐不安、辗转难眠的是后一句："那就让他给他的鸡陪葬吧。"窃听，看不到楼下的表情，但是，能听到楼下的狞笑。在这个偏僻的地界，杀死一个人和杀死一只鸡，动静都差不多，但是，卓生发转而又想，应该不至于吧，不就是租个房子吗，没有什么深仇大恨啊，有那么容易起杀机吗？我也没必要刺激他们呀，允许她住不就相安无事了吗。

可是，卓生发想深了，又担忧起来。楼下并不是一般人，这些云遮雾盖、露尾藏头的窃听内容，已经证实了这些怀有秘密的阴暗房客，都是心狠手辣之徒。所以，远离才是上策，那么，用什么借口赶走这些虎狼之邻呢？也许，应该利用小女孩这次的机会，连他们一块赶出去。就说，自己亲戚要来住了，人太多，不方便。所定房租一口气退给他们，再赔偿他们一些钱，他们应该会满意。

到了下半夜，卓生发又推翻了自己的想法。

他到底舍不得放弃这几个迷雾重重的人。这一个夜晚，他的好奇心最终战胜了恐惧想象，他觉得自己有能力、也有必要解开这个谜底。他甚至想好了，当楼下提出要加住小女孩时，他可以故意提高房租，提得很高，跟那些热闹社区的行情一样，再看他们的表现。提高房租，绝对不会惹来杀身之祸，却可以判断他们对这个房子的需要程度。天界山真是蜡烛照不到的风水宝地吗？

没想到第二天中午，楼下姓杨的就跟他摊牌了，还送了他十块卤水豆干。当时，卓生发在院子石桌边，给散步回来的小卓梳毛。杨自道过来说，听说您找不到卤水豆腐，今天看到了，顺便给您带几块尝尝。

哦，谢谢！山下那家老字号的分店豆腐坏得很，都是石膏做的，还经常把馊掉的卖出来。我已经不买他家的了。

不是那家的，在小市场新开了一家。应该不错。

卓生发想十块豆干就想要加住小孩了？果然，姓杨的说，早上我们到医院，医生说，孩子要理疗半个月甚至一个月，每天要去医院做。所以，想跟您说一下，她还要在这儿住。您看，可以吗？

也没有什么不可以了。虽然她不该招惹小发，但是毕竟是小发害她摔倒了。我们也不安。杨自道愣了一下才反应过来，那只公鸡已经有名字了。卓生发慢条斯理地梳着狗毛，说，只是孩子在这里，房屋的使用肯定和过去不相同了。提高点租金合理吧？

杨自道说，合理合理，您说吧。这样我们住起来也心安。

我想啊，你们那个大卧房，三十多平方米，五米多的挑高，按现在的住房结构，这么宽裕的面积起码就是两房一厅的空间架构，楼下卫生间也基本归你们用了，厨房呢，你们现在也越用越多了。我经常就是捞一把面。

杨自道说，您直说吧。

现在外面的行情，两房一厅起码都是七八百，还没有带家具的，才两米六七的房高，压抑死人，更谈不上这么好的空气质量和自然环境了。所以，四百实在是太低了。

那您想要多少呢？

我也不加价吧，和行情价一样，那些文物家具还归你们用——叫小孩爱护点。你看，八百怎么样？

杨自道微微一笑，说，您说得有点道理，这卧室的面积真是不小，但是只有一间，并没有两房一厅的功能。如果能保持采光和通风，您这么改了结构，我觉得可以付您这么多钱。但是，现在只有一间，只能睡觉用。您也没有第三张床，我现在都睡我们自己买的旧沙发。所以，在这么一个偏僻的地方，一间房要租八百的天价，我看性子急的人会揍您。

你威胁我？

杨自道摇头，说，我是启发您多角度考虑问题。

这么偏僻，房东你们又讨厌，其实，你们可以走的。说实话，我老家亲戚早就想过来，要住我这儿。所以，你们讨厌我，要搬走也行。多收的租金我可以还你们，我也可以给你点租期未尽的赔偿。

您这什么话，远亲不如近邻，住这么久了大家也有点感情了。那天，不是您及时给孩子药水，我们还真是麻烦大了。我也实话告诉您，我没有那么多钱，孩子还有一个大手术在等着。

我知道你们有钱。再说，三个大男人，养一个孩子，会连房租都出不起？

确实如此。您看，能少收点吗？

其实，我不在乎这些房租，是你们平时对我太不友善。一句诚实的话都没有。住都住了，三个人到底谁是小孩的父亲，没有人告诉我；那个最粗野的，那次还想掐死我，说他得了绝症，结果呢，又是骗人！辛小丰说没有啊。我到你们屋子，好心地检查安全，你们个个对我发脾气，完全不尊重我这个房东的责任。你们凭良心说，房东会欢迎你们这样的房客吗？租给谁不是租呀。

是是，对不起。

你能不能告诉我，这个孩子到底是谁的？卓生发依然梳理着小卓，没有看到杨自道的脸色在变化。他说，你们三个，到底是——什么关系？

卓老板，杨自道的语气阴沉得让卓生发不由抬头看他。杨自道说，我们住久了，彼此都会认识加深。你现在问这些，和租房子有关吗？

这难道是秘密吗？见不得人？

我告诉你，我们是从小一起长大的朋友！杨自道声音的狠，一下就令小卓跳起来，凭着石桌的高度，它要撕咬杨自道的喉咙。杨自道一掌把它打下桌。小卓雷霆暴跳，二度冲锋。卓生发赶紧抱起小卓，怒吼：你疯啦，它又不会咬你！手这么狠！

杨自道说，你听清楚了，我也是性子急的人，但是，我尊重你了!

杨自道转身走开。

卓生发本来想叫住他,再说说租金的事。可是,看小卓被打,心里气愤难平,实在不愿委屈自己主动开口。

这事僵到次日伊谷夏来,她自告奋勇亲自出马,竟然彻底解决了。但从此,伊谷夏和卓生发有了交情。在伊谷夏眼里,卓生发是个感情细腻丰富的、愤世嫉俗的、有爱心的孤独男人。伊谷夏介绍说,房东的老婆孩子以及岳母,都在外地旅游的一次车祸中离他而去。伊谷夏这么说,杨自道和辛小丰听了都哈哈大笑。伊谷夏莫名其妙。杨自道说,关于我们,一个字都别跟他说。记住!

伊谷夏的友好出现,卓生发彻底打消了驱赶楼下的念头。他感到,他很快就能接近谜底核心了。

这期间,比觉打来两个大发脾气的电话。第一个暴怒电话,是他发现杨自道竟然在尾巴半脱臼的情况下,坐过伊谷夏开的车。他认为,孩子的小臂绝对是二度受伤。

因为尾巴告诉他,姐姐开碰碰车。

——比觉大骂,这么要命的车技,你怎么不给她系安全带?你他妈的在车里干什么?

第二个暴怒电话是综合批评:尾巴每天把鸡蛋偷偷扔掉,你们知不知道!那个公鸡为什么没有关起来!还有,保姆来之前,辛小丰必须请假!

林老板家的鱼苗死了一批,海珠死活不让比觉在这个节骨眼上请假。比觉每天和尾巴通个电话,了解这边情况,每次都气得恨不得马上冲过来。他觉得那两个浑蛋父亲实在太笨太粗心了。被他劈头盖脸吼叫着的杨自道,也知道他是疼孩子,但一接电话总是被他老三老四地痛责,连续多次,终于也火了,说,你现在清闲得天天看星星,吃饱撑的就摆老资格,你最好给我闭嘴,别他妈站着说话不腰疼!

比觉说，噢，你们现在知道辛苦了？过去我一个人又当爹又当妈，累得半死，你们不是每次来都嫌这不对、那不好？我告诉你们，带孩子不像你们想的那么简单！春天来了，别乱脱衣服，给她多捂点。别让她再感冒，她经不起！鸡蛋，要看着她吃下去才算！不然就喂！还有！看好那只该死的鸡！

三

伊谷春这两天老是看不到辛小丰。

协警队员一般统一住宿，但是辛小丰，凭借他一以贯之舍生忘死的沉默和高效，赢得了例外。伊谷春接手以后，也只好睁一只眼闭一只眼给他自由。一般情况下，辛小丰还是很给他面子，有任务，他都会待在宿舍里，没事他就和哈修在一起。

冲击老何聚赌案大获成功后，伊谷春在所里连续三天都没有看到辛小丰，问队员，不是说他要迟来一会，就是说他刚走。这天晚上十一点，他们这个组刚巡逻完收工，伊谷春打辛小丰电话，说，你在哪里？辛小丰说，我在公园，和哈修在一起。伊谷春说，我过来透透气。你在双拱桥那里等我。

春天的夜公园，虽然地灯微幽，但还是能感觉到空间里一层层氤氲的雾气。水边和草丛深处，到处都是春虫的深一声浅一声的梦幻呢喃。伊谷春才走过昏暗的晨练大草坪，远远地，双拱桥那边的哈修就躁狂兴奋起来。很快地，刷刷刷的声音，哈修奔跑过来，直扑抱伊谷春。辛小丰的身影，随后也在槟榔林边出现了。

两人一起走着。伊谷春说，这两天都没看到你，今天我也以为你回去了。

本来想回去的，但是太晚了，最近一听到我的脚步声，房东那小狗就会冲下楼拼命叫，把小孩半夜吓醒。她的心脏很脆弱。你找我有事吗？

也没什么大事。你知道老何那个赌博案，赌资有多少吗？

知道。三十一万多。不是简报都出来了吗？

三十一万两千六百。伊谷春说，实际应该比这多一点。

辛小丰没有说话。伊谷春说，你在想什么？

没有想什么。辛小丰说。两人跟着哈修慢慢绕着鸭子湖走着。

伊谷春说，我很喜欢法律。我觉得法律是人类发明的最好的东西。没有它，我们都是野生动物。我们天生比所有的动物都坏。但是，要制定出好法律不容易，更不容易的是，不折不扣地遵从它、执行它。因为不论在哪一个环节，我们血管里的野性、兽性、惰性都会伺机钻出来，占法律的便宜。人是最聪明的，也是最邪恶的生物。一部好法律，一部人人遵从的好法律，决定了这个社会的进化步伐。

辛小丰没有说话。那天，老何案件一完，他在所门口和伊谷春相遇，伊谷春盯着他似乎有话要说，最后他在墙上狠狠摁灭烟头走了。当时，辛小丰就明白了，没有什么可以避过伊谷春的眼睛。这个问题，他们迟早会狭路相逢的。

法律有时候不近情理，伊谷春说，但是，从警多年后我想透了这个问题。不近情理是法律折旧的代价，这不能是我们拒绝它的理由。因为如果这样，这个社会就会失去秩序。没有秩序，我们就会沦为动物世界。哪个方面失去，哪个方面就沦陷。所以，法律应该成为我们敬畏的神——你为什么不说话？

没有什么可说的。

伊谷春就近上了一个秋千，并指了旁边一个。辛小丰也坐了上去，哈修也想上，辛小丰停住，抱起它。但是，哈修一接触晃动的秋千，立刻往地上缩，不干了。哈修坐在地上，看伊谷春和辛小丰在秋千上轻轻晃荡。

我师傅家阳台上，有一个秋千椅子。深夜，我们在他家喝了酒，就在那里不出声地摇晃。宿安水库强奸灭门案的那个冬天，因为案子一直破不了，又是省里挂牌督办的案子，师傅的压力很大，情绪坏透了。经常喝酒，有一次醉后，他抱着我哭了。我就是那个时候学会了喝白酒。他本来可以升处级，他的年龄杠快到了，干了一辈子，那是他最后的机会，但是，还是另外一个人提上去了。这个案子走了弯路，那个提上去的人，抓捕了村里的一个流氓小混混。有村民说，那个乡下小混混老是跟着那个在地里素描的少女吹口哨，扔小石头。抓进来，那个家伙全部承认了，说是他和另外一个同伙做的。另外一个人在逃。师傅说是扯淡，他知道那个对手的办案风格，认定是屈打成招。果然，案子后来被检察院退回补充侦查。

你师傅为什么认为那个人是扯淡？辛小丰问。

一个是现场精液，一个是指纹，一个留在饰品上的指纹。跟那个家伙对不上。

不是说，还有一个同伙在逃吗？

没有同伙。那是虚构的。你想，一个人为了活命，连灭门死案都承担下来了，他还会隐瞒同伙情况吗？可是，这个同伙的情况，他怎么也说不完整。叫什么名字？多大年纪？住哪里？平时怎么来往？还有谁认识他？这一切全都是乱的，每一次供述的都不一样，今天可能说辛小丰，明天就成了杨小丰。他实在是没有办法再编下去了。

……那个少女很漂亮吗？

调查的时候，都说是。但我看到的她，已经是巨人观了，腐烂巨人观。脸面肿胀、眼睛鼓出来像两只乒乓球，鼻子和耳朵，像黑蘑菇，下唇肿得外翻，很丑，很恶心。

退补不是可以重新再查呀？辛小丰说。

也许师傅心灰意冷了。当时不是那么闹，证据也还没有灭失，应该是有办法追查真凶的。师傅在刑侦专业上无人能比，但是，不太会料理人际关系。前几天，我给他拜年，他说，再过两个月就退休了，他会来这里旅游小住几天。

那个案子就成了历史悬案了？

也许是，也许不是。做我们这一行的，熟悉一个词叫"天谴"。就是说，冥冥之中，老天突然会给你一个机会，一切都水落石出了。这也是老百姓常说的，天网恢恢疏而不漏，不是不报，时候未到。就是指这一类神秘现象。

潮气太重了，我们走吧。

两人离开秋千，往公园门口走。辛小丰说，我知道你会找我的，老何那摊的赌资，实际要再多四千五。

伊谷春站住，看着辛小丰。

辛小丰没有回避他的目光。是我拿了，在现场。

伊谷春说，简报已经出来了，那数字就是正确的。但是，我会在合适的时候，把它归还法律。这钱我出。因为我们一样出生入死，而你的报酬只有我的五分之一。我也不会对你说，下不为例。因为，我的个人爱好并不等于你的。这种事情，我只能等你理解。

两人没有再说话，哈修不断跑远，探路似的又返回接引他俩，一路只听得它张嘴呼吸的嘿嘿声。进了所大门，伊谷春回自己办公室，辛小丰把狗带回后院。一会儿后，辛小丰又上楼进了伊谷春办公室。伊谷春在换便衣。辛小丰说，我能不能休息一段时间？

伊谷春停下来看他，目光有不解也有恼火。

辛小丰说，小孩还没有找到保姆，需要有人照顾陪伴。

和四千五有关系吗？我们直截了当。

没有。

你在报复我！伊谷春并没有把这句话说出口，他不愿意让辛小丰感到他多么习惯他的工作默契。辛小丰低头牵了牵嘴角，在伊谷春看来是个友善的、非常有魅力的微笑。他在看伊谷春玻璃案板里夹的一张银黄色的精美贺卡。辛小丰不知道这张唯一被伊谷春压在玻璃板底下的贺卡，是他师傅的女儿纤纤寄来的。贺卡非常特别，辛小丰看着，又牵了牵嘴角，依然是很友善的面部表情。

伊谷春没有再说什么。衣服穿好后，他说，三天，够了吧！

辛小丰摇头，说，我从来没有请过假，也真的觉得累了。

当保姆怎么能说是休息？返城民工潮马上就开始了。你到底想休息几天？

我也没有想好。眼下最需要的是保姆。

你的意思是，保姆一个月找不到，你就一个月不来，两个月找不到，你就两个月不来？

怎么可能，辛小丰还是一牵嘴角，似笑非笑，除非你开除我了。

给你一周！但有事你还得来！

辛小丰点头，走了。伊谷春走到辛小丰刚才看的玻璃案板的贺卡前。他衣服也换好了，他也可以走了，但是，他忽然不想走了。他站在辛小丰所站的角度，盯着压着贺卡的玻璃案板好一会。

伊谷春下了楼。他去楼下办公室找出一个笔记本大小的小勘探包，又回到自己办公室，随手关死门。他俯身在玻璃案板前，从勘探包里取出一只扁刷，打开铜粉盒，但看看案板的颜色，又决定使用铝粉。他用扁刷，沾上铝粉，轻轻地扫在辛小丰刚才左手按的位置，他刚才目测，辛小丰的左手大概在距贺卡左沿十公分的地方。刷上薄薄的一层铝粉后，他再从勘探包里取出另一把干净的刷子，同样小心地把多余的铝粉轻轻刷掉。辛小丰左手的食指、中指、无名指及半个小指都出现了。食指、中指尖的乳突花纹和小犁沟不是很清晰，这个伊谷春早就想到了，因为辛小丰经常把燃烧的烟头直接捻磨熄灭。但是，伊谷春还是拿出自己的相机，把它拍下。然后，再拿出日本透明胶带，覆盖在指纹上，再把沾有指纹的胶带，小心贴在一张红色的指纹纸上。指纹留取程序，全部完成了。

他端详了它好一会，然后把它锁进了自己的抽屉里。

今天，我们在山顶，看到寺庙里的老纪。他提了一大布袋什么,很不高兴。老纪曾请我在寺庙吃过一碗素面,告诉我很多他年轻时的孟浪故事,他嘴里的一口褐色牙齿,好多都断到了牙根,所以,我相信他说的话。我担心他进食有痛苦,他还说,他荤素不拒。现在,他不僧不俗,好像是寺庙里的行政总管助理,反正他很忙。他们家族历史上和寺庙也有渊源,正如小石屋的历史主人,我想找位真正的法师聊一聊,可是老纪总说,他们都很忙。连现在的晨钟暮鼓都是他替他们敲的。老纪看我不相信,真的领我去了钟楼、鼓楼,演示他是怎么敲的怎么唱的。他给我看了一张比报纸还大的铜版纸《钟颂》。上面是小楷毛笔字:闻钟声、烦恼轻、智慧长、菩提生、离地狱、出火坑、愿成佛、度众生。老纪说,一百零八下不是乱敲的,有讲究:唵珈啰帝耶婆婆诃(一声钟)南无大方广佛华严经南无华严会上佛菩萨(十八声)洪钟叩宝谒高吟上彻天堂下通地府(一声)上祝当今皇帝大统乾坤下资率土诸侯高增禄位(一声)三界四生之内各免轮回九幽十类之中悉离苦海(一声)……

一听到当今皇帝诸侯我就笑起来,老纪说,就是这样念的!老纪不高兴的嘴巴就瘪塌下去。今天老纪在我前面的交叉小路走过,嘴巴就瘪塌得很厉害。维护大殿的工人过完春节陆续回来了,砰砰嘭嘭地在木架子上忙。原来老纪生气,是因为被人坑了。山下一个食品店送来的黄花菜有怪味。来帮忙的信众都说是硫黄什么熏的,拿去退,店里不承认。老纪说,这不是造孽吗?我们还天天敲钟给他求福呢!

春天的天界山谷里一丛丛一垛垛,都是绿色汪洋绵延,黑绿色、绿色、浅绿色、黄绿色,一直绵延到烟雾深处的高楼大厦。老纪气愤地指着山下叠叠挤挤的绿色外沿说,就是业海无涯嘛!老纪也没有什么资格骂人,以前他跟我说,他从商时,也是这样忘记操行的,他是被人家骗完了,才两手空空地到天界山上来的。

四

　　好多天没有外海回来的渔船，养殖户都巴望渔船快来，好买些鱼料。出海捕鱼的渔船，在大海上就会把捕捞的鱼按经济价值分类收好，他们会把最小最差的小鱼碎虾一片片冻在船舱里，回港后，这些最低级的鱼料，就卖给这些渔排养殖户。这些流程，比觉以前跑海的时候就熟悉。

　　今天西港那边又漂流来了一具水流尸。受地理位置影响，这里不时会有水流尸过来，一般都是男的。今天却漂来一具新鲜的女尸，但是，渔排上的渔工都没有去看热闹，因为外海捕捞船马上要到了，大家要等着上船抢货。因为临时工的懒惰，几乎把比觉以前库存在岸上冻库里的鱼料用光了。今年，海珠偏偏留了五格魟鱼苗。大鱼一天喂一餐差不多，小苗一天要四次，一格里一天至少要投入一百斤的鱼料鱼食。所以，一看见捕鱼大船进港，比觉就驾驶小机冲了过去。海珠也在上面，她要尽可能多买。路上看到海上派出所的老吴，驾驶摩托艇往西港跑，海珠跟他挥挥手，兴奋地喊，老吴——验尸呀？——老吴点头。老吴跟比觉关系还不错，有时，他也过来，借比觉的望远镜，寂寞地看看星星。

　　今天冲上船抢搬杂鱼冻片的渔工比平时都多。也有好几家渔排的老板亲自督战，像海珠那样。那情形，有点像每年六到八月休渔期前后的抢货。比觉个子大力气猛，上下船利索，一会儿就搬了三十多片。一个四川来的新养殖渔工，走不惯船，忽然摔倒，他本能地一把抓住前面的比觉，比觉一个趔趄，被缆绳绊倒，摔在甲板上不知谁留的一小堆鱼上。里面的一条本地人叫臭都的鱼鳍扎了一下他的肘部。比觉跳起来，回到小机，也来不及尿了，钻心地疼，从胳膊肘那一点弥漫起，全身都要哆嗦起来。海珠一看，一面大骂站在船边抽烟的船长，一面要自己上船抢鱼。船长当然不让女人上来，其他闲着的水手也色眯眯地嘘她。海珠骂，吹什么口哨，帮我搬几片！都你们害的！

"一魟二虎三鳗四臭都"，懂海的本地人，谁都躲着这几种凶鱼。这些鱼刺鱼鳍释放的神经毒，让被扎的人四五个小时全身痛得生不如死，按渔工的话说，除了指甲不痛，全身哪里都痛。无针可打、无药可救。有人试过当场尿尿，好像缓解不了多少。

这天的晚饭，就是海珠帮比觉烧的。她自己也在船上吃。

按惯例，尾巴每天晚饭后会给比觉通个电话。比觉痛苦地接着电话，本来就躁，听说辛小丰今天没有带尾巴去理疗，孩子又说手还是不能伸直弯曲，比觉的火立刻就上来了。叫辛小丰接电话。辛小丰说，我要带她去，是她坚决不去。医院那个理疗的机器，就是让她的手臂做来回弯曲的动作，我想，在家也能让她做类似练习。比觉狠狠地说，你是怕麻烦还是怕花钱？她脸上是否被你们摔破相我还怀疑着，你再给我弄出什么残疾，我饶不了你们！辛小丰说，你水平高，那你自己过来管啊！

比觉痛得弓起身子，又放直又弓起。似乎大声说话，都能震痛全身神经，又无可触摸。他说，那保姆找得怎么样了？不行，我还是那句话，你那破工作辞了！二警察、狗腿子！你要这个虚荣干什么！

辛小丰说，你他妈谁招你惹你了？滚远点！别对我指手画脚！

辛小丰把电话挂了。比觉气得扔了电话。他摸起海珠上次带来的烟，抽出一支，但还是放弃了。海珠过来，给他倒了一杯水，说，我把汤热一下，你再吃一点。刚才你几乎没吃。比觉摇头，喝了水，被烫了一下，又皱起眉头。他说，你那小叔子，那游手好闲的家伙，为什么不能来船上帮个忙？

林建东和一个朋友要在市里投资一个什么鱼市批发，他弟弟要过去当什么副主管了。最近都在市里混。

你怎么不去？你能说会道。

我去？我去其他女人怎么方便和他勾搭啊！再说，我父母身体不好，我也走不开。

疑神疑鬼的，丝——比觉痛得深深吸气，很烦躁，也觉得这个女人蠢。这个状况下，他想早点赶走海珠，但是，海珠暧昧的眼神有着顽强的、别样的诱惑。你自寻烦恼。比觉把话说完。

我不是白痴。他林建东没有我当时搞养殖的决策，没有我去贷款，他们林家现在还在全村最破的房子里，还想今天有楼有车？！那时候，村里都没有人敢干。后来我们发了，谁不羡慕他有个好老婆？我告诉你，他不要惹火我，我可以让他发，也可以让他死！

比觉蜷在木头旧沙发上不再说话。海珠递给他一支烟，直接放在他唇上。比觉深深吸了一口，看不出是痛苦还是难以割舍。海珠打着打火机，说转移镇痛啦。比觉摇头。真有毅力啊！海珠说，你就是不抽，一月能省多少？三百块？两三百块你又能干什么？十个月才两三千块！我又不要你还钱！

比觉转头，还是把烟打掉了。

好啦好啦，算我每月孝敬你的。我给你带烟。

比觉笑了笑，你把这个钱，也换成工资发我，我要。

呸！想死！——不痛了吧，已经快四个小时了。海珠说着去了厨房，比觉听到她打着煤气的声音。还是痛，但是好像没那么颠抽全身经络、让人没有抵抗方向的痛了。不久，海珠端来了打了蛋的方便面，热气腾腾，方便面调料香气四溢。半透明的热面条，让比觉有了食欲。

海珠说，唉，这么多年，没有比较，都不知道你和你姐姐的好。那个临时工，你不知道，白鹭叨我们家的鱼，光别人家看到的，就四五次了。要命不要命？我就说，怎么白鹭现在都喜欢停在我们家渔排上。

那你也养只狗吧。

狗是很会赶。我怕那毛东西。我跟林建东说过，要长你点工资,真的!

比觉说,好。谢谢。

拿什么谢啊?我对你这么好。海珠眼睛的诱惑太明显了,就像刚刚撬开的牡蛎,鲜甜弥漫,似乎稍微一抖,汁水就出来了。比觉懒得再说,伸手把这个女人一把拽倒,按在膝头。海珠有点做作地娇喘,说,哎你不痛了……

天界山边,月光下,杨自道和伊谷夏在废旧的铁路野草坪前练车。

因为辛小丰休假在家看护尾巴,杨自道只好出来教伊谷夏开车。这些天来,伊谷夏每次来都像老鼠搬家一样,几乎搬来了半个厨房。大桶玉米油、一套餐具、小微波炉、日本筷子、香菇、干贝、泰国香米、沐浴露、洗发露、洗洁精、洗衣粉。按伊谷夏的话说,这些东西都是厦门风俗"中秋搏饼"搏来的,属于多余的东西。

收受了伊谷夏那么多东西,不止辛小丰,连尾巴都认为阿道应该尽心尽力教伊谷夏开车、开好车。废旧铁轨这块三角形的草地,够宽敞的,杨自道在教伊谷夏在路上掉头的技巧。伊谷夏总是在原地打转,杨自道不允许。伊谷夏掉来掉去,不断把方向盘扭得吱吱响。杨自道忍不住骂她朽木不可雕。伊谷夏理直气壮地说,以前练倒库,教练就是这样教的,大家也全都这样打!

教练错了!大家也错了!

连我哥都这样干!

你哥怎么了?你哥神仙啊?我告诉你——原、地、不、许、硬、打!行驶中——也不许——打死方向盘!

好吧,你对。伊谷夏一副可怜巴巴的表情,我记住了。再忘记,你打我手。伊谷夏开始小心翼翼地开,开得整个肩胛都耸起来了,生怕方向盘被扭到底,一旦手杆咚的一声,就慌忙回撤。她开得慢,眼角老偷觑着杨自道。这速度根本来不及转弯,杨自道气得用力敲方向盘。

伊谷夏偷觑着杨自道,一眼恳切……听说……所有的哥……出车之前,都要……拜关公什么的?……

杨自道扭头看她半天,不明白她的脑筋怎么搭的。

……呃,那个,我是说,有些讲究……很实用……比如,这个方向盘,原地转就很不吉利……车轮也不能见血……

杨自道差点背过气去,伊谷夏依然一脸虔诚的困惑……这是不是……很灵验的一种迷信讲究?……

分明又是即兴的信口胡诌,杨自道憋了又憋,使劲忍住笑:行了行了!你好好记着,回去也告诉你哥,原地打方向盘,或者行驶中打死方向盘,会使方向助力系统油管内的油压骤然升高,容易导致油管破裂。方向盘就无法控制了,很危险。养成这个恶习,不仅很伤汽车,自己也危险。

噢,这样啊,是你的教练告诉你的吗?

是老师。我学了四年。

四年?四年学这个?

汽车专业。

嚯!老头,你是科班出身呀,难怪开得那么神。

杨自道觉得自己说得太多了,而伊谷夏已经来了劲,说,嘿,我猜,你的初恋情人就在那里吧?杨自道看手表,说,你再来回开五次,就回去吧。太晚了。

什么呀,现在才九点多。

早上我要五点起来接班。开吧,放松点,肩膀放松,不要像菜鸟一样老往前趴,手脚施展不开。

嘿,你初恋在那里吧?

那学校那时没女孩——打得太慢了!这样你肯定要撞人家的车,或者墙。——不对!不对!我的天啊!车子又是咚地一震。杨自道叹气,我真是心疼你老爸的车——那么大的隔离墩你看不见?

都是你坐我边上。真的，你不在，我开得比这好。千真万确！

那我回去了。你把车门锁好。记着那几个要点，你自己再练练回去吧。

伊谷夏一把抓住杨自道，你怎么这样当教练啊！不是说再开五次吗？

杨自道挥手示意她再开。伊谷夏又认真开了几趟，杨自道刚想表扬，她又差点撞到刚才的隔离墩上了。杨自道叹息，你真他妈的笨！别学了。

哎，伊谷夏说，老头，我很好奇，你的初恋很精彩吧？你们是走到哪一步分手的？是牵手了，还是亲吻了，还是上床了？

杨自道说，有个中国人在美国考驾照。美国考官很友善。上车后，还给考生递了烟，然后边开边聊天，谈笑风生。中国考生特别高兴，碰上个好考官哪。到了终结地，下车，考生想，今天我一路开得轻松顺利，肯定过。谁知那考官一下车脸就臭了，大笔一挥，考试不通过！考生当场傻眼了。——知道为什么吗？慢慢想。好了，我要回去了。你开慢点，到家发个短信给我。

杨自道下车。往山上走。他很快就听到身后汽车熄火的声音，一扭头，伊谷夏跨出车门奔了过来。嘿，等等！杨自道站住。我要付报酬。昨天也没有付！

杨自道说，你快付给我们一个厨房了。快回去吧。

伊谷夏一个助跑，从后面扑吊上杨自道的脖子。杨自道猝不及防，差点两人一起跌倒。我现在想付你一个卧室，她指杨自道双颊，这里，枕头，指他眼睛，这里，被子。最后她一指他的嘴，这里，双人大床。我先Kiss你哪一笔？

杨自道比刚才更措手不及。他想了想，说，我们……只能刷卡。

伊谷夏僵立在石阶上。

为了弥补败兴和无趣，杨自道伸出双手，使劲捧了捧她的脑袋，说，快回吧。伊谷夏盯着他，说，你，真的是同性恋？

193

杨自道相当于被点了穴道,迟钝地转过身子,说,谁告诉你的?

据可靠人士。

真的可靠?

就是可靠!

那就是吧。

你!——真恶心!你太恶心啦——伊谷夏叫起来,她大喊大叫起来。

回家发短信。杨自道转身大步上台阶。

五

中华电影院门口,是个自发的劳务市场。每天都有各地来找短工及保姆等粗活的男男女女,他们围靠在电影院临街的花岗石护栏上等候雇主挑选。杨自道在那里前后挑了四个保姆回来,最后都黄了。一个来小石屋一看,嫌上山下山太麻烦,交通不便,不干了;一个要求住宿,只干白天可以,但要在这里住;第三个还不错,看上去老实,可是,辛小丰发现她可能有鼻炎,总是在擤鼻涕,又总不洗手,而且,午睡到四点都起不来,一起来就开电视;最后一个很年轻,十六七岁的样子,脸膛红红的,来了才知道,什么也不会做,原来现在的农村女孩很多都不会做家务,读了小学三年级就不爱读了。杨自道本来想耐心调教她,比觉一听就说,不要不要!文化水平还没有尾巴高,还不把孩子带蠢了。再找!又来一个四旬妇女,看上去很麻利,姓党,江西的,说老公在这里开出租,没事出来干着玩。爱笑,菜也烧得不错。可是,才干三天,和卓生发摔锅大吵。起因是,那女人动作快,把卓生发素食的锅碗瓢盆,和杨自道辛小丰他们的东西胡乱混用,而且,两件短裤也用洗衣机,水龙头总大开着洗菜冲碗,连切菜都不关。她骂卓生发是神经病,卓生发骂她是败家精。那干练的保姆最后说,要么分厨房,要么她不干了！卓生发毫不退让，说，你这种人，到谁家都不受欢迎！

杨自道两边斡旋，上下讨好，最后保姆要求加五十块工资。杨自道觉得很荒谬，更要命的是，卓生发说，留她，就至少要加他五十元水电费。辛小丰知道自己该去上班了，虽然伊谷春一个电话也没有，但这就是伊谷春强硬傲慢的个性。小丁来了几个电话，说民工潮提早出现，许多人因为找不到工作，带来的盘缠花完了，使辖区偷摸抢案件骤然增多，大家疲惫不堪；伊警长的脸成天黑着。保姆和卓生发的奇怪战争，辛小丰看得头昏脑涨。他实在不想为钱的问题失去保姆，便对杨自道说，加加加，给她算了。保姆居然说，看在你和我男人都是开出租车的分上，我先试一个月，他要再扉我，你就是跪下来求我，老娘也不干！一句狠话，吓得杨自道本来想给她点省水省电的建议，也不敢提出来了。

伊谷夏好多天没有消息了。练车当天晚上，杨自道不放心给她发了短信，她没有回。尾巴的嘴很刁，吃了伊谷夏送的泰国香米，说，她以后只吃这种饭。辛小丰只好骗她街上找不到。尾巴说，姐姐为什么都不来找我了？她知道在哪里买。杨自道说，那种米只能过年吃，因为太贵了。

伊谷夏到底怎样了呢？杨自道让尾巴给伊谷夏打电话。但是，电话被按掉了。再打，还是按掉。尾巴噘起嘴巴，把电话扔在一边，开始看辛小丰给她买的儿童画册。

杨自道忍了两天，又给伊谷夏发短信，说尾巴找你。还是没有回音。

这些天，因为有保姆和小丰在家，杨自道玩命地干，只要别人叫替班，他都上。基本上每天都是早上五点起来，接自己的白班，傍晚五点交班，可能又开上另一个师傅的晚班车。这样再开到半夜十二点。回去有时洗都不洗，倒头就睡。辛小丰和伊谷春在深夜的公园聊完，一直想跟杨自道说说，竟然到他的休假快结束了都没有合适的时间。要么是孩子醒着，要么就是伊谷夏或者保姆在侧，要么就是杨自道进门已经疲倦不堪。辛小丰心事重重，这场重要的谈话，直到比觉从渔排回来。

这天晚上十点多，杨自道接到一个陌生号码的电话：杨师傅吗？你在哪里？小夏——电话就被按掉了。杨自道把车赶紧靠路边，又回打过去。一直没有人接。虽然杨自道的电话不少客人都会拨打，但他肯定这个电话是伊谷夏的家里打来的，那应该是伊谷夏妈妈的声音，肯定是有问题了。杨自道一边回拨，一边往她家开。依然没有人接。他只好打伊谷夏的手机，一次次被按掉。他停下发短信：我正过来，十分钟。

杨自道走最近的路，一路穿梭飞驰，两次和旁边的人和车只有一指的间距，惊起骂声一片。六七分钟后，他赶到了箢笤丽景大门口，就看到伊谷夏佝偻着，被妈妈和保姆搀扶上了一辆出租车。杨自道减速近于停，他想跟着那辆出租走，不料，自己的车门被拉开，三个涂抹得像日本艺妓一样的女孩钻进了他的车。人间天堂！身边的女孩说。

你们换一辆车好吗？杨自道一直想记前车的车号，可是视线不清。身边的女孩扑闪着扇子一样的假睫毛说，怎不早说？我们都上来了！

对不起，我正好走神。换一辆吧。求你们了。

拒载？——我告你拒载，马上你就被罚五百块！

杨自道只好掉头，往人间天堂而去。伊谷夏病了，会是什么病？会不会还是那个要命的痛经？家里为什么没有车呢？看她们那个样子，很慌张着急。显然伊谷夏是走了一百多米到大门口来等出租的。她很痛苦。杨自道心头阵阵发涩发紧，心脏似乎跳不动了。到现在他才明白，自己还真是很在意那个女孩。等三个女孩一下车，钱还没有找好，他就再次拨打伊谷夏家的电话。果然，保姆来接了，说，去医院了！肚子痛得要拆房子啦！杨自道说，那现在谁开车接送啊，保姆说，打的。伊老板出差了，他哥联系不上。杨自道又问在哪个医院。保姆说不知道，就把电话挂了。

这工夫，已经有人上了杨自道的车。杨自道心神不定，没有注意到一个黑衣保安对他打停止的手势，等他发现前面路口有突然出现的路障赶紧停车，一个黑衣保安已经拉开车门，抡起胶棍劈脸打来，杨自道回避之间，见右后镜三个黑衣保安正叫嚣着跑过来。杨自道清醒了，蹬腿狠狠踹开那人，一手飞快倒挡，一脚踩油门，后退几米，再换前进挡猛踩油门，汽车发出野兽一样的嚎叫，高速冲向那个红色塑料隔离路障，黑衣保安看车子这么疯狂，惊骂着避闪。轰的一声，路障向两边撞开，杨自道的车子疾驰而去。

乘客死死抓住门把，看着杨自道，半天说不出话来。开到大街，杨自道一手摸纸巾，一边对那个惊魂未定的乘客说，对不起。乘客这才叫起来：血！你嘴巴和鼻子都是血啊！你得罪他们了？杨自道点头，说，我不能接那里的客，来候客的司机必须每月交他们三百块钱，才能在那里排队拉客。我们，只能下客，不能上客。

噢，是我害了你了。我不知道。刚好看到有人下。

不怪你，是我走神了。

那你的引擎盖要修得花不少钱啊，都翘起来了。

还好，不然我的医疗费误工费比这个高得多。

简直像电影里的黑社会，一个个怎么那么凶！

本来就差不多。这是他们的地盘。他们这些人就靠的士司机交的月子钱发薪水。以前我也交钱排过队，是另一家夜总会。钱是赚一点，可是很屈辱。这些保安对你们客人都点头哈腰的很客气，但对我们很刁。每天上下班，我们要像孙子一样接送他们，有时他还向你要烟。一个电话，让你几点到就要几点到，什么相好、什么老乡用车，叫你都要去，否则揍你、砸你的车。

临下车，二十元的车费，客人给了一百元。说，不要找钱了。杨自道说，这和你没有关系。客人说，你把计价器上的别人的发票都撕给我好了。我能报销。杨自道说，谢谢！

客人走了，直到隔天，杨自道才发现，客人给的是百元假币。要平时，他一摸就能感觉到，但那天，他心里有事，又对那客人充满感激，没想到假币趁虚而入了。杨自道气得直骂娘。

那天晚上，送走那浑蛋客人，杨自道不知不觉又开往医院。筼筜区两大医院相距五公里不到，杨自道反复在两家医院门口慢行拉客。他一心希望能碰上点滴出来的伊谷夏。同时，他不断打她的电话，都是关机。

大约十二点的时候，在筼筜湖畔的红粉佳人门口，一个黑风衣的大嘴美女，对他狠狠扔着烟头拦车。杨自道认识她，她也认识杨自道的车。大嘴美女上来，黑风衣里是低胸豹纹紧身衣，白色硬质丝巾，宽阔的铜钉黑皮带下，是黑色皮短裤、及膝的黑靴子。大嘴美女一脸怨愤，杨自道自己心情恶劣，看到了也懒得过问。开了一会，女人发现杨自道脸上有伤，说，又挨人打还是刮擦了？

杨自道说，今天怎么这么早收工？

女人，呸！恶心！无聊！回家睡觉！

杨自道还是懒得问，他知道那女人住在黄厝。海边农民盖的出租房里，住着许多吧女、按摩女。到出租房前的一段木麻黄林荫道上，那女人开始脱风衣、解围巾、脱上衣。杨自道一把拽住她的手：怎么？又不想付钱？

我操！你亏呀？大嘴美女大怒，三十块钱上个美女！你还亏呀！

杨自道今晚脾气异常恶劣，他指着路边的豁嘴垃圾箱骂，那东西天天摆在那儿，我扔不扔垃圾它都在那儿，它亏什么？

你今天疯了？我操！讲不讲理啊？垃圾箱也比他妈的垃圾好！你就把你自己从头到尾扔了，也他妈要收垃圾处理费！

大嘴美女瞪着黑着脸的杨自道，一口唾沫用力吐在挡风玻璃上：不是看你人不错，老娘还不乐意！没有两百块，你看我出不出台！我操你妈！

大嘴美女扔下三十元，摔门而去。

杨自道看着她的背影。

林荫道下的的士突然启动了，杨自道追了上去。

小石屋一楼，灯光明亮温暖。辛小丰和尾巴在床头灯下一起看书。尾巴张大嘴巴打呵欠，辛小丰把画册收起来，说，十点多了，该睡了。他帮尾巴脱牛仔外套。尾巴叫，手还痛。辛小丰说，好吧，我很慢很慢地脱。明天我们要多练习一下。

小牛仔夹袄，袖子窄，质地又比较硬，让辛小丰脱得额头有点沁出汗了。小家伙看辛小丰心虚，故意哇哇大叫。好容易脱下来，里面掉出个名片大小的通讯录，辛小丰拿起，竟然就是自己床头柜里秘不示人的东西。

我的！尾巴想夺回去。我的电话本！

辛小丰打开一看，之前写过的"正"字，全部被撕掉了，只剩下现在打头的第一页上剩下的一个半"正"字。下面，就是"中班陈杨辛"四个字。再翻过去，就是老陈爸爸、姐姐、小爸爸、陈杨辛、书书、小狗、大鸡的电话数字。按本子上原有的通讯录的格式填写的。只有小狗和大鸡的后面电话栏是空的，它们没有电话，陈杨辛自己的号码是5555555。

辛小丰的脸阵阵发青，面对尾巴天真的脸，他好容易忍住了冲口而出的咆哮。之前，他有告诉孩子，不要动他和阿道抽屉和柜子里的东西。尾巴是聪明的，她看到辛小丰脸色骤变，眼神明显胆怯下来。她伸出手，试探着触摸辛小丰的手。辛小丰脑子空白了好一会，才说，来，我们脱掉毛衣。语调基本平静，但辛小丰的声音竟然嘶哑了，仿佛声带里忽然堵满了霉锈。现在，尾巴脱毛衣，一声也没有吭，乖乖配合地把毛衣脱了，自己钻进被窝。她一眨不眨的眼睛，露在被子外面，看着辛小丰，仿佛怕他离去。

辛小丰说，你撕掉的那些纸张呢？

尾巴一脸茫然。辛小丰说，你是什么时候拿出来玩的？尾巴说，昨天……嗯……那天……这个孩子，一直分不清楚昨天、前天、后天的说法。辛小丰说，你记不起来撕下的纸张放哪里了，是吗？尾巴点头。辛小丰把本子翻给尾巴看，指着"书书"说，这是谁？尾巴大声说，楼上叔叔呀！辛小丰说，是他给你的电话号码吗？尾巴说，是呀。我问叔叔要的。辛小丰说，他看到你手上有这个小本子吗？尾巴点头。

辛小丰说不出的绝望和空虚，好像这十多年来的一切都很虚妄。所有的努力似乎都清零了。这是他对自己的隐秘交代，他甚至羞于做这样的记录，正是这样，他特别不愿意任何人看见它，包括阿道。可是，他又知道，这个幼稚可笑的记录，一点一点给他带来了隐秘的抚慰。十几年来，不知哪一天开始，每帮一次人、每抓一个浑蛋，他都会记上一画，这记录令他羞愧难堪，可是他还是坚持记下来了。现在，几乎都不存在了。这也许就是一个暗示，暗示他，十多年来，他一笔一画甚至拿生命做代价的积累，实际上依然是轻若鸿毛的东西，转眼就灰飞烟灭了。

尾巴大睁着眼睛，在床上目不转睛地看着辛小丰，她知道自己闯祸了。

辛小丰拿过笔，把本子上的"书书"改成了"叔叔"，说，你这个是书本的书，我这个才是叔叔阿姨的叔。记住了吗？尾巴点头，她拿过本子，翻到第一页，指着剩余的一个半"正"字说，你不会写正字吗？我会呀！

辛小丰笑起来，我也会了，是原来不会。

那撕掉也没有关系，你都会了呀！

辛小丰说，对，算了。这个本子送你了。

辛小丰突然想起，指着尾巴说：——牙！你忘记刷牙了！

今天不刷嘛。

还是刷吧，我用大衣包你过去，不冷。

我不要！不刷！

那你别告诉老陈,不然他又骂我。

六

　　从小,卓生发就觉得自己是容易伤春的人,今年春雷响过的那天晚上,听着窗外雨打芭蕉厚重的嗒嗒声,他在枕边黯然流泪。小卓似乎对春天和春雷有防备,在卓生发落泪的同时,小卓就伸头把他的泪水舔去了。

　　　　春雷中,冬眠中的一切都睁开了眼睛。屋子里各种无可名状的动静在黏稠潮湿的空气里抒发情感,很多东西在春夜生长,你喜欢的,不喜欢的,好的,不好的,比如蘑菇、孢子、枯木的膨胀,比如春笋、芒果花蕾、微小的枇杷,当然,还有山下那滚滚红尘中的邪恶,比细菌还快地在春雨里扩张。
　　　　昨天晚上,它们又来了,你从被窝里霍地站起来,你的目光随着它的移动而移动,但你比以前镇定多了,小卓,我也越来越安心了,我甚至模糊入梦,虽然,我再次被梦中的茫茫烟火呛醒,这次是塑料物品被烧着了,黄绿色的火焰在挑动窗帘,楼下,白色的夹竹桃花上,挂满了复仇的鬼脸……

　　卓生发坐在沙发边,戴着窃听耳机。前面电视里,只是无声画面变换着,他热忱地专注楼下的声音。连续多日,似乎都看不到姓杨的人影,楼下除了那个混账保姆,就是那小不点的漂亮丫头。
　　在卓生发的窃听备忘本上,辛小丰通讯录上遗失的五页小纸片,已经被他用胶水粘在上面。卓生发把玩着这五张小纸片,脑子里不断回放关于他们的对话。这个小通讯录,当时卓生发像侦探一样,到楼下翻看的时候,就在一个床头柜的抽屉深处发现了它。看上去是普通的,但是,卓生发有一个直觉,它不普通。普通的东西没有必要这么放,楼下的甚至钱都不会小心放。当姓杨的擅自给床头柜加锁时,卓生发感到,就是为了保护它。

"他看到你手上有这个本子了吗?"(不知孩子什么反应)"是他给你的电话号码吗?"(姓辛的这么追问小孩)"是呀。我问他要的。"

是的,没错,楼下很在意这个小本子,尤其在意楼上的"他"是否知道它。这只能说明,它是特别的东西,很特别的东西。

卓生发反复翻看琢磨着它们,每一页、每一个"正"字的五笔,都不像是一气呵成连贯写出的,有时虽然是同一支笔写的,但不是连贯完成的,有时笔不同,就可以很明显看出这是一个记录。这么隐晦,它究竟记录了什么呢?一笔一笔见不得人的买卖?或者一个个隐秘的计划实现?一个秘密的得到?

在楼下的床头柜里,卓生发第二次琢磨它的时候,是姓杨的企图装锁之后,那时,卓生发比以前镇定,很小心地察看了一次。首页有一串数字8191988。猜不出这是什么,银行账号比这数字长、密码?股票代号?电话号码也不像。猜不出。但卓生发倾向于这种性质判断:这是一份邪恶的记录。

楼下,后来出现的叫伊谷夏的姑娘不一样,她就像一棵春天里刚刚长出绿叶的树,通身没有一片旧叶子。那天,她跟他说的第一句话是要消毒药水,卓生发立刻就亲近这个姑娘。后来,她溜达上楼来找他。那时,他跟楼下的因为追加租金已经彻底谈崩。她像参观故宫一样,一副严重新奇的表情,嘴里哟哟哟的惊叹不停。小卓对她一见倾心,放下大骨头就尾随不断嗅她,还突然舔了她的腮。卓生发非常紧张,但她惊慌失措中,还是挣扎出友好的问候:嗨!嗨!我长得就那么像猪大骨吗——

尽管印象不错,但卓生发以为她是楼下的朋友,所以说话还是比较谨慎。在伊谷夏专注的眼神下,卓生发告诉了她,妻子、孩子以及岳母,在外旅行时死于一场坠崖车祸。他得了一些保险赔偿,但不打算再成家。红尘深处,到处都是有毒之人,他准备就这样在红尘边，安静地度过余生。卓生发还告诉她，那只叫小发的鸡的来历。伊谷夏听了眼圈发红。两人聊出了许多共同语言。房租的事，说好先保持现状了。

第三次碰到伊谷夏，就是在小石屋下面的大榕树下。卓生发看到女孩子一个人，光着脚，对着树合掌祈祷什么。小卓一见了她就猛摇尾巴，要冲过去。卓生发等她祈祷完，才放掉牵引绳。伊谷夏一惊，非常开心地蹲下来摸小卓。

那一天，卓生发和伊谷夏在天界山后山小路散步。伊谷夏因为新鞋打脚，只好脱下，一直提在手上。卓生发就带她专走细沙地和柔软的草地。他们参观了天界山的野生棕榈园，伊谷夏认识了旅人蕉、油棕、米棕、砂糖棕。伊谷夏感到房东植物知识丰富。

卓生发说，你刚才跟大榕树说什么？

风调雨顺、国泰民安。伊谷夏说。

卓生发大笑，说，我知道你在求什么。你对那个白头发很好，他不上心。对不对？

一般般了。伊谷夏说。

别傻了，他配不上你。你们是两个世界的人。

卓生发原意是一个天使，一个魔鬼。那人虚假而邪恶，百分百不是好人。可是，卓生发觉得自己不能那么兜底直说。他和她之间，还没有那么深的交情和信任，再说，他也更在意独自发掘和把玩楼下更深层的秘密。

伊谷夏站住了，她扭脸看着房东：两个世界？什么叫两个世界？你看到了什么呀？

也没什么了。反正你找谁不好找啊！年轻漂亮、善解人意。你根本不用对他那么好，不值得。你以后就知道了。

我也没有对他很好啊。他救过我，要不是他，我早暴尸街头啦。

至于吗？卓生发将信将疑，果然，伊谷夏讪笑，不至于啦。喂，你告诉我，你悄悄告诉我，你天天和他住一起，是不是看到了什么？随便说说，说着玩嘛，我们俩有交情了呀。

我就是觉得他配不上你，差远了。你会后悔的！

他……是不是有别的女人？

女人？哼，他有女人就正常了。

那……什么意思你？

一个怪人嘛什么意思！他们都是古怪的。三个男人，三四十岁了吧，一个个一身蛮力，都不结婚，没有一个亲戚来过，也从来没有一个女人，还出入变态酒吧，换你怎么想？那个讨人爱的小女孩，到底是谁的孩子？天知道！每个家伙都说是她父亲。鬼才相信！

你是这样想的？伊谷夏嘟哝，他们是好朋友，尾巴是比觉姐姐的孩子呀……

你相信了？这孩子的名字叫陈、杨、辛，你不觉得奇怪吗？姐夫姓什么，难道也姓陈，为什么姐姐姐夫都失踪了？他们到底去了哪里？陈杨辛，不就是这三个家伙的姓吗？这世界上，没有男人会这样相处的！你认为这正常吗？

你觉得他们三个……是同性恋？

你自己琢磨吧，也许比这还要复杂呢。说心里话，要不是你来说情，我早就不想再租给他们了，我都做好了提前退租的赔偿准备。

为什么啊？你觉得恶心是吗？

我住上面，恶心不到我。我就是感觉不舒服。噢，我们互相信任，我多说了一些，但我们的谈话我希望你不要告诉他们。否则邻里关系就更糟了。你心里有数就好了。

两人顺着小路往外走。打赤脚的伊谷夏，不时身子一矮，哎哟一声。卓生发说，你穿我的皮鞋吧，我从小打惯赤脚的。伊谷夏说，才不要！伊谷夏做了个鬼脸嘿嘿笑。两人拐上大路。卓生发说，你刚才对大榕树说了什么？

伊谷夏也感到了卓生发的好奇和执拗的分量。她说，我问它我今年能不能结婚。

卓生发笑，你才多大呀。它不会同意的。

我跟它说，我是个不合格的产品，只有结婚生子，我才能改良好，就和健康人一样了。我想那个人能天天抱着我睡觉，然后抱着我和孩子一起睡觉。

卓生发将信将疑，说，大树怎么说？

它说不行。

你怎么知道它说不行？

伊谷夏有点不好意思，欲言又止，想了想，她说，我是认真的。

卓生发郑重点头。

我跟它约定，如果它的树冠枝叶在摇，就表示它在打招呼，礼节性的问候，表示友好；如果它树下的胡须在飘拂，就是它在笑，表示接纳我的想法、支持、许可。

结果呢？

结果我每次问这个问题，它的胡须都不动。哪怕山里大风吹得到处树叶响，它都纹丝不动。你说奇怪不奇怪？

卓生发说，不奇怪。你要尊重这棵老榕树。

第八章　一个磨损的指纹

一

伊谷春心情不好。随着民工潮的返城，每年的治安局势都会吃紧一段，这个大家都有数，但是，今年黑中介的肆虐，把治安形势搞得更糟糕了。一个四川男人连续被黑中介坑骗，花光了家里带来的钱后，从铁塔上跳下，留下遗书说，这是吃人的城市。

报纸和电台记者联手暗访的忠信黑中介，就在伊谷春的辖区。跳塔的民工选择的通讯塔，也在他的辖区北二山。市局局长在晨跑时，听到了电台暗访黑中介的新闻，进办公室，又看到了日报整版的《撩起黑中介面纱》的深度报道。职业中介归工商部门管辖，记者搞不懂，将矛头直指辖区警察。局长知道责任田谁种，可是，局长在电话里动情地斥责：你们去看看，那些民工，为了节省开支，一天只吃一块钱的馒头；连去见工的15公里路程，都是天不亮就步行去，只为了省下一块钱的公交车费。就是这样，他们八十、六十地到处掏职业介绍费，最终哪里也没有要他们。他们到死都不一定知道，自己被城里人骗了。那些单位根本就不需要工人！他们和黑中介勾结分钱！这种吃人的机构，就在我们眼皮底下生意兴隆，我们的警察都看不见吗?

忙乱的辖区治安警务工作里,又增加部署了和工商联手清理打击黑中介的活儿。追逃指标没有完成,两抢案件又高发,入室盗窃案也多了。有个台湾人的别墅,被入室盗贼洗劫后,不仅丢了秒针坏了的劳力士,盗贼居然还在他家看了录像片,并留下观后感说,你的毛片质量太差,下次我送你两盘画面清晰的。台湾人气得抓狂。

警察最痛恨入室盗窃。伊谷春辖区里最早的一批居民楼楼道公共防盗门全面老化,可是,居民们都不愿意再花钱修;一些尚且能用的,又经常被一楼二楼住户用重物挡住,不让关闭。因为开阖间的金属碰撞声实在太响,影响睡觉。还有一些居民楼的公共防盗门虽然性能开关还不错,可是,局长带着记者去辖区走访测查居民安全防范意识时发现,很多楼上居民,只要你一按门铃,他在家就把楼下防盗门哒地按开,根本不问你找谁。局长说,你们就不怕替小偷开门引狼入室啊。被访居民嘿嘿笑。第二天,各媒体都登出来了,又是伊谷春辖区:《群众安全防范意识淡薄 门铃一按谁都开》

没有人直接批评伊谷春,但伊谷春觉得窝囊到极点了。月报统计,二警区发案数正数第二,追逃指标完成倒数第一。那天晚上,伊谷夏痛经发作要赶医院,伊老爸出差,伊谷春就是走不开。他在同学的引见下,陪安防公司老板喝酒,求其派人免费修辖区老楼道的防盗门,因为居民们达不成统一的出钱维修计划。

今天,伊谷春心情回暖。安防公司的老板真的派人对他辖区的技防门开始全面检修;几家公司也有意向共建投资,在居民楼搞治安护栏。居委会那个长得像观音的婉玲主任,她老公和弟弟都有不小的公司,她说,你叫辛小丰来,我保证帮他跑下共建款子。而辛小丰下午打电话来,说他明天来上班。一周以来,伊谷春第一次感到心头晴空万里。这天回家,他特意绕道给伊谷夏和妈妈带了她们爱吃的土笋冻。

夜里，伊谷春坐在家中临湖的玻璃围栏大阳台里，看筼筜夜景。伊家阳台悬挂的鸟笼里，一只黑鹩哥，已经睡了，不知怎么又醒来，醒来就拖腔拖调地大喊，小——黑——小黑是伊谷春爸爸的小名，是伊妈妈专用。黑鹩哥又拖腔拖调地大叫，小——黑——伊谷春站起来，给它送了一些面包、虫和水。鹩哥说，天哪，天哪。这是学保姆惠姐的，连乡下口音都像。伊谷春把黑布再给它罩上。

伊谷春回到摇椅里抽烟，楼下，妈妈在看电视，伊谷夏不知道躲在自己房间里干什么，好像是在玩游戏。父亲回来的时候，伊谷夏拿着一包她最爱吃的山胡桃仁，坐到阳台上的伊谷春身边。

哥，每次我最需要你的时候，你都不伸手。

伊谷春笑。土笋冻赎罪还不行吗？

伊谷夏摇头。伊谷春开始晃动摇椅。伊谷夏也迎合着晃，她说，有一次，阿领叫我和小兔陪她去看歌仔戏，有个男人坐我们旁边，一直抖位子，抖得我们三个打摆子似的，气得不得了。我们瞪那男的，他居然色眯眯的自我感觉好得不得了，我们气得都走了。后来我们集体发誓，绝对不找这种抖腿的男人做老公！

我们审讯的时候，抖腿的人，通常是最好突破的。他们往往比较脆弱。不说别人了，你今天心里有事，对吧？

也没什么事，心烦啦。

那个，妈妈同学介绍的那个外科医生，听说还不错？

他就是爱抖腿的人！我们那天替爸妈去听中南海来的保健医生讲座，在爱国大礼堂。就是四五人连排坐的那种老式长椅子，他动不动就抖，整排人都不舒服。人人侧目，他怎么就没有感觉？

你为什么不告诉他？

伊谷夏摇头：才懒得。但我心里又给他三次机会：我们家缺医生，忍耐第一次；他长得比较帅，忍耐第二次；他妈妈和妹妹都喜欢我哥，说不定能姑换嫂，忍耐第三次。第四次，他又抖。

我站起来就走了。他追出来,说怎么了,我说,我不跟你好了。不许打我的电话!他说,你总是莫名其妙!我说就是。他说,在医院,好多漂亮的护士要嫁我们医生,我都没给机会。你跟我莫名其妙什么?

伊谷春大笑,说,你对人家没感觉,就别浪费他的时间。

伊谷夏仰头倒核桃仁吃。伊谷春说,保税区那个小常呢?为什么又不理人家?看他照片,不丑。

一有外人在场,他就说英语,恶心不恶心?

你不是最喜欢英语吗?看电影都要看原版的。

那我没有无故恶心别人啊,这算什么呀?连服务员都不放过。去了一周美国,三个月都在说倒时差。

伊谷春笑,说,根子还是没有缘分,所以你这不顺眼那不顺眼。我觉得,你也别急着结婚,顺其自然吧。痛经,还是扛过去吧。

伊谷夏点头,说,扛不过去也要扛啊!不过,我肚子痛得要命的时候,真的很想马上结婚,马上生十个小孩!

你们老琢磨的这个结婚土办法,到底科不科学?

不是我们琢磨,是医生说的,所有的医生都这么说。我理解就是需要一个特种部队,扫清路障。伊谷春大笑。他拿着烟,看伊谷夏依然心事满腹的样子,把烟递给她,她真的拿了一支。伊谷春帮她点着。哥,你们单位那个辛小丰,是不是同性恋?

伊谷春停止了摇晃,说,什么意思?

你看不出来吗?

伊谷春说,我不明白,你要干吗?

他是不是?

这个……是不是跟我们有什么关系?

那就是说,他是。

我不清楚,看不出来。

你骗人。你让我远离他们一点,就这个意思,对吗?

伊谷春摇头，说，你为什么突然问这个？

春节的时候，我玩过你的电脑，你的历史记录上，查阅了很多有关同性恋的资料。你一定是为他们查的。伊谷春有点尴尬，说，干我们这行的，知识越多越方便，随时用得着，这有什么奇怪的。你到底怎么了？

伊谷夏使劲瞪大自己的眼睛，仇人似的狠狠瞪视天空。伊谷春看到她的脸颊上，一颗泪珠掉了下来。伊谷春大笑，拍她的肩膀，你傻吧，为那个的士师傅是吧，我真没有想到你原来这么傻！小时候，我还以为妈妈生了一个神童呢。

伊谷夏咳嗽似的，一顿一顿，终于哭出来。伊谷春搂着伊谷夏的肩头，她不住摇头：怎么这样呢？怎么会这样呢？那么棒的人，和他在一起，你不知道我多么高兴，我跟全世界的人都没有这个感觉。

也许他也抖腿呢？

那就让他抱着我一起抖吧……

伊谷春笑，说，什么原则都没有了。好了，也是缘分吧。没关系的，以你那么阳光万丈的个性，很快就过去了。伊谷春拍着她的背，人家至少没有隐瞒，没有害你陷太深。对吗？

伊谷夏点头，慢慢地平静下来。哥，我告诉你一个秘密，从他第一次救我开始，之后每次痛经，我都有一个疯狂的念头，特别想跟他明天就结婚，我什么都不要，什么都不在乎。我还想过，如果你们全部的人都反对，我就私奔。

真是够疯狂的。就为一个来历不明的司机。难怪上帝看不下去。

伊谷夏叹了一口长气。他肯定会对我很好，比妈妈、爸爸和你加起来还要好！我感觉得到。

他怎么跟你说，直说他是gay？

我问他了。

你好好的怎么会问这个问题？

你想象得到。

我想象不到。我会想歪的。

他害怕我亲近他。他对我好，可是……反正和其他男人不一样。

他怎么你了？

他怎么我就好了，我就不会怀疑了，我就不会问他这个了。

你怎么直扑这个问题呢？人家也许有别的原因，比如，其他女友，比如，跟你没有特别的感觉，只当你是可爱小妹妹，比如——

我当然是排除那些了，我还有人证。

什么人证？

他们房东啊。

房东看到什么了？和辛小丰？

我不知道，房东不愿意多说。他都不想再租房给他们住了，肯定是看到什么了，可能是觉得恶心吧。不便告诉我。他只是婉转地提醒了我，像你告诫我的那样，离他们远一点。

他原话怎么说？

他说，他不正常，和我是两回事，是两个世界的人。

这原话？

差不多吧。

伊谷春无语。后来他进去给伊谷夏拿了一纸盒西柚汁出来。伊谷夏浅浅吸了一口，说，哥，我不甘心。求你帮我问问，问问那个辛小丰，他要承认了，我才服气。

这是人家私生活！你糊涂了！不问。

他肯定会跟你说实话。现在想想，他还真是很俊朗帅气。

他是狠角，真正杀人不眨眼的角色——喂嘿——你好酸耶。说到这儿，伊谷春已经笑起来，有逗伊谷夏的意思。伊谷夏很执拗，哥，求你了，我要终结个明白。

现在就是终结。伊谷春的表情已经变得冷峻，他说，今天晚上的谈话就是终结。我不会去问他，毫无意义。我只认他是一把好刀,是我最在意的好兄弟。

哥!——

伊谷春伏在阳台上,说点别的好不好,神童?哦……连我的历史记录你都敢点,我的天啊。

这天晚上,伊谷春失眠了。

同性恋就是全部的谜底了吗?它就是全部真相?伊谷春不能说服自己。西陇水库灭门强奸案,绝对不是一个人所为,从现场痕迹看,至少有两个人。辛小丰如果真的是同性恋,那么西陇水库的灭门强奸案,就和他搭不上关系。可是,伊谷春心底有一丝顽强的直觉。这个感觉很细微,却很精细强韧。从他到所里,第一次跟辛小丰说到那个令西陇人震惊恐怖的灭门强奸案,辛小丰就给他种下了精细微妙的可疑种子。当时,辛小丰边听边专注于给哈修找皮肤病灶,低头擦药,他没有像普通人那样发问,案件最终破了没有?这么多年了,凶手抓到了吗?辛小丰这个西陇人,竟然什么也没有问。

这是一种奇怪的感觉,伊谷春也不断检讨自己,是不是职业病病入膏肓了?那本来就是一个胆识与众不同的人,可是,他阴霾瞬逝的眼神,总令他在记忆里流连;辛小丰为什么总有意无意地回避西陇?为什么从来不主动提起他的故乡?伊谷春不断积累着,不断发酵着那些分量不轻的遐想,以致后来,只要他和辛小丰独处,就不由想到这起案件,就不由想跟他说。辛小丰的反应,成了伊谷春类似病态的期待。在去取小女孩金鱼的路上,辛小丰捻碎烟头扔出汽车后迟滞的一瞬,伊谷春的脑子忽然电光一闪,指纹,他要采集辛小丰的指纹。

现在,辛小丰的指纹就躺在伊谷春的抽屉里。那是一个磨损比较严重的指纹,识别起来确实有点困难。宿安水库凶杀现场留下的唯一指纹,就是左手指纹。伊谷春独自比对琢磨了很久,清晰度是比较糟。但更专业的痕迹高手,应该能够比对复原出它的历史。实在不行,他再取它一次也不是很难。问题是——指纹的主人为什么要反复磨损这个指纹呢?

要走进这个迷宫并找到出口吗?伊谷春感觉自己站在万丈悬崖边。

他站得太外边了。看到辛小丰骁勇玩命地工作,回望辛小丰完全不计报酬和后果的无声付出,伊谷春简直担心,悬崖边,随便来一阵风,就会把自己吹下法律的深渊。在办公室没有其他人的时候,伊谷春几次拿出指纹纸,独自看着它,遐想着。有时他看着自己的电话发怔,这里面,也连接着更精准、更冷酷的猎人的枪口。师傅看到这个模糊的指纹,他会想追踪比对吗?会,肯定会,一定会。他太了解师傅了。职业精神的极端境界,和赌徒是没有两样的,他的眼睛里只有一个目的,看不见任何路边风景。

伊谷春仔细看着,又小心收藏回去。他想,辛小丰的指纹,也许还要再弄一次,但也许,他的抽屉就是这几个指纹永远的归宿。

现在,那个房东又看到了什么呢?他告诫伊谷夏,仅仅是单纯的性取向问题吗?

二

台湾室内设计师是开车去接辛小丰的。辛小丰让他在实验小学的一个侧路口等他。设计师在车里,远远就看到穿着白T恤蓝色牛仔裤的辛小丰从菜市场门口往这边走来。他总是穿得很少,车外面的树叶在猛烈摇晃,风很大,这让设计师有点心疼,所以,辛小丰还没有走近,他就倾身替他开了门。

真是抱歉,我说过我回来和你一起过2月14号的,但家里出了事。今天我要好好补偿你。辛小丰笑笑,说,我也很忙。

有家鱼翅特别好,我们先过去吃饭,然后,我带你去一个酒庄玩。圈子里的好朋友叫我杰瑞。我一直不知道怎么称呼你。告诉我吧，假名也行。

我没有假名。

我知道你没有出柜，也看得出你很难，所以，我从来也没有问你的单位，问你其他任何情况。但是，给我个称谓好招呼啊。

随便你叫吧。

我们见面四次了吧，连今天。杰瑞开车很谨慎，辛小丰觉得他和伊谷春和杨自道开车都不一样，伊谷春悍勇，生猛敏锐，杨自道轻逸，出神入化。杰瑞说，每次我看到你，不知道怎么的，都有心疼的感觉，当然很轻微了——我没那么婆婆妈妈，可是，你那个眼神，你的眼神让我感到，世界都消失了，只剩下孤独和忧伤。我真的心疼。

辛小丰把副驾座小遮阳板翻下，对着里面的小镜子看自己。设计师说，而且，每一次看到你，都觉得你很疲惫，像走了很远的路，又像通宵未眠。

有时候累一点吧。辛小丰说。

那个鱼翅店，有着故宫一样的高大红门。吃饭的时候，叫杰瑞的设计师，很详细地介绍了每一道菜的讲究和奥秘。鱼翅上来的时候，设计师耐心地教他加红醋，加芫荽和豆芽。他说，这一家的鱼翅是最诚实的，味道也是顶级。现在，大陆餐厅很多假鱼翅让人眼花缭乱。真鱼翅一斤两千到三千，假的才几百甚至几十。但最可恶的是，有些假的还敢卖两百八一盅，太没有厨德，太没有做人底线了！

辛小丰暗暗吃惊，自己吃的这一小罐子，至少要他半个月工资了。而他粗糙简单的胃，并没有领略出鱼翅的精妙；设计师自己吃得不多，总是像厨师一样，饶有兴趣地看着辛小丰吃。在不吭气地大吃一通后，辛小丰忽然意识到自己的食欲生猛，真是不般配这样的斯文富贵场合，不禁一笑。

你吃，吃！没有关系的。我喜欢看你吃的样子。设计师说，我真的没有别的意思，如果你不介意，告诉我你在干什么，住哪里。

我和别人合住。

BL？

辛小丰不解。设计师看出来，他是不明白所指。他总是在沉默中，掩饰着尴尬，接受设计师的安排。在设计师看来，他对这个圈子的无知，简直就像个直男。

我是说，那个人和你是boy's love？BL？

辛小丰笑，说，你想哪去了。

设计师说，我不管这些了，你搬来和我一起住吧。让我来照顾你。

辛小丰摇头。

你担心什么？是合住的那个人反对？

和那没有关系。平时我也不是天天在那里睡觉。

那你……你到底在哪里上班？我不会伤害你。我只是想尽我所能照顾你，我不愿意看到你那么疲惫的样子。当然，你对我来说，也非常神秘。

辛小丰说，我的工作只是有时候累一点，但那是我喜欢的工作。

是什么类别的，总可以说吧？

相当于……垃圾中转站吧。

设计师笑，显然不相信这个回答，但是他不再刨问了。

红酒庄也是一个台湾人开的，在跨海大桥引桥旁的见贤山上。车沿着水泥小道开上去，一路好多棵木棉花开放。木棉花特别高大，灰色的伟岸身躯，没有一片叶子，却绽满了麻雀那么大的厚质花朵，有猩红色、西瓜红色两种。不过，在夜色里，它们看上去更像是夜息的小鸟。杰瑞和辛小丰停车的时候，车顶上就咚地砸了一朵花下来，很有力量。杰瑞呵呵笑，爬上去把它拿下来，说，这是男人的花呀。

辛小丰说，本地人叫它英雄花。

设计师笑，是啊，这种花的陨落，会把人砸成脑震荡的。

酒庄的光线迷暗幽微，人们在自己的世界里低语，和酒吧风格完全不同，含蓄暧昧却充满激情的张力。鼻子灵一点的人，会感受到一丝丝不同的酒香，慢三一样游动。杰瑞和那个女老板很熟，她把他们引到几个大橡木桶边的一个桌位，辛小丰看到桶里面堆满成千上万的红酒瓶软木塞子，不由伸出双掌，插捧了一把。那个儒雅而风情的女老板，声音低沉如梦，她说，我给你们留了一瓶嘉本纳沙威浓，已经在醒了。设计师努嘴说，吻谢。

你喜欢这个设计风格吗？

辛小丰转头四处看。设计师说，现在这个光线，你看不到细节。你看大概就行。

辛小丰含糊点头，说，挺好。

我设计的。下次我们白天来玩，这里有一间朋友用的听音室，听音乐，看大海落日，极棒。女老板拿着两只高脚水晶杯和一个大洋葱形瓶子，从一墙壁的红酒陈列架那边施施然而来。杰瑞站起来迎，说，辛苦了，我来吧，有空再来看我们，我和我弟说点事。

女老板一笑，说，自便。

设计师搓搓手，倾身闻了闻瓶口，兴奋地皱了皱鼻子。他给辛小丰倒上五分之一水晶杯，自己也倒上。他用手势教辛小丰不要握杯肚，示意他只拿杯脚。不要让我们的手温改变它了不起的味道。设计师说着，一边轻微转动自己的酒杯，辛小丰看到水晶杯壁缓缓显出酒挂。他也转动着，开始摇晃酒杯，一股混杂的香气氤氲而起，樱桃、甘草、泥土、橡木桶等复杂迷离的味道，辛小丰不禁深吸了一口。

设计师说，令人沉醉吧？现在，我们喝一小口。别急着吞！把它放在口腔前部，让舌头、牙床把它温热，慢慢地，慢慢地，高潮要来了，更醇、更悠长的香味袭上来了，哦，多么迂回隽永迷幻啊……

喝着酒,辛小丰说,在车上,你说家里出了事?

设计师说,哦,我母亲去世了。

辛小丰很讶异。设计师摇头,挺好,她走得很安宁。那些教友在她身边唱着歌,我母亲面带微笑地离去。

她是……辛小丰问半句,杰瑞就说,天主教徒。我很羡慕她。你知道,我小时候不喜欢她,我觉得她杀了我父亲。我几乎不跟她说话,成天关在自己的房间里画画。

你怎么会这样想?

我父亲失踪了。我六岁时候的事。我就是觉得她杀了他。长大了,这个感觉淡一点,可是,我在大学的时候,还是会梦到她杀了我父亲。这个糟糕的感觉,一直持续到十年前她入教后才慢慢结束。洗礼的那天,我和我姐姐都去了,我看到她穿着白袍子,下到洗礼池里,当她被牧师后仰到水里再湿漉漉地被扶起来时,我觉得她成了新人。

我不理解你说的。辛小丰说。

我也不知道,就是这个感觉。之前她上了一年慕教班,相当于洗礼前的培训班。我姐姐就说,她变了。她慢慢变得平和宁静,原来她很暴烈,小时候我很害怕她。后来,我们在她身边,渐渐能感受到一种舒适、一种喜悦感。我再也没有做过她杀了我父亲的梦,但是,有时我会想,她也许真的就是凶手,我之所以失去了那个感觉,那个梦,是因为上帝原谅了她。她在救赎并获救了。

如果真是这样,我很羡慕你母亲。

你们大陆好像不是太信这个,这里,我也没有看到什么教堂。

也有。有几个呢。只是我们不太懂。它和我们有点隔膜。我和我朋友喜欢那种地方,也许有人带带我们,大家就都跟进去了。

你为什么喜欢那里呢?

不知道。有一次我们几个朋友路过一个教堂,进去看了看,听他们用闽南语唱着什么,我们听不懂,但我们也和他们一样站起来。听着听着，抬头看忽然心里感动，我看到我的朋友眼里有泪光，我们就出来了。

是啊，有你这样眼神的人，到那里也许才能得到慰藉。

你真的觉得她杀了你父亲吗？

设计师吞了一口酒，唔，我想没错。但是，上帝原谅她了，我肯定。

酒非常好，设计师因为开车，相对喝得少，辛小丰最后一点清醒意识是，他们第二瓶已经又喝了一大半。女老板过来，喝了一两杯，辛小丰模糊听到女老板让杰瑞别喝了，因为杰瑞酒后出过车祸。不过，第二天，这些话都不真切了，仿佛是一半在水里一半在空气里的筷子，水下的感觉让人虚妄。感到不太真切的还有夜晚和设计师的肌肤相遇，身体的疼痛又使他握住了一半真实，就好像看到水面以上的筷子。对于这个叫杰瑞的设计师来说，辛小丰唤起了他灵魂上的战栗，他甚至觉得他漂洋过海而来，就是因为有这么一个孤儿般的男人，在等候他的疼惜。

喝多的辛小丰，更加沉默。脸色发青，目光迷离而僵硬。杰瑞把他送上汽车，他两次要下来。杰瑞说，我们回家啊。辛小丰说，看木棉花……杰瑞就满地去找，辛小丰靠在车门上，慢慢滑到地上。女老板担忧地看着杰瑞，说，我叫人送你们吧。杰瑞说，你帮我找一朵刚砸下来的新鲜花。女老板说，那回酒庄歇歇再走吧。她的回音才落，一颗木棉花重磅坠落，咚地砸在车顶上。杰瑞咯咯笑，看，我们可以走了。拜——

叫杰瑞的设计师把车子平稳地开到了他的艺术工厂。他扶架着跌跌撞撞的辛小丰，走进空无一人的车间。上二楼的时候，辛小丰吐了，白色的T恤如血染。设计师的阿玛尼休闲外套也基本报废了。他把辛小丰直接送进浴室，辛小丰挣扎了两把，想表示自己能洗，结果还是差点摔在浴缸边。脱了衣服，辛小丰一直想进浴缸，但是，设计师觉得那太慢了，他已经开始帮他冲淋洗浴了。设计师觉得自己有点轻微的发飘，但是不妨碍他欣赏辛小丰健康紧实的身体。这是一个经常运动的人，走路或者跑步，也许就是户外工作者，前胸后背都有奇怪的疤痕。杰瑞给这个身体擦干水，辛小丰坚持自己走出浴室的，但等杰瑞自己洗好出来，穿着他的白色浴袍的辛小丰已经横睡在床上。

杰瑞跪下来亲吻着辛小丰结实的脖颈，亲吻宽大的胸肌延伸处浓密的腋毛，他把自己埋伏在他身子所有的曲折地带，一寸寸吮舔着这干净的、神秘的肌肤。杰瑞忽然起身，找出他最沉迷的香水。他把它们洒在他喜欢亲吻的所有地方。辛小丰皱了眉头，咕哝说不要。设计师吮吸着辛小丰，不，不，不……你就是我的猎人……真正的……城市猎人……

设计师承认自己进入那个身体的时候，因为忘情而激烈。令人不解的是，那个身体的主人睁开了眼睛，他看到了里面的震撼和痛苦，但是，只是一瞬间，那双眼睛就闭上了。杰瑞稍微有点迟滞，已经很明显，这个身体的主人，没有当过零号。可是，他清晰地听到下面的身体说了三个字，继续吧。

设计师觉得自己是一支在弦之箭，一支从海峡那头劲射而来的飞矢，一匹青春狂野的惊马。他看到那个身体的主人，在世界的爆裂坍塌中，一直没有睁开眼睛，一颗泪水却从他的眼角悄然滑落。疲惫的设计师用尽全力抱住他，紧得几乎使他难以呼吸，他挣开脸说，知道巨人……

声音很低哑，并且中断了。设计师说，谁？巨人？

无语。身体的主人，没有睁开眼睛，设计师无法断定他的清醒程度，便不断地抚摸着他的脸，他的胸，他的全身。他安静得就像一具被抛弃的尸体，一阵从未有过的战栗就这样来临，设计师眼圈红润了，激情却再次爆发了。

辛小丰醒来的时候，认出这是那个叫杰瑞的设计师的卧室，就在他工作间后面，改过的落地窗，使阳光洒满这间不大的屋子，一棵像芋头一样的植物，阔大的绿叶把几片阴影投在床前整张的白羊毛皮毯上。设计师不在。辛小丰像平时一样，双脚一蹬起床，但他马上跌回床上，尖锐的痛楚，放电一样扩散全身。他小心换了一个姿势起来，还是锐痛。他翻找不到自己的衣裤，却看到床单上赫然有新鲜血迹。辛小丰怔了一下，又看到茶几上有字条压在杯下，拿起一看，是杰瑞的留言：我赶飞机去了。三天就回。你在我衣柜里看看有没有合适的衣裤，你的衣裤吐脏了我扔了。信封里的钱，你去给自己挑双好鞋和衣裤。我看到你的球鞋已经开胶了。还有一句，请你别介意，我看得出你的生活很不容易。离开那个人吧，让我来照顾你。信封上的钥匙给你。这里是你的家了。

辛小丰拿起信封，它已经厚得不像信封，而像一块小木板，看上去好像有八千一万。信封反面有设计师可能顺手画的图，一个没有门牙的孩子在看天，目光迷茫。还有一行小字：台湾人不是传说中的那么小气，假如他遇上天定的爱人。

辛小丰反复看着信封上看天的没有门牙的孩子。忽然觉得，叫杰瑞的设计师真懂他，这个男孩就是辛小丰。

三

中午一点多，在闽南广场西路口，杨自道把车靠边，下去买了包烟。杨自道背对着路口，其实也听到摩托呼啸而来的声音，但是，包括对面店老板都没有注意到一声女人的尖叫，杨自道扭头，发现一个灰衣女人跌倒在地，被载有两人的摩托车拖得翻滚着，手里还紧扯着挎包带子，几乎就是杨自道回头那一瞬，包断了。摩托加速离去，车上是两个都戴着头盔的人。灰衣女人披头散发，脸颊磨破了，另外一个年纪大的黑衣女人，哭叫着追摩托，差点被另一辆车撞了，吱——极其刺耳的刹车声，店老板扔下烟，拍桌惊呼，抢劫啦！

黑衣女人绝望地哭喊：救命的钱啊！刚借的一万块……

杨自道跑向自己树下的车，那个灰衣女人一看就明白了，她也爬起来奔向杨自道的车。师傅，谢谢你谢谢你！杨自道说，你扣好安全带。女人竟然不懂操作，光说，求你了！师傅，你快点啊！杨自道只好倾身帮她系好。如果在高峰期，杨自道没有把握追上摩托，可是在这样车稀人少的大中午，把握就大了。杨自道的车开始飞驰，那辆摩托上的两人都戴着全封闭的黑蓝色图案的头盔，杨自道紧追而去。杨自道对灰衣女子说，报110，报所在的路，方向，他们的外貌。

灰衣女子磕磕巴巴报警。文曾路是一条新修的、穿越整座大岭山、通往海边的路。路很漂亮，路的两侧，三角梅匍匐、樱花热烈。整条路盘旋曲折高低迂回，本来就是给游人赏山景的地方。怪坡那个地方，停了两辆旅游大巴，很多外地游客在试怪坡，摩托车冲翻了一个卖番石榴的挑贩，杨自道差点撞上两个突然跑到机动车道的双胞胎小游客，车外的女人和身边的灰衣女人，都在厉声尖叫。所有的人，都目瞪口呆地看着飞一样掠过的摩托和飞一样追赶的的士。两车越来越近。

摩托发现的士追赶得凶猛，突然折向路边的一条小路，那还是一条土路，越往深里钻，就越窄，劫匪认为这可以显示摩托的优势，甩掉的士。杨自道对灰衣女子说，跟警察说，在文曾路邮电休养所旁边的断头小路，路口有大佛石。

女人报警后说，警察会很快吗？

杨自道说，一般还行。休养所前面在修土地庙，寺庙后面全是台阶，没有路了，告诉警察。果然，两个抢匪冲过休养所才驶过二十多米小草径，地面就是各种梁柱和横七竖八的木料，难以行走。施工的民工，对他们摇手喊，前面没有路啦。两个家伙，吱地掉头，决定原路杀出。杨自道的车刚过休养所大门前的最后一块草坪，一看摩托车呼啸回头，他想都没想，就把车子打横，堵在了小路口。

摩托轰鸣着,明显减速,两人在寻找车侧的突围点。杨自道并没有多大的心理准备和他们短兵相接,但是,现在已经没有退路了。以前他两次追赶过肇事逃逸的车辆,一般他是一边追着,一边沿路告诉警方信息,等警车一出现,他就悄然身退了。

摩托车停在汽车前,要杨自道让道。杨自道还想,对方能把包还来就算了,与此同时,灰衣女人用力拉开车门,灰熊一样,向他们扑去——还我!我爸的救命钱!

两个家伙都摘下头盔,其中一个手上的刀,反射着午后的阳光。女人迟疑了一瞬,还是愤怒地扑叫。杨自道迅速推门,随手捡了一根手腕粗的旧竹子,冲了上去。女人不知道有没有被扎到,她叫得像被人打断了骨头。杨自道把竹子握在手上才感觉到它被风吹雨打得有点霉朽。两个抢匪立刻扑向杨自道,杨自道警惕手里有刀的那个,果然,才是第一棍,竹子就脆裂断头了。没有刀的那人手里拿着扳手,杨自道把他踹飞,扳手也脱手,但他躲不及另一个家伙挥过来的刀,胸口被划过,他知道被伤了,也不觉得太痛,女人一声连一声没命地尖叫。挥刀的被杨自道击倒,可是拿扳手的家伙又抄起一根施工用的方木。杨自道不让他有施展距离,扑上去一个胳膊肘撞得他跌跪下去,但是他自己的右大腿一阵发酸的刺痛,拿刀的家伙,又给了他一下。前面有民工奔了过来,休养所也跑出两个高白帽子白衣服厨师模样的人。一听女人叫抢钱!民工很勇敢地冲上来,一个高帽子也扑过来,另一个高帽子喊——有刀啊!——刀!民工个子不高,却明显是个习武之人,都没有看清他的动作,拿刀的已经被他反拧,另一个被杨自道打趴。热心的那个高帽子,对胆小的高帽子喊,快!拿绳子!

杨自道回到自己的车内,他感觉自己没有大碍。便把车掉头。他看到灰衣女人在后面追喊什么,他觉得没有必要停了。车子驶离了小路,拐上了文曾路。闪着蓝白警灯的警车正呼啸而来,和杨自道对向而过。

杨自道低头看到胸口和大腿都在渗血,尤其是腿部,裤面已经盛不住汩汩不止的血,开始往下滴。杨自道感到麻烦了。他把车子靠边,抽下脖子上公司配发的暗红领带,把腿扎紧,然后开向最近的铁路医院。他希望包扎料理好,最好不要影响他挣钱。不知道是不是注意力开始集中了,胸口和腿部都火辣辣地痛起来,有人拦车,他也放弃了。

医生说,胸口划了十几公分,很长,但好在是在胸大肌上,因此一两厘米深的伤口不太要紧,腿上的一刀深达骨膜,七八厘米,但万幸偏离了动脉,否则很致命。医生要求至少住院一周,杨自道拒绝,说自己皮肤和体格很好,开点药就行,他会每天来打针。女医生很不客气地瞪了一眼,说,抠门不是这样抠门的!杨自道赔笑说,也真是没钱。

解开衬衫进行胸部清创的时候,女医生和护士都看到了杨自道胸口粗劣的剑盾刺青,两人的表情都有点鄙夷,杨自道很窘。腿部缝针的时候,突然剧痛,让杨自道不由啊的大叫一声。女医生冷冷地说,刀伤到神经了。

杨自道还是没有住院。他把车子开到交班地,交了车,打的回天界山。他下车的时候,碰上卓生发骑着自行车去上班。看到杨自道胸口和腿上的血,卓生发吓了一大跳,赶紧停车。喂!卓生发喊,你怎么啦?一身血?

唔,杨自道边走边答,碰了,小刮擦。

卓生发冲着杨自道的背影,大声说,对方怎么样?乘客呢?——喂!

杨自道假装没有听到,一瘸一拐慢慢往台阶深处而去。

到了晚上,杨自道感到了伤口的剧烈疼痛,躺在床上,什么姿势都不能缓和,他觉得女医生把他伤口的每一针的缝线,都抽得太紧了,也许就是惩罚不听话的患者。尾巴不顾杨自道反对,小心地给杨自道倒开水。怕她烫着，杨自道忍痛爬起来自己倒，小家伙又是送药，又是拿毛巾，忙得像个小主妇，最后还替他开影碟机，颠前跑后地一片片送片子给他选，看杨自道看不进去，尾巴干脆爬上床头，给他按摩额头。她的伤手在渐渐康复，屈伸不如好胳膊，但是，已经比原来屈伸幅度大多了。杨自道说，喔，你的手有点力气了。

尾巴说，我有气功呀。你好点了没有？

杨自道说，好多了，讲个故事给我听吧，小爸爸说，你很会讲故事。

那，我讲一个人变石头的故事，好不好？

好。

太阳神有个儿子叫小俄，他有非常优美非常好听的喉咙，他一唱歌啊，水都不想流了，老虎狮子是最厉害的野兽，它们听了都不想做坏事了，石头都伤心地哭了。长大了他是个了不起的大英雄，和很多希腊英雄去取金羊毛的时候，就是他的歌声战胜了准备吃掉整船英雄的海鸟妖。后来，小俄爱上了一个美丽的小仙女，她叫小欧，很美很美很美很美。小欧最喜欢小俄弹他的七弦宝琴，那是阿波罗爸爸送小俄的。可是结婚的那天，大家弹琴唱歌吃东西的时候，小欧被一条毒蛇咬死了，咬到脚跟。小俄背着琴，一直追到地狱里，要救回小欧。地狱的人，都很凶，很冷酷。在那里，小俄弹琴唱歌，说想小欧，结果，所有的地魔都被他的琴声弄哭了。他们就决定答应他的请求，但是，他们说，有一个条件，离开我们地狱之前，你不可以回头看小欧，一看她就走不动变成石头了。小俄答应了。他在前面一路走，一路想，怎么听不到后面小欧的脚步声呢，怎么也没有衣服的沙沙响呢，小欧到底在不在后面呀，他心里很想看一眼，忍啊忍啊，马上就要走出地狱了，他偷偷回头一看，完了！小欧马上变成了石头，再也走不动了。

杨自道说，后来呢？

小俄后悔死了：我为什么不听话呢？后来，小俄悲伤得也死掉了。所有听过他歌声的人，还有神，都替他可惜，大家想念他，宇宙最大的那个神，就把他的七弦琴升到天上了，变成天琴座了。

后来呢？

后来我们想他的时候，就抬头看天琴座。老陈说，这个故事告诉我们，天上、地下都没有后悔药。

真好听啊。是老陈讲的故事吗？

尾巴点头的时候，电话响了，辛小丰打来的，问杨自道好点没有。杨自道说没事。辛小丰说，弄了不少吸毒的，可能要忙到半夜，没事就不回来了。有情况你打我电话。杨自道说，没事，你安心。

才放下电话，辛小丰又打了过来，说，明天不上班了吧？

杨自道说，睡一觉看看。我估计没问题。

辛小丰说，还是休息吧，不缺那个钱。明天七点半，有人会送两份鲜奶来，是给你和尾巴订的。注意接收。

杨自道说，订鲜奶？贵死了！你搞什么名堂？

辛小丰说，你现在也需要啊。我好不容易哄人家，才肯送上山的。

杨自道说，一小瓶鲜奶四五块，我都下不了决心，你还一订两份！中彩票啊！赶紧退掉，至少退掉一份！我不需要！

已经订了。辛小丰说，七点半到。你们趁热喝掉。跟尾巴说，我会尽早回来。辛小丰说着就挂了。

这一夜，杨自道痛苦难熬，连辗转反侧的挣扎都做不到，只有平躺干熬着。他真是有点后悔没有住院了。挨到凌晨两点多，他给夜班师傅打了电话说明天不接班了，让他跟车主说。倒夜班的师傅说，我看不出车损啊，你怎么这么严重？杨自道说，是啊，倒霉。我歇两天就来。

杨自道不知道自己怎么睡着的，迷迷糊糊间，听到院子里厉声狗吠，凶悍得吓人。杨自道睁开眼睛的时候，看到尾巴只穿睡衣就爬下床，小小的身影往门外跑。杨自道急得大叫，回来！声音却很小也沙哑。尾巴已经开门出去了。杨自道挣扎着起来，才下床两步就栽倒了，天旋地转，脚步轻飘得不像自己的腿，而且上下伤口都火烧火燎痛不可挡。他又喊了一声尾巴，他判断是送奶的来了，可是他不放心，陌生人、鸡、狗，还有尾巴单薄的睡衣，都让他不放心。

尾巴抱着两只白色的玻璃瓶进来了，笑眯眯的，可是一看杨自道在地上，吓得大叫，牛奶瓶全掉地上了，一瓶破了，白白地流在花砖地面上，另一瓶还好。尾巴傻了眼，觉得自己闯了大祸，在一地牛奶和倒地的杨自道之间，看来看去，想哭的样子。

杨自道摇头，说，没关系，快穿上衣服……

尾巴过来，蹲在杨自道身边，眼泪汪汪地用手摸杨自道的脸。杨自道说，那帮我一把，我要站起来。尾巴用手背擦了眼泪，扶着杨自道的胳膊，弓起小背，使劲，结果，杨自道哎哟一声，又跌倒了。尾巴哇地大哭起来。杨自道笑，说，你去穿好衣服，是我的左腿表现不好。趁尾巴去穿衣服的时候，杨自道使劲站了起来，胸口一阵撕裂感，他担心伤口爆开，果然，血慢慢渗出了纱布。躺下后，他觉得昏昏沉沉。昨晚睡得太少了，想迷糊过去，可是，一方面伤口剧痛，一方面担心尾巴。尾巴还是很乖，自己穿了衣服，就到杨自道床边，摸他的额头。杨自道说，那地上的牛奶，别动，等党阿姨来了弄，你可以喝那瓶好的，不过，小心脚下玻璃碎片。我睡一会儿就好了，好吗？

尾巴点头。

但杨自道感到一只小手，一直在抚摸他的额头，有时轻得像小蚂蚁。那只小手一直没有离去。杨自道说，我好多了，没事了。

尾巴的声音比小蚂蚁还小：你会不会……死掉……？

杨自道睁开眼睛，尾巴竟然一咧嘴，眼泪像断线一样掉下来。杨自道眼眶发热，他伸手摸尾巴，不会的我不会。尾巴把脸埋在杨自道的掌心里，呜呜的声音很模糊，道爸爸……我害怕……

别怕，杨自道笑着，我肯定不会死。

在那只小手的抚慰下，杨自道终于迷糊过去。尾巴给辛小丰打电话的时候，电话关机了。尾巴小心绕过牛奶瓶玻璃碎片，反复出来看党阿姨来了没有。阿姨总是没有来，尾巴不知道她要九点才到。尾巴看着迷糊的杨自道，突然有了一个大胆的决定。她自己一步步走上了二楼楼梯。三个爸爸都不许她上楼，不许她去找楼上叔叔和小狗玩。尾巴站在卓生发卧室门口，有点迟疑，小卓在里面大叫起来。门开了，卓生发说，哟，小尾巴，什么事？

尾巴说，道爸爸头很烫，要不要去看医生？

卓生发没有反应过来。渔排上有温度计，这里没有。尾巴说。

卓生发说，哦，我有。家里就你一个人吗？

尾巴郑重点头，我照顾道爸爸。

卓生发找出温度计，说，你会看吗？尾巴迟疑着，显然她被这个问题难住了。我爸爸会看。不过他睡着了。

卓生发说，我帮你看。走吧。你爸爸怎么了？

他被坏人砍伤了，腿，还有这里。尾巴指指自己的胸部。

卓生发大吃一惊，砍伤？不是车子刮碰？原来是刀伤？楼下的到底在干什么？为什么又撒谎？对我撒谎？这些人太诡秘鬼祟了。

一进楼下的房间，卓生发就看到窗边上的血衣血裤，没错，衬衫那个痕迹肯定是很锋利的刀砍过去留下的。卓生发站在杨自道床前。这个人的脸颊通红，嘴唇起皮，呼吸粗重。卓生发不好判断他是昏迷，还是睡着。尾巴抬头殷切地看着卓生发，卓生发也想看清楼下的伤情究竟如何，可是他担心一掀被子，说不定就挨上暴怒的一脚。卓生发甩好温度计，悄声说，我们轻轻把这个放在他胳肢窝，如果他动，你要马上说，量体温！记住了吗？

尾巴点头。卓生发轻轻慢慢地掀起被子一角，里面的白衬衫已经又被血浸透了。纱布围胸而过，还能看到部分刺青，看不出图形，但是笔画粗肿，晕开拙劣。卓生发感到极其刺眼也极其反感。

他慢慢解开楼下这人更低的扣子，把温度计小心塞进他的胳肢窝。他不敢塞得太紧，叮嘱尾巴扶夹好杨自道的手臂。

温度计抽出来，卓生发看清是40.3℃，他估计还要高。卓生发拍拍尾巴的脑袋，你快给你其他爸爸打电话吧，这个爸爸要马上去医院，危险，他在高烧。

尾巴连忙到杨自道枕边扒拉手机，手机却正好响了。一看号码，尾巴就大叫起来，是我小爸爸！她急切地对着电话说，快点回来！道爸爸高烧！楼上叔叔说，危险，要马上去医院——他在睡觉，不能接了……

四

辛小丰跟伊谷春说朋友病得厉害，要回天界山时，伊谷春的脸马上阴沉下来。

辛小丰知道，昨天的行动，伊谷春对他很不满。行动是昨天下午开始的，冲击一个隐秘的毒品小型超市。买毒的络绎不绝抓了十七八个，贩毒的店主却逃跑了，一贯最让伊谷春信任的辛小丰，却成为行动中最不可靠的环节，不仅如此，辛小丰自己还被那个家伙咬了一口。那一瞬间发生得太快。当时，在二楼那个监控房间，一个被擒的女子，忽然吞下了手表。辛小丰让小丁和老赵他们倒提起她的腿，他在她背上狠踹了一脚。就在那女的被踹得吐出手表的同时，楼梯上一个队员在急叫，是那个没有搜到的毒店主，悄悄从三楼跳到二楼外墙逃跑了。还在二楼监控室的辛小丰，也跳窗而出。在一楼伊谷春也追了过去。以辛小丰平素的速度和敏捷，这样的距离，肯定不在话下，但是，毒店主就是脱逃了，当他发现伊谷春几个在前面堵截时，毒店主猛地折回头，要通过辛小丰逃向地形复杂的老区小巷。伊谷春认为他回头更是送死，他过不了辛小丰这一关。但是，辛小丰竟然没有立刻降伏他，反而被那个家伙咬了一口。被压在地上的对方，笑嘻嘻地说自己有梅毒，辛小丰一愣，那家伙猛地拱起他的膝盖，起身脱逃，消失在交错小巷深处了。

再也追不上了。看着辛小丰右手大鱼际上失败的血迹牙痕，伊谷春极度窝火恼怒。

现在，辛小丰又跟他说，他要走。伊谷春不理他。他低头做着交接班日志，半天不理他，辛小丰就站着。行动的不圆满、整夜的不眠、没有成就感的通宵忙碌、辛小丰近期经常性的夜班换班，都让伊谷春肝火熊熊。辛小丰知道自己的表现令伊谷春失望，但他也没有什么可辩解的。

重重扔下笔，伊谷春站起来，背对着他。隔着办公桌，辛小丰看着伊谷春的后背。那个后背纹丝不动，根本不承认后面有等待。辛小丰觉得几乎等了一刻钟、一个小时，甚至觉得他也许应该转身而去，并永远不再看这个后背，永远不再回来。这时，伊谷春开口了，但并没有转过身子。他说，什么病？

辛小丰说，邻居说高烧，昏迷了吧……

伊谷春挥手，似乎厌倦，似乎不耐烦。辛小丰退了出来。他刚坐上的士，电话响了，是伊谷春的。他说，到医院，你自己也去打针，回来报。

辛小丰一下子没有明白，伊谷春说，也许那浑蛋没有骗你！伊谷春就把电话挂了。辛小丰看自己的右手掌，大鱼际位置都发青发黑了，几个已经不再出血的牙印突起，看着很恶心。的士师傅看到了，说，喔，老婆咬的吧？打生死架啊！

辛小丰没有吭气。

我老婆也喜欢咬我。的士司机不知想到什么，突然兀自嘿嘿嘿嘿地笑个不停。辛小丰微微皱起眉头，的士师傅很机灵，瞟着辛小丰说，对不起，惹你难过了。辛小丰没有反应。司机感到无趣，打开收音机，这是的士司机最爱听的交通频道。主持人说……这辆见义勇为的车，目击者说是海湾公司的，蓝白色。颜女士说，当时太紧张，没有看清车号。司机肯定受伤了。这名好的哥，穿栗色便西装，里面是海湾公司统一浅蓝衬衫，头戴灰黑色旧棒球帽，浅灰色的墨镜。墨镜掉现场了。现在在颜女士手上。因为好的哥的出手相救，被抢的救命钱都拿回来了。颜女士一家非常感激。现在，他们一家很担忧的哥的伤势，希望有他线索的市民，给她电话，定当酬谢，这是她家的电话……

司机长叹一声，傻B！受伤了还跑，不叫人家给医疗费！

到了山脚废旧铁路旁。辛小丰说，你能不能在山下等我？我还要带病人去医院。

司机说，万一你不下来了呢？

表价十五元，辛小丰给了司机二十元，他盯着司机说，先别走，等我。我记着你的车号，如果你有客就溜，我活活整死你！

司机笑，哪能呢？

杨自道是半昏迷状态，胸口上又有伤，辛小丰费了九牛二虎之力，把他弄下山，那辆的士司机还算机灵，出来开车门帮忙。但他发现有血蹭在椅子布套上后，明显不高兴，说，哎！哎！这样的脏东西，影响我上客啊！

辛小丰说，你开！我补偿你十元。

司机说，五十元！

辛小丰一拳打在他耳朵位置：还要多少？

司机感到了辛小丰不好惹，但还是气势汹汹地拍了下方向盘表示恼怒：这不商量价钱吗？有你这么不文明的吗？如果我还手，我们还去不去医院？

开呀！辛小丰大吼一声。司机连忙启动汽车。

杨自道腿上的伤口及骨膜的伤口严重感染了，胸口上的伤口也重新清理后缝合。在中山大医院，杨自道不住院也由不得他了。安置好杨自道，辛小丰去处理自己的咬伤。注射室护士一开始以为是打狂犬针，因为咬伤的病人都这样处理，发现是预防梅毒的针，都有点畏惧的表情。一个老护士说，你怎么惹这种人呢？

辛小丰说，不知道。我老板叫我来打的。预防万一吧。

老护士说，梅毒患者的唾沫是带病毒的。——怎么会让他咬得这么厉害？看你这么健壮有力气。辛小丰笑笑。

在病房门口，辛小丰给陈比觉打了电话，大致说了情况。比觉非常不高兴，指责他们总是把事情搞糟。根本没有必要多管闲事！他说。辛小丰说，算了，碰上你，你未必就不管。比觉说，平时要死要活你们自便，现在，尾巴在你们那儿，很快还要花大钱做手术，你们做事考不考虑后果？现在又要花一大笔钱！辛小丰有点不高兴了，这么多年来，他们在一起，大部分都是花杨自道的钱。比觉没有几个钱，跑船的时候好一点，他也都买天文书和望远镜之类了。有次在跑船上打架，还把一个相当高档的天文望远镜丢海里了。杨自道要给他钱，比觉没好意思要。

辛小丰说，你别跟我们说钱的事！

比觉说，昨天尾巴就跟我说了，他自己还轻描淡写不想接电话。我他妈还懒得问！现在好，事大了！他帮着抢回钱的那户人家，至少要出医疗费吧？你找他们要去！

你够啦！！

你也他妈的小心点！既然说好要死一起死，就别他妈的一个个像疯狗一样幼稚！我还等着观看11月两百年来最壮观的流星雨呢。

他没有说完，辛小丰就把电话挂了。

比觉怒气冲冲，用力把一条魟鱼摔进鱼洗澡盆中。一大早，他就在渔排上洗鱼。现在网箱养殖太密集了，水质恶化得厉害，天气刚刚有点热，石斑鱼和魟鱼的皮肤病就发作了。今年海珠又养了四网箱的魟鱼和石斑鱼。这两种鱼特别容易生被鱼工叫作"白浪"的寄生虫。每年夏天，比觉几乎都是从天亮开始给鱼洗澡一直到天黑，严重的时候，要一条条刷洗，把寄生虫刷水里。今年的鱼病来得太早了。一大早，比觉打了一大方桶的淡水，加上药水，边打氧气边洗鱼。一拨七八条鱼，至少洗七八分钟，洗得比觉想吐。辛小丰的电话，实在让他气坏了。

海上，海珠也怒气冲冲地搭着别人的小机过来了。小机靠上林家渔排，比觉过去把她一拉上来，她就往小木屋走。比觉以为发生了什么大事，他从来没有看到海珠这么铁青难看的脸色。一进屋，海珠就从口袋里掏出一个透明小袋子，比觉一时没有反应过来，海珠愤怒地塞到他手里，竟然是个安全套。比觉愕然。

海珠的嘴唇在颤抖，今天她连口红都没有涂，比觉看到的是线条粗糙的愤怒白唇。在他口袋里发现的！海珠双手卡在腰上，好，他用！我也用！我非用这个不可！

怎么回事啊，林老板人呢？

酒还没醒！猪！这只猪！男怕入错行，女怕嫁错郎！我父母本来就看不上他，现在，我扶持他发了，他就这样对我！那就来吧！

等他醒了你先问问怎么回事……

啪地，海珠竟然给了比觉一巴掌。比觉手上还戴着专门的洗鱼防滑防刺的黄胶手套，他连着手套一起啪啪还给海珠两个大耳光，海珠被他打倒在地上，又被他一把提起。他也不知道自己为什么如此愤怒。海珠呜咽着，紧紧抱住了他的腿，像蛇一样，也像孩子一样委屈。比觉把她扔到床上，脱掉了手套。他没有用海珠收缴的安全套，他一言不发、怒气冲冲，只觉得自己一个人在腥风血雨、恶浪滔滔的海上。整理头发的时候，海珠说，不好意思哎，刚才我不是真的想打你，我实在是心里太难过了。

比觉黑着脸，没有回答海珠。他又想到了阿道和小丰，眉头不由又皱起。

海珠说，如果你这样的男人，都不理解女人，我们女人真是太苦了。

比觉把手套捡起来，重新戴上。

海珠说，我要报复他！

之前你已经报复他了。比觉说，我明天要回城一趟。你找个帮手照顾一下渔排。

海珠说，明天后天我都有事啊！我约了人。太突然了，再拖两天吧。求你了！

比觉拧起眉头：那我大后天下午走，隔一天再回。

是尾巴的事是吧，我不拦你。手术完快两个月了，你还没有回去过。我心里有数。给你五十块钱，帮我买点水果给她吃吧。

你把我春节后的工资都给我吧，我需要。

我不知道钱包里有没有这么多，按两个月算，加上我给你长的工资，要一千三吧？

一千四。比觉说。

死鬼！就你精！海珠掏着钱包，嗔骂着，这两个月我给你吃好喝好，你都不算啊！

比觉笑了笑，可是我替你惩罚了背叛者。

海珠把一千四拍在桌上，你刚才打我两巴掌，那么狠，怎么扣？比觉接过钱数了，说，还有你给尾巴的水果钱呢？海珠半真半假地大叫起来，一巴掌五十！

出尔反尔，好，比觉捡起地上的小袋子，还给你老公吧，你也别再麻烦我了。

五

党阿姨每天煮好晚饭就下班。她招呼尾巴吃饭，尾巴不肯。说要等爸爸回来。党阿姨说，你爸爸都在医院，还是我先喂你吧。尾巴摇头。以前，杨自道告诉她，晚上至少有一个爸爸会回家陪她吃饭睡觉。在小石屋这么久，两个爸爸没有失信。尾巴站在院门口。黄昏的空气，蜂蜜一样芬芳。那只威猛的公鸡不知道去了哪里撒野。如果公鸡在院子里溜达，尾巴是绝不出来玩的。她在院子边移动,在找一个最好的角度,能尽可能看到最远的山下的路,好早早看到爸爸们回来的身影。

石屋山后壁,三角梅花忽然开得炽烈奔腾,长枝条上,一串串浓密的花,一片绿叶也没有,简直像无数条鸡毛掸。尾巴数了数西瓜红的有九条,蓝紫红的有四条,玫瑰红的有六条。她觉得蓝紫红的最漂亮。

党阿姨下山的身影快步如飞。暮色开始发暗,山边四周有点焦煳发黑的样子,好像听到公鸡回来的扑棱声,尾巴赶紧回到石屋。想想,她又走向二楼楼梯。卓生发家门开着,他和小卓坐在桌子边,卓生发边吃边看报纸。他们家已经开了灯了。

尾巴站在门口,说,天快黑了。

卓生发放下报纸,说,是呀。你吃饭了吗?

尾巴摇头,我等我爸爸。

卓生发想了想,起身给尾巴拿来巧克力华夫饼干。尾巴拿了,但没有吃。她一直看着暗沉的天色。我不喜欢天黑。尾巴说。

卓生发说,小尾巴,你的爸爸妈妈——我是说,生你的爸爸妈妈,我怎么没有见过呢?他们到底在哪里呀?

你见不到。尾巴说,因为我是水仙花生的。我妈妈说,有一天,他们买了很多水仙花球,有一盆一直不开一直不开,肚子很大很大,比这个苹果还大。有一天半夜,水仙花肚子破开了,他们就听到我在笑,像拇指姑娘那么大。

卓生发笑起来,难怪!难怪我没有见过比你更漂亮的小女孩了。原来的爸爸妈妈为什么被台风带走了?

尾巴说,这你都不懂?台风太快了。它比飞机快!

卓生发说,哦,哦。尾巴,你喜欢现在的哪一个爸爸?

都喜欢。

只能选一个。

尾巴想了好一下,说,我爸爸都好。不过,现在,我有点想老陈。

哦，你最喜欢老陈。

不要你问了！我不要你问了！

怎么啦？

我喜欢小爸爸！喜欢道爸爸！喜欢老陈！我不要你乱问！我爸爸不喜欢你乱问问题。我不理你了。我要下去了。

卓生发笑。尾巴威胁说下去，却还是挨在门边。

那我不说话了。我看报纸。卓生发说。

不乱问就行。

卓生发假装看着报纸，小女孩在咬自己的手指头，一边看外面的天，一边偷看他。她不走。天黑了，尾巴说。

卓生发说，是呀。我知道，很黑。

渔排上，很多星星。尾巴说，有的星星，你开船过去，都能摸到。它们矮矮的，像我这么矮。

你在渔排上，谁帮你洗澡？

我自己。很多天的时候，老陈就帮我洗头洗澡一次。因为我洗不干净。

那，你在这里呢？谁帮你洗呀？

阿姨嘛。我不爱她洗。我自己洗。

洗不干净怎么办？

我长大了。

你的手不是摔伤了？

现在好了。

那以前没好的时候呢，爸爸都不帮你吗？

尾巴点头。

帮啊？那哪个爸爸洗得好？

尾巴对这个话题彻底厌倦了，说，我背得出小夏姐姐的电话。你电话借我好不好？

卓生发把电话给尾巴。尾巴真的打通了。姐姐！你快回来好吗？

伊谷夏很意外，尾巴啊！怎么啦？你都好吗？

为什么你出差那么久呀？今天我很想你。

大爸爸说我出差吗？

是呀。他说出差不能打电话。说你回来就会找我。都这么久了！我想你。

大爸爸呢？

在医院。被坏人砍流血了。腿，还有心脏这里。尾巴比画着手势。电话那边，伊谷夏大吃一惊，她简直难以置信。你在哪里？这是谁的电话？

楼上叔叔的。我在他家玩。

那姐姐明天去看你。我跟大爸爸打个电话，你乖乖的，好吗？

好。天黑了。

嗯。再见。

再见。

尾巴一放下电话，就听到楼下辛小丰着急的叫喊声，她大声答应着，欢快地扔下卓生发的电话，下楼去了。

伊谷夏马上拨打杨自道的电话。虽然伤口被重新处理，但吊了一天点滴的杨自道，已经比昨晚轻松多了。他的体温降了下来。伊谷夏来电话之前，他已经使用电话，给车主请了一周假。看到伊谷夏的电话进来，他自己都没有想到，猛然，心里就阳光万丈了，他愉快地想对每一个病友微笑。

伊谷夏说，你在哪里？

杨自道说，在路上啊。

那你来接我，马上！

在跑长途呢，别急，我找个朋友马上来接你。

骗子！骗子！！你是不是撒谎成性？

杨自道不知说什么好，他想她也许知道什么了。但他还是说，你怎么了？肚子痛得很厉害是吗？

你在医院！被人砍了！也许快死了，对不对？你为什么总不说实话？我就那么不值得你信任吗？你以为你是谁？！

伊谷夏把电话挂了。杨自道深呼吸了一口，拿起电话，想回拨过去，想想又作罢。伊谷夏离开后的每一天，他都会无数次地想到她的样子。有一次在雨中，他看到一个女孩的背影和步态，特别像伊谷夏。当时车上有客人，他把客人卸下后，又绕了一个方形路，回到那女孩身后，减速下来。上来吧，杨自道按下车窗，说，我送你。

女孩一愣之下，还是选择了上车。女孩说，我知道你认错人了。杨自道笑，说，没有。我知道你不是我认识的那个，只是背影很像。伶俐的女孩说，爱惨了是不是？要不然怎么会便宜了我们这些背影和她相像的人！杨自道笑。

党阿姨煮的猪肝汤因为冷了，很腥。花菜和排骨也都凉了。辛小丰用伊谷夏送的小微波炉热了热，却因为没有盖，汤汁溅得到处都是。尾巴寸步不离地跟着手忙脚乱的辛小丰。吃饭的时候，因为尾巴吃得太慢，辛小丰还要赶医院，只好喂她。尾巴含着饭，就是不吞。辛小丰急得一直塞，结果尾巴腮帮子鼓得大大的。再喂，她就呕了出来，全部吐了。

辛小丰叹着气，心想还是老陈有本事。

辛小丰说，道爸爸在医院吊瓶，药水要人看，滴光了空气跑进去，道爸爸就死了。所以，晚上我要去看药水。你一个人在家行吗？

尾巴点头后，又摇头，眼睛睁得很大，说，不行，我也去医院。

医院太脏了，好多个人挤一个房间，他们都有病，和你以前的心脏病房不一样，那些病会传染。

尾巴似懂非懂，眼神里还是担心。辛小丰说，这个家，今天就靠你了。你把门关好，窗户也关好。别去楼上叔叔家玩了，也不许他到我们家，绝对不许。你记住了吗？

那我害怕，怎么办？

这有什么好怕的？我们家最牢固了。小卓一叫，小偷逃都来不及，还有小发，那个野公鸡，凶得要命，连我都害怕，谁不怕？

辛小丰帮尾巴洗好，水杯里打好水，把尿盆放进房间，又仔细把窗户关死。尾巴跟着他，一言不发。尾巴手指金鱼，辛小丰又把金鱼提过来放在床边椅子上。最后，辛小丰把自己的电话给了尾巴。有事，你就打阿道电话，我和他在一起。辛小丰说，对了，今天晚上，你别跟老陈打电话。要不然他会担心。本来我叫他今天上来陪你，可是他太忙。

尾巴嘟哝，说，我想老陈了……

辛小丰说，那你给他打个电话吧。千万别说你一个人在家，让他给你讲故事吧。辛小丰出门，回头看到尾巴正可怜巴巴地看着他。辛小丰又走回来蹲下。三四十平方米的一间夜晚的屋子，对一个幼童来说，确实太大了。他抱起尾巴，说，我争取早点回来。

伊谷夏放下杨自道的电话，就打了伊谷春的电话。伊谷春还在所里。伊谷夏向他要辛小丰的电话。伊谷春说，你怎么了，那事儿不是结了吗？伊谷夏说，我问他个事，和那事没关系。伊谷春说，没关系找他干吗？大家都忙着。

伊谷夏说，你不给我，我就冲过去找他了。

到底怎么了？辛小丰不在。他那朋友病了在医院。

小丰跟你说，他是病了吗？

是啊，发高烧，好像昏迷了。

可是，尾巴刚才跟我说，那家伙是被刀砍伤的。两刀！我刚刚打电话问那老头，他竟然说他在跑长途！

人家不喜欢你多问嘛。对于你来说，病和伤，不是一回事吗？

我不喜欢他骗我！我偏要揭穿他的谎言！

好了，回头我问了小丰，给你回话，好吗？

伊谷春也觉得奇怪，如果真是被人砍了，辛小丰为什么不说呢？他们到底忌讳什么呢？他那两个朋友看上去是令人费解。挂了伊谷夏的电话，伊谷春打了辛小丰的电话，出来一个非常稚嫩的童音：你找谁呀？

伊谷春说，我找辛小丰。

我爸爸在医院。我接电话。

我是你爸爸的朋友，告诉我，你爸爸怎么了？

小爸爸去陪道爸爸。道爸爸在医院吊药水。

伊谷春也听成了大爸爸、小爸爸。伊谷春说，大爸爸为什么吊药水呀？

他的腿和心脏那里，被坏人砍到啦，很多血。你是谁？

伊谷春觉得这个声音太好听了，他不由笑了笑说，我也是你爸爸。你想认识我吗？

想。女童说，你在哪里呀？过来跟我玩好不好？

现在不行。

电话那边沉默了一下，那好吧。女童明显沮丧。再见。

尾巴放了电话，发了阵呆，又给杨自道打电话，杨自道刚睡着，又给吵醒了。之前，尾巴已经打来四个电话了。辛小丰接了电话说，别再打了！尾巴，阿道一直被你吵醒。等这两瓶药水挂完了，我马上回来陪你。

我要开灯睡觉。我要开所有的灯。

辛小丰说，可以。我回来替你关。

尾巴把电话放了，自己开始脱衣服，可是脱着，木柜那边什么东西哒地响了一下，也许是木头开裂。她僵住了，她转眼看老柜子，又看高高的天花板，看着空旷的、有很多奇怪声音潜伏的大房间，再看看窗外，尾巴嘴巴一扁，想哭了。她不敢再打杨自道的电话，又答应辛小丰不告诉老陈。她决定给伊谷夏打电话，电话一通，尾巴的眼泪就下来了，姐姐……我害怕……

伊谷夏说，你一个人吗？尾巴？

尾巴在电话那边拼命点头。你来跟我玩好不好？我……害怕……

伊谷夏想了想，说，现在太晚了，我明天来找你玩好吗？

尾巴号啕大哭，伊谷夏听不清她在说什么，好像是，那你带我去找老陈……好不好，我想回渔排……伊谷夏下了决心，说，好吧，你在那里等我。不能再哭了，再哭，大灰狼就知道爸爸妈妈不在家了。

尾巴马上收声，说，那，你马上就来。

伊谷夏的父亲在书房琢磨一份合作协议，母亲和保姆在看电视。伊谷夏把睡衣睡裤装好，下来对父母说了情况。母亲强烈反对她去，说，都几点了，不是山里吗，又没有路灯，什么人躲在暗处你都不知道。父亲说，那么小的孩子一个人在山里，确实会害怕，要不我给小蔡打个电话，让他去接来算了。伊谷夏觉得这个主意太好了，她奔向父亲热烈拥抱他。父亲在打司机小蔡电话的时候，伊谷夏妈妈发愁地说，这些男人怎么会带孩子啊。

一个小时后，伊谷夏牵着尾巴进了伊家。伊谷夏把尾巴打扮了一下，黑底红草莓的小外套、灰呢小裙子、白裤袜、干净的小红靴子，一个樱桃小发夹，把她微微曲卷的柔软头发，夹在旁边，露出玉雕一样的饱满额头，一双水黑的大眼睛到处看，花瓣一样的嘴巴微微翘着，很讨人爱。一进门，把伊家父母，连同保姆惠姐都喜欢坏了。伊谷夏妈妈忍不住抱起了尾巴，说，哎呀！天，这么小的丫头！肚子饿了吗？你想吃什么？尾巴说，方便面。阿姨赶紧去煮，一边连声说，观音菩萨身边的金童玉女都没这孩子好看！怎么生的哟！伊父说，是啊，呵呵，比小夏小时候漂亮多了！

说话间，伊谷春就进门了。看到尾巴，他傻了一下，但马上明白过来了。尾巴也盯着他看,有点不好意思。伊谷春向她伸出手,嘿了一声。尾巴很迟疑,并不握手,她说,你是谁?

伊谷春说,你不是才叫我去你家玩的吗?

尾巴不解。伊谷春笑,刚才你在电话里,问我是谁,我也告诉你了呀?

尾巴明白了,说,你是小爸爸的朋友!

伊谷春说,还有呢?

尾巴声音很小,说,也是我爸爸……

所有的人一愣,都哈哈大笑,尾巴抬头看着大家,只有她没有笑。你不是我爸爸,尾巴说,我不认识你!伊谷春过去洗手,他在洗手间扭头,看到尾巴还在远远地偷看他。伊谷春逗她,现在,我们不是认识了吗?所以,我是你爸爸。

不是。就不是!

伊谷春在逗尾巴的时候,伊谷夏到自己房间给杨自道打了电话,没想到是个陌生的声音。他说,杨自道睡着了。伊谷夏以为是杨自道不愿接她的电话,心里有些堵,她猜出是辛小丰,可与此同时,心里就涌起了对这个人酸溜溜的强烈排斥感。所以,她的声音变得很冷漠,说,尾巴害怕,哭了。我把她接我家了。你们别担心。

噢,谷夏啊,尾巴到你家了吗?……

伊谷夏把电话挂了。

六

上午,伊谷夏带着尾巴到医院找杨自道病房的时候,辛小丰正要离去。

这次住院的费用,全部是辛小丰办的。杨自道又说要出院,辛小丰说,你别折腾人了,再感染我也受不了。差不了几个钱。钱的事，你别操心。

杨自道说，那也没必要浪费。上次是那医院处理不认真，不然，我的体质是不可能感染的。明天，无论如何我要出院，在这里，我很烦躁。

辛小丰说，医生不会理你的。我要去上班了，争取中午再过来吧。

别来！我能吃会睡，没事了。有事我打你电话。

辛小丰出了房门。电梯门一开，一个小身子就扑了过来：小爸爸！伊谷夏也跨出电梯。辛小丰一把抱起尾巴，说，逃跑了？胆小鬼！尾巴兴奋地说，姐姐家有鸟！它会讲话——小、黑——小、黑——

辛小丰对伊谷夏点点头，带她们往杨自道病房走。

伊谷夏看着前面的辛小丰和尾巴，两人头碰头地说着什么。尾巴一见杨自道，立刻扭身下地，扑到杨自道怀里，辛小丰出手虽然快，但已拦截不及，杨自道脸都痛歪了。尾巴吓坏了，嗫嚅说，忘记道爸爸身上破了。杨自道也顾不上安慰尾巴，只是用没有吊针的手，摸了摸她的头。他这下子的全部注意力都在伊谷夏那里。伊谷夏的眼神是游移的。杨自道尴尬地笑笑。

小、黑——小、黑——尾巴到处看。

她学我家的鹦哥说话。伊谷夏对辛小丰说，不知道你还在这儿，你的电话让我哥带单位了。你找他拿。辛小丰说，谢谢，我先走了。

伊谷夏随辛小丰走向病房的时候，隐约闻到了一种男人的香水味，现在，辛小丰从她身边离去，她确定是他身上残余的气息，因为不浓厚，好像是城市猎人。这个她不能确定。尾巴伏在杨自道床尾，看着医院门口报刊亭刚买的画报，嘴里吃着巧克力。

你……要不要坐下？杨自道说。

伊谷夏摇头。看在我快结婚的分上，你跟我说句真话好不好？

杨自道发愣，但很快就过去了。他微笑着说，我保证。

你是在跑长途，还是被人砍了在住院？

被人砍了在住院。

为什么被人砍了？

我帮人家一个忙，没帮好，很窝囊，所以……

那你为什么要骗我在跑长途？

不想让朋友们操心啊，这事很没意思的。

你是帮辛小丰打架，对吗？

你……怎么想的？这和他没关系啊，再说，现在他比我会打架。他帮我还差不多。

又开始撒谎了！老头！到底为什么？

杨自道笑，比觉刚刚骂我吃饱撑的。

伊谷夏看着杨自道。忽然，她身子前探，要掀杨自道的被子：我看看你的伤口……杨自道一手飞快压住，而且力气很大，他把自己的伤口都压痛了。伊谷夏见状只好停手。

看一下不行吗？

杨自道摇头，他勉强保持微笑，说，这次我没有骗你，是刀伤，不深。都包起来了，什么也看不到。

既然什么也看不到，你像处女一样地紧张什么！

杨自道大笑，唔，对了……就是老处女……

伊谷夏看着杨自道，杨自道看到了她眼睛里泪花一样的波光，她说，你……从小就讨厌女人是吗……

什么？杨自道吃惊，你什么……

你保证过的，要说真话！

我的天，好了，不说这个了。你的脑筋都是急转弯。我问你，你要嫁的人是什么样的？说来听听吧。

是个医生，聪明死了。所有的护士都想嫁给他，被我手快捞到了。

243

杨自道笑，厉害。他在这个医院吗？

伊谷夏说，当然。你还以为我专门来看你啊。

哦，难怪，杨自道说，我说这两天护士们怎么一个个都不高兴，原来你要霸占她们的医生了。你还是赶紧走吧，不然知道我是你朋友，她们换药打针更要下毒手了。

伊谷夏站起来，陈杨辛，走不走？

尾巴抬起头，是不是去你上班的地方？伊谷夏点头。

去！要去！尾巴收拾画报和巧克力盒子。杨自道知道伊谷夏心里不顺畅，但他也没有解决良方。他看着伊谷夏，礼貌地微笑着。伊谷夏似笑非笑地斜睨着他，她看到杨自道的眼睛很复杂，在淡漠与温情在嬉戏与难舍之间陈色糅杂，又像深渊一样不可捉摸。伊谷夏突然嘿嘿一笑，对尾巴说，我们要不要溺爱大爸爸一下？

尾巴说，什么？

伊谷夏走到杨自道床头，忽然埋头就是一吻。吻在他的颈窝里，她狠狠地吸了一口气，却并没有一丝城市猎人的味道。杨自道还没有反应过来，尾巴已经接踵而上，笑呵呵地也在杨自道的脖子上亲了两口，巧克力都蹭在他脖子上了。杨自道一手抱圈着尾巴，笑说，谢谢。路上小心啊。

小、黑——小、黑——

伊谷夏牵着尾巴出去了。

开早会教导员训话的时候，伊谷春就在研究辛小丰的手机。有四个未接电话，一开始觉得打开"显示"不妥，可是，伊谷春很想打开。想到电话反正在尾巴手里，随便乱按也是正常的，伊谷春就按了显示，未接电话全部是"树林里"，没有名字。再看时间，从半夜十二点到一点多，树林里给他打了四个电话。辛小丰调的是震动提示，所以，手机在尾巴的小书包里震，昨晚，伊家人都没有注意到。

"树林里"是谁呢？这么晚了，这么密集的电话。伊谷春又按开他的短信菜单。收件箱里有三个未打开的短信，发信人还是"树林里"，而发件箱、草稿箱全部是空的，就是说，辛小丰有随手清短信的习惯。伊谷春看了未读短信好一会，又把它打开了。第一条，21：29发来的：我回来了。刚下飞机。你在哪儿？伊谷春又打开第二条，23：40：我到家了。给你带了小礼物。我来接你好吗？第三条凌晨1：20：你怎么总是不可捉摸呢。求你！接我电话！

久经沙场的伊谷春，竟然感到了自己的心跳。辛小丰把过往短信删得如此彻底，正说明这些短信不可停留的性质。

散会后，伊谷春刚回到二警区的办公室，辛小丰就上来了。看到自己的电话在伊谷春桌上，他直接拿了过去，很快地查看什么。伊谷春猜不出他在查看哪个部分，因为他的脸上看不出表情。

伊谷春也不动声色，他说，莲岳二里的那个武疯子昨晚又把邻居老马家的门捅坏了，还要杀他孙子，现在吵得很厉害，老吴已经带小丁过去了。不行可能还是要你过去，都说老马夫妇最听你的话——你生病的朋友还好吧？

辛小丰嗯了一声，他还在低头看手机。伊谷春觉得刚才也许把那几个未读短信直接删了更好，但又觉得不妥。辛小丰是个心细如发的人，他和那个树林里一联系，就会确认对方发了几条短信。而所有的短信都失踪，是尾巴办不到的。保留它，却有一半的可能，是孩子随意操作的结果。伊谷春这么一分析，目光也坦然了。

辛小丰确信手机被伊谷春看过了。他不相信凌晨1：20，尾巴还在玩他的手机。室内设计师的这三条短信内容，伊谷春自然半眼就看出了门道，但伊谷春不动声色，辛小丰也只能若无其事。辛小丰感到伊谷春就像一个来自天空的阴影，鹰隼一样地张翼，越来越暗地笼罩在他的身边，他感到自己走不出这个阴影了。昨晚，伊谷夏来电说尾巴在她家，他当时就心里一沉，平时他们只是告诫尾巴不要理睬卓生发，没想到，还有尾巴面对伊谷春的一天。而伊谷春职业性的阴森犀利，和鬼祟无聊的卓生发，完全不可同日而语。他的眼睛能把干枝盯出汁来。昨晚，伊谷夏电话挂得很快，辛小丰的第一个念头，就是希望尾巴没有把电话带走，虽然电话尤其是短信，辛小丰自信自己不会留下任何痕迹，但是，设计师的短信尤其是他喝多时的短信，突然进来是相当要命的。辛小丰从来是看了速删，一般也不回复。不过，辛小丰转而又镇定下来，就让伊谷春看吧，凭这，他又能求证出什么呢？用比觉的逻辑来解释，这些都是蜡烛底下以外的秘密。

　　正在一楼值班的、外号叫阿猫的警察敲门进来，说，前田所一个警察过来要人，他们所领导想把"王来富"移过去并案审理。辛小丰看到伊谷春眼里一丝狐疑的目光。阿猫说的是前晚抓的一个摩托贼王来富。伊谷春和辛小丰下楼。那个前田所的同行，三四十岁的样子，穿短式警便服，表情严肃。一看到伊谷春，他就递过一支软中华。伊谷春生嗅着烟，把来人让进值班室里间。伊谷春说，好久没见赵同立了，他是我同学。来人说，啊，就是赵所长叫我来的。支持一下！

　　伊谷春点头微笑。辛小丰直觉来人可疑，递烟的时候，他也看到了那人手腕上隐约的刺青，有点像杨自道胸口的刺青风格。辛小丰不能确定伊谷春那个角度是否能看到刺青，但是，现在，伊谷春的笑容，辛小丰太熟悉了，那就是猫玩老鼠的微笑。伊谷春说，好的，没问题。你稍坐一下。

　　伊谷春走了出去，辛小丰也跟了出去。伊谷春穿过所大厅，一直走过暂住证办理外窗，他到了大门口。所大门前面十来米的地方，是几棵老芒果树，陈旧斑驳的老树下，总是站着人，站着那些想进派出所看亲友，又不敢不能进来的歹徒亲友团。伊谷春喝了一声，王来富！果然，辛小丰看到树下蹲着的几个男女都站了起来。伊谷春一挥手，那几个人迟疑地走过来，伊谷春迎了过去。你们是王来富什么人？一个女人说，我是他老婆。伊谷春点头，一边细看着这几个民工模样的男女。突然，他大喝：就给这一点钱，你们还想捞人？

几个人都呆了一下，互相看着。那女人说，不少了，昨天在你们大厅就给了四千了。说弄出来再给两千，加起来六千啊！我们一年才……

伊谷春点头，好。他对辛小丰说，把他们请到我办公室，把笔录搞定。辛小丰知道楼下那家伙完蛋了。他可能还在和阿猫侃侃而谈。辛小丰一直没有问，伊谷春是从哪里看出破绽的，后来阿猫说，赵同立两个月前就调青川所去了。那个敢来派出所捞人的酒店前保安，果然就着了套。辛小丰后来看到伊谷春在上报材料上填的是三年劳教。真是够狠的。

第九章　谜底即将揭开

一

杨自道、辛小丰和陈比觉，从医院回到天界山的时候，卓生发就站在他们的房间里，他来不及锁门出去了。那一瞬间，卓生发看到门外三个男人的脸都是青灰色的。这一眼之后，卓生发感到胃部一阵爆痛，自己就倒在地上了。小卓不知从哪里奔窜赶回增援，冲进来就要跳咬比觉。比觉一个大脚，踹在它的腰上，小卓嗷的一声，痛得马上塌腰垂下尾巴。这一打把卓生发刚才还有的一点点不安，打没了。他跳起来，顺手抡起门边的拖把。辛小丰走到他身边，几乎是脸对着脸，一把拧掉了卓生发的拖把。卓生发受不了辛小丰眼睛里的轻蔑。他喊，我不能来看看吗？几天都没有尾巴的声音，那么小一个孩子，做房东也好，做邻居也好，关心她一下不行吗？

三个人都没有想到卓生发用这个理由。

打架的时候，杨自道靠在红砖柱子上。卓生发吼完，杨自道挥挥手说，对不起，我们只是不习惯你这样。好了，没事了。你走吧。

那天还是我叫尾巴让你赶紧住院的，那么危险……没有人接卓生发的腔。卓生发觉得这些人简直不是人生的，一个个铁石心肠。

他四下看了看，带小卓回二楼去了。

辛小丰去烧开水的时候，党阿姨来上班了，比觉带了岛上买的野生鲈鱼、红膏蟹，到厨房交代阿姨怎么做后，他回到房间。三个人把门关了。

辛小丰说，先说坏消息吧。姓伊的怀疑我和水库那案子有关。

杨自道说，他不是一直是疑神疑鬼的人吗？

是，但是，现在他是很有针对性的了。他肯定是捕捉到了什么。他总是对我谈水库案。他在观察我。

你是那边的人，和你谈这个正常啊。比觉说。

辛小丰摇头。这人是十几年的重案刑警，这辈子经历了多少案子，可是，他只对我谈水库案，其他都没有谈。那天，他告诉我，那个案子被人发现的时候，已经过去四天了。尸体呈巨人观——就是尸体肿胀膨大成巨人，非常难看，他说，调查访问的时候，都说那女孩很美，但是，他看到的极其恶心。

他凭什么怀疑你呢？杨自道说。

也许，他陈述案情的时候，我的反应不正常吧。

你很紧张？不自然？比觉说。

我不知道，也许吧。我确实难受，很煎熬。我很怕独自和他待在一起，这种折磨……如果人多——只要有第三个人在场，他就不会说这事。

你为什么说他是故意的？比觉说。

因为我了解他，越来越了解他了。他告诉我，现场遗留了精液和指纹。

屋子里很安静，包括辛小丰自己，三双眼睛都看着辛小丰的左手，辛小丰低声说，现场那个唯一遗留的指纹，看来已经被采集提取了。所以，我觉得——

杨自道和比觉都盯着辛小丰，盯着他的左手。辛小丰实在没有毅力说出那个最坏的推测：伊谷春已拿走了他的指纹。他自己也在顽强抵制这种猜想。比觉追说，你觉得什么？

也许……辛小丰忽然声音一亮，算了，是我多虑了。

另外两个果然是震惊的表情，但是他们都是沉默的。辛小丰说，其实，他注意它——辛小丰像发言一样举着自己的手，不是一天两天了。是我反应太慢了。

杨自道和比觉还是沉默着。

我知道你们难以置信，辛小丰说，我也不愿意承认，最近我一直睡不好，我觉得姓伊的基本都掌握了。这个人的确很麻烦。我说他一两件事，你们就明白他了。有一次，我在他车里，他开车。一辆和我们同向的出租车，超过我们。他突然加速，一下子把的士车给别住了。我们跳下来，让里面的四个乘客全部下车趴地，包括司机。车后排的地上，报纸包着四把大刀；前座的包里，竟然是一把手枪！这些人交代说，是帮人讨债去的。后来我问他，你为什么突然会怀疑那辆车？就这么一点交会时间。他说，里面有个家伙看了他一眼，那个眼神不对劲——看，0.1秒，就凭这么丁点的东西，他就敢下手。还有一次，算了，太多了，不说了。

杨自道说，那不坏的消息呢？

辛小丰说，水库那事，由于经办人员有点内讧，基本搁浅了。他们怀疑是村里的小混混干的，小混混也屈打成招了，但证据关过不了。坚持另有其人的经办人，因为官场失意没什么斗志，而且，马上就要退休了，也许现在已经退了。

杨自道点着头。三人交换了眼神。很明显，对他们来说，现在最致命的狙击手，就是姓伊的了。如果小丰感觉正确的话。

我看现在鱼市批发挺不错的，小丰还是出来吧。比觉说，我们先贷款，以你的聪明，搞得好一年就大见成效。尾巴第二次手术，我们也不会再那么狼狈不堪了。

辛小丰看了杨自道一眼，开始抽烟，他扔了一支给比觉，比觉把烟又扔回去。真戒了？辛小丰说。比觉点头，辛小丰笑，十多年的老烟枪啊，说戒就戒了？比觉笑，如果你改行了，我就再抽。

你别做梦了。我就一条路走到黑。辛小丰说。

是啊是啊，你他妈就是一根筋。祸国殃民的一根筋！

辛小丰的脸色黑了下来。杨自道说，比觉你他妈别说了！我告诉你，就是我们发财了，你也过不好！你天天抽软中华，你天天抽熊猫，你也过不好！

你知道我意思。这白痴在玩火！比觉说。

三个人沉默着，谁也不看谁。杨自道和辛小丰在抽烟。比觉盯着尾巴的小金鱼。空气是紧张的。

砰——砰！砰！房门大响，党阿姨声若洪钟：大白天的，锁门干什么呀！辛小丰过去给她开门。门口，党阿姨提着拖地桶，嗓音震耳朵，三个大男人，锁什么门啊锁！搞卫生啦搞卫生啦！能走动的都出去！

比觉和辛小丰退出去，比觉经过党阿姨的时候，说，小声说话好吗，他是病号！党阿姨白了比觉一眼。比觉已经被院子里的人吸引，伊谷夏和尾巴手拉手站在那里。比觉一笑，尾巴扑进他的怀抱。伊谷夏和辛小丰站在一起，辛小丰感到了伊谷夏表情的古怪，但还是礼貌地打了招呼，说，谢谢你。伊谷夏说，整座山都听见了，三个大男人大白天锁门……

辛小丰尴尬地笑，那个……没注意……

好了，尾巴还你们，我回去了。

进去休息一下吧，阿道看到你会很高兴的。

伊谷夏觉得辛小丰的话很奇怪。比觉抱着尾巴过来说，多亏有你，去里面坐坐。尾巴也伸手拉伊谷夏。比觉说，去吧，跟阿道打个招呼，我们慢一步，那保姆嫌我们碍手碍脚，很凶。

伊谷夏犹豫着，还是走了进去。屋子里是非常浓重的烟味，充满男人的气息。杨自道半靠在床头，人瘦毛长胡子拉碴。看到她便说，你没开车来吧？伊谷夏说，开！我现在长进多了。尾巴跑到杨

251

自道身边，往他嘴里塞了块越南椰子糖，就跑到自己的小金鱼缸边喂鱼。伊谷夏看到杨自道表情有点沉郁，说，怕我把尾巴撞坏是不是？杨自道说，是。下次你开车别带她。我是认真的。伊谷夏已经没有像他们初识时那么情绪转化自如了，脸色也黯下来。看她不快，杨自道笑着补了一句，但我可以陪你出生入死。

伊谷夏果然有了笑意，说，放心啦，我们打的来的！

杨自道看着尾巴说，怎么样，你父母还有你哥，都喜欢她吗？

我哥准备做他的第四个爸爸。伊谷夏说。

杨自道睁大了眼睛。尾巴头也不回地说，我才不要。

杨自道和伊谷夏同时问，为什么啊？

就不要！我有啦！有很多啦！妈妈还可以要。

伊谷夏说，谁也不想当你妈妈。你那么坏！

尾巴转过身来，习惯性地曲臂，贼贼地指着伊谷夏，晚上睡觉的时候，你不是让我叫你妈妈吗？我不叫，你就不讲故事……

伊谷夏这个基本不脸红的人，脸腾地烧着了。她扑向尾巴，胳肢她痒痒，在拖床底下地板的党阿姨也戚戚笑了，杨自道也大笑，正要跨进屋的比觉辛小丰也相视而笑。

二

一个推着家庭主妇买菜用的简易行李车的青年男子，在第六市场口唱歌。嗓子非常漂亮，卓生发推着自行车过去的时候，被吸引了。那人唱的好像是《月亮代表我的心》，感情颇为真挚。卓生发经过人群的时候，不由扭头看了一眼，一看，吓了一跳，那是个面部烧伤得只剩几个洞的人，眼睛是会动的洞，鼻子是朝天的洞，嘴巴是个大点的洞，可以看到挺整齐的牙，一边耳朵也烧得卷糊起来了，看上去就像肉色泥塑的一个人头坯子。但是，就这样，那个人一手推着行李车上的小音箱，一手持话筒，他在歌唱。这次，他唱的是《我的祖国》。

卓生发站在他不远的地方听着。

一条大河波浪宽，风吹稻花香两岸，我家就在岸上住……一个卖油条包子的摊主，把油锅敲得砰砰响：过去一点！讨饭的，别挡我的道！——一个伙计上来使劲推了把唱歌人的背，示意他走开，小伙子推动自己的音箱推车，走了几步，歌声并没有间断。可是，移过来，挂着红灯罩子的熟食摊子也不乐意了，吆喝着：走走走！到中山路去唱！到人民大会堂去唱！人群中真的有几个人被他的驱赶逗笑了。小伙子被迫又移动了几步，后来他干脆移动着唱：这是美丽的祖国，是我生长的地方，在这片辽阔的土地上，到处都有明媚的风光……

卓生发的眼泪就快下来了。他低头过去，往这个人音箱边的搪瓷杯里放了十块钱走开。他听到两个送海水的人在骂，干你姥，这么小的地方，唱得大家都走不了路。

春天之后，卓生发和他的马路对手都忙碌起来了，而且现在对手又好像增加了，不止是假证、男女公关，还有发票购买、二奶侦探、枪支弹药、汽车走私等不辨真假的小张贴，大路上，汽车驾驶员被赠送的妓女小广告也多了，风一起，马路上时有小片片蝶舞。这不是卓生发的职责范围，他就不管它。

离开市场，卓生发又巡视清理了一条状元街后，往西走。旧码头边的林家大街，解放前就是个老市区，现在都空心化了，四周很清净。在几棵高大的木棉树下，卓生发坐在一个像鼻孔一样有两个眼的小井边。井边有张石条长椅，石椅面被人坐得油光水滑，也许有一个世纪了。卓生发每次坐下来都会想，唔，多少屁股坐过这里，多少屁股早已腐烂成泥，而椅子还在这里呢。

卓生发慢慢地喝着自带的茶水。小卓在家，它被楼下那个大个子踢伤了，尾巴一直垂着不愿下楼，这让卓生发比自己受伤还痛苦。那个大个子，一身蛮力，踢得小卓上楼后，都不愿意卓生发触摸它的腰。

那天下午，从宠物医院回来，卓生发一个晚上都在听楼下的动静。那个深夜，姓辛的走了，只有大个子和姓杨的在屋里。开始都是电视的声音，和尾巴的对话，讲故事。后来，电视安静了，孩子也没有声音了。下面是吃药的动静，就听到大个子说，何苦要惹这个麻烦？姓杨的说，没想到他们有刀。大个子换了话题，说，小丰这家伙手上好像忽然宽裕了。上午我去结账，他把我推开。

——这一千我明天也不带走了，给尾巴买东西吧。

姓杨的说，你带走。这儿够。烟你还是抽吧，不知道能抽几天呢。

安静了好一会。卓生发以为他们睡着不再对话了。大个子的声音又低低地出现了：我说，那个傻丫头，你应该对她更好一点。

我的事你少操心。

知道你怕麻烦，可是，你想深一点，也许尾巴将来不用去孤儿院。

卓生发听不到姓杨的有没有回答。又是一阵安静，还是那个家伙的声音响起，声音有点鬼祟：嘿嘿，你应该笼络好她，搞好关系。真的。

你他妈太实际太会算计了。

没办法，科学家的品质：求真务实。

这两天，卓生发从白天琢磨到深夜，琢磨着楼下的信息。

卓生发的本子上是这样记录的：坏消息——水库那事——搁浅——坚持另有其人的人——已退休——

还有两句，卓生发也玩味——我没有想到他们有刀——这就是姓杨的受伤的秘密吧。听上去是一个疏忽、一个轻敌的代价，那么，当时姓杨的在干什么？还有一句——烟你还是抽吧，不知道能抽几天呢。这是一些多么不安定的灵魂啊。还有一句让卓生发强烈兴奋的：那个傻丫头，你应该对她好一点——笼络她——搞好关系——这肯定是指那个伊谷夏，为什么呢？要把尾巴转给她，摆脱那个投胎转世的女人？原因不太清楚，但是，可以肯定的是，他们要利用那个单纯天真的姑娘了。

双孔井边，卓生发把玩着坠落的木棉花，一点点琢磨着楼下的话。忽然，一辆三菱吉普从林家大街街头疾驰而出，一个人推着小行李车——像是下午看到的那个残疾歌手——他要横穿马路，他似乎没有看到转角出来的汽车，汽车也太快了，一点都没有减速，天色正处于白天与黑夜的交接点，路面落满大叶紫薇的红树叶。卓生发看到那车把那个行人剐蹭在地。卓生发失声叫喊，天啊！没有人听到他的惊叫，这个僻静的路段，除了飘飘红叶，什么人也没有，汽车疾驰而去，消失在苍茫的街角。比刚才它从转角出来还快。

卓生发僵看着前面的天空，夕阳完全落入海面。天空里布满浅灰色、深灰色和浅棕色的涡流一样的云浪，汩汩稠稠，漩涡般堆涌，也像老树上的瘤子。卓生发恐惧地用双手捂脸呜咽：上帝啊，我看到了法灭时代的天空……

伊谷春伊谷夏兄妹开着车，在子夜的大街。伊谷春刚回家，才按楼道防盗门，伊谷夏就说，你别上来，我要下来，你陪我去吃夜宵。

伊谷春开着车。伊谷夏说，你问辛小丰没有，哥？

问什么？

就那明明被砍，非说是生病的事。

没什么好问的。我都累一天了，这不能在家里说吗？

他们说那个林阿婆鸭肉粥非常好吃，我是专门请你啊！

好吧。不过我真的很累了。

是这样，我明白了，那老头是为了辛小丰和别人动刀的，所以，辛小丰也不愿意说实话。他们都不愿说真话。

拜托，辛小丰自己打架就跟恶棍一样，要谁帮啊。

那你以前不是也帮他打过架？在公园那次，你们都受伤了。打架这东西说不准。而且我想起来，我第一次认识老头的时候，他的脖子和小臂都有伤。

随他们的便吧，你少理他们就对了。还有多远？

拐过鹭江大道。告诉你一个秘密，辛小丰身上有城市猎人的味道！

伊谷春不明白，扭脸扫了一眼满脸诡秘的伊谷夏，但他不爱着她的套。伊谷夏急了，你这个老土！伊谷夏说，是男用香水，非常高档前卫的法国香水！

你闻错了。

切维浓，菲律宾那个矮矮的客户，每次来就散发这个味道，阿领的表姑姑就是卖香水的！不过……那老头身上没有。一点也没有，我考察过了。

伊谷春一下就想到了"树林里"。那你觉得他们是怎么回事？伊谷春说。

有第四者插足了！他们有太多的秘密了！

是啊，跟你依然没有关系啊。

我不能在他们的秘密之外！有第四者，就可以有第五者。

伊谷春和蔼地冷笑着。

太奇怪了，这三个人非常要好，好得超出外人想象。我是说，那种彼此的眼神，比亲兄弟还贴心。其实，渔排那个，骨子里也很有教养，虽然没有老头通透，但也绝不像房东说的那么冷酷可怕。对我来说，他们实在都太聪明、太引人入胜了。辛小丰你最清楚了，眼神很干净。他们对尾巴的爱护，看了我都想哭，那是男人内心最美好的真情。你看，走马灯一样，我见了那么多谋婚的对象，还有五湖四海的客户，我还是觉得，他们三个人最特别。你看这大街上，随眼看去，这些都是什么男人啊，自私自利、猥琐、无趣、自以为是、贪婪自大，眼神不是像木头就是像大粪。这些人啊，开着名车，你立刻不想要那名车了；他浑身是钱，你立刻觉得原来钱多也没意思；这些人成了名流贤达，你立刻觉得名望原来都是垃圾箱啊；这些人……

等等，伊谷春笑得很狡黠，你怎么会说辛小丰眼神——干净？

不对吗，至少比你纯洁干净啊。

伊谷春哈哈大笑，说，你的功力还捕捉不到他不干净的东西。你不觉得他们三个——很孤独吗？

站在世俗的角度上看，可能，有点吧。

我是站在警察的角度上看。

不管你怎么说，现在我很想融入他们，成为他们中间的一员，成为他们最可靠的朋友。那样，他们也就不孤独了。

伊谷春笑，省省心吧你，白费劲。你和他们格格不入。他们这种关系，也许是共同经历了一件事，那件事可能生死难忘，非常美好或者非常惨烈，所以他们才会形同一人。你等着看吧，谜底会揭开的。

吃了鸭肉粥回去，伊谷春辗转反侧睡不着。上午师傅来了电话，说退休的手续办了，但是，新上任的局长，两次找他谈话，诚心留用，请求他至少再调研一年，也给培训基地的新警察上上课。因此，他不能那么快过来旅游，但是，绿笋出来的时候，他一定会过来，会带很多绿笋给徒弟吃。

师傅的心情不错。说纤纤到底还是离婚了。儿子被男家拼死要走。师傅说，有空你给纤纤打个电话。伊谷春说，春节前她给我寄了贺卡，没有说这事。师傅说，她当然不方便说。我觉得你可以再试试。伊谷春不置可否。纤纤是师傅的小女儿，伊谷春当年对她一见钟情。师傅夫妇也中意伊谷春，暗中帮忙。但是，小女儿心上有人，流水无情。

伊谷春在电话的最后问，水库强奸灭门案，嫌疑人到底有几个？师傅回忆还是思考了一下，说，从现场上看，起码两个，我个

257

人倾向于三个。问这陈年老案干吗？

伊谷春笑，嘿嘿，找个理由去看纤纤啊。

睡不着的时候，枕边电话响了。伊谷春第一感觉就是辖区又发生案子了，接起来却是伊谷夏的。伊谷春说，怎么了？伊谷夏说，只问一个问题，为什么那老头身上没有香水味？我刚才忘记请你分析了。伊谷春气不打一处来，你就用这个破事折磨人民警察？

他们那么好，一起打架一起快乐，零距离。为什么他没有？

我分析不出来。

你信口胡说也行。

我不了解这个群体，或者，根本就没有什么同性恋。也许他们全是不折不扣的男人，都爱女人——这下，你满意了吧——不许再打过来！我明天一早要去分局开会。

三

杨自道路过闽南广场西路口时，想想还是去了那个烟酒小店。他把车像上次一样停在树下。他对店员说，上次我买了一包厦门烟，钱付了，烟来不及拿走。正好有人骑摩托抢包，乱了。店员迟疑着，杨自道本来也不抱希望，便说，那算了，你再给我一包吧。他付钱的时候，店老板闻声从货架后面出来，盯着杨自道一声大叫，哎呀，给烟给烟！他吩咐店员。你怎么才来呀大哥！电视台、报纸的记者都来问我，说那个见义勇为的师傅什么车号，长什么样，嗐，我哪里记得！半个多月了，报道说你受伤了。你没事了吧？

杨自道含糊点头，拿了烟走。刚进了车里，店老板又追了过来，又递过两包烟说，不好意思，这个，是真烟。杨自道说，啊，这样，那我是不是经常抽假烟？店老板说，唉，也就是假冒别人的牌子了，烟丝什么的质量都不错。我自己也抽。只是怕对不起你，所以……

杨自道把假烟还给店老板，店老板摇手说，送你了，你对比一下。

杨自道谢了店老板往筼筜丽景而去。伊谷夏上午打了电话来，约车。到了小区门口，伊谷夏背了个大包过来，就一个人，说是包车去华溪。杨自道笑，说包车来回六百啊。伊谷夏说，我问过行情了，人家四百五也肯跑的。我给你六百，回程你让我开一开。杨自道不置可否地笑笑。上了高速，伊谷夏说，路还长呢，说几个你们小时候的故事吧，你，小丰，或者比觉的都行。

小男孩都那样长大，也没有什么特别的。

你比他们大好几岁，怎么会玩在一起？

杨自道说，我小时候养了一只大白鹅，放学的时候，我会带它去河边城墙下吃草，相当于放牧。那天天快黑了，我带着鹅回家，路过野渡口，听到芦苇丛后面有惊慌短促的人声。那里原来是摆渡的，水很深，再过去点有急涡流。我过去一看，比觉掉水里了，辛小丰在拼命拉他的书包，可是，书包带断了，我看到的时候，辛小丰也栽下去了。原来两个小家伙那时都不会游泳。我把他们捞起来的时候，两个人都在一边喘息发抖一边吐河水，比觉还被我狠狠揍了一拳，他在水里胡乱挣扎，差点把我也淹死了。

后来呢？

后来就在一起玩了。他们两个是好朋友，同班，比我低三级，但我们在不同的学校。小丰小时候不长个子，永远坐第一排。他的个子是高中以后突然蹿上去的，他妈妈是镇医疗站的医生还是护士，很漂亮，没有离婚时就被传作风不太好，名声很大，所以，很多人欺负他，他总在打架。急起来会掉眼泪，没有哭声地掉眼泪，边掉边打。比觉个子很高，都是比觉在保护他。他们两个学习成绩都很好，所以老师特别宠他俩。

比觉在学校很霸道吗？

也不会，但是他个子大，爱看书，在班上很有力量，一般同学不敢招惹他。不过社会上的小混混不怕他。比觉小时候比现在斯文，容易脸红。现在你看他，动不动像一头野兽。小时候我们很爱去他家玩，他爷爷奶奶都是吃斋念佛的，爸爸妈妈也特别温和，总由我们上房揭瓦大闹天宫，但是，村里的人都说，比觉是知青扔掉的孩子。比觉自己也将信将疑，每次都让我们观察他和他父母、姐姐，问到底像不像。

像不像呢？

不像，杨自道笑，确实不像。那时候，我和小丰不知轻重，总是努力发现并告诉他，他哪里哪里都不像他们家的人。他妈妈只有一米四多，他二三年级就超过她了。这样，比觉特别悲伤，尤其是受点委屈的时候就嗷嗷叫，我要去找我亲爸亲妈！比慧就刮脸皮羞他蠢。他们家真是挺不错的。我和小丰时常想念他们家。

你小时候很坏吗？伊谷夏说。

杨自道点头，说，很坏。在我们铁路宿舍，邻居说，我坏到没事就隐蔽在宿舍墙角，看到人就从背后冲过去，猛打一拳就跑。大人、小孩都打。

哇！真是够坏的啊。你是铁路的孩子？

算是吧，我父母在铁路中小学当老师。那是中小学连读的学校，在郊外。小丰和比觉所在的那个学校，和我的学校就隔一条小河。

那你家里还有谁啊？

我母亲七年前去世了，家里还有父亲和我哥哥。父亲退休了，母亲去世对他打击太大，他变得斤斤计较、迟钝多疑，不太讨人喜欢。

幸好你哥哥还可以照顾他。

杨自道看了伊谷夏一眼，说，在我初中的时候，刚参加工作的哥哥被拖拉机撞了，脑部受损，几乎不能说话。本来很能干的一个人，全变了，工作能力基本丧失，木木的，算是工伤，铁路每月给点生活费，养着他就是了。后来，我母亲给他娶了个农村媳妇。媳妇和他家里人都很厉害，我哥哥也谈不上被照顾，吃了什么苦头，他也不会说。

那你为什么不回老家呢?

杨自道没有说话。

伊谷夏说,很多年前我去看过我哥哥一次,那边人讲话我听不懂。大街上有很多狗,其他没有印象了。你会讲那边的话吗?

我听得懂,不会说,铁路孩子都说普通话。

伊谷夏从她那个大包里,掏出一瓶冰红茶,开了盖递给杨自道。

你们三个有秘密。伊谷夏说,对不对?

杨自道拿起冰红茶喝了几口,还给伊谷夏,唔,他说,你说呢?

你们这种三角关系,怎么会稳定呢?

三角形才是最稳定的,数学老师没有教过你吗?杨自道说。

如果我加入进来呢?伊谷夏想了想说。

你加不进来。

我硬要加入进来呢?

那你就毁了三角形的稳定性。你就毁了三角形。

——你干吗?

杨自道一手抓住伊谷夏的手,伊谷夏微笑着,另一只手开始解杨自道的衬衣扣子。杨自道一手开车,一手还是想控制伊谷夏的两只手,车子因此左右发飘。杨自道急:告诉我你要干吗,我配合你……

伊谷夏笑眯眯的,你好好开,就是配合我了。我要看看你的伤口。

不是好了吗!快放手——这是高速公路!

你用屁股开车都没有问题,120,你吓不了我。不让我看,总不让我看是吗?我!偏!要!看!说话间,安全带下,伊谷夏已经解开了杨自道的三颗扣子。她看到了杨自道的伤口,针脚还是红色的,微鼓,也看到了杨自道胸口拙劣的蓝色刺青。杨自道放弃了抵抗,他的脸色非常难看。

261

伊谷夏说，你不让我看，就是因为这个扎眼的文身，是吗？

杨自道不吭气。

其实，这没什么啊，你小时候那么坏，有这个也没什么太奇怪的。以前的小流氓都喜欢这样炫耀吧。刀疤好长呢，嗯，文身确实是难看了点，木匠文的吧？不过，你的胸型很棒喔，胸肌漂亮，皮肤很Q，它们都比你的头发年轻……

杨自道依然沉着脸开车。伊谷夏把手停在他的胸口，慢慢地抚摸着他的刀疤和刺青，她的指尖在临摹它们的图案。杨自道依然不吭气。

你有心爱的女人对不对？你并不是同性恋——对不对？

杨自道点鸣超过了一辆车。车速在120到130之间。伊谷夏的手，依然摩挲着他的胸口。从伊谷夏的角度看他，他咬着牙，脸色太难看了。他似乎打定主意，不再理睬她。

喂，你知道吗？辛小丰身上有男用高档香水的味道，你闻到过吗？

杨自道没有表情。一个家伙游移在快慢车道之间，杨自道猛地狂按喇叭。那种连续的令人窒息的疯狂长鸣，吓得那车子缩了进去。伊谷夏说，那是非常顶级的法国香水，不是什么小白领用得起的普通香水。它叫城市猎人，呵呵，城市猎人在我看来，就是狙击手啊，谁遭遇了都在劫难逃……

杨自道脸色青白，但他看也不看伊谷夏。伊谷夏的手依然执拗地在他胸口触摸，有时轻如蚁行，令他发痒难熬。杨自道忍着，伊谷夏渐渐把手往他的小腹延伸，她的有点冰凉的几个指头，像弹琴一样往下跳荡，杨自道出手挡了一下，伊谷夏故态复萌，另一只手马上过来帮忙。杨自道咬牙切齿。

你真当我是空气了，是吗？好吧，我跟你说一个梦，前天晚上，我梦到你了。我们在游泳，后来天上乌云滚滚，大家都离开海滩了，可是，你不愿意从水里出来，我哥哥在岸上叫我，你就是不愿走。白蓝色的警灯在警笛中闪亮,似乎出了什么大事。我哥哥怒气冲冲地走了,海滩已经是蓝黑色的了,黑浪滔天。你抱着我,在暴雨中走到沙滩边一个翻扣的木船边。

伊谷夏的手指时不时探到杨自道的皮带以下,就像看看他的裤腰是否合身。这样单纯又暧昧的、欲退还进的顿挫穿插,杨自道的身子不由阵阵绷紧。你知道我们在沙滩上,我们在黑色的暴雨中干了什么?我在舔你。除了暴雨声,我什么声音都听不到了,你的皮肤在燃烧。我看不清你脸上是泪水还是雨水。我伏在你身边,雨水从我的头发上、鼻尖上,从我不大的乳房上,不断滴落,怎么都舔不完,我一路舔下去……

伊谷夏的手,抽开了杨自道的皮带扣头,另一只手,拉开了杨自道的裤子拉链。杨自道眯起眼睛,他几乎看不清前面的路。他打了转向灯,车子折向紧急停车道。伊谷夏的声音如波涛起伏,阳光金绿炫目,空气在跌宕,令杨自道窒息。车子一熄火,杨自道啪、啪地摁开双方的保险带头,伊谷夏就被他重重摁揽在了怀里。杨自道的喉咙比沙滩还干,什么也说不出来,他也不想说,他只动手。伊谷夏发出短促而间断的叫唤,这个声音听起来是如此天真热烈,又如此无辜而惊异,甚至有点荒谬异形。伊谷夏挣扎着喊,你——果然——不是同性恋……

杨自道一把揪拉起伊谷夏的长发,把她揪离了自己的身体。这个瞬间太快了,动作突兀而粗暴。两个人都在车里发怔,有点面面相觑,伊谷夏不知所措地瞪着杨自道。杨自道闭上了眼睛重重后仰在靠背上。渐渐地,他的呼吸平稳了,喉咙没有那么干了,能够吞咽口水了,但是,他依然什么也不想说。

杨自道重新发动汽车。

伊谷夏说,你会不会爱上我?

杨自道开始疾驰,开得非常专注。

伊谷夏说,你会不会爱上我?

杨自道自己咬转开冰红茶瓶盖，喝了几大口，再摸索放好，然后，他开始摸索香烟。伊谷夏拿起烟盒，抽出一支放在自己嘴里，点着了，塞进他嘴里。

你会不会爱上我？伊谷夏说。

杨自道毫无表情，他深深吸着烟，摇下一点车窗。车子的速度已经在140，他们在车流中灵巧穿插飞速前行。车窗摇下后，高速路的轰鸣扑进车内，很吵。伊谷夏突然去抓扭方向盘，她喊，你会不会爱上我？

车子差点撞到一辆集装箱车尾，杨自道连忙控制方向盘，几乎同时，他右手卡住了伊谷夏的脖颈，把她牢牢叉卡在她自己的靠背上。他一手开车。伊谷夏被卡得咳嗽，她咳着喊，你会不会爱上我？

杨自道摇头，摇得很慢，但是很明确很坚定。汽车在飞驰，伊谷夏看着两边的农舍村庄，泪水渐渐模糊了眼睛。杨自道的手松开了。她转过身子正对着杨自道，杨自道假装没有看见，他一直直视前方。他看到泪眼模糊的女孩抬起手，轻轻点触着他的头发、耳轮、发际、面颊，就像孤单的田野里，一个拾麦穗的小姑娘。

杨自道的右脸、右半个身子又开始轻微痉挛。

你确实坏到骨头里了……知道吗，老头，今天是我生日。我只是想让你陪我过个生日，说不定下个月我就嫁人了……

车子的速度明显减了下来。杨自道把烟头扔出窗外，关上车窗。车子恢复安静。伊谷夏说，你看，这一路，除了说你朋友，你不愿对我说一句话……你沉默了五十多公里……

伊谷夏突然止不住难过，号啕大哭，在一串串抽噎中，杨自道感到身边就像坐了个无助的孩子。杨自道给她抽了两张纸巾。她竟然不要，自己狠狠抽了几张，胡乱擦着一脸的鼻涕眼泪。杨自道一只手揽住了她的肩膀，另一只手开着车。

哭号了几公里，杨自道说，好了，别哭了。好好嫁人吧，嫁个疼你的好人家，生个好儿子，以后，每个月，你的肚子就不再痛了。

为什么不可以嫁给你？

不可能的。

为什么不可能，我觉得你——爱我！

杨自道笑，谁规定大家都要爱上你。

我知道你爱我！我只是不知道你为什么——不敢——爱我。

你什么都不知道，要不然你现在就不会哭了。

那你告诉我！

别说了，好吗？

你告诉我！

以后你就知道了。

告诉我！！！

不爱。就这样。即使今天我强奸了你——或者不是强奸，这都和爱没有关系！

杨自道的语气很重，不容置疑。伊谷夏安静下来。车内静得能听到车外车轮的吱吱声。伊谷夏没有再说话，也没有哭。

杨自道沉重地深呼吸了一下，听上去很疲倦。他拧开电台，伊谷夏伸手就关闭了。杨自道苦笑，说，好吧，生日快乐。到华溪我请你吃鱼，一种用野生西红柿熬制的酸鱼汤，非常鲜嫩的河鱼，我叫不上名字。好吃极了。

静默着又开了一段路，伊谷夏打破了沉默：

杨自道，伊谷夏说她——很想、很想嫁给你。

我们别绕回来，好吗？

可是，她和你在一起，非常开心。她想开心一辈子。

没有一辈子，我随时会走开。如果，她有这个准备，也许我可以多陪她。但我知道她做不到。

什么意思？

我一旦走了，就不再回来。

你是想玩玩就走？

杨自道摇头，那样说的话，我会把我自己先交给她玩。好了，扯远了，我不会娶她的。这个问题，永远不要再提了！

四

辛小丰回去的时候，撞见党保姆和卓生发大吵。今天辛小丰回家比杨自道早。尾巴不在。因为她想念渔排，比觉便带她回去玩玩。一看到辛小丰回来，两人都急着状告对方。一时，辛小丰听不明白他们在吵什么，好容易才听清了，他觉得两个人都他妈的可恶。

党阿姨说房东缺德，把狗用的棉窝子、垫子都放洗衣机里洗，整个洗衣机都是狗毛，十分恶心，说她以前不知道，尾巴的内衣内裤都在里面洗，实在太恶心肮脏啦；卓生发痛骂她报复，说他只是天阴用来甩甩干，因为他今天指责她把排骨藏挎包里要偷带回家。而且，他看到不止一次了，说她才是真正缺德的人！女人当着辛小丰的面，要撕卓生发的嘴，被辛小丰厌恶地挡住了。

辛小丰皱起眉头。因为这个女人疯狂用水，他给卓生发额外缴纳了五十元水费；因为卓生发的难以相处，他给保姆另外加了五十元薪水。没想到，左给右给，钱并没有买来和平与安宁。这时，杨自道提着外套，收工上来了，一看这架势，他也傻眼了。看到杨自道进门，两人又重新起诉对方。卓生发说，这女人老是偷喝好料汤，我就不说了，还老是偷藏东西回家，这就太过分了！你自己摸摸良心，你有没有职业道德？保姆反唇相讥说，你才没有良心！人家给你那么多房租，你把肮脏的狗东西放洗衣机里洗，你良心喂狗啦！

卓生发说，小卓就是我儿子，我们同吃同睡，脏什么脏？它身体健康又不性变态，有些人还没它干净！党保姆说，那你怎么不放你楼上新洗衣机里洗?

卓生发急了,你!你跑我上面来干吗?

卓生发骂性变态的时候,辛小丰和杨自道的目光相遇了。辛小丰转开眼睛,向洗衣机走去,洗衣机上一盆尾巴床上换下的被套床单还没有洗。

吃过晚饭,杨自道开始洗碗。辛小丰到昏暗院子里的水池边,洗那些床单被套。洗着,搓着,忽然无比恼火,他摔了塑料盆。杨自道从里面走了出来。两人站在昏暗的水池边。辛小丰说,要不,我下去买个小洗衣机吧。

你真有钱。杨自道说。辛小丰没有听出杨自道的讥讽意思,说,明天那女人来洗,肯定还是放洗衣机里,她不肯用手洗的。

杨自道说,你的梅毒针都打完了吗?

辛小丰点头,说,我知道你担心这个。没事。

我不担心这个,我担心别的,担心更糟糕的,比如艾滋病。

你瞎想什么!辛小丰并不看杨自道。

我也闻到你身上的味道了。杨自道说,你就带着这个高档香味上班吗?

你什么意思?辛小丰说。

你手上到底谁咬的?他是谁?

你疯了?我不告诉你了?一个贩毒的!

你哪来那么多钱?订鲜奶、缴我的住院费、给保姆房东加钱、给尾巴买土鸡蛋、游戏机——到底谁给你的?

院子里的光线,看不出辛小丰的细致表情。但杨自道感到辛小丰已经像一个马上就要爆炸的气球。可是,他还是想追问,能跟我说实话吗?我不愿意你再惹麻烦!

没想到他看到辛小丰轻笑起来:是,我——又在——惹麻烦,是的,都是我惹麻烦害了你们,对吗?我让你和比觉麻烦了十几年,是不是?我毁了你们一生的幸福!比觉是这样想的,这样骂的；你心里，也是这样想的！只是，你比他狡猾，没有说出来，你今天才说了真话，你现在才说了真话——

杨自道扬手一个大耳光，狠狠地甩在辛小丰的脸上。甩得太重了，水井边青苔多比较湿滑，辛小丰晃了晃，跌滑在地。他没有站起来。两人一站一坐地，静止了好一会。公鸡卓小发踱过来看着他们，左看看、右看看，觉得无趣，回窝里去了。杨自道弯腰去拉辛小丰，辛小丰一把甩开他的手，站起来就往山下走。杨自道看到他的嘴角有血出来，心里涌起强烈的难受感。

窗帘后面，手持望远镜的卓生发，没有看到辛小丰嘴角的血，但是，除此之外他都看见了。他感到惋惜，楼下的打架，肯定很特别，太遗憾了，听不到内容。

卓生发的面前，已经有了一张八开报纸大的分析表。卓生发的直觉告诉他，院子里昏暗的激烈对话，一定是最有价值的对话之一。也许，楼下的谜底就要全部揭开了。

为楼下制作的分析表格，是按照窃听内容的时间先后顺序排列的，比黑色硬皮本子更加扼要，窃听原话和分析关键词，都用不同的色笔标注。卓生发反复琢磨，反复梳理。随着时间的推移，每一次钻研，往往都会有新的启发新的收获：

关于世纪末：

姓杨的房客，质问姓辛的，是否到过那个同性恋酒吧，语气是很怀疑的、很谨慎的，也可以说是很不满很排斥，姓辛的那小子否认了。姓杨的骂那是个"肮脏、变态的地方"。

出院那天，那个浑蛋保姆在楼下大骂：大白天的三个男人关什么门！——是啊，为什么要关门？这个问题，耗费了卓生发很多想象力，但却没有让他变得更有头绪。

关于结婚：

你又为什么不结婚？你为什么不结婚，就是我为什么不结婚！也就是小丰为什么不结婚！——说这屁话干什么！

关于打架：
那个自称孩子父亲的粗鲁家伙在骂：我告诉你，浑蛋，你别跟我装圣人！没有你这下流坯，我和阿道绝不会到今天这个地步！

你他妈放屁！辛小丰说，不是你非要下山，今天我们什么事也没有！

姓杨的说什么，他说：又发作了对不对！今天又想打是不是？好，去院子里打！——打我！是我叫你们去的，是我害了你们——打我！！没有我，你们今天什么事也没有！你，陈比觉已经是天文专家了；你，辛小丰，可能也混成化学博士了。都是我害的！是我毁了你们！今天就是心里难受对不对！憋得慌要发作对不对！

"他怎么不理性？他已经把尾巴看成那个姑娘投胎转世，你看不出来吗？"

"不就是正好生在那一天吗！"

卓生发经常琢磨这两句对话。知道那个小姑娘，名字就叫"尾巴"时，他对当时补记的东西有了新的认识。就是说，尾巴实际上意味着两个人，一个姑娘已经死去。卓生发已经问出了尾巴的生日，8月19日。他琢磨着，这一天，究竟发生了什么事？一个死去的姑娘在那天投胎转世？

还有：
"如果姓伊的危险，不如，干脆辞了……"
"比觉说，蜡烛底下不一定最黑，因为它身边可能有聪明人。"
"我感觉不好。这是暗示我们，今年，我们可能要离开她了。时间到了。"

"每一年8月19号,我都把一年的良心账告诉他们。"

卓生发细细地品味琢磨着。819的数字又出现了,尾巴的生日。这是一个特殊的日子。卓生发反复琢磨玩味着。现在,基本可以确定,在尾巴出生的那一天的某一年,楼下发生了一件大事。地点应该是一个水库。有个女人死了,应该就是他们杀了她。是强奸杀人吗?会不会就因为同性恋才杀了那个女人,以维持同性状态?或者是他们被迫听命于某个更邪恶的主子?

初步结论:这件大事和杀人有关,和同性恋有关。

五

辛小丰到见贤山已经快下午五点了。那个叫杰瑞的设计师,在红酒庄最东角的一个小房间里等他。原来这就是那个听音室。两根黑色的高保真喇叭的中间,是一张舒适宽大的单人暗绿色真皮靠椅。四壁是实木隔音板。那个嗓音像磨砂玻璃、极其性感的台湾女老板,没有客人的时候,总是独自沉浸在这里听古典音乐。这是杰瑞特别给她设计的。一般的客人不会被领到这儿,这也成为圈子里最好的朋友小憩的地方。双层隔音的落地大玻璃窗,面对大海。辛小丰进去的时候,设计师席地坐在窗边,他说,快看!多么好的海上夕阳啊,还怕你来晚了看不到。

太阳在灰绿色辽阔的海面上,打下一条斜接天地的金箔色隧道,在天海之间,它通往遥远的金红色西天。光路的两边海水黛绿,白色的水上帆船在海面竞飞,远远的,一艘灰色的油轮,像个玩具船一样,背着夕阳,驶向黛绿色的、水天浩渺的烟霭混沌深处,回看眼前的金光之路,说不出的温暖和慰藉。

设计师说,就像是上帝对地球打出的手电强光啊。

辛小丰看得发呆。他觉得,如果他下去,就可以踩在那个金色的光路上奔跑，奔向光道的尽头，溶进那个金色雾霭的、人间猜不透的天之涯，一直奔进最后的天堂。

设计师把刚才就存在、但声音很低的音乐突然放大了。辛小丰吓了一跳。是女老板听剩的，设计师听了一会，过去找片名，唔，他说，没错，马勒。他递给辛小丰，辛小丰不懂音乐，但还是接过来了，《巨人》交响曲。那个叫杰瑞的设计师说，那天，你在我那儿，跟我说巨人。我不明白，你怎么在那种时刻，突然想到这个词？

辛小丰没有马上回答，设计师看他的表情似乎在回忆，他把音量调低了点，期待着。辛小丰却摇头，说，想不起来了。设计师很困惑，拉伯雷的《巨人传》？或者，设计师说，是我的行为引起的？辛小丰笑起来，也许吧。喝太多了。设计师不知道联想了什么，自己笑起来，又给辛小丰倒上了酒。

辛小丰说，你知道巨人观吗？

设计师茫然，又耸了一下肩，表示很不解。

那是尸体高度腐败的一种现象。就是全身软组织充满腐烂气体，脸肿胀、眼球突出、嘴唇外翻、舌头伸出。受腐败内压影响，引发死后呕吐、排便，甚至生小孩。陆地上的尸体，在夏天，两到三天，就可以出现巨人观。再美丽的人，也会变成那样。

哦，我的天。这个词被你糟蹋了。不过，我想我们每个人最终都会变成巨人观的，只要是蛋白质做的人。

辛小丰从来没有这样想过，感觉一震。火葬阻断了这个过程，但设计师说的是对的。你怎么会想到这个呢？设计师说。

辛小丰说，书上看到的。

你的职业和这个有关吗？

辛小丰轻微摇头，他拿起了酒，喝了一口。口袋里的电话在孜孜震动，他拿出来，是伊谷春。马上到所里。立刻！电话挂了。

简洁，粗暴。这是大事急事的语气。辛小丰站起，说，有事，我要走了。

设计师似乎受不了这个变故，他一手抓住辛小丰，不，今天你属于我。你不能这样对我！他比我好在哪里？

真的有事。没有他。

那我和你一起去！

怎么可能。

你这样对我真的不公平！再陪我一小时吧，不，半小时就好！

单位的事。我必须马上走。

那晚上呢？我来接你？明天我又在上海了。

完了我给你电话吧。辛小丰拉开门走出去。走到门口的木棉花下，设计师追了过来。我送你。辛小丰摇头，不不，下山马上就有的士。设计师又拽住了辛小丰，从裤袋里掏出了一小叠钱，往辛小丰手上塞，给，打的吧。

说是打的，那起码有一千多元，不知怎么的，辛小丰的脸骤然红了。设计师一把抱住了辛小丰，辛小丰架开他的胳膊退了一下。设计师说，对不起对不起，我忘了你还没有出柜——你走吧。我等你电话。设计师掉头进去了。

那个叫杰瑞的设计师没有想到，这就是他和辛小丰最后的诀别。他们再也没有见面。在辛小丰离去后，伊谷春看到辛小丰手机里无数"树林里"的来电，直到电池用光。伊谷春犹豫着，始终没有替辛小丰回电。

辛小丰大步奔上伊谷春的办公室。

伊谷春递给他一张纸：国际刑警组织通缉令。通缉的两个家伙，是杀手，罪名涉及台湾一个地产商和一个明星的绑架撕票案，还有袭警。国际刑警组织的技术监控表明，他们就在我们辖区。伊谷春指着通缉令上两张照片中的一张，说，你看看，我总觉得见过他。辛小丰拿起一看，这不就是那个，上次装醉的那两个台湾人？

给我们塞钱的那两个。

伊谷春站起来，难怪这么眼熟！就是他们！

伊谷春和自己警区的警察阿猫、何松及辛小丰、小丁、老赵三个协警出现在海峡双子大厦中的金门大厦。已经快九点了，大堂进出人员不多，家家户户正是被电视吸引的时候。伊谷春和辛小丰直上三十八层。他们去敲A3806的门。设计好了，假装例行查验暂住证。但敲半天却无人开门。他们把门小心弄开，证实这两个台湾人依然住在这里，不过，物业门岗说，他们行踪不定，总是好多天才冒出来一下。伊谷春决定自己和小丁几个在他们房间等，让阿猫和辛小丰在大楼外的汽车里守候，因为他想只有辛小丰能认出那两个杀手。但就在这个空当，两个杀手竟然回来了。在乘坐电梯的时候，他们习惯一人一梯上去。

辛小丰和阿猫从三号梯下来的时候，瞥见一个穿黑色夹克的提运动包的男子，正进入二号电梯。那男人看了他们一眼，他和阿猫都有点迟疑，但看到前台一个门岗往这边探看的奇怪表情，辛小丰明白了，是他们！他转身要扑进二号梯，可是，电梯已经关上来不及了。而之前上去的一号梯，刚刚在三十八层停下。辛小丰赶紧按三号梯开门，同时喊，电话！告诉上面！阿猫一时反应不及，边掏电话，还想跟进电梯，辛小丰猛地推出他。因为电梯没有信号。三号梯载着辛小丰上去了。伊谷春原来的方案是，瓮中捉鳖，是杀手在里面，他们在外面的行动预设，或者，他们在大堂外布控守候。现在，在极短的时间内，情况颠倒了，杀手从天而降，而他还在他们的房间里。他刚刚派小丁和另一个协警守候安全通道和电梯间。他和何松还在看海峡双子大厦的地形图，小丁和杀手就遭遇上了。先上来的那个家伙，刚好看到小丁他们从他房间里出来，立刻往电梯方向退，而小丁一眼就认出他，大叫一声站住，两名协警队员都冲了过去，第一杀手被绊住，这时，二号梯开门了，黑夹克一出电梯就扑了过来。屋子里，阿猫的电话进来了。伊谷春对他喊了一声,封大堂,快叫增援!就冲出屋子。

两名警察出来的时候,小丁和老赵都倒下了。两杀手正急切地按电梯,要下;三号梯上来了,门一开,辛小丰和他们正面遭遇,辛小丰反应极快,当胸踢倒一个,又扑向另一个,被扑住的黑夹克,扭身猛击辛小丰的脑袋,辛小丰闪避间,踢倒的杀手开枪,伊谷春的枪也响了。两杀手往安全通道窜去,追逐间双方的枪声在安全消防通道步行梯里空洞地回响,伊谷春的大腿被子弹挨皮穿过一枪。他们往顶层窜去。伊谷春明白了,他们可以从顶层一个管道连接处,跃向厦门大厦,两个杀手,早就对楼道方位研究得了如指掌了。顶层平时是封锁的,他们必须下到三十八层的裙边上达到两楼间最近的连接点。那么,只要把住那个关节点,他们就插翅难飞。果然,他们直扑两大厦连接处。他们上了顶层后,又跃下,走在三十八层裙边上,裙边就是通往连接点的路。按伊谷春计算,双方都没有子弹了。最多对方还有一颗。现在双方都在极窄的裙边上追逐。双子大厦的特点是,八、九层到三十八、三十九层,每逢八、九,外墙都饰裙边,六十公分宽,但从楼底下看上去,就和姑娘的蕾丝裙边一样。伊谷春这边三人,杀手那边两人,都在这裙边上奔跑。

腿上的流血,剧烈的奔跑,让伊谷春的袜子鞋子因为血,有点黏叽叽的跑不利索。有一次他往下一看,一阵眩晕差点栽下去,三十九楼下面,汽车只有火柴盒大小,人就像个小蛏干,双方都疯狂了,都忘了在什么位置上追逐。

这楼太大了,辛小丰他们在尾追,伊谷春决定反向跑,直接把守连接点。连接点的楼距不到两米,有大臂粗的PVC管和小臂粗的煤气管状物,还有更细的什么管子。头顶上也有一根金属管子穿过两楼间。黑夹克比伊谷春早到一步,伊谷春抓住一根竖向管子,荡起身去踹他,那家伙还是飞快地踩着管子跳过去了。伊谷春也踩着管子追,这边,另一个杀手、辛小丰何松也冲过来了。杀手又举起了枪，伊谷春喊了一声，当心，脚下管子一滑，人就坠了下去。辛小丰眼疾手快，一把抓住了他的衣服。伊谷春自己也本能地拐胳膊，吊住了大臂粗的PVC管道，一手扒着水泥裙边。辛小丰倒地时，把脚钩在水泥安全隔上，整个身子还在裙边里，但是他已经用两只手死命拽住了伊谷春的胳膊。另一个杀手，踩着辛小丰的身子，跳了过去。何松迟疑了，不知该救人还是追人。他决定还是放弃追捕，蹲下救人，就这一瞬间，他看见两个杀手的身影又杀回来了，何松只得踩着辛小丰跃了过去，他必须迎战了，要不也救不了人。厦门大厦这一面太暗了。但悬吊的和半吊着的辛小丰和伊谷春，都听到了激烈的渐进的脚步声，肯定是杀手发现天台下去的退路被阻，又狠狠杀回来了。伊谷春听到何松短促的叫声，狭路相逢，伊谷春心里一紧。砰砰砰砰，他们的脚步声在逼近，一个有刀，一个有枪的姿势，虽然有子弹的可能性是零，但是，现在已经是亡命挣扎的最后关头了，一刀过来，辛小丰要死，他也一样要完蛋。而辛小丰现在放手，还有阻击和活命的可能。伊谷春说，你放手吧。

辛小丰说，让他们过去。

过来了！快放手！

伊谷春开始挣脱。

辛小丰死死抓住他。

快点！伊谷春说，放手！

求你了。辛小丰说。

伊谷春感到辛小丰的汗水大颗大颗滴在他脸上。忽然，伊谷春头上响起辛小丰的大吼：干你姥！查个证动刀动枪的干什么？快帮帮我！

别说两个台湾杀手，连伊谷春都愣怔了数秒，对方果然迟疑了片刻，似乎在重新思考事件的性质。就这工夫，冲上双子大厦的刑警，已经围合过来了。

潜逃四年、被国际刑警组织通缉两年的台湾杀手，被缉拿归案后遣送返台。

阿猫荣获三等功。何松摔下三十八层，当场牺牲，追记二等功。辛小丰被通报表扬。伊谷春受严重处分，因未等刑警支队配合，擅自行动，造成严重后果。

第十章　老猎人出现

一

小卓再次被比觉踢得尿血。

那天下午，比觉把尾巴从渔排送回来。伊谷夏已经在天界山等了。说好了，这天晚上，伊谷夏要给尾巴接风洗尘，杨自道、辛小丰、比觉作陪。比觉带尾巴上山，伊谷夏已经在那里和卓生发聊天了。看伊谷夏和尾巴的面子，卓生发冷淡而保持礼貌地对比觉点了个头。比觉没有什么表情。

他们在等杨自道交班回来。尾巴回渔排，是带着金鱼的，现在，她又把金鱼提回了天界山。当时，伊谷夏说换井水鱼更喜欢，两个人就到水井边去换水了。比觉因为尾巴有伊谷夏带，就在屋子里架着腿看书。

小卓和小发是突然从更高的山道上出现的。它们你追我赶追逐回家，可能游戏中，也可能是突发了战争，一路鸡飞狗跳藤叶乱飞地把战场延伸到家。小发以野鸡的半飞半走姿势，颠扑进院子，紧随其后的小卓，爪下沙沙生风，如猛虎下山。小发可能一路颠飞逃亡，加上飞上院子，已经体力消耗过大，所以，进了院子就直扑鸡窝。水井正在它的必经之路上，伊谷夏听到鸡狗异常的喧嚣声，已经来不及抱起对面蹲着的尾巴，事实上，尾巴已经呆若木鸡。小发吃定她的无用，愣是踏过她取近道急奔老巢，尾巴掩头尖叫，已经摔倒在打滑的水井边，比觉冲出来的时候，没有看到鸡，只看到小卓踢翻了金鱼盆，一地金鱼在扭动。小卓似乎对金鱼好奇，驻足偏头察看，比觉的大脚已经狠狠上来了。这一脚，太狠，小卓嗷嗷叫得极其哀痛，下半身一直直不起来，弓着，尾巴已经夹到看不见。卓生发赶到井边，灰白的嘴唇在抖动，抱着小卓什么话都说不出来；伊谷夏看到卓生发的眼泪在眼眶转，看看狗、看看人，伊谷夏也不知所措。尾巴哭叫，鱼！我的鱼……

比觉赶紧帮她救鱼，伊谷夏也蹲了下来，打水。鱼在盆子里惊魂未定地大口呼吸。伊谷夏说，没事了，没事了。卓生发沉默着，看着令伊谷夏难过，她暗中动了动比觉。比觉还在检查尾巴是否受伤。伊谷夏动他，他知道她的意思，但是，他假装没有感觉。如果今天尾巴再度受伤，他相信自己一定会把这人、狗、鸡，统统掐死扔进水井里。

伊谷夏走到卓生发身边，因为不知说什么好，便也蹲下，想摸摸小卓，不料小卓不知是不信任，还是疼痛生气，立刻对她进攻性地狂吠。伊谷夏猝不及防差点后仰摔倒，比觉手快，一把拉起她并拽移到自己身后。卓生发急了，大喊，它不会咬她的！

比觉斜了他一眼，目光充满了轻蔑。

比觉的声音很轻，但卓生发听来却五雷轰顶：滚开！你这贪生怕死的窝囊废！

比觉一手抱起尾巴，一手提着小金鱼盆，进了房间。尾巴抱着比觉悄悄说，老陈，小卓很痛。比觉说，嗯。尾巴说，它很痛。比觉说，我刚才是太急了。尾巴说，那……我们去跟小卓说对不起没关系吧。

以后吧，比觉说，现在它正生气呢。刚才姐姐不是差点被它咬了。尾巴点头。可是，它很可怜，是小发坏！比觉放下尾巴，唔，明天，你替我悄悄跟它说，说老陈说对不起了。

尾巴说，好吧。我等一下跟它说对不起没关系。

说对不起就行了，没关系是接受道歉的人说的。我们对小卓说对不起，它觉得没有问题不要紧，就会说没关系。

杨自道交班时天还没有黑，辛小丰来得也很快。四个大人加尾巴，在废旧的铁轨旁，都进了伊谷夏的车。不过，杨自道不让伊谷夏开。地点也是伊谷夏找的，也订了桌，就在文曾路头的古道茶馆那儿。原来就是吃他们西陇的老家菜，菜馆名字就是电话区号叫0590。家乡菜多年没有吃了，尤其是比觉和辛小丰。

在古道茶馆前下了车，辛小丰牵着尾巴，尾巴提着小金鱼盒；伊谷夏、杨自道、比觉走在后面。忽然街上人、物沸腾，摊贩子极速奔逃，几个紫黑色的山竹，骨碌碌皮球一样地滚到尾巴脚边，尾巴想去捡，却被这阵势吓住了，辛小丰一把抱起尾巴。杨自道摸着她的头，说，走，我们进店吧。比觉把两个山竹捡了起来。

几个人已经坐在小包间里。比觉把山竹捏开，里面的果肉如白色柔软的大蒜头，清甜可口。他用牙签扎给了大家。尾巴郁郁地张嘴接了，说，是别人的东西。

见没有人回答，尾巴又问，谁是坏人呢？

你说呢？伊谷夏说。

尾巴问辛小丰，也问伊谷夏，警察为什么不来抓他们？尾巴想起了伊谷春。在他卧室，她看到了伊谷春的警服警帽。你给伊谷春打电话好不好？尾巴竟然叫伊谷春全名。杨自道、辛小丰、比觉不由笑起来。伊谷夏逗她，立刻拿出电话，打通了伊谷春的电话，说，一个小朋友要跟你说话。

尾巴退缩着不接。辛小丰示意她别怕，鼓励她接。尾巴死活不伸手，伊谷夏按了扬声器。大家都听到伊谷春在电话里说，是尾巴吗？找爸爸什么事？

杨自道、辛小丰、比觉一时神情复杂，互相看着。伊谷夏说，在我们家，我哥老逗她，说是她的第四个爸爸。才不是！尾巴大叫一声，拿起电话说，才不是才不是才不是你骗人！她把电话挂了。杨自道说，嗨，你有警察爸爸了。尾巴似乎不开心，鼓着腮帮子看面前的金鱼，不理睬大家了。

红菇鸡汤、豆腐焖黄骨鱼、酒糟蕨菜、椒盐小河鱼、芋饺、笋干排骨、虾米炒芥菜。伊谷夏要了当地的家酿酒，很甜，后劲极大。店小二匆匆过来对伊谷夏说，对不起，绿笋被人点完了。伊谷夏叹息，我哥总说，你们老家最好吃的东西，就是新鲜绿笋。

尾巴说，为什么不叫他来抓坏人？

大家又笑。尾巴噘嘴看自己的鼻子，不愿看他们，她还在生气。几个爸爸都给她夹菜、喂汤、拔鱼刺什么的。看得出三个男人吃家乡菜，胃口极好，酒开始还节制，他们知道它的厉害，可是，后来越喝越多了。忽然店小二又进来了，手里竟然托着个蛋糕，蜡烛已经点燃。尾巴拍手连声惊叹，哇！哇！

辛小丰和比觉还以为是伊谷夏生日，正要道贺，伊谷夏却说，看看身份证，有刚好今天的，我们就祝他生日快乐！没有，就庆祝党的生日。

杨自道自己都忘了，离家十多年来，他们三个从来没有过过生日，伊谷夏这么一说，他就想起自己是这个月生的，今天就是十一日。辛小丰和比觉也立刻反应过来，辛小丰对他举杯说，快乐！比觉拍了杨自道的脑袋：珍重吧。比觉一口喝干了。杨自道看着伊谷夏，伊谷夏对他举杯，狮子座的，生日快乐！

杨自道把酒干了。他没有说是，也没有说不是。也不想也不必掏身份证。他有一点不明白，伊谷夏什么时候偷看了他的证件呢？伊谷夏说，赶紧祈福吧，来，祝你生日快乐——伊谷夏一唱，大家都唱了起来，尾巴唱得最嘹亮。

杨自道合掌，一口气吹灭了蜡烛。伊谷夏说，我看到你们十三年前的合影，杨师傅的头发还是黑的。而我去年认识他的时候，他的头发已经这么花白。第一眼看见他，我还以为他快退休啦。比觉说，他是少白头，遗传的。我们认识他的时候，就因为他白头发多，才尊他为老大。不过，他现在白得厉害，因为他熬夜捞钱不睡觉。

杨自道说，你什么时候看到我们的合影了？

伊谷夏说，在天界山啊。你们站在厦门大学前。1988年8月25日。看，马上就十四年了！那时候，你们三个人瘦毛长，疲惫呆板，好像刚被人痛打了一顿。小丰和比觉那时候，比我现在小多了。说着，伊谷夏忽然感到，这三个人似乎阴沉下来，没有人和她交流眼神。比觉喝多了，但是，他专心致志地监督着尾巴吃饭，时不时喂上一口菜；辛小丰在沉默地抽烟，一支接一支；杨自道在喝酒，也没有让伊谷夏喝。

伊谷夏说，怎么都不说话了？

杨自道说，你让大家想起了家乡。

几个人默然。散席出来，因为喝了酒，杨自道不敢开车，又不让伊谷夏开，几个人就说先走走，散散步。走过灯火辉煌的华侨大饭店，尾巴被气球做的拱形门吸引，大堂门口，两对新人正在迎宾。结婚呢。一看到长裙曳地的穿婚纱的新娘子，尾巴就亢奋了，死活要把他们拽过去看个究竟。

一手提着小金鱼的尾巴，几乎走到了粉色新娘的脚跟边，仰头看着，最后她停留在对面一个更加美丽的白色新娘边，眼里无比羡慕。两家的摄像机都对着尾巴拍摄，伊谷夏连连摇手，说是路过，孩子喜欢看新娘子。结果，不止新人，伴娘、伴郎及亲眷们，都围过来逗看尾巴，哎哟，太可爱了！你怎么这么漂亮呀！你手上提的是什么鱼？让我抱抱好吗？你叫什么名字啊？尾巴已经习惯陌生人对她突起的爱意，一律报以安静的微笑。那个美丽的白色新娘子，竭力邀请尾巴和伊谷夏参加她的婚礼。

尾巴一指门外，那是我爸爸！意思是他们参加她也参加。大堂上的两拨人马就一起看旗杆下的三个男人。摄像机镜头也转了过来，三个男人不约而同地转身、背对着他们。伊谷夏说，嘿嘿，祝福祝福！地久天长。我们走啦。一个不知是新娘的什么人，奔过来往尾巴怀里塞了一包酒心巧克力。尾巴讨价还价地说，我想要气……

伊谷夏按下她指气球拱门的手，把她快速牵开了。尾巴留恋地看着新娘，看着气球门。走到杨自道他们身边，尾巴还在依依不舍地回望新娘子。

哇，伊谷夏拍着尾巴的脑袋，真是天生的明星啊！稍微一露面，风头比新娘新郎还足！

我也要结婚！尾巴说。几个人一愣，大笑。

伊谷夏说，你要嫁给谁呀？

嫁给我爸爸呀！杨自道、辛小丰、比觉不由又笑。

伊谷夏说，你要嫁哪一个呀？

都嫁！道爸爸开车送我上学，小爸爸买新衣服，老陈做饭讲故事。

只能嫁一个。你看刚才，新娘身边只有一个新郎官。

尾巴很不高兴地瞪着伊谷夏，突然跑到杨自道辛小丰比觉腿边，弯腰撅着屁股，把手臂张到最大，要把他们的腿围拢合抱，说，我就要全部！我要和全部爸爸一直一直在一起！

那我呢？伊谷夏说。

你站爸爸后面！我们拉手，尾巴示意伊谷夏也像她一样撅屁股，手拉手地把他们三个人的腿围住。你也嫁给我爸爸！我们通通都在一起！

伊谷夏一阵入心的温暖，觉得被组织接纳的感觉，但她蓦然看到，夜色中，尾巴面前站着的三个爸爸互相看着，脸上都毫无表情。一种无形的、巨大的冲击力，直撞伊谷夏的心房。这三个人的表情太默然一致了。后劲强大的家乡酒,并没有影响他们强悍的意志。伊谷夏感到自己就像被一道铸铁般的城门,挡在了门外。

二

伊谷春的师傅果然带了一编织袋的鲜绿笋来了。

伊谷春的父母知道儿子和他的关系,也感激他多年对伊谷春的培养关照,执意要在悦华酒店奢华招待一餐。但是,师傅说,来就是吃笋嘛,到家里吃吧,让我太太教你们烧绿笋,隔天就老了。

烹饪进行中,伊谷春对师傅说,我们警区有个你们西陇老乡。叫他一起来尝尝鲜吧。师傅说行啊。伊谷春打了辛小丰的电话,说,我师傅来了,你过来尝尝家乡绿笋。辛小丰说,晚上我和朋友有约,下次吧。伊谷春说,你知道绿笋的,一寸光阴一寸金哪,明天就老了。辛小丰说,真有事。伊谷春说,那我只好命令你来了。帮个忙,你把我办公室柜子下面的抽屉打开,里面四瓶加拿大黑啤,铁丝扣软木塞封口的。送过来,我们等你一起吃饭!辛小丰说,我去找,找到让小丁送吧。伊谷春说,我就要你来!老乡见老乡,要他干什么。我们等你!

伊谷春的师傅,便衣坐在客厅沙发上,怎么看都像个吸毒鬼。黄而精瘦,刀削的双颊,锋利的鼻梁,一双三角眼半睁半闭,有时像窗帘一掀猛地一亮,很快窗帘就拉上了。但是,刚才眼里的那道光,比他的鼻梁还锋利,好在那个窗帘不太拉开。辛小丰看他抽烟的手,焦黄色,极细长的指头,细腻阴柔而带有毒性感,让他想起黑蜘蛛这样有毒的东西。

辛小丰提着黑啤进来的时候,伊谷春和他师傅呈直角相挨而坐。

看到辛小丰,师傅对他点了个头。伊谷春把他介绍给师傅,又带到厨房介绍师母和自己母亲。师母正在教伊母和惠姐怎么根据不同配料切绿笋。伊谷夏看到辛小丰过来，立刻从自己房间里下来。四个人坐在客厅里，听伊谷春介绍师傅的传奇。伊谷夏听伊谷春说师傅通过一摊凌乱的尿迹，推断出并锁定作案人的神奇案子，也开始暗暗佩服哥哥的这个吸毒鬼师傅。

伊谷春的父亲回来后，饭桌上一下子就变成了故事会。尽管伊母一直反对，说吃饭听这个反胃，但是，伊谷春像个一流的主持人，成功地引导了宾主尽欢的局面。伊谷春父亲和保姆惠姐的好奇心获得极大满足。辛小丰没有什么话，脸上有点拘谨的微笑。伊谷春的母亲很担心他吃不饱，不断给他添汤加菜，伊谷春伊谷夏都注意到辛小丰吃得很少。

师傅推断性地复原了十三年前的宿安水库强奸灭门大案。

死者夫妻都是市林业学院的老师，是靠专业知识先富起来的那批人。他们应邀奔走四乡，靠指导农业技术赚钱。在很多乡村还有他们自己的菌类养殖基地，平时都是雇人看管。宿安水库那里是金针菇基地，也只有在那个点，这对夫妇盖了自己的假日行宫，因为那里风景优美。那个夏天，他们带着大学二年级的女儿，到那里小住，随行的还有外公外婆。一家人主要是避暑休假，一方面陪女儿收集素材，女孩是搞工艺美术的，在宿安到处写生。从胃容物尸斑等情况推断，案发时间应该是8月19日傍晚，那天是周日，因为雇工说，这家人周一就准备回城了。

伊谷春的父亲对案子有着几乎与他商海纵横同样的热诚，伊谷春恰到好处的点评穿插，更是调度了师傅最高涨的讲述欲。一些容易导致恶心的情节，被师徒两个默契地淡化或越过了，但是，案件的轮廓线条却异常清晰了，那个像吸毒鬼一样的师傅，甚至天才地复原了案件的真实细节。

全家五口人当场毙命。虽然罪犯把痕迹处理得几乎算很干净，他们也伪造了谋财害命的现场，但师傅分析认为，不是谋财害命。他推断，那个女孩是首先遇害的。她应该是在浴室，或者刚出浴室遭遇罪犯的。一开始，作案人也许是为了谋财，但是，情势变迁，偏离了作案人的初衷。首先是美丽的、赤裸的女孩，一下子刺激了作案人，强奸发生得突如其来，而女孩却在激烈的挣扎反抗中发生了猝死。法医鉴定，女孩死于心脏病突发，之后，听到异常动静的外公进屋，被当场勒死；再之后是随之跟进的外婆。林学院的老师夫妇，当时并不在家，他们在外面搞果园病虫害的指导，可是，偏偏那一天提早回来了。作案人估计没有退路，一不做二不休，同时进屋的夫妇俩相继毙命，凶器是现场取用的菇房方木段，夫妇俩的颅骨都碎裂了，下手很重。但现场竟然提取不到指纹，技术警官在那个恶臭熏天的地方，搜找了无数遍。可以说作案人心智过人，在尸体纵横血流满地的现场，他们冷静地除去了所有痕迹。但是，他们留下的唯一一个指纹，竟然是在女孩脖子上的枫叶型乌金饰品上。从现场痕迹看，女孩是刚刚淋浴过，因此，那个鸡蛋大的夸张饰品上，还没有其他人的痕迹，可以推断是作案人的。也就是说，有一个作案人用左手摸了一下那里。

讲到一家人接二连三地被杀，伊谷春的母亲在窒息般地呻吟：五条命啊！连杀五只鸡都太要命了，一下子杀了五个人，太残忍了！太可怕了！伊父在难以置信地唏嘘不已。

伊谷夏说，为什么不是谋财害命呢？

师傅说，在柜子里有很容易能拿到的两万多块钱，他们没有拿走，他们根本没有耐心翻找抽屉柜子，只是弄乱了很多柜子和抽屉，他们只翻找了死者的随身钱包。我觉得，他们更大的用心和时间，花在了消除痕迹上，而不是搜刮财物。所以，他们是想让我们认为，他们的动机是谋财害命，或者仇杀什么的。这其实并没有意义，反而让人感到案件的偶发性。

伊谷春说，你为什么坚持作案人有三个呢?

证据加直觉吧。师傅说，肯定不是他们认为的那两个人。

伊谷春说，小丰，敬我师傅一杯，他一高兴传我们两手，够我们用一辈子。

辛小丰起身举杯，说，师傅请。

伊谷夏说，意思一下就行了，哥，你今天让小丰喝太多了。

伊谷春说，这样的神仙师傅，别人想敬都没有机会。喝！小丰，我陪你！喝了我们听师傅分析。小丰你先干为敬！

辛小丰把酒喝了。师傅的三角眼，眯缝闪烁，一直看着辛小丰似笑非笑，不知是不是喝多了。他说，小兄弟，喝了这么多酒，你还是不太说话啊，性格有点阴冷呢。伊谷春说，他一贯话少。师傅点头，看着辛小丰。辛小丰给他斟酒，也给自己斟酒。

故事讲完吧，师傅，为什么你分析说有三个人？

也没有什么可分析的，都是周边调查来的死材料。鱼目混珠，泥沙俱下。有人忽略了，有人过滤出了有价值的东西。区别就在这儿。

小丰，再敬师傅一杯！伊谷春说，神探和普通侦探的区别就出来了。

伊谷夏说，小丰还要骑摩托，哥你也别喝啦！

师傅说，来，小兄弟，我们把这杯喝了，谷春也喝了。两种酒混喝我不行。够啦！

伊谷春一仰头把酒喝干，把空杯子给师傅看。他说，我也不明白，你当时为什么认为那是学生干的呢？

师傅说，在水库那边，有人看到三个小青年光着膀子在钓鱼，学生模样，但其中一个胸口上有刺青；当然这说明不了问题，因为水库那里总有游客的；在死者屋子后面的菇房门口，有人捡到了一本《天文爱好者》杂志，八月份刚出的新杂志，封面是火星探测器"海盗号"着陆舱，封底是天文大世界。调查表明，宿安那个地方，整个村庄都没有人订阅这个杂志。这说明，它是外人带进去的，极有可能就是凶手遗失的。案发后，有个人看到三个年轻人在案发地匆忙而过，神色异常。从描绘上看，这三个人，应该就是在水库钓鱼的、胸口上有刺青的那三个人。

一吃好饭，辛小丰就告辞了。

伊谷春执意让辛小丰带些绿笋给他的朋友们吃，辛小丰谢绝，伊母也很热情，拉住辛小丰的手，让惠姐赶紧提几个过来。辛小丰穿鞋的时候，伊谷夏说，小丰，等我。我要下去买东西。

辛小丰等了她。但两人下去，一路无话。连电梯里面对面都无话得令辛小丰尴尬。出了楼道，辛小丰推着摩托，看伊谷夏走路，只好先推着。两人一路走过羽毛球训练场，走过中庭。伊谷夏说，你喝多了吗？辛小丰说，还好。伊谷夏说，我们在亭子那里坐一下吧。

辛小丰很意外地看了她一眼，似乎很踌躇。一下就走，不耽误你。伊谷夏说。

到了亭子，辛小丰也没有坐下，他想伊谷夏肯定有事。

伊谷夏说，现在，满街的的士车，一看到蓝白色的，我的心都会急跳起来，这些车现在都有了磁场，充满了吸引力。每一辆车，我都想拥抱它。小时候，我一点也不理解爱屋及乌，现在才明白，那不是说着玩的。

辛小丰笑笑，点头。伊谷夏说，求你告诉我——我不会告诉我哥在内的任何人——你是什么时候开始同性恋的？

辛小丰身子往后很轻微地一仰，也可能只是头动了一下。他没有说话。

告诉我真话吧。我只问这个。

阿道爱你。爱得……很痛。

今天晚上，你喝得很难受。伊谷夏盯着辛小丰说，两种洋酒也让我很难受。

辛小丰想说什么，但还是咬着嘴唇什么也没有说。

告诉我吧。求你。什么时候开始的？

他爱你。你要珍惜的话，就赶快吧。

我想去深圳,不知道他愿不愿意走。伊谷夏细细一笑,说,刚才下电梯的时候,我想起那天尾巴拉着我的手,要把你们三个像树一样保护起来,说我们五个一直一直不分开。——记得吧,要不,我们五个一起去深圳好不好?

辛小丰意外地看着伊谷夏。

也许为了掩饰自己的失态,他开始掏烟点烟。抽了几口烟,辛小丰说,你怎么会突然想去深圳呢,你父母家人都在这儿。

树挪死人挪活呀。我早就想去了。

辛小丰笑了笑,说,好吧,我先回去了。你自己跟阿道打个电话吧,他在家。

辛小丰跨上摩托而去。伊谷夏一直看着他远去的背影。

每一次海珠往渔排上带很多酒菜的时候,比觉就知道,海珠又要报复她老公了。今天晚上,除了膏蟹、封肉、沙虾之外,海珠还带了小海马浸的台湾金门高粱酒。比觉看着酒,说,肯定是偷你老公的。海珠说,什么偷啊!都是我给他泡的!一只海马两三百块,他壮好了阳去别人身上忙活。

粗鲁啊,比觉笑,里面有三只呢。

都送给你喝了。

我不需要。你带回去,省得林老板发现了揍我。

他永远也发现不了。他没有机会发现了。

比觉不解地看着海珠。他走了?你们……

我要让他走!海珠一字一句地说。比觉这才感到海珠一脸肃杀之气。比觉感到海珠不太对劲,做报复林老板的作业的时候,脸上也未现平时的欢愉和贪婪。她有心事。果然,之后,她说,我怀孕了。

比觉跳起来,你……

三四个月了。

不可能。比觉说,你不是计生人员收拾过的村民吗?

我不知道。也许没有扎死吧，可能你的种子太厉害了。所以，我想好了，把你留下，把他去掉。那个女的我找不到，城里没有我的基础。不然，干你姥，一起去掉！

你说什么？

海珠目露凶光。去掉他！生下小孩，我跟你过！

比觉不寒而栗。你以为杀个人是杀只鸡吗？

怎么，你害怕？老娘都不怕，你害怕？这肚子里的孩子是你的！

把孩子打掉！比觉说。

太大了！打不了！你必须干！我们就说鱼病暴发，或者大收购，你编个理由，让他回渔排。我们在酒里下药，然后切块碎尸，那个鱼食的粉碎机可以把他打碎，直接喂鱼。

那只能碎肉，不能碎骨头！比觉觉得这女人真他妈的狠。

那也没什么。半夜里，去搞一个大石头，把他沉到外海。边防老吴不是说了，多少尸体都是无头案。查不到的！

别折腾了，我保证你会后悔的，你会一辈子难受，非常难受。

你干不干？

你现在这样不是很好吗？有家、有钱、有事业。他偷偷女人，你偷偷男人，这不是很公平温暖吗？

你到底干不干？

比觉摇头，我帮你干其他事吧。

不是帮我！是帮你自己！海珠敲打自己的肚子，是帮你儿子！

比觉盯着她。海珠回瞪着他。

比觉说，你把手伸出来。

海珠不明白比觉要干什么，比觉把海珠的手腕架在他的眼镜盒上。他开始搭脉。海珠开始想嘲笑比觉，但是，比觉平视着海珠，目光灼灼，能感觉他的耳朵像天线一样，在捕捉她的脉搏，他的手指在她的脉搏上滑移，或轻或重。海珠到底被他犀利而专业的状态震慑，乖乖地发着呆。

比觉又换了一只手腕。他的脸色越来越黑,海珠终于经不住他眼镜蛇一样的逼视,避开了他眼睛。比觉狠狠拧过她的下巴,逼她和自己对视。海珠看到比觉的眼中怒火熊熊。海珠垂下眼皮。

我操!比觉甩开她的手站起来,你滚!

海珠心虚了,说,你真懂啊。

比觉大吼一声,你当我什么!滚!

海珠嗫嚅……孩子是没有,但我这个月真的没来月经,你应该能搭出来。我也的确想和你一起过,不杀掉他,我怎么能和你一起呢?

走吧走吧,比觉烦躁至极挥手驱客,回家先杀一只鸡玩玩,不行就杀一头猪看看。好好看看血,看看尸体!

载着海珠的小机在海上远去。比觉阴沉的脸上浮起一丝狞笑,因为他根本不懂中医,对搭脉也狗屁不通,居然还是把这讹诈的疯狂女人吓回去了。

三

小卓这次尿血持续了很长时间,西药吃了不少,可还是垂尾塌腰。那天晚上,卓生发煮了粥上楼,看尾巴蹲在他们家门口,抱着小卓的脖子,远看,一人一狗像在看一本画册,走近就听到尾巴在悄声说话……不痛了好吗,你快点说没关系,好不好啊……

卓生发在厨房还看到那个高个子,但是,他一点表情也没有,毫无愧疚之心。卓生发没有勇气说,你要向我道歉,你必须赔我医疗费!你这样对待动物对待弱者,真是丢人类的脸!可是,卓生发就是开不了口。

其实,最令卓生发痛苦的是,比觉轻蔑的眼神,他骂他是贪生怕死的窝囊废。虽然很轻很轻,那姑娘可能听不到。但正是他的轻,才显示出这句话的分量。这句话久违了。这才是卓生发一辈子的痛。他难以相信,楼下这些流氓竟然知道他的底,为什么姓杨的姓辛的都从未流露出来过,反而是这个很久才露面一次的家伙,冒出这么句话呢?他当然是有所指的,否则他不会那种眼神那种语调。那个眼神还让卓生发明白,他敢回击的话,他一定会取得更多更大的羞辱。狗血淋头。

离群索居,几近隐姓埋名远离尘嚣的逃离,就是回避这样一个不可触摸的心灵之痛,这些头上长蘑菇的家伙,却轻而易举地挑开了这个创痛脓包。这个恶棍知道,楼下的肯定就全部知道。他们早就知道我是什么人了,他们从来没有说出来。他们没有揭我的底,不是因为善良,是因为他们无暇顾及,是他们自己更加糟糕,正是这样,他们又有什么权利对我轻蔑?那眼神就是骨子里的轻蔑才有的眼神。他们根本没有资格这样对待我!他们不配!我卓生发是对不起妻子儿子,是个懦夫,是个贪生怕死的窝囊男人,可是,即使这样,也比那些浑身血腥的家伙强。比那些一生大恶没有,小恶累累的人强。何况,我一心吃素、满怀忏悔之心,自我惩罚地活着。楼下的呢?其他的人呢?

卓生发心里的屈辱和愤懑浓得化不开。

现在,卓生发的楼下分析表上又出现了新的令他亢奋的东西:关键词是:《天文爱好者》、胸部刺青、饰品上的指纹。这是楼下半夜的交谈,姓辛的说,姓杨的在听。那个年轻点的家伙,一贯嘴笨,声音又低沉。还有可能是摇扇子的声音,哗哗哗的不停,听起来不是太清楚。但是,卓生发还是接收到了与以往不同的东西,是他们的语调、用词,还有句子之间的缓慢节奏,似乎都传递出某种焦虑不安的东西。也就是说,是有人让他们坐立不安了——这人是那个让他们忧虑过的姓伊的,还是比姓伊的更麻烦的人?对话中,还出现了这个内容,姓辛的说,女孩之后的老人,是她外公外婆,再之后,是她的父母。那女孩二十岁。——这个二十岁的女孩,就是那个投胎转世的尾巴吗?而女孩之后,还有四个人,他们是步女孩的什么之后？

卓生发整夜在思考。

一大早，他们连尾巴都带走了。

党保姆还是不理睬卓生发，卓生发也不爱搭理她，但是，他看不到尾巴忍不住就问了一句，说，孩子怎么没看见？党保姆没好气地答，都回渔排了！

卓生发说，你怎么知道？

党保姆说，留字条了，不做中饭。

那晚饭呢？

党保姆白了卓生发一眼，表示嫌恶他的啰唆，大声说，做！

卓生发下山去上班的时候，在老榕树下，竟然看到伊谷夏一个人在那里合掌默立。

卓生发放轻脚步，站在她后面。他仰视大树，晨风中，老榕树绿叶翻动，阳光在树梢旋转，然而，树下，参差披拂的长须软根，竟然都纹丝不动。按照伊谷夏的设定，树叶的吹动是礼貌问候，树下气根的拂动才是微笑和许诺。那么，伊谷夏的祈祷又是失败的。

伊谷夏看到了卓生发，缩着脑袋 hi —— hi 狡黠地笑，今天国泰民安吗？卓生发说。伊谷夏说，风调雨顺万民大吉！卓生发说，我看到气根都不动啊。伊谷夏揉着眼睛说，是吧，你也看到了。我估计要上点香，它可能听不到我说话。它太高大了。你上班去啊？

对啊。卓生发说，他们不在。都去渔排那个恶棍那里了。你别上去了。

哦？伊谷夏很意外，她说，我要去拿个东西。保姆在就行。

什么东西？

hi —— hi 一个随手记的生意电话。你先忙吧。

卓生发下山，回头已经看不见伊谷夏的背影，他由衷为这个单纯天真的女孩难过起来，她知道什么，她一心一意地对待他们，却被楼下的蒙在鼓里。看吧，离报应不远了。眼看就要东窗事发、大祸临头了。楼下的已经阵脚乱了。她却什么都不知道，还整天祈祷着想嫁给浑蛋。卓生发痛心地叹着气，很想跟这个天真无知的女孩推心置腹地谈谈，可惜，她太烂漫了，太痴情了。卓生发无法也不敢和她分享自己马上就要面临的突破。

伊谷夏跟党保姆打了个招呼，说自己来找个电话号码。党保姆抱怨说，他们为什么不给我打个电话，不然我下午来一趟，不也一样把什么都做掉了？青菜还可以买新鲜的，又不是没有留电话。害我跑一身汗上山，又没有什么事做！

在保姆嘀咕抱怨中，伊谷夏把辛小丰的床头柜打开，一下就找到了那张三个人在厦大门前的合影。她把照片藏进自己包里，把柜子里的东西复原好，关上柜门后，她对怨气冲天的保姆说，要不你现在就回去，下午早点来吧。我走啦。

下了山，伊谷夏跑过废旧铁路，边跑边拦出租车。上了车，车子驶向老华侨区的一个红砖老别墅，院子里落满好像是人心果的落叶，一条蜿蜒鹅卵石小径在落叶上起伏，通往屋子内大门。上去像个咖啡店，还有个叫"证明力"的广告设计公司黑色牌子。

一个穿唐装的长须男人在看伊谷夏的照片。男人看着杨自道、辛小丰、比觉的合影说，修旧如旧不是做不到，但是，行家还是看得出来的。

长须男人又拿出一些经过处理的相纸，你看，这些是旧了，可是扫描通不过。

伊谷夏说，那还是先扫描，再做旧吧。快点，时间字体要一致哦。

长须男人说，你到底要拿它干什么？连我都不能告诉吗？

不告诉你是爱护你。伊谷夏说，快点。把时间搞掉，8月25，换成8月19。字体一定要一样啊！细节是成功的根本。哎，你说，用药水黄得自然，还是茶水泡后，灯烤的效果好？

亲爱的，长须男人说，专业问题你就不要操心了，到时来取货就是。

出了"证明力"别墅，伊谷夏打的去世贸中心大广场。她在停车场那里张望，以前她在这里，伊谷春教过她识别那些兜售黄碟子的人。果然，一个獐头鼠目、张望不停的家伙在车隙里走过。伊谷夏说，喂。那人很意外，他显然没有想到这么一个年轻姑娘会招呼他的生意。他蹭了过来。你有吧？伊谷夏问。什么都有！你喜欢哪种的？伊谷夏说，同性恋的有吗？男的那种。最好是三个人一起的。

黄贩子像鸭子听雷公一样，歪着脑袋。要这个啊，手上没有。要不，我回去拿。家里有，很吓人的都有。你等我半小时。

我们打的去，走。

黄贩子一下就看出伊谷夏心切，说，我们先说好，这种货很缺。进了货也未必好卖，所以，一张八十。伊谷夏从来没有买过这类东西，不知道十元一张的行情价，但她从黄贩子眼睛狡诈的眨巴里，感觉到自己被宰了。黄贩子说，要是嫌贵，我们就不去了。黄贩子竟然要开门下车的样子。伊谷夏说，去！我验了货，满意就给你五十！

这下轮到黄贩子退缩了，唔，你，你行吗？你不会是……警察实习生吧？黄贩子扭头往后看，还真怕有人跟踪。伊谷夏说，警察哪有空管你这破屁事！

买了一张黄碟，在商城又逛了一大圈，伊谷夏又奔回华侨区证明力别墅。

照片拿到了，对比起来看，质地、色彩、光泽度，整个外观，新旧照片已经十分接近，除了手感，新照片有点韧劲，旧照片充满岁月的绵软。但如果把旧照片收起来，不对比，一般人想不到有假。伊谷夏感到基本满意。走到门口，她站在那里一直揉耳朵。

长须男人说，耳朵痒吗。

伊谷夏说，不是，耳朵也有点痒。我在想，我是不是该抱你致谢，又怕你误会。

少来。长须男人说，我还不知道你的小算盘？

伊谷夏说，那好吧，摊牌。这是我们两个之间的致命机密，有第三个人知道，我就去找你老婆推心置腹地谈心。长须假装打了她肩膀一掌。

四

杨自道蓝白色的出租车，一直开到金元岛码头边。他们停在伊谷春送辛小丰去拿小金鱼所停的位置。杨自道和抱着尾巴的辛小丰下了车，小家伙依然提着鱼。他们在码头等候运机帆船。比觉接到电话，驾驶小机已经在那边的码头等了。机帆船靠了岸，三人上去，先等比觉把尾巴送海星幼儿园玩。尾巴很高兴地和爸爸们说再见。送了尾巴，三个人就乘小机到了比觉的渔排上。

渔排上堆着泥垢污浊的墨绿色渔网。比觉今天在清理网箱里的渔网。养殖久了，那上面的网眼会结满鱼垢、海蛎壳、海草等脏物，会影响水流的进出。所以，隔几个月，就要把旧网拖上来，清洁整理。结垢严重的话，就要更换新网。一张网要几百块钱，所以，东家还是喜欢爱惜渔网的雇工。粉碎机坪那里，堆着如山的绿色脏渔网。比觉在敲，把那些鱼垢、海草、贝壳敲掉。杨自道和辛小丰也帮着弄。今天的海面上风很大，整座渔排嘎叽嘎叽地响，好像快散架了似的。比觉烧的茶水，一下就凉了。家家户户渔排上的风叶转得快如电扇。虽然小木屋这一片都撑有黑色的防晒网，但他们才干一会儿，就热得不行了。

辛小丰说，你那本找不到的天文杂志，就在警察手里。他们现在还记得那一期的"海盗号"着陆的封面封底；周边的调查访问，有不同的村民说，看到了我们三个，而且，都看到了阿道胸口的刺青；我的左手拇指、食指纹，正如你当时臭骂的，他们的确是发现并提取了。也就是说，关于我们三个，他们掌握了不少。

比觉停下了手中的活，盯着辛小丰。

当时，撤离现场的时候，他们把所有能想到的痕迹都清除了，比如指纹、脚印。包括屋子后面的防蚊纱门。但是，三人逃离现场的时候，最后的辛小丰，忽然呆立在那个赤裸的女孩尸体前，更不可思议的是，他伸手拉了一下她脖子上的枫叶饰品。他自己后来解释是想把它带走。为此，比觉和辛小丰在城郊的墓地边，头破血流地打了一架。当时引发比觉狂怒的，就是辛小丰撤离时的磨叽和指纹的遗留。他们紧张忙碌了那么多时间，所做的消除痕迹的努力，就被辛小丰莫名其妙的伸手给毁了。但所有这些，都不过是丝丝燃烧的引信，更重要的是，它引爆了比觉满腔的怨恨和绝望。他痛恨辛小丰把他们带进这么个灭顶之灾中。杨自道看当时的比觉，就像TNT炸弹，他把辛小丰往死里打。杨自道冲过去拦架的时候，也被比觉打得眼冒金星、满嘴流血，比觉完全像头失控的野兽。他哭叫着，狠狠掐着辛小丰的脖子，连声吼，为什么你为什么为什么你他妈的不扯下项链！！！

月色下，辛小丰不再挣扎还击，任比觉踢打。杨自道看到辛小丰满面的泪水在月光下微微发亮，杨自道看着也不禁悲从中来。是啊，太快了，什么都完了，全完了。辛小丰不回手，比觉就疯狂地以头撞树。松针簌簌而下。杨自道最后过去抱住了额血如注的比觉。比觉跪在地上野狼一样长嚎痛哭。

那一夜，三个人在墓地里怎么睡去，杨自道已经不记得。醒来的时候，他看到松林里晨光灰白。太阳还没有出来，四处是清脆鸟鸣，草地里昨天的暑气和今天的晨露混合散发出荒野的湿热气息。比觉挨着他睡着了，他们靠在一座大墓的弧形水泥门上。辛小丰没有睡，他站在一个黑色的墓碑旁的漆树下。杨自道过去，辛小丰没有哭，只是目光呆滞而空洞。杨自道动了他一下，又动了他一下。辛小丰声音轻微而嘶哑，是真的吗……杨自道没有说话，辛小丰摇头，茫然地环顾四周，似乎要确认是不是梦境，最后他哀求似的转向杨自道，他在寻找肯定的答案。

杨自道转身。辛小丰突然扑了上来，死死抱住杨自道。他闭着眼睛摇头，不断摇头……不可能的……不可能的……

比觉醒了，他的脸不知为什么肿得很难看。他一字一句地告诉辛小丰：我们杀了人！杀了一家人！一家五口人！就在十多个小时前。不是做梦！是真的。因为你浑蛋！愚蠢！我们全都完了。不是他妈的梦！比觉站起来，把辛小丰的头发一把揪起，醒醒吧，白痴！警察可能很快就到了！

警察一直没有来。十几年过去了，警察一直没有出现。这个惊悚一方的强奸灭门大案，在他们逃离家乡、阻断老家信息后，真的越来越像个梦境。但随着时间推移，这个希望是梦境的现实，却在他们自己的记忆里越来越鲜明越确凿。比觉有次醉后痛哭，说，我的头上发凉啊，那柄剑、那柄从天而来的达摩克利斯悬剑，就在我头上，越来越近了，我感到它的剑锋了，我的头皮凉飕飕的，我的头发都竖起来了，你们就没有感到吗？

每年8月19日，他们都聚在一起过。有时一整天对坐，没有一个人说一句话，这一天都是备受煎熬的，这一天总是比地狱还阴冷，空气里很容易出现血腥气。大约是第二年起，阿道开始领着他们祭拜。他们默默地焚香跪拜，告诉死者自己一年的情况。忏悔愧疚之余，每一年，他们都不约而同地说，他们在等待着女孩一家随时要他们走。

有时他们认为，警察忽略了枫叶挂件上的指纹，那个可怕的案子就成了毫无线索的死案；有时候，他们觉得警察不仅搜集了那个指纹，甚至还有目击者，还有其他很多他们不知道的证据。他们还相信，家乡的警察一刻不停地在找他们。比觉不喝酒清醒的时候，特别痛恨辛小丰最后留下指纹的行为。有一次，杨自道也忍不住问了，说，你真的想要那个饰品？那并不值钱啊。辛小丰的回答让他震撼,他说,我突然想记住那个女孩。当时觉得,我枪毙后,可以去找她说声对不起。那你为什么不扯下它?辛小丰说,心慌,绳子太牢。

十多年来,他们一直以为只有辛小丰留下了后患的痕迹,到现在才知道,猎人掌握的、可以循线追踪的东西,是他们三个人人有份。说起来是警察内部出现了分叉道路,否则,以伊谷春师傅的智慧阴险,找到他们三个太容易了。杨自道的汽车职业中专离宿安不远,他们三个周末假期总在一起同进同出,很容易被同学辨认;杨自道胸口上的剑盾刺青,更不是秘密,学校生活老师还责令他清除过;而比觉的《天文爱好者》,经常放在口袋里,不止他们,学校师生都知道比觉对天文知识的热情,就是阿道的舍友,也知道阿道的朋友里,有这么个天文爱好者。正值暑期放假也不是问题,最多是等待水落石出的时间长一点。对于好猎人来说,这都不是问题。

十一点不到,渔排上已经如烈焰蒸烤。三个人都汗流浃背。进屋吧。比觉说,你们不习惯,会中暑的,还是晚上我自己清吧。进去吃瓜。

杨自道和辛小丰站起来,赤裸的上身,都是砸溅起的贝壳末子和绿色海苔星子。比觉说,这才刚刚开始,最热的时候是中午一点左右。不过早晚特别舒服。

屋里只是比外面略微阴凉一点,可是没有风。比觉蹲在地板上切他刚在幼儿园门口买的黑美人小西瓜。吃着瓜,辛小丰说,伊谷夏想叫阿道去深圳,她说最好我们五个都走。

比觉看着杨自道。杨自道说,她跟我说了。我告诉她我不走。

比觉说,她怎么突然说这事?

杨自道说,那女孩行事一贯兴之所至、不着边际。

比觉看到辛小丰想说什么,欲言又止。比觉问,你呢?什么打算?

辛小丰说,那天晚上我就想好了。你们走吧,我不走。我们三个中，只有我最该等楼上的第二只鞋子掉下来。阿道跟伊谷夏走吧，比觉带尾巴，也走。这账我一个人来还吧。

比觉盯着杨自道，你觉得，你带着警察的妹妹能跑一辈子？

我说了，我不走。杨自道说，这么多年来，日夜煎熬，不就是在等这一天吗？我也快承受不住了，我不想再经常梦见那五个人从井里出来，流血流泪地站在我床前。让它结束吧。你想走的话，现在就可以走。照顾好尾巴，我把钱都给你带来了。将来可能的话，每年你给我父亲我哥寄一点。

比觉沉默着。辛小丰和杨自道在抽烟。

良久，比觉说，我舍不得尾巴。但我——能带她去哪里呢？

比觉站起来，看着外面的海面。杨自道说，到北方去吧，养活她并不困难。但你要记着给她做完手术。辛小丰说，到时候，我会把我那里的钱都给你。

比觉一直盯着海面，最终摇头。她正在长大，我想我不能给她安宁的生活——算了，就让那把剑穿透我的脑袋吧。我也累了。

三人沉默了好一会。辛小丰又开始切西瓜，但没有人再吃了。

那就是说，杨自道看着他们——都确定不想走？

辛小丰开始抽烟，比觉迟疑着，还是狠狠拿出一支。太久没有抽了，一口深吸，他竟然把自己呛得连连咳嗽。

那我们谈谈尾巴的安排吧。杨自道说。

辛小丰和比觉点头。杨自道说，车上我问了小家伙，说如果爸爸都出差，你愿意跟谁一起过。她说，跟姐姐——你们还有更好的托付人吗？

我没有。比觉说，不过，伊谷夏可靠吗？一个没结婚的姑娘。

辛小丰说，还有伊谷春。他们的家人也很爱尾巴。

杨自道苦苦一笑，姓伊的要当尾巴的第四个爸爸，我想他早就计划接班了。

比觉长叹一声，小丰，你他妈就不该救他。你这辈子的毛病，就是经常脑筋搭错。下辈子要改改。

当时,我也想过放手。

为什么不放?比觉说。

不知道。但我并不后悔。那天,我和他情况交换的话,他也会舍命救我,事实上,他也救过我。我了解这个人。

你们有友情吗?杨自道说。

我不知道。但是,这是个法律至上的人。对他来说,有没有友情,都不影响他的职业行为。我从心底尊重他。其实,在他手上结束,也值。

比觉又咳了一阵,说,说起来,你就不该不离开那个单位!要不然我们现在什么事也没有!三人陷入静默。之后,辛小丰拍了杨自道一下,说,我毁了你和伊谷夏的幸福了,只能下辈子还你了。

扯淡!杨自道说,没有你,我怎么可能到这里认识那女孩!

辛小丰笑起来,千里姻缘一线牵嘛,那时,你在我们老家开车,她去西陇看她老哥,上了你的车,就那个了。

别傻浪漫了!杨自道说,我们大概还剩多少时间?

辛小丰说,不知道伊谷春和那个记忆超强的吸毒鬼,信息交换到什么程度了。那吸毒鬼回去肯定要调看卷宗,也许会复制一份给伊谷春。如果他们流程正常,又觉得我们没有被惊动,估计最多一两周。更快或者更慢几天,也在正常范围内。

怎么会没有被惊动呢?比觉说,跟过堂一样命令你到他家,我操!连他的妹妹都可能感觉异样了,你辛小丰人精一个还会没有被惊动?也许,他就是感激你的救命之恩,在昭示你的全部罪行后,居高临下地,故意放你一条生路吧。比觉吐出一口浓烟,只是那家伙想不到,我们都累了……不想跑了。

比觉的说法,让杨自道和辛小丰耳目一震。但辛小丰很快摇头,说,不,你看错他了。他绝不是有妇人之仁的人。只能说,他手里还没有掌握确实充分的证据。

比觉猫着腰，透过窗户往外看天。蓝色的玻璃窗外，远方的渔排，家家户户风叶飞转，阳光下，海天之间，白鹭飞翔。

坦普尔—塔特尔彗星每隔33年回归一次，比觉说，今年11月19日左右，地球将穿过塔特尔彗星在1767年和1866年所喷射的流星云团，我们将看到200年来最壮观的狮子座流星雨，高峰期每小时多达1万至3万颗，景象空前壮观。这也是今年我们能观测到的最后一次流星暴雨。希望我今年还能看完它。

辛小丰也看着天。他心里对比觉说了一百次，对不起，兄弟。但是，终于没有说出口。他想象了一下夜空里，流星飞瀑的壮丽样子。

现在，天空湛蓝，天边的白云白得刺目，凝然如塑。

五

丽景中庭，晚饭后纳凉的人多了起来。

伊谷夏看到伊谷春的黑色高尔夫进了筼筜丽景，然后就到了羽毛球练习场后面的罗汉竹林下。她坐在竹林休闲椅上。今天晚上，她妈妈照例要聚友打牌，哥哥经常晚归，但回家就会回楼上自己卧室。伊谷夏和家里说好了，她晚上不回家吃饭。伊谷夏在小区中庭，一直等到伊谷春的车回小区。她在能看见他们家灯光的罗汉竹林里，等了二十多分钟。伊谷夏忍不住了，她害怕伊谷春突然出去。这个情况，也是时常发生的。

伊谷夏打了家里电话。果然，是保姆惠姐来接的。伊谷夏要她帮自己找一张名片，急用。惠姐就放了电话，赶紧上楼到她房间。两分钟后，惠姐下来说，你的桌上没有啊！名片盒我都倒出来看过了。没有那个叫苏总的名片。伊谷夏说，肯定有。你到书橱里看看。快点！我急！不然你叫我妈给我找。

和伊谷夏预计的一样，妈妈打牌根本没空搭理她。惠姐说，你哥在房间，我叫他帮你找吧。伊谷夏说，快点快点！

伊谷春下来接了电话。问明情况，他说，家里的人，都是你的通讯员！我挂了，找到我打你电话。他懒得楼下楼上跑了。伊谷夏窃笑。亲友们都知道她有这个前科，手机里懒得输入号码，急用时，到处扰民。

伊谷春进了伊谷夏的房间，桌上的两盒旧名片都被惠姐摊在桌上，随便一眼就能看出，里面没有咖啡色的窄片子。书橱里也有一盒旧名片，但并没有几张，里面也没有。床头柜上有本看了一半趴着的书，其他什么也没有。伊谷春看来看去找不到，顺手拉开了伊谷夏的抽屉。抽屉挺乱的，有相机啊、旧手机啊、礼品金笔和散乱的名片。伊谷春捡起来看，都不是苏总。有一个精制的西点盒，盒边和抽屉间也有几张名片，有张咖啡色的。因为抽不出，伊谷春只能把盒子拿出来，结果，他看到盒子底下有张光碟，一看封皮就是盗版，图像不清晰，好像是有关舍利子什么的。伊谷春把它打开，光盘上却是三个赤裸的男人在做爱的画面。伊谷春把光碟收好，随意看了看那几张名片，果然有苏总的，就是那张窄片，但是，并不是伊谷夏以为的咖啡色，而是白色的。伊谷春打伊谷夏的电话，报了名片上的电话号码给她，说，你什么时候回来？伊谷夏说，十点半左右吧，争取十点进门。

伊谷春看了看表，至少还有一个半小时。放下电话，他打开了那个台湾丝绸糕点盒，里面装着女孩子的工艺品、水钻发卡、首饰玩具之类。还有一张旧照片，三个年轻人在厦门大学大门前的合影。一开始，伊谷春把照片放下了，因为不认识，只是心里奇怪，伊谷夏怎么会有这么个东西。忽然觉得不对，拿到灯下仔细看，他先认出了辛小丰，随后是的哥杨师傅。他推测，那个最高的就是尾巴的渔排爸爸了。三个人的表情都很沉闷，令人讨厌。但是，辛小丰看起来多么年轻啊，简直像个刚脱下红领巾的少年。伊谷春看到了右下角的时间，突然，他像被开水浇头一样，几乎弹跳起来：1988.8.19.

伊谷春的脑袋里一片空白。这就是说，这一天，这三个人在厦门，在远离案发现场至少六百公里的地方？

伊谷春把光碟壳子留下，其他全部复原。他回到自己房间，把光碟塞进了电脑，返身把门反锁了。欧美的片子，似乎有个简单故事，但没有叙事耐心，很快就直奔性场面了。伊谷春的英语也糟糕，也没有兴趣关心故事发展，三个男人挑战他想象力极限的性爱画面，让他瞠目而恶心。

伊谷夏怎么会有这个东西呢？是从三个男人那里偷来的？肯定是。伊谷春快进放完，立刻把光碟放回了伊谷夏的抽屉。他在她抽屉前仔细察看，怕自己留下什么痕迹，不过，想想也释然了，没有什么好顾虑的，她既然叫找东西，抽屉被人动过也在情理之中。

伊谷春在自己房间抽烟，脑子里也烟雾弥漫。这是不对的，但哪里不对呢，他还理不出头绪。辛小丰在疑云深处，挥之不去。前天晚上，就在楼下，当师傅说到枫叶饰品上的指纹、说到刺青、说到《天文爱好者》，伊谷春看到辛小丰舔了两次嘴唇。他几乎一言不发，可是口干舌燥了。辛小丰不想来，他被强迫赴宴后，心神不宁，虽然他掩饰得不错，连师傅这样的毒眼都没有看出来，师傅只是看出了徒弟的刻意，他从徒弟的刻意，感觉到了什么。专业玩到这份上，有时语言成了多余，默契是无须语言的。伊谷春能看出来，心有灵犀的师傅后来也在有意施压。果然，辛小丰走了之后，师傅说，你是特意让我讲故事给我的小老乡听的吗？

伊谷春说，你开心吗？

师傅说，我很疲惫，但我会证明我是对的。谢谢你。

伊谷夏回来的时候，不到十点。她给大家带了一大袋孜然烤羊肉和鱿鱼串上来，牌友们也饿了，纷纷伸手，只有伊母怕上火没吃。伊谷夏拿了几串到楼上给伊谷春，准备去冲凉。伊谷春叫住了她。

忙什么呢？一个晚上疯疯癫癫的。

一个搞无纺布的朋友，货进超市的时候，被中间小鬼欺负得厉害。所以，不惜代价，让我帮忙疏通管道。

你和那杨师傅最近还来往吗？

偶尔用他的车。他就是职业操守好，其他也没多大意思。

怎么了？

没什么。

没什么，一说到他你的脸干吗这么臭？

就是没什么。反正他们这些人也不需要女人做朋友。

他们这些人怎么了？

哥你烦不烦啊。我要去洗澡了。

上次杨师傅胸口上的刀疤，很深吗？——哦，好像他不让你看。

我看到了，哼。辛小丰在给他擦身子的时候，被我撞见了。

撞见？撞见什么了？

很长。伊谷夏不耐烦地比画了一下。

还有其他疤痕吗？

伊谷夏摇头。

有烧伤、烫伤，或者刺青文身图案吗？

没有。伊谷夏说，就那道疤很长。你问这个干吗？

物以类聚啊，辛小丰身上都是伤疤，我想他也是。他又那么不愿意让你看。还有那个渔排上的，说不定身上也有很多伤疤。

那天他送尾巴从渔排上来，我看到他冲凉出来的，没有疤没有文身，什么都没有。不过他很凶。房东怕他。

小夏，伊谷春沉吟着，告诉我，他们三个真的不需要女人吗？

我不知道！

伊谷春看到伊谷夏的眼圈红了，他想了想，过去用手臂圈住她。他感到伊谷夏的泪水掉在他小臂上，很热的一滴。这个时候，伊谷春强烈地涌起对妹妹的怜惜之情。

伊谷夏像一只挨打的小狗，蜷缩在伊谷春的怀里流泪。伊谷春拍摸着她的头,说,随缘吧。伊谷夏呜咽……他们从小在一起长大,一起读书、一起打架、一起出来打工,有钱一起花,他们不要女人、不结婚,约好了同生共死,相持到老,我怎么和他们比啊……

那就不要比,对了,渔排那人好像传授给尾巴很多天文知识。

没什么了不起,不过是一本儿童睡前读物,我看到过。

找名片的时候,我看到辛小丰三个朋友的合影呢。

那照片,伊谷夏厌倦而鄙夷,杨师傅住院的那天晚上,尾巴过来睡觉,从她书包里掉出来的。我忘了还他们了。

伊谷夏去洗澡后,伊谷春坐在自己房间的藤椅里揉太阳穴,不断地掐捏鼻根。他头痛,头痛欲裂。

刚才伊谷夏替他开窗换了一次空气,现在,空调屋里,又是烟雾腾腾了。他汗出如浆,还在一支接一支地抽。伊谷春和他师傅一贯都有这个自信,他们相信自己是绝不会迷航的,卓越冷静的头脑,禀赋过人的直觉,精确的方位感,不惧怕任何迷宫。这次,难道自己真的错了?错得这么离谱吗?伊谷春用力按摩着自己的太阳穴,幸好忍住了没到师傅那里先露底。伊谷春第一次感受到这种乱麻如浆的感觉。不仅是乱无头绪,而且是被浇上了浆汁。他举步维艰。

临走,师傅说,现在,很多事对我意义都不大了。但是,既然还没有正式退休,我还是乐于看到真相,只有真相能教训他们,我的推断是唯一正确的。

第十一章　最后的追问

一

小卓死得太突然了。当时尿血的症状刚刚有点好转，那天，卓生发下班回来，小卓照例热烈欢迎。只是，这次被比觉踢伤后，小卓都无法到院子里相迎。但是，即使在发烧，卓生发只要踏上木楼梯，小卓就会拖着病体，在二楼楼梯口尽力晃动尾巴。这天，卓生发一上楼，也听到小卓喜相迎的动静，就在他看到小卓的那一瞬间，小卓倒在了楼梯口。它的身子在扭动，卓生发还没有反应过来，就看见小卓的屎尿全部都出来了。到医院，更多的血尿出来了。

医生说是器官全面衰竭，完了。卓生发看到小卓的牙龈、舌尖都变得灰白。当天夜里，小卓吐出来的灰色舌尖，再也收不回去了。小卓看了卓生发最后一眼，便断了气。但那双黑亮的圆眼睛一刻不离地看着卓生发，卓生发泪雨滂沱。小卓，卓生发说，我会为你报仇，我知道你死不瞑目。

这一夜，卓生发一直抱着小卓冰凉僵硬的尸体。他在琢磨楼下所有的窃听记录汇总。辛小丰带有8191988字样的几页"正"字，作为原件黏附在那里。就在自己簌簌不断的眼泪中，天色刚亮，卓生发完成了最完整的窃听总结报告。

结论推断：1988年8月19日，在一个叫宿安的水库，发生了一起强奸灭门大案，五人被杀。三名作案人负案潜逃十四年。现在，这个作案团伙成员，就住在天界山3号。

伊谷夏一直约杨自道的车，杨自道都请别的师傅代劳了。伊谷夏打的回到天界上废旧铁路旁，再打杨自道的电话，说尾巴上吐下泻，杨自道的车，果然很快在路口出现。他把车停在废旧铁路边，刚熄火，就看见伊谷夏奔过来开车门。

杨自道知道受骗了，但是没有发作。他说，你从石屋下来吗？

伊谷夏说，是。卓生发的狗死了，现在尾巴在安慰他。他很难过。他以为是你们投毒。我说不可能，他说我傻。

你是傻。我送你回去吧。

你跟我走好不好？我想去深圳，我会让你的生活很甜蜜。

谁也无法给我甜蜜的生活。你真的要离开家？

你不走我就不走。

杨自道笑。我们都没有想到要去深圳。倒是，我再认真问你，如果我们三个都走了，你会帮我们照顾尾巴吗？我是认真的。

我一个人照顾她？——不可能！我不干！

杨自道停了一会，说，我们都以为你喜欢她……

你们不去深圳，那你们想去哪里？

你别管这个。你真的不愿意帮忙？

伊谷夏摇头，除非，你们带我一起去。

难怪那个变态房东骂你傻。你真的不愿意帮忙？

伊谷夏摇头。

我们看错你了。尾巴也看错姐姐了。

你们都跟尾巴说了要走？为什么不能带上她，带上我？

能的话我们就不要走了!

真自私!就为了自己!其他什么都不顾!你太自私了! ——你太自私啦!

你才自私!杨自道忍不住骂道,你他妈的又任性又自私! ——算我没求过你!

杨自道发动汽车,汽车冲下大坡,拐上中山大道,直奔笓筜湖而去。在笓筜丽景,杨自道停下说,下去吧。我还要挣钱。

伊谷夏不动。杨自道下车,到副驾座门边,拉开车门一把就把伊谷夏拖了出来。伊谷夏站在车前,忍不住泪如雨下。她呆看着杨自道咣地摔上驾驶座的门,疾驰而去。伊谷夏回到家中,惠姐看到她泪流满面,吓得说,肚子又痛啊?要不要去医院?

伊谷夏摇着头奔二楼自己房间去了。一进屋就扑倒在被子上,乱箭穿心,心里难过得无以复加:他们准备跑了,可是,他们并不信任我,却又要把尾巴这个小包袱托付给我。设身处地为他们想,有个孩子确实不方便逃亡,可是,为什么不可以一起走?他连她也抛弃了,而且是在她主动邀请他外逃的情况下,他不愿和她一起,哪怕说五个人一起,他还是不愿意。这种能杀人的男人,真是冷酷无情啊!

伊谷夏爬起来,站在镜子面前,看自己哭肿的眼睛和被泪水腌红的上唇沟。她从来没有觉得自己这么丑,这么令人生厌和失望。这么一想,又泪水淌涌。如果不是有个警察哥哥,我是不是就可以直接告诉他,我知道你是谁,我知道你们的底细,可是我并不介意。我愿意跟你亡命天涯,我什么都愿意。你会带我走吗?可是现在,他们不可能相信一个警察的妹妹,他们提防着我。我一说,只会使他们逃得更快更远。

有人敲门。伊谷夏以为是惠姐,或者妈妈回来了。伊谷夏不想开门。她忍住了哭泣声,却收不住间歇性的抽咽。敲门声在继续,而且是弹琴一样,五个指头轮敲的那种,从小伊谷春就这么敲门。

伊谷夏把门打开。

伊谷春进来把门关上了,脸色阴沉严峻。

真厉害,连我你都敢耍。

伊谷夏泪眼婆娑地看了一眼伊谷春,滑坐在了床前地上。

先说,谁把你弄哭了?

伊谷夏垂首不吭气,身子还一阵阵控制不住地抽搐。伊谷春把杨自道辛小丰比觉在厦门大学前的合影,扔在伊谷夏的身边。伊谷夏捡起来,抬头看伊谷春。她知道事情出来了。

这照片是他们给你的,对吗?

伊谷夏摇头,我偷的。

伊谷春冷笑。

伊谷夏说,到现在他们都不知道照片在我这儿。真的!

伊谷春笑着微微点头,鼓励伊谷夏往下编的样子。伊谷夏看着照片,不知道伊谷春从哪里发现了破绽。

我刚刚从医院回来。一路我都在想,我怎么就那么容易着了你的道呢?早去医院一趟,不是什么问题都解决了?小丫头,你胆子太大了,瞒天过海说的就是你这种胆比天大、比海大的人。

伊谷春坐在伊谷夏对面的转椅上,旋转了一下身子,好吧,照片算你偷的。那么,你告诉我,这照片你有动过手脚吗?比如,时间?

伊谷夏不吭气。

那就是说,你没有动过。你只是负责让它出现在我的视线里,让我发现它,对吗?照片有什么手术,和你无关,对吗?

伊谷夏的泪水像断线似的嘟噜而下。她说,照片是我偷的,我以旧修旧翻造了它。时间是我改的,原来的照片,我偷偷藏起来了。我还想找到另外两张,据说他们一人一张,为纪念不可能的梦想。可是,我一直找不到理由和机会得到它们。我要把这个历史全部改写!伊谷夏努力平静了一下喘息,我知道你不相信我,但是,我说的都是真话。

你早就看到了杨师傅胸口的刺青,你最清楚渔排上那个家伙丰富的天文知识。你用天真的、委屈的、感伤的表述,四两拨千斤地把它们全部否定和掩盖了;你故意让阿姨找一张狗屁名片,不露痕迹地把我卷入,我果然看到了照片,还看到了你特意让我看的三角同性恋毛片。你真的完成了一个漂亮的证明:他们三个是同性恋,不可能参与强奸灭门案,而且,那张照片就是他们不在现场的有力证明。——你怎么这么聪明啊我的天!

伊谷夏双手掩面,垂首不语。

你知道我多么感谢你吗?正是你极有创意的努力,帮我证明了谁是凶手。我只要推翻其中一点,就全部证伪了。

伊谷春说,知道吗?辛小丰的左手指纹早就在我抽屉里了,因为他老是把自己的手弄得指纹模糊,破坏了我的比对。但这不是问题,如果有其他证据,把那只手铐在那儿,几天就长好了。现在,一切都简单了,你都帮我做完了。我从医院回来,就想真该谢谢天才的你。

你去医院查什么?

伊谷春笑,我真的喜欢看你装傻的样子,从心里喜欢、欣赏。到医院是多么简单的事,我竟然一天一夜后才悟出正道。医护人员说,有啊,他胸口上有明显的文身。说起来,这个环节你技术含量偏低了点,以你的聪明,可以做得更好。但我想,你前面已经铺垫得很好了,太好了,所以,这里应该也是成功的。至少一个久经沙场的警察,一度头昏脑涨迷失了方向。还有,他的刀伤也不是你暗示的同性情人间的争风吃醋,而是——说来你不相信——你肯定不知道,是见义勇为。他救了人,被抢劫的人扎了。其实,那段时间,我在汽车里听到电台交通频道、本地新闻频道等几个频道在寻找这个好的哥,但我没有想到是他。医院也是后来知道的,因为记者不知怎么找上门了,不过,他拒绝了采访。

伊谷夏再次泪水淌落，哥，我就是想救他……

伊谷春点了一支烟，深吸着，缓缓吁出。

伊谷春说，如果我们一家、爸爸、妈妈、我和你，再加上尾巴吧，忽然被人都杀了。你怎么想？

但是，后来他们变好了。

把我们一家灭了门，你觉得变好了就可以了吗？

我知道阿道一直在帮助人，我打过他们公司的电话，不信你也可以去调查，他做了多少好事，我觉得他一直在赎罪；辛小丰，你比我更清楚，他出生入死抓了多少坏蛋，这些都不可以减罪吗？还有尾巴，他们和这个弃婴非亲非故，可是他们比任何一个亲生父亲都做得好，为了给她治病，他们什么都愿意付出；那个比觉，连烟都戒了，就为了省下两三百元；最后，还有你，辛小丰救了你，没有他，你早就摔成肉酱了。是你告诉我的，不是吗？

伊谷春点头。

那这还得不到宽恕吗？

我会宽恕他们的，你也会。可是，法律不会。伊谷春说，生命无价，五条命啊，你拿什么偿还？除非这个社会乱了套。

有一天，天界山的房东，指着山下的烟霭说，他一看那边，心里就充满了恨。他说，现在的人心太坏了。他们心中没有准绳、没有神明。他们虽然没有杀人放火，没有烧杀抢劫，可是，心里面堆满了蛆虫一样的恶，贪婪、自私……又因为这些恶，为法律不察，而且人人有份，所以，这世上，你几乎找不到一颗敬畏之心、愧疚之心、懊悔之心。这种人一生乏善可陈、邪恶满盈，死不悔悟，可是心安理得，他们一起在法律边缘，糟蹋着道德，毒化了空气。这才是真正的罪人。房东说，哪怕失足大错，只要知罪认错，用一生来赎罪了，就是神会宽恕的人。

他为什么这么说？

他说，他就是个罪人。但是，他羞于说原因。他只是告诉我，他会得到神的宽恕。

有意思。伊谷春说。天界山，什么妖怪都有啊。

接下来，你要怎么办？

让我师傅来画句号吧。

等尾巴过完生日，好吗？不到半个月！伊谷夏说，求你了哥！

伊谷春无语。

二

伊谷春接到师傅协助缉捕电话的时候，辛小丰在火车站正好截住了江洋大盗毛某。

这个在各辖区作案、屡次脱逃的大盗，让各所警察都头痛。当时是长得像观音的居委会主任婉玲让小丰帮忙送女儿及双胞胎外孙。婉玲后来说，太可怕了，辛小丰突然冲向一个头发涂满摩丝的领带男人，那人正在等候检票上车。被按倒的毛某，也认出了辛小丰，他开始以为是很多人的伏击，感觉只有辛小丰一个人时，他立刻大叫抢劫啦！毛某的另一个同伙立刻反冲过来救人，辛小丰一个对两个，周围人立刻散开，检票队伍顿时混乱。辛小丰死死控制着姓毛的，被那个同伴踢了几脚。辛小丰喊，帮帮我！警察！惊恐的人们听了，慢慢开始恢复了排队秩序，但没有一个人站出来帮辛小丰。婉玲勇敢地脱下高跟鞋参战，但被她女儿死死拉住。一个手持警棍的铁路警察气呼呼地过来，那同伙一见，就往楼下逃跑了。铁路警察大骂，他妈的火车要开了，到底怎么回事！

伊谷春的人马过去押人时，几个铁路警察侧目地说，兄弟，到我们的地盘弄人，事先招呼一声不行吗？

警车往所里驱驰。姓毛的手上还戴着台湾人失窃的秒针坏掉的劳力士。伊谷春看到辛小丰嘴角上有血迹，白色的T恤上也都是脚印。伊谷春说，没事吧？辛小丰说没事。一下车，姓毛的没有料到的是，两个衣着时尚的便衣，冲着辛小丰就咔地给他上了手铐，刚才姓毛的手腕上捆的还只是宽宽的胶带纸，那都是协警队员的土工具。辛小丰默然站着。姓毛的大盗反应很快，他嘿——嘿——嘿地叫起来，喂——你自己都这样，何苦先弄我？

伊谷春抬起腿，一脚猛踹，姓毛的栽跌在两米远的水泥地上，被人再拎起来，门牙已经没了，下巴像半个血包子，嗷嗷叫。在辛小丰的记忆里，伊谷春好像没有对嫌疑人动过粗，更别说下手这么狠。伊谷春过去对便衣说了什么，便衣看着辛小丰的手铐，似乎很为难。这时，伊谷春的师傅进来了。西陇的刑警要马不停蹄地抓杨自道。伊谷春对师傅说，我来吧，没事。伊谷春把电话给辛小丰，说，你问他在哪里。

辛小丰打通了电话，他看了一眼伊谷春，说，阿道，楼上那只鞋子终于掉下来了。

姓伊的在你身边吗？

是。

电话给他。

伊谷春接过电话。杨自道说，我到伊谷夏店里一趟，可以给我二十分钟吗？

伊谷春点头，给你三十分钟吧。我等你。

西陇刑警瞪大了眼睛，伊谷春师傅看看伊谷春，对他们打了安静的手势。伊谷春一指辛小丰说，我想和他到我办公室待几分钟。师傅点头。便衣刑警看着伊谷春和辛小丰上楼。

在伊谷春办公室，伊谷春和辛小丰面对面站着。伊谷春说，上次那事，我解决了，四千五，我已经打进小区护栏的共建款项里了。辛小丰愣了一下，明白了。

你恨我吗？伊谷春说。

如果那样，我早就走了。你永远也找不到我。辛小丰微微摇头，我们都在等这个结果。伊谷春看着辛小丰。辛小丰说，太长了……太煎熬了。你可能不理解。

伊谷春点头。你知道我在怀疑你？

从一开始就知道。后来，你取了我的指纹。

你怎么知道？

你关注它很久了。那天，我看你的贺卡，你在看我的左手。后来，我在玻璃案板边，找到了铝粉。内勤说，那天晚上，你借用过小勘探包。

你后悔那天的粗心吗？

辛小丰摇头，顺其自然吧。因为你要取我的指纹太容易了。

这些天来，我一直在想，伊谷春说，你们这种人，怎么会发生那样的事？

是我害了他们。阿道带我们去水库钓鱼，要回来的时候，我们看见了山下的一幢小别墅，比觉很好奇想下去看看。下去后阿道被院子里的黑色凌志车吸引，我们进了院子，我又被屋子吸引。我从后门进去的时候，那个女孩湿着长发，赤裸着刚走出浴室。可能是地上湿，她滑了一下，抓着墙，那个姿势，让我彻底失控了。我毫无经验，不知道她心脏病突发，我很野蛮疯狂。我不能理解她怎么死了。比觉阿道进来的时候，事情已经发生了，我们想跑，可是她外公进来了，不能让他看见，只好掐住他，她外婆又进来了，接着是她父母。我们没有一点时间退出，越陷越深。如果没有我，阿道和比觉会生活得很好，我把他们害了；如果那天她不是赤裸的，不是那么美，也许，这一切都会改写……

那你后来……

辛小丰知道伊谷春要问什么，他说，女人让我感到恐惧和痛苦……

屋子里静默了一阵，伊谷春看了看手表后说，我们说过，小丰，我不要求你和我一样理解法律。

谈不上这个。罪错，每个人心里都知道的。谢谢你，给了我们这么多时间。

晚上我会把尾巴接回家。从此,我就是她第四个父亲。你们放心吧。

一拨人走过派出所办事厅的时候,哈修从天井那边突然冲了过来。在哈修看来,手铐是属于坏人使用的。它扑向辛小丰,企图咬掉他的手铐,它拼命啃咬。辛小丰面对它蹲了下来。伊谷春示意几个西陇刑警别紧张。哈修发现咬不掉手铐,急着舔辛小丰的脸、脖子。辛小丰闭着眼睛,戴手铐的手臂圈着哈修,和哈修脸贴着脸贴了一会。伊谷春看到辛小丰的眼角溢出一滴眼泪,但他立刻站起来往前走了。哈修拼命追赶,它使劲往后拖辛小丰的裤腿,不让辛小丰上车。

三

伊谷夏在店里的展示厅,向爸爸和舅舅陪同的几个南美的客人,介绍春·夏高档餐厨具依据国际标准 ISO8442-2 完成的不锈钢餐具的技术要求及相应测试方法,她说相信客人都了解,这个由欧洲标准化委员会联合 ISO 技术委员会所制订的国际标准,在瑞士、英国等国家享有的权威性;伊谷夏随后推介了春·夏刀具刚刚研发推出的新抗菌技术,介绍他们将抗菌材料运用于刀具手柄,并在技术上如何保障长效抗菌效果的设计。

杨自道大步进来。

他挡开外面拦问他的营业员,穿过陈列柜台、业务洽谈室,大步闯进了灯光明亮的展示厅。伊谷夏看到杨自道进来愣住了,父亲和舅舅还有南美的几个客人都抬起头看他。

杨自道径直走到伊谷夏身边,一把拉起她就吻。

他一言不发,用力地、疯狂地吻着。

伊谷夏反应过来了,张臂把杨自道紧紧抱住,拼命地回吻。伊谷夏的泪水在脸上越来越多，杨自道抱着她深深重重地吻，两人紧紧地搂抱着。

整个展示厅鸦雀无声，一个南美客人开始顾左右想微笑，以为是普通情人。但是，伊谷夏不止的眼泪，让所有人声屏气敛。伊谷夏的舅舅王总，看杨自道有点眼熟，猛然想起来。这人不就是他和手下老四赶飞机邂逅过的一个高手的哥？

杨自道终于放下伊谷夏。他从一个裤兜里掏出钥匙、存折，又从另外一个口袋里掏出电话。这是钱，给尾巴做手术用的，还差一些；手术安全了，如果你真的不喜欢她，一定挑个好孤儿院，答应我，要经常去看她。

伊谷夏摇着头，哭出声来，不去孤儿院，我会带她……决不去那里……

杨自道把车钥匙给她，车就停在你门口。回头，你打我手机里江师傅的电话，劳驾他来这里取车。还有，杨自道有点迟疑，我还欠车老板一万块……

伊谷夏拼命点头，我替你还……

杨自道又摸出一把钥匙，说，哪天你抽空上山，把我和辛小丰的东西，全扔了。

伊谷夏扑进杨自道怀里大哭。杨自道用力抱着她。门口，伊谷春和几个便衣男人慢慢进来了。杨自道看着伊谷春，再次用力抱了抱伊谷夏，低声说，现在明白了吗，我们带不走你。再见了。

伊谷夏不让杨自道松手，她哭着喊，你爱不爱我？

杨自道为她理了理被泪水粘乱的一脸头发，自己眼圈也红了。嫁个好人吧。他拍了拍她的肩，转身向伊谷春而去。伊谷夏跺脚哭喊：不！——

杨自道看了一眼伊谷春，伊谷春没有表情。师傅和几个便衣刑警，都没有表情。临上车，伊谷夏冲了过来，她发疯地撕打正要上车的伊谷春。伊谷春站着没动。打完，伊谷夏抱着哥哥痛哭。伊谷春也搂住了她。伊谷春说，这次不是我。但是，我也一定会做的，是警察，就回避不了。

那是谁？伊谷夏很惊奇。

别问了。

伊谷春上车，警车启动，绝尘远去。

伊谷夏喊，尾巴后天生日啊——

他们说狗葬入水，猫上树。这样主人才能安生。我还是决定把你埋在院子里。我愿意你来看望我的时候，方便一点。你的腰被踢坏了，也许你已经不能再游泳，也走不了那么远的路。就和我在一起吧，我不怕你打扰。跟了我这么久，你知道，反正我夜夜总是被人被鬼打扰。不是吗？昨天晚上，我梦到院子里的水井走出了几个人，他们湿淋淋地一路走到我房间里。我也看到你了，你在嗅他们血一样的湿脚印。我看不清他们的脸，可是，感觉他们一个个很忧伤。他们慢慢地上来又缓缓退下楼梯。我想，有时候，还是邪不压正吧。我也习惯了。小卓，回家吧，来找我吧，我们家现在没有坏人了。

楼下一片黑暗。现在，每天晚上，下面都是黝黑死寂的。为了你回来上楼方便，我开了楼梯上的电灯。那些罪恶的人，再也踢不了你了。我不知道善恶是否真的有报，按这样慢慢吞吞的报应法则，这个世界会累积很多坏人。坏人到底要多到什么程度，上帝才会失去耐心，集中开庭呢？昨天，我看到一个关于地球毁灭的古老预言，真是如释重负啊，小卓，好了，这样好，满身虱子跳蚤的地球终于生气了。

四

这是西陇第一次执行注射死刑。

看守所大门外，公检法十几辆警车一辆接一辆，呼啸着驶向北郊的死刑执行地。警笛长鸣，一路红灯绿灯通行无忌。路人驻足，议论纷纷，知道的人说，宿安水库那个强奸灭门的罪犯通通抓回来了，今天要给毙了。路人说，太惨了，整家人都没了，真是没有人性啊，罪该万死！

　　伊谷春伊谷夏一身黑衣，肃然无语地坐在一辆警车里。这里曾经是伊谷春的地盘，公检法都有他的同学和朋友。伊谷夏戴着墨镜。刚才，在看守所羁押室，杨自道、辛小丰、比觉被分别验明正身之后，中级法院的庭长问他们还有什么需求，比如想吃点喝点什么还是想见什么人，三个人不约而同地说，希望最后能和同案朋友告别。伊谷夏混在记者堆里，伊谷春一直不动声色地陪在妹妹身边。法官问杨自道你还有什么请求的时候，伊谷夏就站在杨自道前面。杨自道看着她，他看到一滴泪水从黑棕色的大镜片后面滑了下来，又是一颗。伊谷春搀扶和有力地控制着伊谷夏的胳膊。

　　在法警层层把守的重兵监护下，三个人在羁押室见面了。都是普通衣服，如果不是手铐脚镣，伊谷夏觉得他们就像是在天界山会面。三个人互相看着，杨自道下额微扬，表情有点像牌局中等下家出牌，轻松随意；辛小丰的嘴边带着一抹很淡的笑意，魅力而友善，这是伊谷春熟悉而喜欢看的；比觉有种无所谓的表情，看上去几乎有点痞，他的眼睛更多地扫向天空，似乎对金秋的好天充满依恋和珍惜。他清楚这个时候的天空，也是星星满天，但很多人看不到也想不到。

　　三个人拥抱在一起，因为手铐，姿势很古怪。比觉说了一句什么，三个人都轻微地笑出声。伊谷夏顿时泪水满面，是他们的笑让她感动。她不知道比觉说的是，妈的，早知道也上诉，也许我们可以拖到看完流星雨再走。

　　伊谷春把一包软中华示意一名法官给他们。法官让一名法警给他们三个点上烟，三个人抽着烟，听到伊谷春很低的声音：收养的法律手续已经办好了，陈杨辛是我的孩子了，户口名是伊晨阳新。三个人都一起看伊谷春，长久地看着，伊谷春第一次感到快控制不住自己了。杨自道微微点了头，辛小丰浮出他的招牌微笑，比觉竟然是对他眨了一下眼睛，快得稍纵即逝，但是伊谷春强烈地感受到了他们的谢意。这是朋友式的感激。这三个人的眼神，伊谷春觉得，他这辈子恐怕都很难淡忘了。

杨自道、辛小丰和比觉被押回西陇收监后，伊谷春陪伊谷夏回了西陇三次。因为伊谷春的关系，伊谷夏分别见到了三个人，也因为伊谷春的关系，三个人在里面都没有怎么吃苦头，里面的人对他们不错。第一次去，尾巴给三个爸爸一人画了一幅画，除了画星座，她似乎没有什么绘画天分，给三个爸爸画的都是采蘑菇的小姑娘，除了颜色不同，都是大蓬蓬的裙子、细细的腰、外八字大脚。但是，杨自道、辛小丰和比觉看了都欣赏得不得了，非常高兴。比觉当场给尾巴写了一封信。可惜伊谷夏是最后见他，不然她会问阿道和小丰，要不要也回信。第二次，三个人都给尾巴写了短信，都说自己在出差。

第一次见面的时候，看着尾巴的画，杨自道突然想起欠法官常胜的钱。伊谷夏说，好吧，我替你还吧。不料第二次来，伊谷夏告诉他，常胜也在监狱服刑，因为受贿。杨自道很惊异，伊谷夏说，我哥说的。公检法内部都知道，那一批抓了六七个法官，常胜是中院刑事庭的，受贿三百多万。

噢！杨自道说，那我们欠他不多——倒是那个，给爸爸写谜语的孩子，肯定还很小吧？

伊谷夏没有回答。会见室里响起了杨自道轻轻的声音——

兄弟两人一般高，一天三餐练摔跤，吃得再好也没用，从来不见它长膘。杨自道笑，尾巴怎么也猜不出是筷子，看来也不是天才啊。

伊谷夏悲从中来：知道吗，你会死，而常胜不会死！我哥说，很多政府官员、司法人员，案发被刑罚清算出来后，都做生意发了大财。他们是有毒的，可是，他们一样活得很好。这个世道，这个有毒的世道，你们为什么不逃跑？

杨自道想了想，说，如果常胜也和我们一样，杀过人，有着不能摆脱的罪孽感，他就会想偿还点什么，也许，他就会是个好法官。

这是什么荒唐逻辑啊！

我不知道。有罪和无罪感，可能决定了两种活法吧。杨自道说。

到郊外，一路气爽秋高，满山是白色的、黄色的野菊花，还有正在变红的漆树。行刑车队在黄绿相间的金秋山野里穿行。伊谷夏知道他们三个已经什么都看不见了，因为在看守所被押上车的时候，她看到他们三个上刑车前，都被罩上了黑色的面罩。

行刑地在一个孤立的山谷中央，四周都是山。那里为实施注射死刑专门改建了一座建筑。过去的枪击执行就在那座白楼前面的荒地上。伊谷春曾经来过。

跨进白色的小楼，里面白天也开着灯。执行一室和执行二室，还配套设有宣判法庭、羁押室、警卫室、药物配剂室、法医工作室和法医检验室等。执行室分为行刑室和受刑室。一大呼隆人马，首先进入宣判室，主审法官向杨自道、辛小丰、陈比觉宣布了省高级人民法院下达的执行死刑令。各路记者不断见缝插针要采访这三个第一批次接受注射死刑的罪犯。三个人都不太爱说话，比觉心不在焉地敷衍了几句，记者立刻七嘴八舌地缠问。不管在哪里，不管有多少记者围着，伊谷夏看到杨自道不断拿眼睛找她。有个精明的记者，顺着杨自道的眼光，盯上了伊谷夏。杨自道马上把眼睛转开了。杨自道始终沉默着。

伊谷春看到一个女记者缠着辛小丰说，你害不害怕？辛小丰微微摇头。女记者说，你额头上有汗！辛小丰略带嘲讽地说，那我害怕了。伊谷春突然想笑，他这个从不怕死的手下居然这么回答，可是，伊谷春没有笑出来。他突然感到一阵强烈的心如刀绞。马上他就要失去这把快刀了，他再也没有这个出色的兄弟了。也许，辛小丰真的害怕了，他说了真话。女记者不依不饶地追着辛小丰，说，你现在害怕了，那你当时杀人的时候，有没有想到生命的美好？辛小丰看了她一眼，掉过头去，不再回答。

受刑室约有60多平方米，光线明亮，在一侧摆着的活动执行床，就像医院的急救小床。上下都有皮带扣环，用于固定被执行人的腰部和四肢。上面铺着洁白的床单；四张床边，一道单面的玻璃墙，隔开了后面的行刑室。行刑室里有执行人员、桌椅、电脑操作仪、心电图、脑电图监测仪和医疗器械等。

在受刑室的二楼，设有监刑室，以便行刑指挥、办案法官、检察官等工作人员通过透明玻璃观察、监督整个行刑过程。在执行之前，记者们都被请到了二楼观看。伊谷春伊谷夏也站在上面。

受刑室里只剩下杨自道、辛小丰和比觉，还有多名法警和一线执刑人员。三个人已经被取掉了手铐脚镣，他们面色平静，互相默看了一眼，就各自躺上铺着白色床单的执行小床。法警和执法人员随后将他们的手脚、腰部扣死固定。他们的右手袖子被挽起，胳膊像抽血一样，通过一个小方口，伸向玻璃墙后面的行刑室。一名法官过去轻声说，放松，别紧张，就和在医院看病一样的。

按照行刑程序，两名专业人员先向受刑者静脉扎入针头，启动注射泵，电子仪器先为他们注射的是麻醉药物，之后，再注射致死药物，随后受刑者进入睡眠状态，等全部药物注入后约1分钟左右，受刑人死亡。

伊谷春情绪恍惚，他以为二楼和下面已经隔开了，所以，视线里，伊谷夏突然出现在楼下行刑室，出现在杨自道身边时，他也大吃一惊。只听得中院和高院的法官指着下面喊，谁！那是谁！哪家的记者！太不像话了！

接下来，二楼刑监室，大玻璃落地窗前站立的人都怔住了，所有的行刑观察、监督人员，包括所有的记者，都成了泥塑木雕。

伊谷夏伏在杨自道头边，埋头深吻着他。

杨自道已经开始了注射，但是神志还未飘忽模糊。他感到了伊谷夏疯狂的吻，感到她嘴里吐出了什么。在确定是一颗薄荷口香糖时，杨自道不由发笑。只有伊谷夏会这样玩。伊谷夏已经被执行人员强力拖开。杨自道没有咀嚼，他还保持着不惊动他人的意识。他一直转头看着被挡在一边的伊谷夏。

伊谷夏喊，说啊！我从来没有听你说过，告诉我！

伊谷夏被两名法警拖到了行刑室外。辛小丰和比觉都在看杨自道，他们也渐渐感到身子飘忽起来，辛小丰闭上眼睛后看见，夕阳在辽阔的黛绿色的海面，打下一条金箔色的海上通天长廊，这条犹如神光照耀和庇护的光之路，从海面一直延伸向烟波浩渺、迷蒙而祥和的海天尽头。他感到温暖，感到自己被吸进了光之路。在口香糖般的薄荷芳香中，他听到的最后一个人世的声音，好像是杨自道发出的，那声音模糊遥远，但像薄荷一样清新，好像是……爱……

杨自道的神志也开始空虚模糊了。

而比觉的灵魂，已经穿越了狮子座每小时三万颗的流星雨大瀑布，向着太阳，向着他的老家太阳黑子飞行。

行刑室内，三台监控脑电图、心电图的机器上的曲线正在由活跃渐变为一条直线。

尾声　宽宥

黑色的高尔夫在城际高速路上奔驰。秋阳斜照了整个车厢。车里，伊谷春、伊谷夏都戴着看不见眼睛的墨镜。

伊谷夏说，到底是谁？

伊谷春说，别问了，反正有人举报了他们。准确的发案时间、地点、大致的案件经过。即使我们不提供证据，毫不佐证，他们三个也会毫不隐瞒全盘认罪的。你还看不出吗？他们有足够的时间离开，这个结果，其实是他们一致的选择，所以，你别太难受了。

我能查出他是谁。

那又怎么样？

伊谷夏没有说话，很久，伊谷春搂住了妹妹悲伤的肩膀。这个开车动作让伊谷夏想起杨自道，她立刻泪水涟涟。对不起，伊谷春轻声说，我知道你恨我。

伊谷夏上天界山的时候，卓生发正在阳台上，为一只比巴掌略大的棕色小贵宾狗剪指甲。楼下房客已经换了，是一对夫妇，女的在晒被子。卓生发看到伊谷夏来异常高兴。伊谷夏却是一副疲惫阴郁的样子。卓生发介绍说，新狗也叫小卓。又说楼下已经是第三拨房客了。第一拨是个一个人的皮包公司，到处骗钱，有天被骗的人过来，差点烧了他的房子；第二拨好像在制造假发票，卓生发及时发现，坚决把他们赶走了。

伊谷夏说，你知道楼下我那几个朋友现在在哪里吗？

卓生发看着伊谷夏，歪头表示纳闷和好奇。

今天晚上他们要回来。

卓生发跳起来，不可能！他们杀了五个人！还强奸！

伊谷夏说，你为什么要举报他们？

谁说我举报的？卓生发说，是他们自己恶有恶报！

现在，你安心了吗？

跟我有什么关系？你这天真的女孩，你根本不知道人性的复杂和阴暗，根本不知道你和什么样的人交了一场朋友！

记得吧，有一天，我俩在那上面，伊谷夏指着石屋天台，你说，你会得到神的宽宥。那时，我也相信你。我觉得你孤单而善良。但是现在，和他们三个相比，我认为你得不到神的宽恕。你瞧不起山下红尘中人，说那些人从小到老，都没有罪过心、负疚心，从来不知道忏悔。可是，现在，我告诉你，神也未必宽恕你，因为你心里只有恨，你心里装满了恨，你只想证明每一个人都是比你更恶的人！

你这么说不公平！卓生发站起来。

还记得院子下面石梯拐角的那棵大榕树吗？尾巴叫它神树的？以前，我每次问它，阿道会不会娶我，我可不可以嫁给他，它的胡须都不动。每次都这样。刚才，我上山时又问它，它的胡须在飘扬，在高高飞荡，而四周并没有什么风。

它说可以嫁了，是吗？

不，我问的是，他是不是好人。

卓生发轻蔑地笑起来。伊谷夏盯着他说，你还不明白吗？

那你问它我是不是好人了吗？

问了。

它怎么说？

胡须在轻微荡漾。你也是好人，但是，我觉得大树看透了你！伊谷夏站起来说，你从来就没有光明磊落过，你没有责任感、不敢担当，没有牺牲精神、没有勇气也没有人心美好的真情！除了挑剔别人，热衷发现别人的恶，你什么都没有！我就是来告诉你，你是好人，阴暗的好人，到处都有你这样阴暗的好人，而我——讨厌你！

你怎么是非善恶不分？他们才是残忍的恶棍，是十恶不赦的人！告诉你真相吧，你知道他们三个为什么对那个小丫头那么好？因为她是那个被他们杀死的人的投胎转世！他们害怕！这就是全部谜底！

伊谷夏扬手就是一巴掌。卓生发愕然。新小卓大叫了一声。卓生发看着伊谷夏，眼睛里充满了怜悯。伊谷夏转身往山下奔去。卓生发放下狗，目送她远去。

走过大榕树，伊谷夏停下看看它，跟它挥手道别。手挥着挥着，伊谷夏再次泪水满眶，她三步并两步跑下山去。她知道，天界山，她再也不会来了。

伊家大阳台上，尾巴拿着比觉的望远镜在看星空。伊谷春坐在她身后的摇椅上，手边是一本儿童版的天文星座书。伊谷夏痛经，肚子上捂着热水袋蜷坐在伊谷春旁边。他们头上，不时有鹩哥突然大叫：小、黑——小、黑——或者——天哪！天哪！的声音。尾巴看着望远镜，嘴里有一搭没一搭地附和着鹩哥的叫声。

尾巴看着看着，忽然扔下望远镜，转身看着伊谷春，眼睛里竟然泪水汪汪。伊谷春吓了一跳，赶紧过去抱住孩子。尾巴的嘴巴扁着撇着，下巴渐渐抽搐抖动起来，抖得她几乎说不好话：

……我爸爸……都不要我了……

谁说的！伊谷春把她抱起来，要不了多久，他们就回来了……

尾巴摇头……他们走了……老陈走了，小爸爸走了，道爸爸也走了……都不要我了……

伊谷春一手抚摸着尾巴柔软的头发，一边说，你搞错了，他们要你，他们托我先陪你，我，还有小夏姐姐、爷爷、奶奶都要你……

你骗人！这么久了……他们不会来找我了……

等我联系上了，我带你去找他们。

尾巴摇头，不断摇头，他们……都不要我了……

伊谷春身后，伊谷夏泪流满面。

图书在版编目（CIP）数据

烈日灼心 / 须一瓜著. -- 重庆：重庆出版社，2015.9
ISBN 978-7-229-08922-1

Ⅰ.①烈… Ⅱ.①须… Ⅲ.①长篇小说—中国—当代
Ⅳ.①I247.5

中国版本图书馆CIP数据核字（2014）第269192号

烈日灼心
LIERI ZHUOXIN

须一瓜 著

出 版 人：罗小卫
策　　划：华章同人
出版监制：王舜平
责任编辑：黄卫平
特约编辑：李俊萍
责任印制：杨　宁
营销编辑：刘　菲
封面设计：主语设计

重庆出版集团
重庆出版社　出版
（重庆市南岸区南滨路162号1幢）
投稿邮箱：bjhztr@vip.163.com
北京中印联印务有限公司　印刷
重庆出版集团图书发行有限公司　发行
邮购电话：010-85869375/76/77转810
重庆出版社天猫旗舰店
cqcbs.tmall.com
全国新华书店经销

开本：787mm×1092mm　1/16　印张：21　字数：270千
2015年9月第1版　2015年9月第1次印刷
定价：39.80元

如有印装质量问题，请致电023-61520678

版权所有，侵权必究